生存進度條

STAYING ALIVE

③

目錄頁

CONTENT

【第一章】

請君入甕揭真相

時進和廉君到會客室的時候，時緯崇和徐潔面前的茶都已經換過一道了。時進稍微打量一下兩人的表情才把門推開，弄出動靜吸引裡面兩人的注意力，高聲喚道：「大哥。」

徐潔本來略帶不耐的表情立刻變了，身體也挺了挺，一副忍不住要站起來的樣子。

時緯崇不著痕跡地按了一下她的腿，警告地看她一眼，然後起身看向時進，回應道：「小進，沒有提前通知一聲就貿然登門，打擾了。」

「沒事，大哥你坐。」

時進見他態度溫和，心裡稍微有了底，先推著廉君走到單人沙發邊把他安置好，然後自己坐到單人沙發上，掃一眼徐潔，開門見山地問道：「大哥，你這是什麼意思？」

時緯崇見他看徐潔，表情黯了一瞬，說道：「我昨天和我母親談過了，瞭解一些過去的事情，所以耽擱了給你的回電，今早我本來準備聯繫你，但想著電話交流不夠正式，就帶著我母親親自登門。我們今天是來給你道歉的。」

道歉？時進十分直白地把意外擺在臉上，又看一眼不敢直視自己的徐潔，問道：「道歉，為什麼事道歉？」

「過去的所有事情。」時緯崇回答，突然伸手拍了一下徐潔的腿。

徐潔像是被時緯崇的動作嚇到般，身體僵了一下，然後才慢慢抬起頭，看向時進，稍顯僵硬地笑了笑，說道：「時進，初次見面，我是緯崇的母親。昨天緯崇和我談過了，發現你對我好像有點誤會……總之，緯崇說得對，我不該因為上一輩的恩怨遷怒你，阿姨誠心給你道個歉，你就原諒阿姨吧。」

小死氣憤出聲：「她說假話！進進你的進度條漲了！雖然只漲了一點，但也證明她這個道歉是在騙你！」

「我知道，我又不瞎。」時進在心裡回應小死一句，看都沒看徐潔，問時緯崇：「大哥，你到

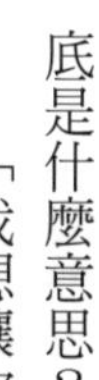

底是什麼意思？」

「我想讓你明白我的立場。」時緯崇回答，又側頭看了徐潔一眼。

徐潔放在腿上的手緊握，淺淺吸了口氣，繼續說道：「時進，我保證以後不會再傷害你，或者干涉你和緯崇的相處。如果你原諒我，我願意立刻飛去國外定居，再也不回國。」

時進這下是真的驚訝了，問道：「大哥你做了什麼，她居然會答應這種要求？」

徐潔現在的態度已經不能說是一百八十度的大轉變，這是直接換了個人吧！

「相比於我們犯下的錯，她這個程度的退讓，其實遠遠不夠。」時緯崇沒有正面回答時進，而是又取出一份文件，推到時進面前，說道：「這是我名下所有瑞行的股份，現在我把它們物歸原主。為了保證股份能和平轉移，在你正式接管瑞行之前，我可以用被你聘雇的職業經理人的身分，繼續幫你管理瑞行。當然，如果你有合適的管理人才，我也可以立刻進行權利交接。」

徐潔忍不住側頭看向時緯崇，聲音提高：「緯崇你答應過我，不會……」

「我說的是如果妳態度誠懇，我就答應妳不放棄瑞行，但很遺憾，我沒有看到妳的誠意。媽，我說過，不要再試圖愚弄我或者操控我，我已經成年了，不再是當年那個依賴妳和盲目信任妳的孩子。做錯了就是做錯了，妳別逼我。」時緯崇打斷她的話，看向時進，表情嚴肅，眼裡卻帶著一點哀求，「小進，這就是我的態度，你是我的弟弟，她是我的母親，我不想失去你們中的任何一位，也不願意看到你們互相爭鬥，落得兩敗俱傷。所有的錯誤我來承擔，所有的代價我來付，小進，從今天起，我的一切隨你處置，我也可以保證不會再讓我媽到你面前礙眼，我只求你，給大家一個各退一步的機會。」

徐潔被時緯崇在時進面前的低姿態氣得雙拳緊握，說道：「緯崇，這和你昨晚答應我的不一樣，你不能這樣。」

「不，我可以，如果妳真的要逼死我，那妳可以繼續按照妳的心意行事。」時緯崇根本不看

她，始終看著時進，眼神越發懇切，說道：「小進……給我你的答案。」

時進來回看看他和徐潔，心裡像是堵了一塊大石頭，十分難受。他沒想到時緯崇最後居然會這麼選擇，放棄一切、付出一切，只為了求一個各退一步的機會。

時緯崇可能是看出徐潔已經沒有勝算，所以才想用付出一切的代價，盡可能地幫徐潔爭取一個好一點的未來，但可惜……

他伸手拿起桌上的股份文件，餘光看到徐潔立刻收緊的拳頭，抿了抿唇，回道：「我答應，只要你母親不再打我的主意，並且不再打擾我，我可以不動她。」

時緯崇面上露出鬆口氣的神色，朝著時進感激地笑了笑，說道：「小進，謝謝你，還有，對不起，我會用餘生好好補償你的。」

「不，沒什麼。」時進低頭，看著自己在拿起文件後，那瞬間漲到970的進度條，心沉沉墜下。只可惜時緯崇今天這番付出和退讓，註定要白費了，徐潔已經瘋魔，看到時緯崇這樣，只會越發覺得時緯崇已經「背叛」了她，不會理解時緯崇的犧牲和退讓。

不過……他又抬眼看向時緯崇，朝他笑了笑，說道：「謝謝你的選擇，你永遠是我的大哥。」

時緯崇聞言表情越發感動，語氣裡有種卸下所有重擔的解脫感，說道：「不，是我該感激你的大度才對。」

在他旁邊，徐潔的指甲已經掐進掌心，刺破皮膚，滲出幾滴鮮血。

時緯崇得到時進的許諾後，立刻提出告辭。

時進親自送他出門，等徐潔先一步上車後，才又喊住他，引他往旁邊走了兩步，說道：「大哥，過幾天我想單獨約你吃頓飯，可以嗎？」

時緯崇聽出他這句「單獨」的意思，側頭看一眼徐潔的方向，應道：「好，你定個時間和地方，我會準時到的。」

時進點頭，考慮一下，還是含蓄提醒道：「看住你的母親，別讓她浪費了你的心意。」

時緯崇皺眉，立刻意識到了不對勁，問道：「她是不是做了什麼？」

狼蛛和滅合夥騙徐潔的事，關係到狼蛛在道上的聲譽，時進不好說得太明白，免得時緯崇知道後，直接捅到徐潔那裡，反而壞了事，於是只回道：「我是看她狀態不對，擔心她只是表面認服，暗地裡其實還有其他計較。大哥，我說過，只要她不再對我動手，那麼看在你的面子上，我可以不計較她過去對我做過的事。但如果她再設計我，我也不是聖人，到時候只希望你別怪我。」

時緯崇聽到這表情又緊繃起來，回道：「我明白，如果她還是冥頑不靈……我肯定不會怪你。小進，謝謝你。」

「不用謝我。」時進搖頭，又主動上前抱了一下時緯崇，在他耳邊說道：「大哥，等這件事情過去了，瑞行還是你的，別告訴徐潔。」

「緯崇！」那邊車內的徐潔看到兩人又抱在一起，忍不住推門下車，朝著這邊喚了一聲。

時進順勢退開身，冷冷看她一眼，也不避開時緯崇，直接警告道：「別做什麼小動作，我可不是妳記憶中那個好擺弄的小孩子。妳敢動歪心，我就敢直接弄死妳。」說完朝著時緯崇點了點頭，轉身上了會所大門口的臺階，推著廉君的輪椅，頭也不回地朝著會所內走去。

該說的他都說了，態度也擺出來了，這之後事情會如何發展，就看徐潔在時緯崇的妥協後，會不會找回一點她身為母親的良心了。

時緯崇被時進在耳邊說的話弄得愣了一下，一時間居然沒太在意時進說給徐潔聽的死亡警告，看著時進的背影，眼中情緒十分複雜，有感動、有愧疚、有不知該如何回報的無措……總之是百感交集，但等他側頭看到徐潔站在車邊，沉沉看著時進背影的表情時，他的心又涼了下去。

「媽。」他喚了一聲，實在擺不出溫和的表情，說道：「時進背後站著廉君，廉君背後是滅，他不是妳能動的。趁著現在小進心軟，還願意認我這個哥哥，收手吧，妳過去已經錯得夠多了。」

徐潔不敢置信，恨之欲狂，說道：「你居然還幫他說話？你沒聽到他剛剛說的話嗎，他說要弄死我，你到底……」

「他說要弄死妳的前提，是妳先想害他，妳真的想再對小進動手嗎？」時緯崇冷冷反問。

徐潔被車身遮擋的雙手瞬間緊握，面上卻硬是擠出一個難過的表情，側頭說道：「我……哪裡敢想，你昨天已經把利害關係擺得很清楚了，還出動你爺爺奶奶，收了我名下所有的東西……緯崇，媽媽很愛你，這一點絕對不會變。」

時緯崇見她這樣，心裡又有點難受，卻硬是忍著沒有安慰她，說道：「但願如此。上車吧，等這次的事情了了，我們去國外挑個好地方定居，以後我也過去陪妳。」

陪什麼陪，男人就該以事業為重。徐潔本能地想像以前那樣教育時緯崇，但想起自己現在的處境，又把話嚥下，只點點頭，重新上了車。

會所二樓，卦二看著時緯崇的車開離會所，拿出手機撥了通電話：「繼續盯著徐潔，隨時彙報她的動向。」

一天後，盯著徐潔的人回報消息說時緯崇把徐潔關在家裡，喊了幾位徐家長輩輪番上門找徐潔談話，同時開始著手安排送徐潔出國的事。

時進聽到這個消息後，立刻明白時緯崇是把他昨天的建議聽進去了，準備送走徐潔，不給她作妖的機會，但是……他看一眼自己卡死在970沒有動的進度條，沉沉嘆了口氣，沒用的，徐潔還是沒死心。

當天晚上，在廉君授意下，狼蛛的人給徐潔打了電話，表示已經考慮好，可以安排徐潔參與案

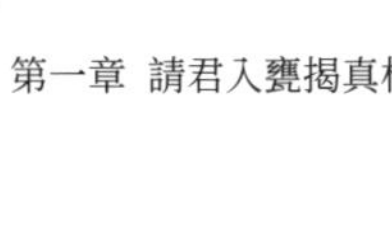

件，但要求徐潔必須聽他們的吩咐，不能亂來。

這是時進給徐潔的最後一個懸崖勒馬的機會，如果徐潔在此時表示要收手，並真心實意地息了害他的心思，那麼他可以看在時緯崇的面子上，暫時放過她。

但可惜的是，面對狼蛛的回覆，徐潔表現出十分滿意的態度。狼蛛負責人為了保險，還又確認了一遍她是不是真的要下單，徐潔毫不猶豫地說了是，並催促狼蛛儘快動手。

「情況就是這樣。」魯珊在電話那頭說著，問道：「你們想什麼時候動手？」

廉君沒有回話，看向時進。

時進垂眼沉思，也沒有回答，而是看向守在另一邊的卦二，「時緯崇安排徐潔哪一天出國？」

「四天後，時緯崇並沒有遮掩自己的動向，這些很好查。」卦二回答。

四天後……時進手指動了動，回道：「那一個星期後動手吧，一個星期後我會找機會出門一趟，方便狼蛛派人抓我。」

四天後對上一個星期後，這個時間差，時進是準備給徐潔一個放棄的機會嗎？如果四天後徐潔出國，和國內斷了聯繫，那麼狼蛛在聯繫不到客戶的情況下，是可以單方面取消單子的。

卦二若有所思，看一眼時進，抬手摸了摸自己的下巴，沒有說話。

「那就這個時間。」廉君幫時進拍板定案，對魯珊說：「讓你們的人注意別傷到時進。」

魯珊語氣立刻變得嫌棄起來，拉長著調子說道：「知道了——知道了——這話你都囑咐一萬遍了，那到時候再聯繫……對了，小進是吧，告訴你一個祕密，廉君直到十五歲都還在尿床。」說完直接掛斷電話。

書房裡陷入死一般的寂靜。

卦二低咳一聲，逼自己不去看廉君瞬間黑掉的臉色，起身說道：「卦一那邊還有工作需要我幫忙……我先走了，你們忙。」說完頭也不回地溜了，還體貼地幫他們關上門。

「那個，其實……」時進忍住笑去摸廉君放在輪椅扶手上的手，認真說道：「其實我十多歲的時候也還會尿床，這沒什麼的，很正常。」

廉君側頭看向他，淡淡問道：「你信了魯珊的鬼話？」居然都不喊魯姨，直接喊名字了，看來是真的很生氣。

時進虎軀一震，立刻搖頭說道：「不信，我當然不信。魯珊是敵對組織的首領，她那樣說就是想抹黑你的形象，影響你在滅的威信，大家都很聰明，不會上當的！」

廉君拒絕這顆糖衣炮彈，掃一眼他的臍下三寸，滑動輪椅往書桌那邊去，淡淡說道：「晚上在床上等我。」

時進聞言蛋蛋一緊，緊接著心裡一蕩，因為徐潔而變糟的心情瞬間多雲轉晴，厚著臉皮膩到廉君身邊，期待起晚上來。

三天時間過去，這期間除了時緯崇外，時家的其他幾位兄弟全都和時進電話聯繫了一次，表示已經擠出時間，近期會去B市一趟，想和時進見面。

時進全部應下，但沒有和他們定具體的見面時間。

到了第四天，也就是時緯崇送徐潔出國的這一天，意外又不意外地，時進等到徐潔在家中吃安眠藥自殺，被家中保姆及時救回，需要住院治療，只能暫緩出國計劃的消息。

時進放下手機，看向自己穩在970沒動的進度條，抬手按住額頭，擋住眼中的冷意。

看來有些人是不撞南牆不回頭了，已經不用再心軟。

他放下手，拿出手機，給費御景等人群發了一條約他們在會所吃飯的簡訊，時間定在與狼蛛約定好的行動當天。

時間轉眼來到行動這天的早上，時進主動給時緯崇打了電話，告知其他幾位兄弟會一起來會所吃飯的事，然後邀請時緯崇也過來聚餐。

時緯崇的聲音裡帶著疲憊，回道：「我不知道晚上能不能過去，這邊出了點事。」

時進心裡瞭然，面上卻裝作驚訝的樣子，問道：「出什麼事了？很嚴重嗎，要不要幫忙？」

「不是什麼大事，我會處理好的，你別擔心。」時緯崇強撐起精神回答，問道：「御景也會回來嗎？我這幾天有點忙，都沒時間和他們聯繫。他們會留幾天？我再抽個時間請大家一起吃頓飯吧，大家好好聚一聚，聊一聊。」

「不知道，四哥是排休假過來的，應該會多留幾天。五哥自己當老闆，時間也比較自由。二哥和三哥比較忙，他們不一定會在B市留很久。大哥你今天真的不能來嗎？」

時緯崇聽他語帶期待，猶豫了一下，表示如果最後決定去的話，會提前給他打電話。

時進應了一聲，掛斷電話，淺淺吐了口氣，起身提上自己的背包，告別廉君，和卦二一起出門，去超市為今晚的飯局「買菜」。

車開出會所後，卦二忍不住開口問道：「你幹麼把你哥哥們全部喊過來，不怕節外生枝？」

「不怕，我就是想讓他們親眼看看，想害我的人最後會落得一個什麼樣的下場，徹底掐滅他們以後對我動手或者與我為敵的可能。」時進回答，一點不遮掩自己的小心思。

卦二聞言咋舌，搖頭說道：「你之前反覆給徐潔機會的時候，我覺得你這次的事情處理得實在太過心軟，不夠俐落。但現在聽你這麼說，我又覺得你其實冷靜到可怕，還知道趁機給其他幾位兄弟一個威懾，時進，我都快看不懂你了。」

時進故意意味深長地看他一眼，「所以別惹我，小心哪天我給君少吹耳邊風，害死你！」

「就憑你？」卦二一愣，輕蔑地笑哼一聲，又搖了搖頭，一副不願意再和弱智交流的模樣。

時進也冷哼一聲，然後安靜下來，低頭翻著手機裡和費御景等人的聯繫簡訊，在心裡沉沉嘆了口氣。

真的不是他冷靜到可怕，而是他怕，怕進度條再生出什麼波折來。這次喊其他幾兄弟來看徐潔的下場，目的其實不是威懾他們，而是威懾他們背後的母親們，畢竟他也只是一個普通人，心臟沒那麼強大，再來一個徐潔這樣的人，他可受不了。

而且他也想讓時緯崇親眼看看徐潔內心的惡意到底有多濃多重，免得在他動了徐潔之後，時緯崇心裡對他留有疙瘩。

人心易變，他得多加幾道保險，雖然這樣做對時緯崇來說，有點過於殘忍。

一個小時後，卦二和時進買好菜，開車返回會所。路上，他們遇到一波伏擊，最後卦二「重傷」，時進失蹤。一切都在計劃中，時進把手機丟在原地，告別身上沾滿血漿的卦二，被狼蛛的人「綁」上車，帶離了伏擊地點。

一個小時後，廉君在卦二的手術室前，用時進的手機給時緯崇撥了電話。

「時進在買菜的路上被人綁走了。」電話接通後廉君直接開口，聲音淡淡，沒什麼情緒，但卻莫名地讓人覺得十分危險，「最好不是你母親做的，否則我要她生不如死。」說完直接掛斷電話。

廉君面前的視訊電話裡，時進放下提詞板，對廉君的演技給予肯定，點頭道：「不錯，盡得我的真傳。」

廉君略顯無奈地看著他，放下手機，「我會儘快去接你。」

魯珊突然從時進身側探身進鏡頭，朝著廉君嫌棄地擺擺手，「得了得了，說得好像你對象在我這裡會受到欺負一樣，掛了，有事再聯繫。」

卦三看著黑掉的螢幕，十分意外：「魯珊親自來B市了？」

「滅和狼蛛的友好關係不宜被外人知道，這次的合作她當然要過來親自盯著，免得出什麼差

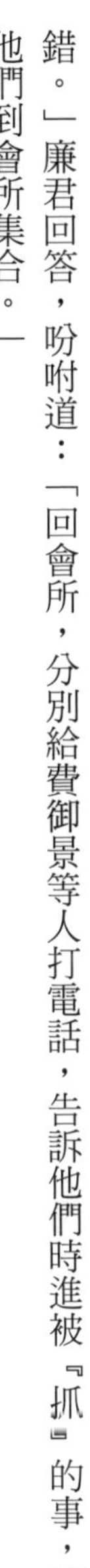

錯。」廉君回答，吩咐道：「回會所，分別給費御景等人打電話，告訴他們時進被『抓』的事，引他們到會所集合。」

卦一應了一聲，立刻轉身去通知眾人。

此時在醫院的時緯崇，在接到廉君的電話後整個人都懵掉了，然後想也不想地快步回到身後的病房，看向正靠在床上翻雜誌的徐潔，質問道：「小進失蹤了，是不是妳做的？他人在哪裡？妳想做什麼！」

徐潔聞言一愣，沒想到狼蛛的動作會這麼快，心裡一喜，面上卻做出迷茫和受傷的樣子，眼眶一紅，側過頭就哭了，「緯崇，我沒想到你已經這麼不信任我了，我才剛從鬼門關裡走了一遭回來，半條命都快沒了，時進出事，你居然第一個懷疑我？你也說過時進的交往對象是個混黑社會的，那他出事不是很正常嗎？我……反正我說已醒悟了你也不信，那我還是去死了算了。」說完就要下床，想去摸茶几上放著的水果刀。

時緯崇心裡一緊，上前攔住她，到底不願意相信真的是自己的母親做的，壓下心思把她送回病床上，皺眉看著她，說道：「媽，我最後再信妳一次，最好不要是妳做的，不然這次連我也救不了妳。」說完鬆開徐潔，轉身拿走茶几上的水果刀丟到外面的垃圾桶裡，喊來護士看住徐潔之後頭也不回地走了。

徐潔看著他離開，想起他這幾天的辛苦，心裡有了短暫的動搖，又很快全部收斂，抬手攏攏頭髮，看向推門進來的護士，說道：「我突然胃有些不舒服，幫我喊一下醫生。」

護士信以為真，點點頭，轉身幫她喊醫生去了。

徐潔趁機掀被子起身，拿出手機打了通電話，朝著病房外走去。

時緯崇趕到會所的時候，費御景和黎九峥已經全部到了。

「情況怎麼樣？」時緯崇一進門就表情焦急地詢問。

廉君淡淡看他一眼，「時進是在買菜回會所的路上被人伏擊抓走的，陪他一起出門的卦二重傷，現在正在醫院裡搶救，暫時沒法從他那裡問出消息。伏擊現場沒留下什麼有用的線索，路邊的監控也被提前破壞，對方明顯是有備而來。」

也就是說，情況很不好。

勉強還算冷靜的費御景聞言狠狠皺眉，滿臉不贊同地看向廉君，壓著脾氣說道：「買菜？你知不知道你是什麼身分，居然讓時進只帶著一個人出門買菜？原來時進還需要負責做這種雜活？」

「會所當然有自己的採購，他特地親自出門買菜，是為了晚上好好招待你們。」廉君把他這個問題懟回去，然後頓了頓，繼續說道：「讓他只帶著一個人出門確實是我的疏忽，我保證會把他安全救回來，這次無論是誰在打他的注意，我都要讓那個人付出代價。」說完看一眼時緯崇，滑動輪椅轉身離開。

時緯崇被他懷疑冷漠的眼神看得身體一僵，雙拳慢慢握緊。

廉君走後，費御景朝著時緯崇看去，皺眉問道：「你的母親……」

「她說不是她。」時緯崇打斷他的話，表情緊繃，像在告訴他，也像在說服自己，強調道：「她這幾天一直住在醫院裡，我親自看著，不可能有機會做什麼事。」

費御景冷冷說道：「可她本就不用親自動手害時進，你母親上次想害時進的時候，是讓徐川下單給暴力組織，讓暴力組織動手。」

時緯崇表情一黯，說不出話來。

「都怪我，是我跟小進說想吃他親手做的菜，他才會親自出門買菜的。如果不是我，他根本不會出門，也不會被壞人找到機會。」黎九峥突然開口，低著頭，看不清表情。

費御景聞言一僵，想起他之前和時進的簡訊對話，用力閉了一下眼，難得放縱自己讓情緒失控，低咒了一聲該死。

手機鈴聲突然響了起來，時緯崇一愣，連忙掏出手機接通，然後在聽清對面的人說的內容後，表情唰一下變了，說道：「你說我媽不見了？你確定？她會不會是去散步……該死！」

他掛掉電話，轉身朝門外跑去。

費御景和黎九崢也都意識到了不對勁，趕忙起身跟上。

麵包車內，被「綁架」的時進安安穩穩地坐在後座上，正光明正大地偷聽魯珊和下屬打電話。

「接到了？那帶她去一號倉庫吧，在路上多繞一會，拖拖時間。」魯珊說完掛掉電話，一側頭就對上時進直勾勾看著自己的視線，挑眉，問道：「小鬼，這坑人的法子是你想出來的？腦子挺活泛啊。」

時進聽不出她這話是誇還是貶，於是直接跳過這個問題，自來熟地問道：「魯姨，徐潔那邊情況怎麼樣了？」

「你倒是嘴甜。」魯珊似笑非笑，倒也沒阻止他跟著廉君喊自己魯姨，回道：「徐潔已經從醫院溜出來了，現在也在去一號倉庫的路上，你想怎麼玩她？」

這話怎麼聽著有那麼點歧義。

時進繼續忽略她這奇怪的用詞，一臉正直地回道：「面對徐潔這種心理不正常的敵人，身體上的打擊是沒什麼用的，我們必須在心理上擊垮她。」

魯珊來了興趣，問道：「所以？」

「所以我準備搭臺子讓她演戲。」時進誠實回答，看上去十分單蠢無害，「她現在只是半瘋，在我幾個哥哥趕過來之前，我得想辦法讓她全瘋。」

魯珊看著他年輕朝氣的臉龐，聽著他元氣滿滿的聲音，突然覺得後背有點毛毛的，意識到自己似乎對他有那麼點認知上的偏差——廉君這個看上去十分老實的小戀人，本質好像和廉君是一樣的，蔫壞。

此時，另外一頭的時緯崇接到電話後立刻找到廉君，告訴他徐潔偷偷溜出醫院的事情。雖然很不想承認，但在這個節骨眼上，徐潔突然從醫院失蹤，凡是正常人都知道有貓膩。

「詳查徐潔的去向和她這段時間的社交動向，一點線索都不要放過。」廉君朝著卦一吩咐，然後看向時緯崇，冷聲說道：「這次就算時進來跟我求情，我也不會輕易放過你母親，你和徐家最好都做好心理準備，我可不是什麼不會玩連坐的好人。」說完朝著一邊的卦三擺了擺手，讓卦三推著自己離開。

時緯崇表情一變，邁步想追，卻被候在一邊的卦五攔住去路。

「停步，在有時進的消息前，還請你們在休息室裡等候。」

卦五看向他，面無表情回道：「只是暫時限制一下你們的行動而已，你們不懂道上的規矩，隨後一步追過來的費御景聞言皺眉，說道：「你什麼意思？廉君難不成想軟禁我們？」

意動作很可能會給大家造成麻煩，所以還請你們耐心等待，不要插手救援。」

心裡確實打著找路子救人的費御景聞言表情一沉，想起在L國時旁觀過的暴力組織之間的爭鬥，心裡雖然有些不甘，但也不得不承認，暴力組織的處事方法，確實和普通人差太多，他那點小能量在滅面前根本不夠看。

「你們能保證可以安全帶回時進嗎？」他壓著脾氣詢問。

卦五肯定點頭，回道：「可以，根據目前的線索來看，時進應該是被徐潔請來的暴力組織抓走了，在B市，敢對時進動手且抓人效率這麼高的暴力組織沒幾個，盤查起來很快，時進的價值也絕對是活著比死了大，所以保守估計，起碼在二十四小時內，時進是絕對安全的。」

站在最後面的黎九崢忍不住上前一步，說道：「那個和小進一起出門的人是不是肯定看到是誰綁了小進？我認識好多優秀的醫生，我可以幫忙多請幾個……」

「抱歉。」卦五打斷他的話，話說得一點餘地都沒有，「除了徐潔，你們都有對時進動手的嫌疑，在時進被安全帶回前，滅不會讓你們插手任何和救援有關的事，等消息吧，再見。」說完示意身後跟著的幾名屬下上前，讓他們「送」費御景幾人回休息室，然後直接轉身離開。

他這話說得不留情面，費御景和黎九崢的表情都變得有些難看。時緯崇則像是已經要崩潰了，蹲下身抬手按住額頭，低聲說道：「如果我再仔細一點……」

「你仔細又有什麼用。」費御景低頭看他，有點看不下去他現在的模樣，「你媽想害人，就算你把她綁起來，她也照樣能找到機會。起來，現在救時進要緊，剛剛那個卦五說的話就是在放屁，什麼二十四小時內保證安全，你媽現在肯定是去和抓時進的人會合了，想想你媽如果見到時進，會對時進做什麼吧。」

時緯崇聞言身體一僵，雙手收緊。

黎九崢的表情突然變得蒼白，說道：「上次徐潔讓徐川下單暴力組織的時候，對單子的要求是『毀容、斷手指，想弄死可以，但必須先折磨到足夠的時間』，如果讓徐潔見到了小進……」

這話一出，氣氛立刻又降溫了好幾度。

費御景掏出手機想往外打電話調人脈，時緯崇也立刻從地上站起身，拿起手機想給徐潔和徐家人打電話，盡可能地尋找資訊，黎九崢也掏出手機，想讓目前停留在B市的幾位師兄儘快趕去卦二所在的醫院。

然而他們的電話還沒撥出去，就被守在一邊的卦五屬下一一打斷。

「不要壞了君少的事。」領頭的小隊長搶過黎九崢的手機，掛掉他撥出去的電話，冷聲警告：「B市勢力錯綜複雜，誰知道你們找的人裡會不會就有敵對勢力的靠山和人脈，你們再這麼亂來，別怪我對你們不客氣。」

他說的情況也不是沒可能，費御景等人表情變來變去，最後全都不甘地放下手機，最後還是費御景先冷靜下來，說道：「等消息吧，雖然不願意承認，但由廉君牽頭救人，確實比我們自己亂來要靠譜得多。」

三人在卦五屬下的「護送」下回到休息室，各自找個角落坐下，安靜等待。

時緯崇坐下後就一直低著頭，看不清表情。費御景看了他一會，最後皺眉收回視線，現在這情況，誰也安慰不了誰。

之後的一個小時裡，容洲中和向傲庭也陸續趕到會所，然後他們也被迫留在休息室裡，哪裡也不能去。

「我們就這麼一直乾等嗎？」容洲中氣得想踹門，餘光掃到坐在角落裡的時緯崇，忍不住靠過去揪住他的衣領，黑著臉說道：「你是怎麼看著你媽的，時進都把話說得那麼明白了，你怎麼還能讓你媽真的對他動手？早知道會出今天這破事，我就該提醒時進別再和你接觸！」

「三哥！」向傲庭上前一步把容洲中按住，勸道：「少說兩句，大哥已經很不容易了，都冷靜一點吧，這事也不怪大……」

「那該怪誰？」容洲中推開他的手，說道：「這難道又是時進的錯了？怪他沒事幹麼非要自己出門買菜？按照你們這些人以前的邏輯，最後這一切是不是又都要怪到他頭上了？」

他這話說得很毒，句句踩人痛點，費御景臉一沉，說道：「老三，你冷靜點！大家半斤八兩，你也沒資格指責誰，坐下，別鬧了。」

容洲中聞言表情一僵，煩躁地找個最近的沙發坐下。

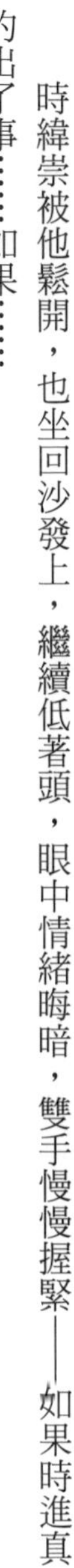
時緯崇被他鬆開，也坐回沙發上，繼續低著頭，眼中情緒晦暗，雙手慢慢握緊——如果時進真的出了事……如果……

另一頭的書房裡，廉君看著休息室裡的監控畫面，手指點了點輪椅扶手，問道：「一號倉庫那邊情況怎麼樣了？」

卦一翻了下手機上的資訊，回道：「倉庫已經布置好了，時進正在熟悉環境。徐潔大概半個小時後會到那裡，撇除徐潔和狼蛛負責人交涉的時間，她大概四十五分鐘後會和時進正面對上。」

四十五分鐘，再加上時進單獨刺激徐潔的時間……廉君點著扶手的手一停，說道：「半個小時後，派人通知時緯崇他們，就說時進已經找到了，然後帶他們去一號倉庫。」

卦一應了一聲是，轉身去安排。

廉君重新看向電腦上的監控畫面，看著裡面氣壓低沉的時家兄弟，嘴角微微勾起，只希望這次，時進能玩得開心。

一號倉庫其實不是真的倉庫，而是代指一片已經廢棄的廠房。時進從來不知道在B市郊區，還有這樣一個荒涼隱蔽的地方，邊隨著魯珊往裡走，邊好奇張望。

魯珊把他的表現看在眼裡，故意說道：「你就不怕我其實是坑廉君的，準備順勢把你扣在這裡，用你的命去威脅廉君？」

時進聞言看向她，誠實回道：「不怕，妳沒想害我，而且埋伏在這裡的有一半是滅的人，妳不敢動我。」最主要的是，他靠近魯珊的時候，進度條不僅沒有漲，反而還降了一些，這證明魯珊是他的生存因素，會在他出危險時保護他。

「我真是不喜歡你們這些年輕人滑頭滑腦的樣子。」魯珊見沒嚇到他，冷哼一聲，帶著他停在廠房最深處的大庫房裡，說道：「去，躺到中間，把衣服弄破點，模樣弄狼狽點，準備好了我就讓人把徐潔送來。」

時進十分配合地躺過去，就地一滾蹭了自己一身灰，然後抓亂頭髮，躺平後看向魯珊，問道：「這個程度夠了嗎？」

這一系列動作真是該死的自然熟練。

魯珊面皮抽了抽，無語地擺擺手，示意身後幾名親信屬下上前用繩子把時進綁起來，然後轉身離開。

時進躺在地上閉目養神，在心裡問小死：「有那種能讓我看上去像女孩子的buff嗎？也不用特別像，就讓徐潔偶爾產生幻覺把我看成雲進那種程度就行了。」

小死安靜了一會，似乎在檢索資料，然後回道：「有是有，但一樣有後遺症，這種改變外貌和帶迷惑效果的buff，會在短時間內對你的身體造成一定的壓力，buff消失後你會難受一段時間。」

「沒事，後遺症就後遺症吧，我受得住。」時進十分樂天，然後想到什麼，又問道：「等等，後遺症持續的時間長不長？我過段時間要去學校報到，得做體檢和完成軍訓，會有影響嗎？」

小死幫他算了算時間，「不會影響的，後遺症最多持續三天，而且症狀是逐漸減輕的。」

時進聞言放了心，安靜下來，等待徐潔到來。

也不知道躺了多久，就在時進快要睡著的時候，他聽到一陣高跟鞋敲擊地面的聲音。本來在旁邊放鬆聊天的狼蛛人員齊齊站起身，盡職地守在時進四周，做出看守他的樣子。

倉庫裡的光線有些暗，時進睜開眼，透過看守人員的站位縫隙，看到一位穿著長裙的女人和一位中等身材的男人停在倉庫門口，正在說話。

「今天讓妳來，只是來讓妳驗貨，這裡不安全，我們必須帶著他進行二次轉移，妳今天不要動

他，不然我處理起來很麻煩。」中等身材的男人說著，聽聲音應該是之前和徐潔洽談生意的狼蛛在B市的負責人。

徐潔已經迫不及待，聞言敷衍地回了句「我知道了」，邁步朝著時進靠近。

守在時進身邊的人默契散開，露出時進的身影。

兩人視線對上，一個高高在上，一個狼狽躺著，局面看上去對時進十分不友好。

「你好啊，野種。」徐潔似乎很滿意用這個角度看著時進，臉上露出個堪稱溫柔的笑容，伸腿用鞋尖踢了踢時進的身體，嘲諷道：「你不是說如果我再敢動你，你就要取我的命嗎？怎麼現在卻是你變得這麼狼狽，你傍上的那個瘸子呢，怎麼沒護住你？」

小死氣到爆炸：「她罵寶貝是瘸子！我要打她！」

「冷靜，隨時準備給我刷上buff。」時進心裡也有點氣，但還是穩住了，安撫好小死後掙扎著坐起身，仰頭看向徐潔，咧嘴笑得燦爛，「果然是妳，就知道妳沒那麼容易服軟。徐潔，妳兒子知道妳這手小動作嗎？讓我猜猜……他肯定不知道吧。所以我現在狼狽一下又怎麼樣，等這事了了，妳可就是真正的眾叛親離了。」

徐潔臉上的笑容消失，看著時進笑得有恃無恐的樣子，突然從口袋裡抽出一把折疊水果刀，朝著他直撲過去，罵道：「野種，閉上你的臭嘴！」

小死尖叫：「死緩了進進！快跑！」

時進十分冷靜地就地一滾，躲開徐潔這滿是漏洞的一擊，腿上的繩子不知何時被他掙鬆了，順勢伸腿踹了徐潔一腳。

徐潔穿著高跟鞋，被踹得一個不穩，直接後仰倒在地，手裡的水果刀落到一邊。

狼蛛的負責人見狀沉著臉上前，先讓屬下重新把時進綁好，然後彎腰粗魯地把徐潔揪起來，直接給了她一巴掌，冷聲說道：「我之前是怎麼跟妳說的，別以為妳是客戶我就不敢對妳怎麼樣，敢

給我製造麻煩，我讓妳豎著進來，橫著出去！來個人，給我好好搜一下，看她身上還有沒有帶其他武器！」

站在他身後的狼蛛屬下立刻應了一聲，上前按住徐潔，把她上上下下搜了個遍，又從她身上搜了把很小巧的鋒利刮眉刀出來。

「滾開！不許用你們的髒手碰我！滾開！」徐潔什麼時候受過這種侮辱，氣得瘋狂掙扎。

負責人冷笑一聲，又給了她一個巴掌，罵道：「髒手？妳以為妳這種又老心思又惡毒的老太婆，在我們眼裡會是什麼乾淨的玩意兒！別敬酒不吃吃罰酒，再敢把我的警告當耳邊風，我割了妳的耳朵！」

徐潔被他這一通連貶低帶威脅，氣得身體一陣陣發抖，想要爆發，但顧忌著對方散發的不善氣勢，不敢再耍威風，硬生生忍下這口氣，扯出一個難看至極的笑，說道：「我就是一時忍不住……讓開，我要去驗貨。」

負責人皺眉看著她，確定她是真的老實下來，才示意屬下放開她，退到一邊。

徐潔摸了摸被打了兩巴掌的臉，轉身目光仇恨地看向地上重新被綁好的時進。

時進簡直要被魯珊屬下這頓精彩的操作給樂死了，見徐潔看過來，一點不掩飾自己的幸災樂禍，笑著說道：「這是怎麼回事，妳這個客戶怎麼比我這個被綁架的人還不受人待見？看看妳，再看看我，現在咱倆到底是誰比較狼狽？」

徐潔表情扭曲，忍不住邁步抬手，想給時進一巴掌。

「哼！」負責人重重哼了一聲。

徐潔身體一僵，側頭看他一眼，不甘地放下手。

時進見狀又笑了，笑著笑著又慢慢淡了表情，涼涼說道：「妳不是在問我『傍』的人為什麼沒護著我嗎？妳錯了，他一直在護著我，狼蛛的人現在不敢對我動手，就是因為我有那麼一位男朋友。而妳呢，明明花了錢，卻反過來要受氣，這又是為什麼？承認吧徐潔，妳就是輸給我了，而且是一直輸。妳費盡心機謀求的東西，我母親只用朝著父親笑一笑，就都能拿到手裡。妳為妳兒子爭的一切，我只用對父親說一句想要，就能全部搶過來。哪怕現在父親已經死了，妳看上去似乎已經贏了，但只要我對時緯崇說一句妳的不是，他就能找妳吵架，還把瑞行的股份還給我。妳說，妳這輩子是不是活得很失敗？」

「你閉嘴！」徐潔被他說得表情扭曲，又想上前。

守在時進身前的人立刻伸手把徐潔攔下來，警告地看著她。

徐潔受不了了，邊推他們邊說道：「你們到底是在幫著誰！瑞行的股份還想不想要了！你們收了錢就是這麼辦事的嗎？」

「他們當然是在幫著利益，誰能給他們利益，他們就幫誰，反過來，誰損壞了他們的利益，誰就會倒楣。」不用狼蛛的負責人說話，時進先開了口，看向徐潔說道：「妳手裡那點瑞行的股份算什麼？只要有我在，狼蛛想找廉君要什麼沒有？我甚至可以直接把整個瑞行奉上，妳是不是忘了瑞行現在已經被時緯崇還給我了。徐潔，勸妳別太把自己當盤菜，只要給夠利益，我甚至可以反過來讓他們殺了妳。」

徐潔身體一震，忌憚又震驚地看看攔著自己的狼蛛下屬，後退一步，回頭看向站在後方的負責人，說道：「你們做生意不能這麼沒信譽……」

「這小子說得對，誰給我利益，我就幫誰，所以我勸妳老實一點，道上人的原則可沒那麼牢靠。」負責人冷冷開口，一點不給徐潔面子。

徐潔臉色一白，又回頭看向時進，咬了咬牙，突然又冷靜下來，問道：「你們準備什麼時候進行二次轉移？」

——嗯？居然又冷靜下來了？

時進有點點意外，也有點點沒趣。

負責人看了下時間，回道：「一個小時後，我們得清掃出撤退的路線。」一個小時，她還等得起。徐潔緩下語氣，又問道：「我可以待在這裡等轉移嗎？」

負責人點頭，「當然可以，但妳不許亂來。」

「我知道。」徐潔應下，又看向時進，抬手整理了一下亂掉的頭髮和衣服，淡定地笑了，「我不動手，我只是想和時進好好聊聊。」

時進見到她的笑容，算了算時間，也跟著笑了，說道：「剛好，我也挺想和妳聊聊的。」說完讓小死給自己刷上buff。

徐潔恍惚間只覺得時進的身影在慢慢變淡，居然變成雲進的模樣，心裡猛地一跳，回神再看時，時進卻還是時進，皺了皺眉，懷疑自己是不是太累出現幻覺了。

狼蛛負責人走了，留下坐在地上的時進和坐在椅子上的徐潔，及幾個看守人員。

時進先開口問道：「妳想聊什麼？」

徐潔翹起二郎腿，撥了撥自己的頭髮，回道：「不如……就聊聊你母親的死怎麼樣？」

「可以啊。」時進並沒有如徐潔預料的那樣，在聽到這話之後失去冷靜，反而又是一笑，親切問道：「既然要聊，那不如讓我媽親自出來和妳回憶一下過去？」

徐潔表情一僵，翹著的二郎腿放下，再看向時進時，卻彷彿又看到雲進的影子，而且她還直勾勾看著自己，呼吸一窒，腿一軟差點癱在椅子裡，扯了扯嘴角，強撐著說道：「你少裝神弄鬼，什麼年代了，這種糊弄小孩子的把戲，你以為還會有人上當？」

「什麼裝神弄鬼，妳這麼開不起玩笑嗎？」時進回答，忍著buff上身的不適，想起原主母親的死，心裡的惡意突然怎麼都止不住，幽幽問道：「徐潔，當年妳買通的那個照顧我母親的護士，妳之後是不是一直找不到她的下落？午夜夢迴的時候，就不怕她突然站出來，把妳過去做的那些醜事

全部掀出來？」

徐潔心臟猛跳，不敢置信地看著時進，狠聲說道：「你都知道些什麼！」

「知道什麼？」時進反問，揚起下巴看她，斂了所有表情，冷冷回道：「妳做的所有醜事，我都知道。徐潔，妳知道絕望是什麼感覺嗎？」

一號倉庫外不遠處的公路上，時家五兄弟坐在最中間的麵包車裡，看著卦一等人帶好裝備陸續下車，心中焦急。

容洲中看向坐在對面的廉君，問道：「我們只能在這裡看著？」

「現實可不是演戲，想下去送命，你儘管去。」廉君冷淡回答，等卦五也下車之後，命令卦九關上車門。

卦一等人彙報車外情況的聲音陸續從車載通訊裝置上傳來，沒過多久，交火聲響起，除了費御景和向傲庭之外，剩下幾個從來沒有見過暴力組織火拚現場的時家兄弟全都皺了眉。

槍聲、慘叫聲、有條不紊的命令聲、爆炸聲……車內沒有人說話，容洲中等人直勾勾看著不遠處似乎有火光亮起的廢棄廠房，想到時進可能就在裡面，表情變得一個比一個難看——時進身處的就是這樣一個危險的世界嗎？

時緯崇也正看著那邊，眼中黑沉一片。

此時廠房裡的徐潔突然尖叫一聲，起身繞到椅子背後，用椅子遮擋住自己，滿眼驚慌和不敢置信地看著時進。

就在剛剛，時進揚起下巴之後，他的臉突然變成雲進的模樣，聲音好像也變輕柔了，看上去就

像是雲進在對她說話一樣，說知道她做下的所有事，說要讓她絕望。

——不、不可能，雲進已經死了，她面前的人是時進，是那個賤女人生的野種。

她努力說服自己，頻繁眨眼想撇開幻覺，但越眨，時進的身影就越像雲進，甚至連臉上的表情都越來越像雲進，她終於忍不住低下頭徹底躲在椅子後面，抖著聲音命令道：「殺了她！我花錢請了你們，快給我殺了她！」

小死給出的buff效果，是只對心懷鬼胎和真正見過雲進的徐潔有效，所以在狼蛛屬下們的眼中，此時的畫面就是徐潔在和時進說了幾句話後，突然莫名其妙地躲到椅子後面，還開始說瘋話，要求他們殺了時進。

「腦子壞了嗎？」狼蛛小隊長皺眉開口，示意屬下們不要動手，沒有理徐潔。

時進也沒想到徐潔的反應會這麼大，暗道徐潔這也太不經嚇了，看一眼時間，有點可惜地在心裡戳了一下小死，讓它暫時把自己的buff撤掉。

buff消失後，時進發現自己的身體確實變得有點難受，但因為buff上身的時間並不長，所以難受程度還在可以忍受的範圍。他適應了一下，動了動被綁住的腿，低咳一聲清清嗓子，朝著徐潔說道：「妳躲著幹什麼，不是要聊天嗎，怕了？」

突然又不是雲進的聲音了。

徐潔抓著椅背的手緊了緊，稍微冷靜了一點，探頭出來朝時進那邊一看，見時進還是時進，身體一鬆差點直接癱軟在地上。

時進挑眉，故意嘲諷出聲：「看來妳很怕我啊，嘖，我還以為妳有多厲害，原來只是個虛張聲勢的慫包。」

徐潔被他嘲諷得面皮一緊，也意識到自己剛剛的行為十分丟人，連忙整理一下裙子站起身，居高臨下地看著他，又餘光掃一眼狼蛛的屬下們，見他們在用看神經病般的眼神看著自己，表情一僵，裝作若無其事的樣子，坐回椅子上，說道：「逗你玩玩而已，時進，事到如今，你已經成了我手裡的螞蚱，你覺得我還會怕你？」

「我可沒覺得。」時進反駁，一臉誠懇，「明明是妳剛剛表現出很怕我的樣子，我只是說了一下事實而已。」

徐潔的表情沉了下來，罵道：「不知死活的野種，我該在你剛出生的時候就殺了你！」

「就憑妳？」時進一臉嫌棄，同情搖頭，「妳連我家的家門都踏不進來，一到M國就會被我爸派人監視，連我的頭髮絲都看不到，還想殺我？妳真當我什麼都不知道嗎？我爸這輩子好過的幾個女人裡，就只有妳不是他主動招惹的，他有多嫌棄妳，妳心裡真的一點數都沒有嗎？當年要不是徐川腦子壞了幫妳說話，妳早在剛爬床的時候，就被我爸當做心機深沉居心不良的女人處理掉了。聽說妳一直以我爸的原配自居？醒醒吧，真論起來，費御景的母親都比妳更像原配，人家好歹是我爸主動追求過的。」

徐潔被他說得臉紅一陣白一陣，雙手握緊椅子扶手，喝道：「你又懂什麼，她們也配『追求』這兩個字？只不過是一群行瑞花錢買來的生育機器罷了，憑什麼跟我相提並論！」

時進語氣淡淡，氣死人不償命：「生育機器又如何？我爸好歹願意花錢讓她們生孩子，妳呢？自個倒貼就算了，還得算著安全期碰瓷懷孕，要不是大哥長得像爸爸，妳早就沒戲唱了。聽說妳在生下大哥之後，還和我爸同居了幾個月？讓我猜猜，自那次妳使計爬床之後，我爸就再沒碰過妳吧。我可翻過妳產後憂鬱症的治療記錄，妳在和心理醫生溝通的時候，似乎對我爸不碰妳這件事怨念頗深？」

最後一塊遮羞布被撕下來，徐潔氣得表情扭曲，再次站起身憤怒地朝著時進衝去，罵道：「你胡說！行瑞不碰我是心疼我剛剛生產過，他愛我！他最愛我！我要拔掉你的舌頭、挖掉你的眼睛，我要讓你生不如死！」

狼蛛屬下們連忙伸手攔住她，皺眉警告道：「妳再這樣就別怪我們把妳丟出去！退後！」

徐潔被推得一趔趄，差點倒在地上。

時進見狀笑了一聲，說道：「徐潔，妳可別發瘋了，我爸怎麼會最愛妳呢？他最愛的那個人已經死了啊，活人是永遠也比不上死人的。而且我爸現在已經去地下和他最愛的人團聚了，妳無論活著還是死了，都得不到他了，永遠都得不到。」

徐潔腦內最後一根名為理智的弦徹底斷掉了，她看著時進笑得嘲諷的模樣，想起時行瑞哪怕在她生下孩子後，也依然對死掉的前任念念不忘的樣子，想起時行瑞把前任的信息捂得嚴嚴實實，不讓人窺探分毫的樣子，想起時行瑞後來不停找替身，把雲進捧上天的樣子……她又腦補了一下時行瑞死後和真愛或者雲進幸福在一起的樣子，終於崩潰地尖叫一聲，再次朝著時進衝去，厲聲說道：「我殺了你！我要殺了你！」

轟！隱約傳來爆炸聲。

狼蛛屬下們再次攔住徐潔，聽到外面的動靜，十分入戲地緊繃起來，交流一番後齊齊掏出武器，把時進圍在中間。

徐潔還在掙扎，形容癲狂。

抓住她的狼蛛小隊長抬手就給她一巴掌，喝道：「有人攻進來了，給我安靜點！」

——有人攻進來了？

臉被打腫，嘴裡泛出血腥味，徐潔被迫找回一點理智，看向聲響傳來的方向，不敢置信說道：「怎麼回事？誰攻進來了？誰？」

時進笑著回道：「還能是誰，當然是妳口中那個護不住我的『瘸子』啊，可惜啊徐潔，妳這輩子都註定殺不了我。」

徐潔雙眼大睜，大喊一聲不，掙扎著想朝時進撲去。

狼蛛小隊長忍無可忍地丟開她，罵了句瘋婆子，彎腰割開時進腳上的繩子，命令屬下：「看好他們，我出去看下情況，如果十分鐘後我沒回來，直接帶他們撤退！」

眾人應是，變換隊形把徐潔和時進圍在中間，目送狼蛛小隊長出庫房。

徐潔先是一愣，然後立刻扭頭看向身邊雙手被綁的時進，露出一個扭曲的笑容，壓低聲音說道：「真好呢，我終於可以碰到你了。」

時進側頭看她，冷笑一聲，毫不猶豫地伸腿踹過去。

撲通一聲，徐潔毫無防備地被踹趴下。圍住他們的狼蛛屬下聽到聲音回頭看他們一眼，見是徐潔吃了虧，又若無其事地把視線收回來。

「你這個野種……」徐潔咬牙，撐地爬起來。

時進餘光看到庫房門口出現卦一的身影，再次伸腿把徐潔踹下去，在心裡讓小死給自己刷上buff，故意湊近徐潔，壓低聲音幽幽說道：「徐潔，妳不是要殺我嗎？來啊。」

又是輕柔的女聲，是雲進的聲音。

徐潔身體一震，猛地仰頭朝時進看去，卻直接看到一張女人的臉，嚇得尖叫一聲，後退一步後又突然狠了表情，尖聲說道：「雲進，我能殺了妳第一次，就能殺了妳第二次！給我去死！」

女人尖利的聲音從車載通信裝置上傳來，時緯崇身體一震，扭頭朝著通信裝置看去，起身想要靠近。時家其他幾兄弟也齊齊扭頭看過去，黎九崢有些遲疑地開口問道：「剛剛那道聲音是徐潔？她說什麼，她要殺小進的媽媽兩次？什麼意思？」

車內死一般的寂靜，所有人都側頭看向時緯崇。時緯崇身體一僵，又默默坐回來，抬手捂住額頭，像是困獸一樣低喊了一聲。

至此，他心裡的最後一絲希望徹底破滅。而且更可怕的是，母親的真面目和過去的真相，可能遠比他之前以為的要更黑暗和沉重。

時家其他幾兄弟見他這樣，都表情複雜地沉默下來。

廉君冷靜的聲音打破車內沉悶的氣氛，他對著傳來徐潔聲音的卦一專屬通訊問道：「情況怎麼樣，找到時進了嗎？」

「找到了，在廠房最深處的庫房裡，有人看守，徐潔和時進被對方護在後面，徐潔在攻擊時進，我們不敢強攻，怕誤傷時進，只能智取。」卦一冷靜彙報。

廉君皺眉，回道：「先用火力把他們拖住，然後想辦法從後方繞進庫房，伺機救時進。」

卦一應了一聲是，開始和屬下商量營救方法，背景音裡隱隱約約有徐潔說話的聲音傳來，內容聽上去十分不友好。

廉君聽了，又皺眉補充道：「別讓徐潔傷到時進，安排狙擊手過去，一旦她有過激的舉動，直接殺掉她。」

時緯崇猛地抬起頭，說道：「不可以，別殺……」

「所以你要看著她傷害時進？」廉君一句話懟回去，冷冷看著他，警告道：「別試圖干涉我的決定，否則我連你一起解決。」

「大哥。」費御景忙按住時緯崇的肩膀示意他不要說話，看向廉君說道：「救時進要緊。」

廉君淡淡看他一眼，不再看時緯崇，把注意力放回通信裝置上。

時緯崇雙手緊握，身體繃得像是一塊石頭，眼裡已經被壓抑的情緒逼出一片血絲。

交火聲繼續傳來，徐潔和時進模糊的交談也陸續傳過來，時家五兄弟的注意力漸漸挪過去，越聽表情變得越難看。

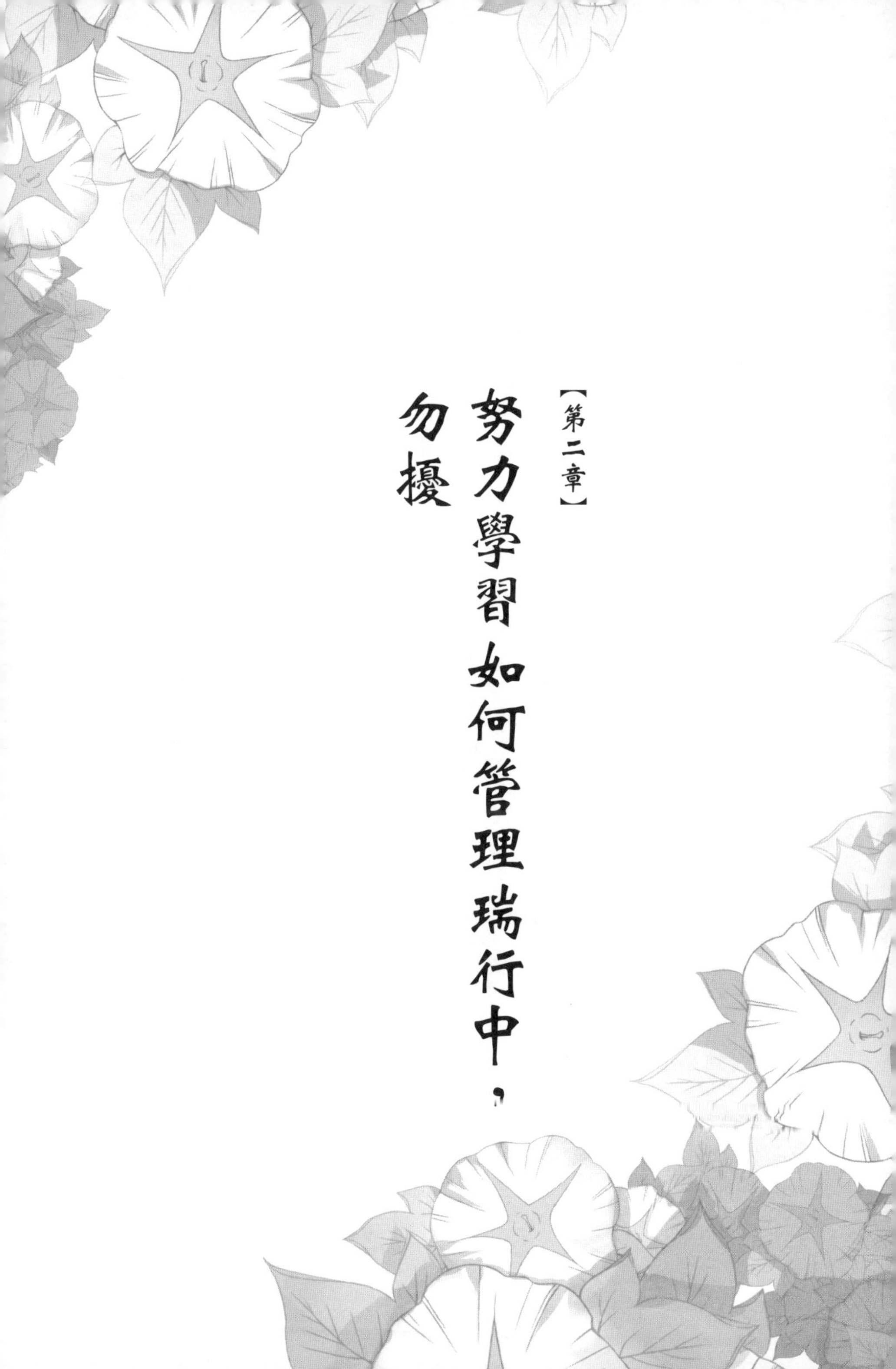

【第二章】努力學習如何管理瑞行中，勿擾

庫房內，時進見徐潔出手攻擊他，連忙後撤躲開，讓小死撤掉自己身上的buff，擺出驚怒的樣子，沉聲說道：「原來我母親的死，妳也插了一手，妳當年都做了什麼！」

來來回回這麼久，徐潔終於看到時進露出她最想看到的驚慌憤怒表情，心裡瞬間舒坦了，殺意更濃，輕笑一聲後回道：「做了什麼？你猜我對她做了什麼？她那種脆弱的小女生，哪裡配站在行瑞身邊，所以我送她下地獄，她下地獄了！」

雖然時進是故意演戲想要激出徐潔的心裡話，但聽她這麼說，心裡還是難免動了氣，表情冷下來，說道：「她不配，妳就配嗎？」

庫房已經被卦一盯上了，狼蛛的屬下發現動靜，守到門口「專心」禦敵，一副無暇阻止徐潔的樣子。

徐潔十分滿意這種情況，見沒人再阻攔自己，也怕時進真的被人救走，突然伸手從衣服裡抽出一根手指長短，帶著弧度，頂部鋒利的鐵條，朝著時進冷笑一聲，說道：「你也就現在還能說說狠話了，去死吧，野種！」

小死再次尖叫：「她怎麼還有武器，不是搜過身了嗎？她從哪裡掏出來的！」

「女人比男人多穿了一件衣服，那裡也是可以藏武器的。」時進倒是很快就搞清楚徐潔手裡那根鐵條是從哪裡來的，俐落地再次躲開徐潔的攻擊，面向徐潔，冷冷說道：「野種？時家的幾個孩子裡，就只有我的母親是被父親親口承認，戴過訂婚戒指的，妳到底在自欺欺人些什麼。」

說著又讓小死給自己刷上了buff。

「訂婚戒指？她一個替身也配！」徐潔的攻擊屢次被他躲開，情緒已經被逼到極限，晃眼間看到時進身上又有了雲進的影子，表情越發扭曲，狠聲說道：「是你，都怪妳這張臉，妳為什麼要長成這副模樣！還有手，戴戒指的手指，毀掉，都毀掉……雲進，我要妳和妳的兒子生不如死！」

時進躲掉她毫無章法的攻擊，繞到她背後，伸腿踢了一下她的小腿，然後再次後撤，說道：

「妳這麼對我，又把時緯崇置於何地？妳有沒有想過他的感受，妳為什麼一定要殺了我？」

徐潔一個踉蹌差點倒地，聽他提起時緯崇，理智有短暫回籠，又很快消失，轉身沉沉看著他，說道：「緯崇會理解我的，如果不是你，他依然還是我聽話的好兒子，都怪你，是你挑撥了他和我的關係。一定要殺了你？不，你只是第一個，你，還有那些染指過行瑞的女人，和她們生的野種，你們一個也別想逃掉。我才是行瑞的妻子，是瑞行的女主人，你們搶走了我的東西，全都該死！」

麵包車內，聽到徐潔這句話的時家幾兄弟再次扭頭朝時緯崇看去，眉頭緊皺。

時緯崇則表情空白地看著車載通信裝置，像是已經被徐潔的話震懵了。

庫房內，時進愣住了，沒想到徐潔不僅想殺自己，還想幹掉時家其他幾兄弟和他們的母親，不再是演戲，而是真心實意地說道：「妳瘋了嗎？大哥怎麼可能會讓妳殺掉另外幾個人，他們和我的情況又不一樣！」

「有什麼不可能，緯崇是我生的，他當然會聽我的話。哪怕他現在不理解我，但只要我一直陪著他，他遲早有一天會懂我的苦心。」徐潔很滿意他現在露出的表情，握著鐵條一步一步朝他靠近，冷笑說：「你再躲啊，後面就是牆壁，我看你要往哪裡躲。我看看，先動你哪裡好呢？聽說行瑞最重視的就是你這張臉，那我就先毀了它吧！」說完快速往前衝。

時進扭頭往後一看，發現自己居然在震驚之下真的停在牆壁之前，眉頭一皺，一個矮身躲開徐潔的第一擊，然後伸腿把她踢開，朝著庫房門口假裝對打的狼蛛屬下和卦一使了個眼色——套出來的話夠多了，這場戲可以謝幕了。

卦一接收到信號，直接把槍挪過去對準徐潔，按下扳機。

「啊——」

一聲女人的尖叫聲之後，卦一的彙報聲響起：「已經把狼蛛的人全部清理掉了，徐潔想要傷時進，我打傷她的腿部，時進沒有受傷，確認安全。」

廉君應了一聲，關掉通信，吩咐卦九：「開車門，去接時進。」

卦九伸手把門拉開，先下車放好輪椅，然後上前把廉君扶下來。

「大哥！」向傲庭突然喚了一聲。

廉君扭頭一看，見是時緯崇突然從另一邊下車，快速朝著廠房跑去，收回視線，朝著卦九吩咐道：「讓人跟著他，別讓他被誤傷，也別讓他傷到時進。」

費御景等人聽到他這彷彿懷疑時緯崇會為了徐潔傷害時進的吩咐，眉頭一皺，對視一眼，也紛紛邁步，朝著時緯崇追過去。

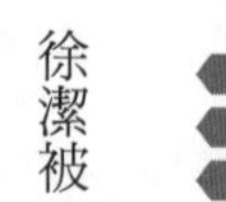

徐潔被一槍打倒在地，倒下時姿勢不對，手裡的鐵條不知怎麼劃到了自己的臉，居然把自己毀容了。

時進看得目瞪口呆，停步看向快步走來的卦一，問道：「這怎麼辦？」

他計劃裡可沒毀容這一項。

卦一卻誤會了他的意思，解開時進手上的繩索後把槍往他身前一遞，說道：「你想讓她一槍斃命也沒關係，君少會幫你兜著。」

「別，我才不要為了這種人弄髒手。」時進雖然想報復徐潔，卻沒有殺人的興趣，把槍塞回給卦一，「找醫生過來吧，幫她處理一下傷口，時緯崇要過來了。」

像是被時緯崇這個名字刺激到了，地上的徐潔突然動了動。她低吟著挺起身，先是不敢置信地摸了摸自己疼痛的臉，又回頭看了下自己的腿，餘光掃到和卦一帶來的人「和樂融融」站在一起說話的狼蛛屬下們，猛地意識到了什麼，扭頭看向時進，不敢置信問道：「你、你們是串通好的？

你、你們……」

時進聞言看向她，扯了扯嘴角，指向卦一戴著的耳機，對徐潔說道：「妳猜對了，這次綁架就是我給妳下的一個圈套。另外，好心提醒妳一句，妳之前對我說的話時緯崇都聽見了，而且他馬上就要過來了。」

「什麼？」徐潔身體一僵又趴了回去，連忙朝著庫房門口看去。

「不止時緯崇，費御景他們也在，他們都聽到妳說要殺了他們和他們母親的話。徐潔，不會再有人相信妳了。」時進居高臨下地看著徐潔，持續補刀：「除了妳，徐家也完了，徐川馬上就會被保釋出獄，他會對徐家做些什麼，妳想必很清楚。」

「不、不可以，不……」徐潔再次試圖起身，看向時進，目光仇恨。

時進在她憤恨的視線下彎腰靠近她，壓低聲音說道：「忘了告訴妳，妳費盡心機始終查不出來的時行瑞的真愛，其實是個男人，而我的母親，是他的親妹妹。時行瑞早就找到我母親了，還偷偷在外養了她十年，等她成年了才帶她正式亮相。所以妳懂嗎，妳永遠沒有機會贏得時行瑞的心，從長相到性別，妳都生錯了。徐潔，妳就在痛苦裡度過餘生吧，我不會要妳的命，妳最好長命百歲，然後看著我和妳唯一的兒子越來越親近。」

徐潔目眥欲裂，牙齒幾乎把嘴唇咬出了血，猛地撐起身體朝著時進撲去，狠聲說道：「不！我要殺了你！殺了你！」

卦一眼神一利，拉著時進後退一步，正準備掏槍打殘徐潔的另一條腿，一個高大的身影突然衝了過來，牢牢抱住徐潔，擋了卦一的槍口，也攔住徐潔攻向時進的動作。

噗嗤。鐵條尖端刺破衣服和皮膚的聲音悶悶傳來，徐潔身體一僵，顫抖著鬆開手，鐵條掉到地上，抬頭看向抱住自己的人。

時緯崇面沉如水，像是被傷的根本不是自己一樣，迎上徐潔的視線，低聲說道：「媽，這次我

真的幫不了妳了。」

徐潔身體一抖，低頭看他開始滲血的腹部，尖叫一聲，撲過去扶住他的身體，驚慌搖頭，語無倫次地說道：「我不是故意的，緯崇你疼不疼？我做這一切都是為了你，你別這麼看我……」

鐵條扎得並不深，時緯崇推開徐潔的手，面無表情回道：「不，妳只是為了自己。」

「我沒有，是時進逼我，是他下圈套騙我，這些人都是和他串通好的，他想陷害我，挑撥我們的感……」徐潔邊解釋邊想去拉他的手，餘光掃到滿地狼蛛屬下的「屍體」，想起剛剛明明看到他們和卦一帶來的人站在一起說話的樣子，聲音卡住了。

時緯崇滿眼失望，躲開她的手，「都到這時候妳還想騙我，媽，我都聽到了……就算這些是假的，妳說的那些話，總該是妳的真心話吧？我覺得我快不認識妳了，妳怎麼會變成這個樣子？」

「我不是……」徐潔百口莫辯，餘光看到面無表情站在一邊的時進，突然想起時進之前說的那句「妳知道絕望是怎樣的感覺嗎」，臉色猛地一白，看看這滿地的「屍體」，摸了摸自己毀掉的臉，對上時緯崇失望中透著死寂的眼神，心弦一顫，終於扛不住打擊，直接暈了過去。

時緯崇上前扶住她，跪在地上，摸著她滿是血跡的臉，沉默良久，突然肩膀聳動了幾下，發出了一聲壓抑的哭聲。

時進看著這樣的時緯崇，心裡也悶悶地難受起來，buff消退後的難受開始氾濫，身體一晃剛要倒下，後背突然一暖，緊接著腰部一緊，身體被抱入熟悉的懷抱裡。

「廉君。」他沒有回頭，只握住腰部圈上來的手。

「沒事了。」廉君安撫地親吻一下他的耳朵，和他一起看著時緯崇抱著徐潔的身影，低聲問道：「會後悔嗎？」

時進搖頭，逃避般地轉身抱住他，把臉埋在他的肩膀上，閉上眼睛。

後悔嗎？並不，這亂糟糟的局面需要一個乾脆俐落的了斷。但是……

「報仇的感覺一點都不好。」他低聲嘆息，收緊了手臂，「有點累。」也一點都不覺得開心。

廉君輕輕順著他的脊背，溫聲哄道：「所以以後這種事我來就好……休息吧，剩下的事情我幫你處理。」

滅和狼蛛交火的動靜弄得太大，在「救出」時進之後，廉君立刻開始安排人員撤退。

考慮到向傲庭是軍人，且對戰經驗豐富，為免被他看出端倪，廉君故意派卦三攔了時家其他幾兄弟一下，引他們繞了下路，沒讓他們深入到庫房中間的「戰場」裡。

庫房內，時緯崇在卦一的提醒下很快收拾好情緒，埋頭幫後續趕到的醫生把徐潔轉移到擔架上。時進一直站在一邊看著，沒有主動喚時緯崇，也沒有主動上前找他。他知道時緯崇現在的心情肯定很亂，不一定會想看到自己。

站了一會，時進突然覺得身體變得越來越難受，廉君看他情況不對，把他也塞到擔架上，逼他躺著休息。時進妥協，真的閉上眼睛開始養神。

大家匆匆朝外轉移，走到半路時，隊伍碰到由卦三領著的向傲庭等人，眾人一番簡單交談後，一起朝著外面撤去。

後面的事情時進就不大記得了，他在撤出一號倉庫後沒多久就迷糊睡去，buff的後遺症比他以為的更凶猛，身體放鬆之後，高熱和嗓子腫痛一起找上門，折磨得他生不如死。

等他再醒來時，時間已經轉到第二天的清晨。

天還沒徹底亮起來，房內光線有些昏暗，時進用力撐開沉重的眼皮，扭頭往四周看了看，見自己躺在一間病房裡，旁邊的陪護床上還睡著廉君，連忙捂嘴把一聲快要衝出口的悶咳壓下，摸了摸難受無比的喉嚨，在心裡戳了戳小死，問道：「現在是什麼情況？」

「啊！進進你終於醒了，我沒想到buff的後遺症會這麼凶猛，對不起嗚嗚嗚……」小死見他恢復意識，激動得直接叫了起來，叫完又忍不住哭了。

時進只覺得頭更疼了，彎腰扯住被子又是幾聲悶咳。

小死見狀忙憋住哭，聲音都放輕一些，解釋道：「你昨天剛躺上擔架沒多久就暈了過去，寶貝很擔心，把你送來醫院。徐潔和時緯崇也在這家醫院，徐潔已經做完取彈手術和臉部縫合手術，現在應該還處於昏迷狀態。時緯崇身上的傷口不深，已經包紮好，他來看過你，在你床邊坐了很久。費御景他們去醫院附近的酒店休息了，今天應該還會過來。寶貝守了你大半夜，等你退燒了才躺下休息，才剛睡下沒幾個小時。」

時進聽完情況，心裡踏實了一點，側頭看了陪護床上沒被自己吵醒的廉君，嘴角勾了勾，想到什麼，又收回視線，看向自己的進度條——他折騰這麼一大遭可全是為了這個，一定要降，最好一次性消……

小死發現了他的動作，聲音僵硬地卡了一下，乾巴巴說道：「進進，徐潔果然是你的致死因素，她昏迷之後，你的進度條直接降到100，但在她做完手術之後，你的進度條又升回到300……」

時進：「……」

小死語氣遲疑：「進度條沒有直接清空，甚至在徐潔好轉之後又漲了一些，這是不是代表著……代表著……」

「代表著徐潔依然賊心不死，只要活著就不會放過我。」時進簡直要絕望了，癱在床上望著天花板，生無可戀，「難不成這進度條必須要殺了徐潔才能消除嗎？」

先不說殺徐潔的話，時緯崇那邊該怎麼辦，只說他自己，他不想只因為要消去進度條，就讓自己沾染上人命。無論是從人性方面，還是從原則方面，他都不允許自己這麼做。

「很可能是這樣。」小死小心接話，見他情緒低落，又安慰道：「或許不是因為徐潔也說不定，你看你的進度條偶爾也會受到寶貝的影響，這次會不會也是因為……」

「可廉君的進度條並沒有漲，如果我是受到他的影響，那他的進度條應該也會漲才對。」時進嘆氣，說著看向腦內屬於廉君的進度條，晃眼間發現進度條的數值好像有點不對，皺眉眨了眨眼，懷疑自己是剛睡醒腦子還不清醒，抬手揉揉額頭後又繼續看過去，然後刷一下坐起身，驚呼道：「降了！廉君的進度條降了！」

「什麼？」小死被嚇到，也看向廉君的進度條，之後也尖叫起來：「啊啊啊，真的降到499了，降了一點！寶貝的進度條第一次降到500以下！是調養身體起作用了嗎？」

「絕對是！」時進立刻精神起來，哪裡還顧得上自己的進度條，扭頭朝著陪護床上的廉君看去，臉上帶著一個震驚中混著驚喜的扭曲表情。

廉君睜開雙眼，靜靜看著他。

「呃……」時進僵住，開始回憶自己剛剛和小死說話的時候，有沒有不小心把腦內的對話真的說出來。

回憶了一會，他很確定沒有，因為他現在嗓子痛得要死，在現實裡是絕對說不出平常那種正常的聲線……所以廉君大概是被他突然坐起來鬧出的動靜吵醒了。

「早、早上好。」他僵硬一笑，開口招呼，試圖蒙混過關，然後悲慘地發現自己現在的聲音超級難聽，刺耳程度不亞於指甲刮玻璃，嚇得抬手捂住脖子。

廉君眨眼，眼中剛睡醒的迷茫迅速褪去，掀開被子起身走到床邊，摸摸他的額頭，發現不熱了，放心地坐到他身邊，十分自然地伸臂抱住他，拍拍他的背，「做噩夢了？別怕，我在這裡。」

——多麼溫柔體貼的寶貝。

時進心理上的驚嚇瞬間被撫平，放鬆身體回抱住他，滿足地閉上眼睛，有這個人在身邊真好。

「還睏？先喝口水再睡吧。」廉君側頭親親他，輕聲詢問。

——依你、依你、都依你。

時進點頭，胳膊卻抱著他不放。

廉君見狀乾脆抱著他傾身，把床頭櫃上的保溫水壺拿過來，擰開後稍微後退一點，把水壺送到他嘴邊。

時進見好就收，鬆開他接過水壺喝了一口水，立刻覺得又痛又癢的喉嚨好受許多，朝廉君笑了笑，剛準備開口和他說話，就被廉君捏住嘴唇。

「醫生說你嗓子受損有點嚴重，需要好好靜養，你這幾天儘量少說話。」廉君囑咐，然後鬆開他的嘴，讓他躺回床上，彎腰在他額頭親了一下，說道：「睡吧，時間還早。」

時進其實還有點擔心廉君會問他嗓子怎麼會受損，甚至已經決定坦白小死的事了，但他沒想到廉君居然直接略過這點，於是暫時壓下這些，乖乖點點頭，示意廉君也回去睡——廉君的進度條剛減下去一點，可不能因為睡眠不足再升回去。

廉君看懂了他的意思，又親了他一下，說道：「我也再去睡一會，你有事記得喊我。」

時進點頭，先閉上眼睛，聽著廉君躺回床上的動靜，看著腦內廉君少了一點的進度條，漫無邊際地發了會呆，不知不覺又睡了過去。

再醒來時，時間已經到了早上十點，廉君早就睡醒了，正坐在病床邊看文件。

時進有些不好意思，沒想到自己又睡了這麼久，連忙起床洗漱，然後配合醫生做了一下每日檢查，吃了藥，確定嗓子情況好一點了，才開口問道：「你今天早上的鍛煉做了沒？」

廉君沒想到他一能開口就急著關心自己，心情變好，給他倒了杯蜂蜜水，回道：「鍛煉了，在另一間病房做的，你要檢查嗎？」說著示意了一下自己的衣領。

時進毫不猶豫伸手，湊過去扒拉開他的衣領看了看，還捏了捏他的胳膊，煞有其事地點頭說道：「嗯，肌肉狀態顯示你確實鍛煉過，沒有撒謊，來，獎勵一下。」說著湊過去親了廉君一下。

廉君被他逗笑，捏了捏他的臉，示意了一下病房外，說道：「時緯崇在外面，等著見你。徐潔在今天早上醒了，精神狀態不大好，可能需要看心理醫生。」

精神狀態不大好？時進看一眼自己穩穩停在300沒動的進度條，皺了皺眉，應道：「先讓時緯崇進來吧。」

廉君點頭，幫他拉了拉被子，轉身準備去叫人。

時進卻又喊住他：「廉君，如果我說我不準備按照原計劃把徐潔送進監獄，你會怪我嗎？」

廉君停下輪椅，回頭看他，認真回道：「我不會怪你，但我不建議你這麼做。隱患始終是隱患，要想不留後患，要麼直接把隱患除掉，要麼把它控制起來，繼續放任不是個好選擇。」

「我知道。」時進嘆氣，有些無奈地抓了下頭髮，說道：「直接除掉徐潔我辦不到，把她送進監獄，時緯崇又肯定會不忍心，絕對會來求我，我又暫時還做不到繼續在時緯崇傷口上撒鹽……其實我想了一個比較折衷的辦法，既可以把徐潔控制起來，也能讓時緯崇暫時緩一陣子。」

廉君眼神一動，問道：「什麼辦法？」

時進不答反問：「滅在國外有自己的精神病院嗎？比較與世隔絕的那種。」

廉君立刻明白了他的意思，手指點了點輪椅扶手，突然笑了，「這種地方，滅多得是。」

廉君讓時緯崇進入病房後就出去了，把空間留給兄弟兩人。

時緯崇身上也穿著病號服，面容看上去很憔悴，黑眼圈很深，眼裡布滿血絲。他坐到時進床邊後先查看一下時進的狀態，問道：「身體怎麼樣了？」

「挺好的，已經退燒了，現在就只是喉嚨還有點痛。」時進回答，給他倒了杯水，問道：「你怎麼樣，傷口深嗎？」

時緯崇搖了搖頭，接過水，沉默了一會，斟酌了一下語氣後才緩慢開口說道：「小進，對不

起，我……」

「我可以不送徐潔進監獄，這次的綁架沒有驚動官方，全部是我們自己解決的，所以不一定要走法律程序。」時進打斷他的話，直入正題，對上時緯崇猛地抬眼看過來的視線，認真說道：「但我無法原諒徐潔對我母親做過的事，她雖然沒有親自動手，但確實是她誘使我母親自殺。」

時緯崇握著水杯的手一緊，眼神又黯淡下來，問道：「你想怎麼做？」

「我聽說徐潔的精神狀態不好，需要看心理醫生。」時進不太喜歡現在的說話氛圍，拉了拉被子，低頭看著自己的掌心，詳細說道：「大概是我心理陰暗，總覺得她這心理有問題的模樣是裝的。五哥的某位師兄好像是很出名的心理醫生，我希望由他來鑑定徐潔的心理狀況，然後我要求無論最後鑑定結果如何，你都必須把徐潔送去滅名下的精神病院裡，一輩子不允許她出來。」

時緯崇愣住，忍不住喚他：「小進……」

「她做了錯事，就必須受到懲罰。」時進再次打斷他的話，抬眼看他，眼神堅定，「我可以不殺她，甚至可以不讓她去監獄受苦，但我沒法原諒她，還讓她舒舒服服地過完下半輩子，甚至再找機會來傷害我！大哥，你說我狠心也好，說我絕情也好，只這一條，我絕對不會退讓。醫院必須由我指定，照顧她的人你可以自己安排，甚至你可以親自考察環境，看我會不會派人偷偷虐待她，但她絕對不能是自由的，我的命也只有一條，我不想再心驚膽戰地防備……」

「對不起。」時緯崇突然放下水杯，上前用力抱住他，聲音沉沉：「對不起，小進，我沒想把你逼成這樣……對不起。」

時進愣住，微微側頭看向他，喚道：「……大哥？」

「你不用為了我這麼一退再退。」時緯崇用力閉了下眼，說道：「不用鑑定了，我媽的精神狀況根本沒有問題，她裝病只是想逃避法律責任，我這次來，就是為了告訴你這件事。你想怎麼處置她都可以，我不會有任何異議。」

「……啊？你不是來……」求情的嗎？

時進直接傻了，搞不明白現在這是什麼發展。

「我還沒那麼糊塗。」時緯崇聽出他語氣裡的驚訝，退開身鬆開他，看著他傻愣愣的樣子，抬手摸了摸他的頭髮，露出一個十分苦澀的笑容，說道：「這對你來說太不公平，你已經給過她一次機會了，是她沒有珍惜。」

「大哥。」時進看著他這彷彿想透一切事情的模樣，心裡反而不安起來。

「我沒事。」時緯崇朝他搖了搖頭，說道：「昨天我想了很多，想我母親說的那些話、想我們這段時間的相處、想我過去幾十年做過的事……我想了一整晚，努力想找到一點讓我覺得開心的事情，結果卻發現沒有，這麼多年，除了錢，我居然什麼都沒落下。或許我的潛意識早就意識到了這一點，所以我才會一直想要把你們綁在我身邊……你之前是怎麼形容來著？過度補償心理，對，應該是這樣，我越缺什麼，就越求什麼，不管不顧，反而給你們造成許多不必要的負擔，還間接導致現在的結果。」

「大哥，這不是你的問題。」時進反駁，不贊成他把所有錯誤都攬到自己身上。

「你不用安慰我，我都明白。」時緯崇還是搖頭，說道：「我說這些也不是在自暴自棄，或者逃避，我只是從來沒有像現在這樣清醒過。我媽是什麼樣的性格，我最清楚。她偏執，能忍，不達目的不甘休。從始至終，一直都在犯錯，她已經把你逼到這種地步，我不會再助紂為虐。她也已經叫不醒了，一次又一次的原諒，只會讓她越陷越深。你沒有讓她以命償命，我已經很感激了，這次你想怎麼處置她，都隨你。」

時進皺眉，問道：「關進精神病院也可以？關一輩子？」

「都隨你。」時緯崇又摸了摸他的頭髮，是安撫也是承諾：「小進，你不用再防備，也不用再害怕，我絕對不會讓她再傷害你第二次，絕對不會。」

時緯崇說完這句話就走了，時進目送他離開，總覺得他說最後一句話時的狀態有點不對，想了想，拿出手機給黎九崢撥了通電話。

雖然時緯崇很確定地告訴時進，徐潔的精神問題是裝的，但時進還是聯繫了黎九崢，拜託他的師兄過來親自給徐潔看看。

一番檢查後，黎九崢的師兄給出和時緯崇同樣的答案——徐潔沒有得什麼精神疾病，她現在處於一種情緒大爆發之後的過分冷靜狀態，所有的精神崩潰都是裝的。

時緯崇對這個結果的反應很平淡，甚至還能客氣地和黎九崢的師兄說話，關心黎九崢在師門的情況。

黎九崢的師兄配合地和他聊了聊，然後在離開醫院後，給時進打了電話。

「你大哥的心理狀況有點不好，太壓抑了。」

黎九崢的師兄開頭一句話直接把時進的心說涼了。

果然有問題，時進皺眉。

之前和時緯崇談話時，時緯崇雖然表現得很成熟冷靜，一副已經想開的模樣，但他總覺得時緯崇情緒調節的速度太快了，那沉穩的樣子，反而更像是一種被逼到極限後，表現出的應激自虐狀態。他在意識到這點後立刻聯繫了黎九崢，得到黎九崢師兄的號碼，拜託對方在查探徐潔的情況時，順便也探一探時緯崇的情況。

「那他的問題嚴重嗎？」時進詢問。

「有一點。」黎九崢的師兄回答：「恕我冒昧，時先生，你和你大哥的關係是不是不大好？你們之間有沒有過那種他曾經做過什麼對不起你的事，十分想要補償你，但你一直不接受的情況？」

時進不明白他怎麼這麼問，回道：「我和他的關係確實不算好，你說的情況也有發生過，但我只是單純的不想要他的東西，不是怪他什麼。」

「看來這就是問題所在了。」黎九崢師兄嘆氣，「我和他聊天時，發現他言談間很在意你的情況，有種迫切想要補償你和其他幾位兄弟的欲望，但大家似乎都不大接受他這種補償，任何情緒長時間壓抑著無法發洩，都會逐步積壓，最終造成嚴重的心理問題……總之概括起來講，就是他快被自己的愧疚壓垮了，並且最近爆發的某些事情，讓他自覺連補償的立場都沒有了，所以他現在很難受，有種想隨著錯誤源頭一起自我毀滅的傾向，你們最好想辦法開導一下他。」

時進沒想到情況會是這樣，想起之前談話時，時緯崇最後說的那句保證，狠狠皺眉。

當晚，時進在考慮一番後，把時緯崇喊來，開門見山地說道：「大哥，你之前說得對，一次又一次的原諒，只會讓人越陷越深，這話不僅對徐潔適用，對你也是。大哥，你陪徐潔去精神病院住半年吧，半年後，我允許你出來了，你才能出來。」

時緯崇一愣，問道：「這是你給我的懲罰嗎？」

——不，這是想讓你去放鬆一下。還有，你為什麼要這麼期待地問這句話。

時進不回答，面無表情地看著他，看上去就像是默認了。

時緯崇看著他的表情，突然笑了，笑得帶著點解脫，傾身抱了抱他，嘆道：「我明白了……小進，你要好好的，我會想你的。」

「我可不會想你。」時進硬邦邦回答，沒有回抱住他，甚至抗拒地把他推開，說道：「出去吧，我要休息了。」

時緯崇被推得一僵，又很快掩飾過去，朝他笑了笑，幫他拉拉被子，轉身離開了。

病房安靜下來，時進面無表情地硬撐了一會，突然後仰倒回病床上，長長嘆了口氣——一味的

原諒，只會讓人越陷越深嗎……好麻煩。

在時進有了決定後，廉君用最快的速度安排好醫院的事情，然後分別給徐潔和時緯崇辦好手續，把他們打包送上飛機。

時進沒有去送機，只無聊地趴在病房的窗臺上，看著自己的進度條發呆。

時間一分一秒過去，到達飛機起飛時間的那一刻，時進發現自己的進度條降到200。

小死鬆了口氣，說道：「等徐潔到了醫院，被嚴密看管起來，進度條應該還會再降一點吧。」

「應該。」時進收回視線回答，癱在窗邊的沙發上，心裡有點點憋屈。這次為了讓時緯崇好好休息，他沒辦法只能忍痛挑了個稍微不那麼差的醫院給徐潔。

「憑什麼壞人沒有壞報，憑什麼讓她住得那麼舒服……」他不爽嘀咕，有點不甘心。

「她不會住得舒服的。」廉君的聲音突然在身後響起。

時進一驚，扭頭看去。

廉君滑動輪椅靠過去，伸手碰了下他瞪大的眼睛，說道：「我給她準備了一份禮物，她的住院生活絕對會很精彩。」

時進消化了一下他的話，心裡瞬間又充滿希望，坐起身問道：「什麼禮物？你安排了一個很糟糕的醫生給她？」

「不是。」廉君很喜歡看他這種期待信任的表情，嘴角勾了勾，解釋道：「還記得當年徐潔買通的那個護士嗎？她在逼死你母親後，為了避開時行瑞的調查和不被徐潔滅口，躲躲藏藏地過了很多年糟糕的生活，精神上是真的出了點問題。我想辦法把她送去住徐潔隔壁的病房。」

時進這才想起還有這麼個棋子，眼神越來越亮，忍不住用力抱了廉君一下，瘋狂誇他聰明，然後坐直身，中氣十足地吼道：「真是天道好輪迴，蒼天饒過誰！」所謂惡人自有惡人磨，就讓徐潔和那個恨死她的護士互相折磨去吧！解氣！爽！

廉君卻又伸手把他的臉掰回來，話語一轉，說道：「現在徐潔的事情處理完了，我們該談談點你的事情了。」

「嗯？我的事情？我的什麼事情？」時進乖乖讓他捧著臉，一頭霧水，「是要談開學的事情嗎？那個沒問題了，我身體已經康復了，你不用擔心。」

「我不是擔心這個。」廉君讓他低頭看腿上放著的文件，說道：「這是時緯崇臨走前給我的，上面是瑞行下階段的發展計劃。瑞行現在已經交到你手上，所以瑞行新總裁，你準備怎麼處理這個龐然大物？」

時進剛剛揚眉吐氣的心情咔嚓一下灰掉，看著廉君腿上的文件，傻了——完了，他怎麼把這茬給忘了，時緯崇剛被他強制放了半年假，瑞行該怎麼辦？他可不會管理公司啊！

病房陷入死一般的寂靜。

時進看著文件，廉君看著他，兩人都沒有說話。

良久，時進看著文件的視線挪啊挪，挪到了廉君臉上，討好一笑。

廉君面無表情，扯了扯他的臉，說道：「自己的事情自己解決。」

「可我只是一個剛剛畢業的高中生，瑞行這種程度的事情，我自己實在沒有能力去解決……」時進厚著臉皮搬出年齡這張擋箭牌，又朝廉君討好一笑，諂媚湊近，「你這麼厲害，肯定有法子幫我的……」

廉君還是面無表情的樣子，但捏著他臉的手卻鬆開了。

時進立刻像隻八爪章魚般貼到他身上，還像個蠱惑昏君的奸妃一樣，拿起他的手，往自己身上

放，暗示意味十足，不要臉的程度令人髮指。

「從哪裡學來這些滑頭滑腦的東西。」廉君順勢抱住他，依然面無表情。

時進眼也不眨地說瞎話：「魯姨教的，她說你就喜歡這個調調。」

廉君深深看他一眼，手摸進他病號服的下襬，語氣變得意味深長：「我確實喜歡。」

嗯？時進僵住了，低頭看廉君亂摸的手——他本來只是想調個情逗逗廉君而已，怎麼現在好像要動起真格來了？這裡可是在醫院，外面人來人往的，做點什麼的話，不大好吧……

他這麼想著，卻沒把廉君的手抽出來，自己反而還蠢蠢欲動地貼到廉君身上，勾他的腰帶。

廉君也由著他亂來，不過放到他身上的手卻沒再繼續動，而是說道：「我的公司管理知識是馮先生給我打的基礎，你準備一下，等病好了，繼續去馮先生那裡上課。」

「……啊？」時進僵住了，亂摸的手也停下了。

「目前來說，瑞行的事務還是時緯崇最為熟悉，你可以把一些大方向上的事情交給他拿主意，穩住瑞行的情況，至於簡單的瑣碎事務，我會教你怎麼處理，瑞行畢竟是你家的產業，你也要上點心。」廉君給他拿了主意，捏了捏他的腰，說道：「你好好學，我相信你。」

——可我不相信我自己啊！

時進張嘴就想要嚎起來，卻被廉君一個眼疾手快的揉腰之術把假嚎給憋了回去。

「其實我讓你學這些，還有著我自己的私心，」廉君又摸了摸他的腰，緩聲說道：「時進，我希望你能幫我。」

「幫你？」時進愣住了，收了玩鬧的心思，皺眉問道：「你遇到麻煩了？」

廉君先是搖頭，想到什麼，又點了點頭，把手抽出來給他整理好衣服，讓他坐好，詳細說道：「之前我沒跟你說，給徐潔下套這件事，雖然是滅和狼蛛自己私底下的合作，但這裡畢竟是B市，任何一點風吹草動都會被捕捉到。現在道上應該已經有狼蛛和滅起衝突的消息流出來，現在事件才剛發生過後一個星期，在接下來這一到兩個月的時間裡，道上的局勢大概會變成各大組織懷疑資訊真實性，調查確認資訊，接著試探狼蛛態度，對滅起想法，然後嘗試和狼蛛結盟，開始對滅進行小範圍騷擾試探，這個階段之後，騷擾試探會慢慢發酵膨脹，最後的局勢肯定會發展成其他大型組織站到一起，合夥針對滅的情況，所以現在留給滅轉型的時間，最多只剩半年。

時進聽著聽著表情也變得嚴肅凝重，心裡十分自責，說道：「所以都怪……算了，現在說這些也沒有意義，我要怎麼幫你？」

廉君很滿意他這永遠能迅速抓住重點，不在已經發生過的事情上過多糾結的性子，反著握住他的手，說道：「你握住瑞行的大權，就是對我最大的幫助。」

時進一愣，然後立刻反應過來，問道：「你要借助瑞行，加快給滅的轉型？」

「不是，我不會讓你的產業沾上暴力組織的牌子。」廉君搖頭，捏了捏他的手，說道：「我是希望能由瑞行出面，接受一部分滅已經成功轉型的生意。」

時進聽著有點不對，皺眉問道：「不對啊，這哪裡是我幫你，這不是你給我送錢嗎？」已經轉型成功的生意，那不就是乾乾淨淨的正經生意，換算過來不就是好多錢嗎？還都是不帶麻煩的錢。

「不是送你錢，是把財政大權交給你，讓你好好管理我們的共同財產。」廉君親了一下他的手背，說道：「轉移部分生意也是滅轉型的一部分，卸下這部分負擔之後，我才能更無後顧之憂地去應對接下來的衝突。而且就算我在衝突中把滅全部賠了進去，起碼也還有你這條退路。所以你要好好學，如果你一不小心把我們的家產敗光了，那我們就要去喝西北風了。」

時進目瞪口呆。怎麼事情突然就發展成這樣了！這樣一說，他完全是不學都不行了。

廉君見他這樣，又繼續說道：「其實這部分事務，我本來準備委託中間人成立一個新企業，慢慢接收明面化滅已經成功轉型的生意，讓它們和滅脫離關係，但現在時間緊迫，所以只能借助現有的大企業來進行操作，省去前期的準備工作。目前來說，瑞行是最好的選擇，但如果你為難的話，

我可以再物色一下其他……」

「別！還是用瑞行吧，比較安全。你用其他現成的企業，能不能有瑞行那麼方便先不說，只安全性和保密性就肯定得差上一大截。」時進連忙打斷他的話，認真考慮了一下，說道：「學企業管理沒問題，我會好好學，但是用瑞行的事，我必須和時緯崇再好好商量一下，畢竟他經營多年，不是他說還給我，就真的是我的了，其實我也沒什麼立場去拿時家的東西……總之我會儘量爭取，你最好再做……」

「這部分時緯崇已經和我談過了，他說過，如果你需要，他可以幫你繼續管理瑞行，但瑞行的所有權，他這輩子都不會再碰。」廉君不得不打斷他的話，示意了一下腿上的文件，「他知道你想把瑞行還給他，所以他把這份文件給我，希望由我來說服你放棄這個想法。」

時進眉頭皺得像打了結，說道：「可瑞行我是真的不想要……」先不說麻不麻煩的問題，只說他這尷尬的身分，他這具身體雖然是時家的兒子，但內裡的芯又不是，就他的立場來說，他拿瑞行，總感覺理不直氣也不壯。之前他收下瑞行，是不想在徐潔還未除掉的情況下，和時緯崇撕破臉，結果現在卻變成騎虎難下。

廉君見他滿臉不情願，抬手按了按他的眉心，「我答應時緯崇，幫他說服你收下瑞行。」

時進一愣，抬眼看他，想起他之前說的話，問道：「是因為滅的轉型需要用到瑞行嗎？」他心裡頓時陷入兩難，這是廉君第一次主動找他尋求幫助，如果他只是因為自己那沒人能理解的立場問題就拒絕了他……好矛盾。

小死看不下去他的糾結，開口說道：「進進，瑞行你可以拿的，那本來就是……」

「是也不是，主要的原因，還是我想在你身上加更多的籌碼。」廉君不自知地把小死的話蓋過去，他摸了摸時進的臉，輕嘆口氣，溫聲說道：「人都有私心，我也有。滅很快就會被推到風口浪尖，未來的大衝突裡，滅只會有一個結局——和所有大的暴力組織一起同歸於盡，消散在歷史裡。

無論是在衝突中，還是在衝突結束後，我和我身邊的人都會被其他組織或是官方盯上。圤一他們都有實力，經驗也足，又跟了我多年，退路早已安排好。你不一樣，你跟著我的時間太短，和我關係又特殊，我必須為你多考慮一些。」

時進的注意力全放在廉君身上，根本沒有注意到小死的話，他聽完很快意識到廉君想做什麼，黑著臉說道：「你覺得我成了瑞行的掌權人，官方就不敢動我了？你說要藉瑞行轉型什麼的，根本就是騙我的吧，以你的周密程度，怎麼可能會對轉型沒有更詳細的計劃和準備，你這是想把財產往我這一丟，自己去送死嗎？」

「當然不是。」廉君見他越說越激動，握住他的手安撫地捏了捏，說道：「我還要照顧你，當然不會去送死，其實我這樣安排還有一個目的，那就是萬一一切結束後官方仍不願意放過我，到時候身上握著很多籌碼的你，還可以反過來保護我。時進，我不會擅自拋下你，我捨不得。」

時進啞然，知道他說得很有道理，但心裡就是有一種自己被他套住的感覺，低下聲音說道：「我總感覺你在騙我。」

「如果真要騙你，我根本不會把我的打算全部告訴你，時進，你不相信我嗎？」廉君看著他的眼睛，認真詢問。

時進看著他好看到冒泡的臉，有點點絕望——不，他當然是信任廉君的，而且他十分確定，以廉君的聰明，如果廉君真的要騙他，他根本不會察覺。

其實他已經被說服了，廉君有一句話說得很對，只有手中握著的籌碼足夠多，他才能有能力保護別人。一直以來都是廉君在護著他，他也想能保護廉君。

在戀人的安危面前，那些埋在心裡無法告訴旁人的糾結，就像是一張脆弱的紙，一戳就破，隨時可以踩在腳下。

「瑞行我可以暫時收下。」他開口，反握住廉君的手，十分用力，「但瑞行我最後肯定還是要

還給時緯崇的，等你處理完道上的事情，我們都安全了，你那部分生意最好還是從瑞行剝離出來，不要和瑞行綁在一起。」

廉君見他妥協，傾身抱住他，順了順他的背，點頭應道：「可以，等一切處理完了，我自然有辦法把我們的產業從瑞行安全平穩地剝離出來。」

——我們的，這是給誰塞糖衣炮彈呢。

時進反手回抱住他，在心裡嘆了口氣，說道：「那先這麼辦，時緯崇雖然對你那麼說了，但用瑞行幫你轉型的事，我還是得和他說一下，問問他的想法。」

「好，應該的。」廉君此時自然是什麼都依他。

時進卻覺得他實在是太狡猾、太聰明了，就時緯崇現在的心理狀態，只要他開口，時緯崇肯定會無條件地答應這件事，說不定還會積極幫忙。

廉君肯定早就算到這點，這場談話從一開始，他就註定會被說服。

就如時進所料，時緯崇在聽說時進想要藉瑞行合法化和明朗化滅的部分乾淨生意時，他不僅沒反對，反而像個被時進聘雇的專業經理人，開始全方位為時進考慮，幫他拿各種主意。

時進不敢讓他在治療的時候還整天忙著工作，於是儘量每天只跟他提一點點有關於工作的事，讓他每天保持在一個有事可做，但大部分時間都在休息，不會太無聊，也不會太累的狀態。

這樣的日子過了兩天，廉君安排醫生給時進做了詳細的檢查，確定他完全恢復健康後，為他辦理了出院手續，讓他住回會所。

這期間費御景等人分批過來探望了一下時進，大概是看出時進情緒不高，他們都儘量回避時家的各種事，只閒扯一些家常。

時緯崇心理出問題的事，黎九峥已經告訴大家，對於時進強制時緯崇放假的事，大家都沒有說什麼。事實上，這段時間發生的事情太多，他們也需要一點時間去消化。

時進出院之後，他們就默契地散了，各自回到各自的生活。然後時進痛苦的發現，從這之後，他的手機每天都會收到來自兄長們的「關愛」，大家似乎在一夜之間就開了竅，各自笨拙地學著不戴那些有色眼鏡和面具，真正學習該如何好好和兄弟相處……其中首當其衝，被當做學習對象的人就是時進。

手機時不時震一下，一會是黎九峥發來的對於他身體莫名高熱和嗓子腫痛的猜想，一會是向傲庭總結對他學業的囑咐和身體的關心。上一秒他才懟完容洲中的小兔崽子簡訊，下一秒費御景主動請纓，表示可以幫他無痛接管瑞行的簡訊就進來了。等這些都消停後，時緯崇對於瑞行接收滅產業的設想又發了過來。

大家說話都小心翼翼的，容洲中發來的「小兔崽子」這幾個字都是一副打得底氣不足的樣子，弄得時進也不好直接冷面以對。

他生無可戀，實在應付不過來，不得不群發了一條簡訊爭取清淨：努力學習如何管理瑞行中，勿擾。

然後唰唰唰又是五條簡訊進來，內容大概為：小進長大了，欣慰。有問題可以敲我。就你？不相信。記得勞逸結合，注意身體。學得太累了，可以來蓉城旅遊休息。

所以是都看不懂「勿擾」這兩個字嗎？時進丟開手機，看了看時間，認命地拿起平板，接通馮先生的通話，開始遠端連線小課堂。

廉君把他的一系列動作看在眼裡，翻了翻手裡時緯崇留在瑞行的心腹發來的文件，在文件上簽了字。

時進對瑞行的接管是暗中進行的，時緯崇明面上還是瑞行的總裁，只不過對外顯示的是休假狀態，他只會在大方向上為公司的事務拿主意，剩下的一切瑣事都是由時緯崇的心腹，也就是現任瑞行的副總去解決。

當然，這個副總背後站著的，其實是廉君和正在學習如何管理公司的時進。

學習管理公司之餘，時進還多了一個愛好——每天記錄廉君的進度條升降情況。上次廉君的進度條下降著實讓他驚喜了一把，他暗暗期待著這種驚喜能夠持續下去，但讓人失望的是，從那天之後，廉君的進度條始終毫無波動。

「難道是因為我生病期間，廉君照顧我太累了，耽擱了調養？」時進忍不住亂想，十分自責。

小死其實也很緊張，但還是安撫道：「不會的！調養身體總是最開始的時候最難，等身體各方面都調養達到平均值以後，身體很快就會好起來的！」

這樣說好像也有點道理，時進壓下心急，又繼續觀察了兩天。

廉君發現時進最近總是偷看自己，眼神怪怪的，視線掃來掃去，某種含義滿滿。他算了算兩人上次親密的時間，自覺發現了真相。

時進畢竟還年輕，兩人又剛經歷過一場不算愉快的談話，需要做點什麼緩和一下關係……廉君在又一次捕捉到時進偷看過來的視線後，順勢蓋上文件，看向若無其事狀收回視線的時進，說道：「今天早點吃晚飯，我想早點休息。」

——嗯，休息？

時進耳朵立刻豎起來，猜測是不是廉君這兩天忙工作太累了，點頭說道：「好，我們今天早點

休息。」早睡早起才能身體好！

——這麼迫不及待？

廉君眼神一動，看著他認真的模樣，嘴角勾了勾。

當天，兩人十分默契地提前吃了晚飯，然後立刻回房各自洗漱。

才不到八點，兩人就躺到床上。時進上床後坐起身，十分自覺地去摸廉君的腿——睡前按摩放鬆一下有助於提高睡眠品質。

廉君卻立刻誤會他的意思，任由他把手放到自己身上，主動曲起腿讓衣袍滑下去，然後朝他招了招手，說道：「過來。」

「怎麼了？」時進疑惑，聽話地靠近。

廉君伸手按住他的肩膀，直接傾身把他壓到身下，低頭吻住他的嘴唇。

時進先是驚訝地瞪大眼，然後感受到廉君的激動，瞬間懂了他的意思，配合地把手摸上他的腰，閉上眼睛——原來是廉君想了，適當的紓解有助於身體調養，可以來一發。

——果然是急了。

廉君感受到時進「猴急」地摸到自己腰上的手，加深了這個吻，手摸上他的睡衣下襬。

小死：「……嘎。」

時進一驚，不小心咬了廉君舌頭一口，忙退開身用意念勾了下腦內的進度條，黑著臉伸手去拉廉君的衣服——差點忘了還有小死這個小偷窺狂。

「知道你想了，別急。」廉君被他咬破舌頭，安撫地捏了捏他的腰。

——什麼？誰想了？

時進疑惑，剛準備詢問，敏感點就被撩撥了一下，腦子裡熱血一沖，立刻什麼想法都沒了。

一夜無夢，時進早起醒來，發現廉君已經起床，乾脆又懶懶地賴了會床，等迷糊夠了才坐起身

伸了個懶腰，啟動進度條，含糊問道：「廉君的進度條怎麼……」

「啊啊啊啊啊——！」小死高聲尖叫。

時進瞬間被喊清醒，抬手痛苦地揉了揉腦袋，說道：「我還以為你已經習慣了，不就是親密了一下……」

「不是！」小死的聲音驚喜到扭曲，扭曲到模糊，喊道：「進進！寶貝的進度條又降了！498了！又降了一點！」

「什麼！」時進看向腦內屬於廉君的進度條，反覆確定數值真的降到498之後，忍不住也低呼了一聲，用力拍了下被子，「這該死的進度條終於又動了！是因為昨晚我幫廉君發洩了一下嗎？」

小死十分激動：「你怎麼幫寶貝發洩的？」

「就是用……你又想被關小黑屋了？」時進回答到一半立刻反應過來，即時閉嘴，不再和小死閒扯，掀開被子起床快速洗漱了一下，跑去書房，眼睛像是探照燈般對著廉君的身體掃來掃去。

廉君被他用小狗看肉骨頭的眼神打量了一遍，心裡十分受用，面上不動聲色，放下文件問道：「早餐想吃什麼？」

「隨便吃點什麼。」時進回答，見他不忙了，湊過去，伸手摸摸他的胸，捏捏他的胳膊，還試圖掀他的袍子看他的腿。

「不許亂來，先吃早餐。」廉君按住他的手，以為他是又想了。

時進的注意力卻在他的腿上，不知道是不是錯覺，他總覺得廉君的腿部肌肉似乎變得比以前結實了那麼一點點，忍不住開心地在他臉上親了一下，說道：「我不亂來，你早上的鍛煉還沒開始吧，我陪你？」

廉君感受到時進的好心情，雖然不知道原因，但心情也不自覺好起來，回親了他一下，廉君欣然應道：「好。」

這一天的鍛煉，時進變得無比積極，他迅速完成自己的訓練任務，然後火速跑到廉君的鍛煉室，看著他鍛煉。

此時的廉君已經完成第一階段的鍛煉計劃，正在朝著第二階段過渡，鍛煉的內容從最開始的穩定行走，變成不借助扶欄自己快走，同時還開始配合藥物治療。

在廉君結束今天的訓練去洗澡時，時進找到龍叔，滿是期待地問道：「已經開始用藥物治療了，這是不是證明君少馬上就可以直接用藥清毒了？」

龍叔看一眼他過度興奮的樣子，潑冷水：「還差得遠呢，此藥物治療非彼藥物治療，這裡用的只是一些緩解鍛煉疼痛的藥物，用來輔助鍛煉的，你想哪裡去了。」

居然只是這樣嗎？時進表情垮了，不死心地問道：「那照這個進度鍛煉下去的話，君少大概還要養多久的身體才能正式用藥？」

「想保險無痛一點的話，最少再調養半年以上，想快一點治療的話，再練三個月就夠了。」龍叔預估出一個期限，說完自己先皺了眉，「君少肯定會選擇後者……你們這些年輕人，總是只知道一味求快，治病肯定是穩妥最重要，你們怎麼就是不明白。」

說完把手裡的鍛煉記錄一收，搖著頭走了。

半年？那不是道上可能爆發衝突的時間嗎？

時進愣住，好心情迅速跌到谷底。

龍叔說得對，以廉君的性格，廉君大概率會選擇求快，等身體素質一達到合格線，就立刻用藥清毒。但這樣肯定會有風險……他看向浴室的方向，深深皺眉。

時進很發愁。

「如果道上的局勢能發酵得慢一點，多給廉君一點時間治療就好了。」他長嘆口氣，整個人都萎了。

如果衝突真的像廉君預料的會在半年後發酵，那廉君肯定會選擇提前治療，爭取用一個健康的身體去應對之後的大衝突。但清毒治療會帶來什麼樣的副作用、到底需要多久才能徹底治好，全都是未知數，萬一一拖幾個月，那不是還是會跟衝突撞上嗎？

而且清毒之後，廉君的身體肯定還需要再進行一個細緻的鞏固調養，說不定還要復健一下。廉君如果提前進行治療，那鞏固身體這部分肯定會和衝突爆發的時間重疊，絕對會被耽擱。清毒治療可是關乎廉君一輩子的健康，無論哪一個環節做得不到位，估計都會給身體留下隱患。

「有沒有辦法能勸說廉君等一切結束後再開始好好治療？那時候他的身體肯定已經調養得很到位，治療起來會更穩妥一些。」他邊思考邊問小死，眉頭皺得能打結。

小死也很苦手，回道：「可是進進，龍叔說過，毒素在體內停留得越久，就越難徹底清理，等開始治療之後，身體可能遭到的反噬也越嚴重。滅和其他組織的對抗很可能會成為一個長期的抗戰，寶貝的毒已經耗了很多年，再耗下去……」

所以治療也不能無限期的拖下去，對身體照樣不好。

時進想起廉君開始鍛煉後變得越來越結實的身體，回憶一下他最初見到廉君時，廉君那多吃幾口飯都要受一番罪的身體狀況，煩躁地揉了揉頭髮，趴到沙發上。

太快有風險，太慢有隱患，那該怎麼辦？只能按照保守型的治療節奏，不快不慢地一點一點往前走了嗎？

「進進，你去問一下寶貝吧。」小死小聲提議，安撫道：「寶貝哪怕是為了你，也肯定會儘量把身體調養好，你好好和他談談，他應該能找到平衡治療和衝突的方法。」

時進聞言想起上次和廉君談話時，廉君保證過會好好活下來陪他的話，心裡一定，麻溜地坐起身，「你說得對，我在這裡自己瞎想沒意義，我去問問他。」

【第三章】

精心布置的求婚約會

廉君在書房裡和依然住在醫院裡裝病人的卦二視頻通話，見時進走進來，把卦二的通話掛了，看向直衝著自己過來，頭髮亂得像個雞窩的時進，未語先笑，問道：「頭髮怎麼亂成了這樣？」

「我自己抓的。」時進十分誠實，答完之後一屁股坐到廉君對面，擺出嚴肅的樣子，「我有個問題要問你，你務必誠實回答，不許騙我。」

廉君聞言心裡一跳，有一瞬間甚至以為自己的約會計劃已經暴露，反手蓋住和卦二談話用的平板，仔細觀察一下時進的表情，應道：「好，你問。」

時進見他配合，心裡踏實了一點，看著他的眼睛問道：「龍叔說他手上有兩個治療方案，一個保守型的，一個求快型的，我回來自己想了想，覺得你肯定會用求快的那種，但是……」

他快速把自己糾結的地方說了一遍，完全沒注意到隨著他的訴說，廉君扣著平板的手慢慢鬆開，身體姿態也逐漸放鬆。

「所以你準備選哪種治療方案？」時進最後以一個問話結尾，直勾勾看著他，一副「你如果說謊或者選錯，我就立刻造反」的表情。

廉君迎著他的視線，溫聲回道：「我選保守型。」

「我就知道你要選求快……啊？你說你選什麼？」時進念叨到一半發現他的答案和自己預想的不一樣，皺眉有點傻地看向他。

廉君被他這表情逗笑，滑動輪椅出來，握住他的手捏了捏，說道：「我說我選保守型。要好好陪著你，不把身體養到最好的狀態怎麼行？在治療這件事上，我全聽龍叔的，你放心，我不會用自己的身體開玩笑，它現在不僅僅屬於我，也屬於你。至於你擔心的治療會和衝突時間重疊的問題，這方面我會再和龍叔商量，你不用擔心。」

——這、這麼懂事的嗎？

時進目瞪口呆，有點不敢相信地揉了揉自己的耳朵。

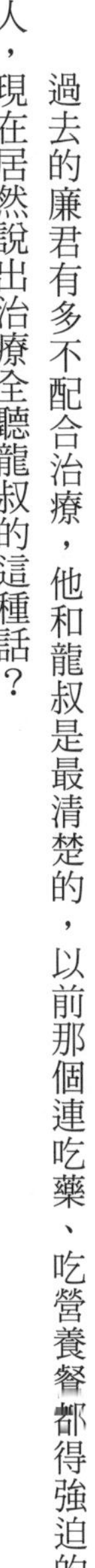

過去的廉君有多不配合治療，他和龍叔是最清楚的，以前那個連吃藥、吃營養餐都得強迫的人，現在居然說出治療全聽龍叔的這種話？

怎麼突然有種熊孩子終於長大，知道體諒大人了的感覺？好、感、動！

「寶貝……」時進伸手就去抱廉君，動作像是抱兒子。

「這週末陪我出去一趟。」廉君及時按住他的胳膊，免了這個不倫不類的擁抱。

嗯？出去一趟？時進停手，疑惑問道：「是有什麼事嗎？」

「這次魯姨幫了我大忙，我想請她吃頓飯，然後正式介紹你們認識。」廉君解釋。

原來是要感謝魯姨。時進瞭然點頭，之後想到滅和狼蛛現在的局勢，又皺了眉，問道：「我們現在和魯姨一起吃飯合適嗎？現在道上的人應該都在盯著咱們兩家，見面會不會有點危險？」

廉君回道：「不會，魯姨會做變裝，我們也要隱藏一下行蹤，小心一點的話，沒事的。而且B市不比其他城市，暴力組織不敢在這裡隨意動用力量，要躲開他們的查探不難。」

時進聞言放了心，應道：「那好，我和你一起去。」

轉眼到了週末，時進早起醒來，驚喜地發現廉君的進度條居然又降了一點，變成49了！

「這次只過了三四天就又降了一點，比之前快了許多，是不是證明廉君的身體各項素質已經到了平均線，開始穩步提升了？」時進盯著進度條期待詢問，開心得恨不得在床上蹦幾下。

小死也是一副開心得想嚎叫的樣子，附和道：「肯定是、肯定是！寶貝的身體會越來越好的！」

一人一系統兀自在床上傻樂，全都沒注意到廉君其實還留在房裡，沒有像往常那樣早早起床去書房工作。

「樂什麼呢？」他從衣櫃的方向拐過來，手裡還推著兩人常用的行李箱。

時進笑容咔嚓一下僵住，傻傻看著他，問道：「你怎麼還在？還有，你拿行李箱幹什麼？」

「計劃有變，魯姨讓我們去郊區的一家度假山莊找她，那裡是狼蛛的產業，更安全。我們要錯開和魯姨過去的時間，所以要先在那裡住一晚，等魯姨到。」廉君解釋，放下行李箱滑到床邊，捏時進的臉，「你還沒回答我，你剛剛在傻樂些什麼，夢裡撿到錢了？」

時進心裡一虛，毫不猶豫地塞糖衣炮彈，一本正經地回道：「錢有什麼可稀罕的，我是夢裡撿到寶貝了，大寶貝。」說著用一種十分明顯的暗示眼神看著廉君。

小死賊兮兮地偷笑。

時進羞怒，秒把小死關小黑屋，又秒把它放出來，然後無視它委屈的嚎哭，掀被子從床上蹦下來，說道：「我來吧，我收拾行李比較快，你先去吃早餐，調養身體最重要的就是要飲食定時定量。」

廉君看著他活力滿滿的樣子，勾唇微笑，伸手摸了一下他的後背，聽話地把收拾行李的活讓給他做。

兩人還是像往常一樣各自鍛煉了一下，休息一會後一起吃了午飯，才出發前往度假山莊。

時進對廉君的作息很執著，硬是讓陪著他們出門的卦一開了輛寬敞一點的加長車，讓廉君在車上睡了個午覺。

經過兩個多小時的車程，汽車到達郊區一家位於半山腰的度假山莊，穩穩停在門口。

「君少！」好久沒出現的卦二從度假山莊裡面迎出來。

時進見到他先是一喜，然後疑惑問道：「怎麼卦二也在這裡？」

「他抱怨在醫院待得太無聊，我就讓他過來先幫我們收拾一下住所。」廉君回答。

時進點頭表示明白，然後好笑地探頭出車窗，朝著卦二高聲喊道：「小老二，醫院的營養餐好吃嗎？」

卦二聞言翻了一個白眼給他，笑罵道：「真是沒良心的小混蛋，也不看看我這營養餐是誰害我吃的。」

時進把沒良心貫徹到底，假裝沒聽到他這句話，推開車門下車，呼吸了一下山上清新的空氣，伸了個大大的懶腰，看向車內的廉君，開心說道：「還是山上涼快，這裡的溫度比山下低，我們可以不用整天窩在冷氣房裡了。」

廉君見他喜歡，心裡很滿意，「那我們一會在外面轉轉，先進去吧。」

一行人朝著度假山莊裡面走去，莊裡應該是提前清過場，沿路只有一些工作人員穿梭，沒看到其他客人的身影。山莊裡的綠化很好，建築都是古風，看上去十分雅致。

時進活了兩輩子，還是第一次到這種度假山莊，看什麼都覺得有意思，忍不住感嘆了一句：「環境真好，舒服！」

「我真懷疑你高考語文是怎麼考那麼高的，這貧瘠的詞彙量。」卦二嘖嘖搖頭，故作嫌棄。

時進怒目而視，說道：「那你說，這裡該怎麼感嘆？」

卦二皺眉沉思，字正腔圓地說道：「好看，真好看！」

這不是半斤八兩嗎！時進毫不留情地嗤笑出聲。

就這麼走走鬧鬧，大約十多分鐘後，眾人穿過一道湖上長廊，走到廉君訂下的住所。

那是一棟兩層小樓，就建在湖邊，背靠一片花園，環境清幽。時進推著廉君進入小樓的院子，十分新奇地打量了一下這棟建築，然後轉身跑回到湖邊，勾著頭往裡看。

廉君滑出來停在他身邊，問道：「在看什麼？」

「看裡面的魚，這山莊的設計者真有意思，湖裡餵的不是好看的錦鯉，而是實用的食用魚，挺有創意的。」時進回答。

「這裡講究的是回歸自然，所以沒那麼多花裡胡哨的東西。」廉君倒是一副對這裡很瞭解的樣子，問道：「想釣魚嗎？這裡的魚都是可以釣的，偶爾還會有野鴨來這裡玩。」

「還有野鴨？」時進越聽眼睛越亮，覺得魯珊真是太會挑地方了，摩拳擦掌地說道：「這裡面的魚好肥，你等著，我釣條大的上來，給你做魚湯吃。」

廉君微笑，應道：「那我讓工作人員送釣具過來。」

卦一和卦二靠在小樓前的木製圍牆上，看著兩人一站一坐停在湖邊看魚的模樣，臉上的表情都放鬆下來。

「還是君少會選地方，我之前還以為時進會不喜歡這裡，失算了。」卦二搖頭，側頭看卦一，問道：「卦三他們什麼時候到？」

「現在應該差不多到山下了，他們住另一邊。」卦一回答，見廉君回頭看過來，起身說道：「我去守著君少和時進，你休息一會吧，布置這裡辛苦你了。」

卦二無所謂擺手，說道：「這算什麼辛苦，總之大家好好玩，玩舒坦了才有精力幹正事。」

釣魚、撩野鴨、揪荷葉、開小船假裝湖上泛舟，時進玩得不亦樂乎，還不知道從哪裡找來幾根狗尾巴草和草葉，教廉君疊蚱蜢。

「再把這裡穿進去……噹噹噹噹，一隻新鮮的蚱蜢出爐了。」時進轉了轉手裡可愛的綠色小蚱蜢，看了看廉君手裡的四不像，辛苦憋住笑，把自己的蚱蜢遞給他，說道：「給，我這個送你，你這個送我，扯平了。」

廉君看他一眼，伸手和他調換一下作品，好好欣賞了一下，問道：「你怎麼會做這個的？」

「當然是小時候在鄉……在其他小朋友那學的。」

時進差點說漏了嘴，一個急剎車隨便找了個藉口糊弄過去，看一眼腳邊桶裡的魚，轉移話題說道：「去殺魚吧，時間不早了，差不多該吃飯了。」

廉君也跟著看一眼桶裡的魚，點了點頭，沒有就這個話題繼續深問。

晚飯是按照龍叔給的忌口單子準備的，時進親手做的鯽魚豆腐湯，因為用的全是比較溫和的食材，所以得以端上桌。

「嘗嘗我的手藝。」時進拿起湯碗，先舀了幾杓奶白色的魚湯，然後把魚鰓下最嫩的幾塊肉挾出來，又舀了兩塊嫩嫩的豆腐進去，遞給廉君，「魚湯就得熱熱喝，冷了就腥了。」

廉君在他期待的眼神中接過碗，先舀了一口湯喝了，然後吃了塊魚肉，又咬了塊豆腐。

「怎麼樣？怎麼樣？」時進忍不住湊過去詢問。

廉君看他一眼，突然眼疾手快地挾起一塊魚肉塞他嘴裡，這才回道：「很不錯，湯很鮮。」

魚肉很嫩，入口即化，時進的味蕾立刻被激發，很是滿意地把魚肉嚥下去，開心說道：「確實不錯，這裡的魚養得很好。」

「喜歡這裡嗎？」廉君詢問。

時進誠實點頭，邊給他盛飯邊回道：「喜歡，這裡的環境很適合讓你調養身體，要不你和魯姨說說吧，等以後我們有空了，再來這裡住一陣。」

廉君聽得又窩心又無奈，伸手摸了摸他的頭。怎麼說來說去，還是全在為他考慮，一點沒顧得上自己。

時進卻以為他默許了自己的話，美滋滋地蹭一下他的手，催促他再多喝幾口湯，自己也盛了一碗湯喝。

吃完飯，兩人在山莊裡散了會步，等徹底天黑才回到小樓裡，去樓後面的露天浴池。

「池裡的水是從山上引下來的山泉水，冬暖夏涼，池底下有控溫裝置，我們可以多泡一會。」廉君解釋，側頭問時進：「想喝點酒嗎？果酒，酒精濃度比較低的那種。」

雖然美人盛邀，但時進十分堅決地抵抗住誘惑，拒絕道：「不喝，你不能喝酒！」

廉君微笑，說道：「我不喝，你可以喝，但是不能貪杯，不然明早會頭疼。」

時進聞言這才放心，然後立刻推翻之前的話，讓廉君要了一小瓶酒。

浴池是露天的，四周光照有點昏暗。時進靠在池壁上，看著對面正在倒酒的廉君，還沒喝酒，就覺得自己有點醉了。

這世上怎麼會有這麼好看的人……他抬起手臂撐住臉，半瞇著眼欣賞。

「發什麼呆？」廉君不知何時靠近他，戳了戳他的臉，把酒杯遞過去，「給，我要的梅子酒，看喜不喜歡。」

酒杯是玉色的瓷杯並不大，被廉君捏在指尖，有種脆弱純粹的美。時進沒有接酒杯，而是低頭就著他的手嘗了一口，細細品了品，說道：「感覺像在喝果汁。」

果然不能指望這人能說出什麼有詩意的話來。

廉君微笑，傾身吻上他的嘴唇，低聲說道：「那我也嘗嘗。」

水波晃動，月光輕灑，時進被廉君的氣息和梅子酒的香味纏繞，似醉非醉間迷迷糊糊睜眼，看著廉君眼睫微垂專心親吻的樣子，心跳突然失了節拍，腦子一熱，低聲說道：「廉君，我愛你。」

廉君本來微閉的眼睛突然睜開，直直看著時進，手一揚丟了酒杯，傾身把他壓在池壁上，加深了這個吻。

咚。酒杯落入水中的聲音。

時進閉上眼，把在腦內嘎嘎亂叫的小死關入小黑屋，探手抱住廉君。

——今晚的月色，真的很不錯。

這一晚兩人差點做到最後一步，時進第一次發現廉君在床上其實也有著強勢且激烈的一面，他一個身體健康的人，居然完全抗拒不了廉君。

本來他都準備拋棄羞恥坐上去自己那啥了，結果到了最後關頭，廉君居然先收了手，把他抱在懷裡輕輕撫摸著他的脊背，親吻他的臉頰，說道：「不行，今天什麼都沒準備，你會受傷的。」

時進腦子已經被慾望糊住了，皺眉說道：「要不是顧忌你的身體，我都想把你推了，做吧，我沒事。」

廉君輕笑出聲，咬一口他的耳垂，在他耳邊說道：「你忘了你過幾天要去警校報到了？體檢的時候，醫生可是會檢查這裡的。」說著拍了拍他的屁股。

時進身體一僵，想起上輩子的警校體檢，終於找回部分理智，忿忿地咬了他一口，「誰叫你撩撥我，憋死你！」

——到底是誰在撩撥誰？

廉君無奈，輕嘆口氣，安撫地吻住他的唇，朝著他大腿摸去。

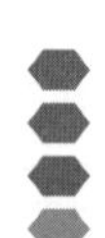

兩人這晚雖然睡得晚，但第二天還是按照往常的時間起床。

時進很理智，甚至理智到有點固執：「鍛煉不能斷，我去給龍叔打電話，看看你今天的鍛煉內容是什麼。」

廉君連忙伸手拉住他，說道：「我已經提前問過了，這家山莊是建在山上的，龍叔說我早上的鍛煉可以用爬山代替。」

「爬山？」時進一愣，然後一點不懷疑地信了他的說法，回憶一下這座山的高度，點點頭說

道：「行，那咱們吃完早飯去爬山。」

早餐過後，廉君換上輕便的運動裝，第一次丟開輪椅，和時進一起步行出小樓，沿著樓後面的花園小路，從側門出度假山莊，朝著山上走去。

時進一直提心吊膽，像隻老母雞般護在廉君身邊，生怕他走著走著就摔倒了，或者腿疼難受。

「沒事的，這種程度的行走我已經習慣了，而且我還提前用了藥，戴了護具，不會疼的。」廉君安撫，姿態看上去確實十分輕鬆，不像是忍痛的模樣。他主動牽起時進的手，帶著他邁步朝著上山的小道走去，「我們先走慢一點，就當是消食了。」

時進有點愣，被動地隨著他朝前走了兩步，看一眼自己被牽著的手，又看一眼廉君彷彿普通人一樣自然行走的雙腿，心弦突然顫了一下。

這好像是第一次，他和廉君真正像一對普通的情侶一樣，手牽手地走在外面。不是在鍛煉室，也不是在房間。

他看著廉君朝前自然邁步的腿，想笑，心裡又沒出息的有點點酸脹。

廉君走路的樣子真好看，那些扶著欄杆走得艱難又狼狽、隨時可能摔倒的畫面在此刻突然都淡去了，廉君就該是現在這個樣子，健康又自由的……

「怎麼不說話？」廉君突然停步，回頭朝他看過來。

時進看著他的臉，很仔細地找了找，確定沒有忍痛的勉強之後，突然側頭淺淺吁了口氣，然後回頭看向他，笑著握緊他的手，說道：「沒有不說話，就是突然覺得……你變帥了。」

廉君注意他的情緒變化，心裡瞬間脹滿對他的心疼，上前輕輕抱了抱他，親吻一下他的額頭，無聲抱了一會，然後退開身，又拉了拉他的手，示意他繼續往前。

一切盡在不言中。

時進微笑，邁步和他並排走在一起，心裡十分滿足——應該可以期待吧，等以後一切塵埃落定

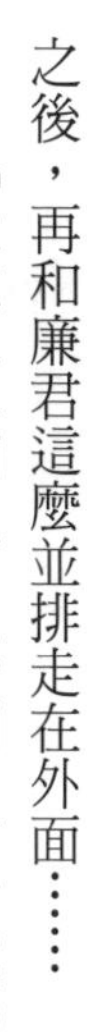

之後，再和廉君這麼並排走在外面……

「從這裡上山，可以看到B市的大部分景色，其實我們晚上來更好……等下次吧，下次我身體養好了，再和你來一起看夜景。」廉君突然開口。

時進愣住，側頭看著他平視起來更顯帥氣的臉，心中嘩一下脹滿了一種名為幸福的感覺，用力點頭應道：「好，我們下次來看夜景，順便在山上露營，看日出！」

此時的山下，卦二靠在湖中長廊上仰望山頂，問卦一：「你說君少吃的止痛藥能撐多久？」

卦一手裡拿著幾根草葉，正皺著眉疊蚱蜢，回道：「不知道自己去看說明書，或者問龍叔。」

卦二被懟了一臉，嫌棄地側頭看他，視線掃到他手裡疊得亂七八糟的蚱蜢，嗤笑說道：「你真是個沒有童年的男人。」

「你就有了？」卦一反問。

卦二噎住，沒趣地哼了一聲，在四周找了找，也拔了幾根草葉，和他一起笨拙地疊起蚱蜢。

精心修建的爬山步道，坡度平緩往上，十分適合散步。沿路還時有涼亭出現，亭子或大或小，造型各有不同，裡面石桌上擺放著乾淨的食物和水，很是貼心。

時進和廉君手牽手慢慢走著，漫無邊際地聊著一些家常。為了照顧廉君的腿，時進每到一座涼亭都會要求進去休息一會，如此停留過三座涼亭後，他終於發現了不對——沿路每座涼亭內擺放的食物都不一樣，最開始兩座涼亭裡放的是一些拆開即食的點心，沒什麼特別的，到第三座涼亭後，裡面擺著的東西居然變成一個食盒。

時進無法再欺騙自己這是度假山莊為客人準備的小零食了，朝著廉君看去，問道：「這些吃的

都是你讓人準備的？」

「嗯，怕你休息的時候餓，爬山可是體力活。」廉君回答，從桌上的保溫食盒裡取出一碟桂花糕，放到他面前，說道：「這是用今年第一批盛開的桂花做的，嘗嘗。」

清晨的山風吹過，帶來一陣清涼，也帶來一陣淺淡的米酒香味。

時進敏銳地朝著食盒內部看去。

「真是個小狗鼻子，什麼都能聞出來。」廉君見狀微笑，又從食盒裡取出一碗酒釀珍珠丸出來，照舊放到他面前，「只許喝兩口，運動途中吃太多東西胃會難受。」

「那你還準備這麼多吃的……」時進嘀咕，不過還是十分給面子地吃了兩塊桂花糕，喝了幾口酒釀珍珠丸，吃完愜意地瞇了下眼，嘆道：「……爽，好吃！」

廉君臉上的笑意加深，伸手捏了捏他的臉，「浮誇的演技。」

「什麼演技，我是真的覺得這個好吃，這些是山莊做的嗎？等我們回去的時候，我可以打包一份帶走嗎？」時進拉下他的手握住，一本正經地詢問。

廉君反握住他的手，點點頭，「可以。」

時進湊過去感謝地親他一口，然後起身，繼續和他一起往更高的地方爬去。

走走歇歇，兩人直到十點多才真正登到山頂，此時太陽已經升得有點高了，好在山上涼爽，所以倒也不覺得熱。

山頂的平臺上也有一座涼亭，裡面照舊放著一個食盒。

時進這次沒有興沖沖地去看食盒裡裝的是什麼好吃的，而是一到地方就扶著廉君坐下，蹲下身想去摸他的腿。

「沒事，真的不疼。」廉君彎腰想要按住他的手。

時進皺眉看他一眼，說道：「你額頭都出汗了，騙我。」

廉君解釋道：「我這是熱的。」

「山裡溫度又不高，我都沒熱，你熱什麼。」時進可沒那麼好糊弄，邊說邊強硬地把他的褲腿捲上去，小心揉捏了一下他的小腿肚和膝蓋，發現廉君的小腿在不自覺地發顫，表情一下子就難看起來。

廉君無奈，忙安撫道：「只是運動過後的正常發顫而已，過一會就好了。」

「我知道。」時進回答，起身坐到他旁邊的凳子上，把他的腿搬到自己腿上放好，邊輕輕揉捏邊低著頭說道：「你以前運動完整條腿都會發抖，現在只是小腿發顫，情況已經比以前好多了。」

廉君看著他低著的腦袋，伸手輕輕摸了摸他的頭，喚道：「時進。」

「是我疏忽，我應該早點讓你下山的，今天運動量有點超過了。」時進已經自己調整好心情，抬頭瞪他一眼，說道：「你以後不許再這麼逞強了，難受就立刻跟我說，咱們的目標可是養好身體治病，不能馬虎。」

廉君見他這樣，哪裡還說得出逞強的話，說道：「這次是我不對，我給你賠罪。」

「空口賠罪誰稀罕。」時進故意冷哼一聲，示意他換條腿。

廉君乖乖照做，然後傾身把桌上的食盒拿過來，說道：「不是空口賠罪，我有準備的。」

「我現在一點都不餓，食物對我沒用。」時進拒絕糖衣炮彈，態度堅決。

廉君微笑，把手放進食盒，從裡面摸出什麼東西握在手裡，遞到時進面前。

時間勉勉強強地挪動視線看過去。

手掌攤開，掌紋清晰的掌心裡，一顆切割得十分漂亮的深藍色鑽石靜靜躺在那裡，陽光照在上面，折射出一片耀目的淺藍光暈。

時進捏著廉君腿的動作頓住了，愣愣地抬眼看向廉君。

「這顆鑽石，本來應該鑲嵌在我送你的求婚戒指上。」廉君晃了晃手裡的小石頭，笑著戳了一

下時進的臉，給他戳出了一個小酒窩，「但後來我又猶豫了，想著萬一你不喜歡這個顏色怎麼辦，或者說，你不喜歡鑽石怎麼辦？所以我旁敲側擊地問了下你，結果你說黃金最好看。」說到這裡他有點無奈地看了時進一眼。

時進立刻尷尬起來，因為他想起來廉君當時旁敲側擊時自己的回答了。

當時他和廉君正在一起搓麻將，廉君突然以想換對情侶皮膚的理由，問他喜歡給人物的手戴什麼樣的裝飾，當時他完全沒有聯想到什麼，因為玩麻將遊戲，皮膚的重點就在摸牌的手上，問這個很正常。

然後他十分誠實地回答道：「當然是戴金色的黃金大扳指最好看，黃金比鑽石玉石都好，因為它代表著財富！能贏！」

結果原來是廉君在試探他對戒指的喜好嗎？

他默默看向廉君手裡的食盒，心裡突然生起一股不祥的預感。

廉君笑看他一眼，把藍色鑽石往他手裡一塞，又從食盒裡摸了個什麼東西出來，伸到他面前。

時進僵硬地吞口水。

手掌攤開，一枚對照著麻將皮膚訂做的黃金大扳指出現在廉君掌心，戒指造型十分富貴，也十分浮誇，讓人有種次元壁破裂的蛋疼感。

「你、你居然真的……」時進心頭一梗，咬咬牙伸手把戒指拿過來，說道：「這個好，我喜歡，就這個吧，我答應你的求婚了。」自己選的戒指，跪著也要戴下去。

廉君罕見地愣住了，然後輕笑出聲，放下擱在時進身上的腿，伸臂抱住他，笑嘆道：「你怎麼這麼好哄。」沒有鮮花、沒有燭光晚餐、沒有好看的戒指，甚至求婚的過場都沒走一下，這人怎麼就什麼都應下了。

時進一臉認真，說道：「什麼好哄，我這叫坦誠堅定好嗎，咱倆什麼關係，不玩那些虛的。」

「好，是坦誠堅定。」廉君笑得滿足，親親他的額頭，突然退開身，把他手裡的黃金大扳指拿過來，輕輕一扭，咔一聲，扳指一分為二，裡面居然是中空的，出現一條精緻的細鏈子，廉君揪住鏈子往外一拉，一枚卡在內裡深處，造型簡約大方的鉑金鑲黃色彩鑽男戒跳了出來。

時進瞪大了眼。

「這個，才是我真正要送給你的求婚戒指。本來還想再逗逗你的，哪知道你這麼好說話。」廉君把這枚戒指拆下來，戴到時進手上，好好欣賞了一下，發現大小剛剛好，忍不住親了親他的手指，問道：「這個你喜歡嗎？雖然不是黃金的，但是是我自己設計的。像這樣鑲嵌一圈碎鑽的話，遠看上去也比較像黃金戒指了。」

——這到底哪裡像了！

廉君送的這枚戒指造型很簡單，偏細，上面鑲嵌的彩鑽顏色很純粹透亮，切割得也很棒，明明是亮眼的黃，卻因為碎鑽之間光暈的影響，反而顯得很是柔和，和黃金的質感完全不一樣。

時進有些愣，摸了摸這枚戒指，問道：「這是你自己設計的？」

「也不全是，還參考了幾位設計大師的建議。」廉君回答，又問了一遍：「喜歡嗎？」

怎麼可能不喜歡！就憑這份心意，他也會很喜歡很喜歡的。

時進直接用行動給了回答，他傾身抱住廉君，閉目親了上去。

廉君微笑，回抱住他，溫柔回吻。

一個小鐵箱突然通過滑索滑到涼亭上方，然後砰一聲打開，撒出無數玫瑰花瓣，恰好山風一吹，花瓣就紛紛揚揚地飛舞起來，纏繞著飄到涼亭裡。

時進被這聲音驚回神，鬆開廉君仰頭看去，被這花瓣漫天的浮誇景象震住，一點都不浪漫的問道：「這是什麼玩意？」鋪天蓋地怪嚇人的。

「我送給你的花，求婚怎麼可以沒有花，不過你好像不大喜歡。」廉君解釋，伸手接了一片花

瓣，發現時進聞言不僅不驚喜，反而露出了一副「你居然是這樣的寶貝」和想說喜歡又實在說不出口的欲言又止模樣，立刻在心裡狠狠給出這個餿主意的卦二記了一筆，然後彎腰放下褲腿，努力無視四周花瓣，起身從食盒裡拿出一個小布袋塞到時進手裡，說道：「時間不早了，我們坐纜車下山去吧。」

時進終於從想誇花瓣雨好看，但又實在誇不出口的尷尬局面中解脫，順手就把小布袋接過來，直接揣進口袋，問道：「這裡還有纜車？」

「有，是供不想爬山，但又想看風景的客人乘坐的，上纜車的地方在另一邊，順著這條岔路走一會就到了。」廉君指了指右側的一條林間岔道。

時進有點遺憾：「原來有纜車，我還準備背你下山的，多浪漫……」

廉君並不覺得被小自己一大截的戀人背下山是什麼浪漫的事，深深看他一眼，又牽起他的手，帶著他朝著岔道走去，

「要不我背你過去吧，你的腿……」時進不死心。

廉君打斷他的話：「我剛剛休息了一會，沒事，而且路不遠。」

時進聽出他的抗拒，遺憾地輕嘆口氣。

到纜車的路確實不遠，兩人只走了幾分鐘就到了。早就有工作人員在乘坐纜車的地方等候，兩人走上前，彎腰鑽進一個十分寬敞的大纜車……然後一桌大餐出現在時進眼前。

時進又愣住了。

「求婚當然也不能少了大餐。」廉君按他坐下，給他扣好安全帶，然後自己坐到他對面，扣好

安全帶後示意外面的工作人員啟動纜車。

工作人員立刻操作起來，纜車順著索道穩穩滑行，很快出了山體，懸在半空中。從空中往外看，山間和遠處城市的大半景色全部映入眼簾，瞬間讓人覺得心情開闊不少。

時進不自覺看入了迷。

為了保持穩定度，纜車滑得很慢，過了好一會才滑到風景最好的滑道中間，然後穩穩停下。

「會怕嗎？」廉君傾身碰了時進一下，輕聲詢問。

時進回神，收回看著外面開闊景色的視線，搖頭：「不怕！」在青山白雲的擁抱中吃飯，這體驗真是太刺激了，他喜歡！

「那我們下次再來這裡，看夜景。」廉君幫他擺好餐具，然後給自己倒了杯果汁，給時進倒了點酒，舉起杯子，「下次，我陪你喝酒。」

時進看著他帶著笑的溫柔模樣，心裡一暖，也笑著拿起酒杯，輕輕與廉君手上的酒杯碰了一下，開心說道：「好。」

兩人直到中午十二點過了，才慢悠悠地從山上滑下來。下了纜車後，喝了點小酒的時進找山莊工作人員要了輛電動車，讓廉君坐在自己旁邊，開車在山莊裡兜風。

「你這是酒駕。」廉君假作嚴肅。

時進不屑輕哼，伸手摟住他的腰，只單手扶著方向盤，驕傲說道：「酒駕怕什麼，有美人相伴，我就是下一秒死了，也是美死的。」

廉君啪一下把他的手拍下去，警告地看他一眼。

時進意識到自己說錯了話，收回手打了自己嘴巴一下，討好地朝著廉君笑了笑，然後乖乖兩手扶好方向盤，美滋滋地朝著小樓駛去。

路邊，卦九隱隱看到一個神情猥瑣的醉漢帶著自家美得冒泡的老大路過，眉毛一抽，果斷假裝

自己什麼都沒看到，自覺傷眼地揉了揉眼睛，轉身順著另一條岔道朝著自己居住的屋子去了。

酒意助眠，兜完風後，本來只準備陪著廉君小睡一下的時進，再睜眼時，發現天居然已經黑了，而自己正半躺在回會所的車上，被廉君抱在懷裡。

「不是要見魯姨，怎麼下山了？」他有點懵，完全沒反應過來見魯珊只是一個幌子。

坐在副駕駛座的卦二回頭，用看智障的眼神看了他一眼。

廉君笑而不語，只又摸了摸時進手指上的戒指，神情滿足。

時進直到兩天後，廉君特地抽空陪他一起去孤兒院見簡成華時，才後知後覺地反應過來，度假山莊之行其實是廉君為他安排的約會，而是還是求婚約會。

他瞬間尬到爆炸，恨不得打死遲鈍的自己，在心裡狂戳小死：「你怎麼不提醒我一下！我對約會的反應那麼平淡，廉君會不會很失落？」

小死結結巴巴說道：「其、其實我也沒反應過來……不過沒關係！你反應很完美，寶貝很開心，他絕對沒有失落，你信我！」

時進想起在廉君的整個求婚過程中，小死那反常的安靜，立刻狐疑起來，問道：「你不會是早就知道廉君的計劃了吧？你這次安靜得也太詭異了。」

小死聲音瞬間拔高，說道：「才、才不是，我才沒有偷聽寶貝和卦二的電話，也、也沒有故意苦練憋氣技巧想偷聽偷看，我、我是冤枉的！」

真是此地無銀三百兩，時進惡狠狠，怒把它關小黑屋，足足關夠了三分鐘才把它放出來，然後無視它的哭嚎，看向身邊的廉君。

廉君今天穿得比較低調莊重，一身沒什麼花紋的素雅黑色長袍，胸口別著一枚白色的胸針。時進又看了看自己身上白配黑的襯衣西褲，斂了表情。

這次他們過來，主要是為了給簡進文掃墓。來之前他已經和簡成華簡單通過電話，全盤告訴了簡成華自己的身世，一點沒隱瞞。

他們在孤兒院門口接到早已等候在門口的簡成華，一起朝著目的地行去。

簡成華上車後一直用一種欲言又止的表情看著時進，偶爾還忍不住嘆息一聲。

時進見狀主動朝他一笑，安撫說道：「過去的事情都過去了，我不怨恨我的出生，未來更重要。而且我現在過得很好，以後還會變得更好，您不用擔心我。」

簡成華見他主動提起，再憋不住，嘆氣說道：「我就是覺得……算了，你看得開就好，我就怕你也和進文一樣，是個敏感多慮的性子，人要向前看，你好好的，我也就放心了。」

時進點頭，又笑著安撫了幾句，然後轉移話題，提起自己的學業，將老人家的注意力引開。

車內氣氛鬆快下來，簡成華放下心頭大石，後知後覺地注意到時進旁邊始終沉默著的廉君，客氣問道：「抱歉，是我疏忽，請問這位是……」

「我男朋友。」時進驕傲回答，示意了一下自己手上的戒指，笑著補充：「是以結婚為前提交往的那種。」

廉君聞言勾唇，客氣地朝簡院長打了個招呼。

簡成華愣住，來回看看兩人，有點傻地應了兩聲，道了兩句恭喜。

時進笑著道謝，主動伸手抓住廉君的手，輕輕捏了捏，心裡有那麼點小爽——這樣也算是帶著廉君見家長了吧，不錯。

廉君側頭看他一眼，輕輕回握住他的手。

兩人之間的互動實在太過自然和甜蜜，簡成華從最初的驚訝中回過神，仔細打量一下兩人的表

情，見他們在看到對方時，表情會不自覺變得溫柔，淺淺鬆了口氣——看來兩人是真的互相喜歡，時進不是被脅迫的。他的進文一輩子太短，沒能碰到那個對的人，現在時進這麼早就找到了決定要廝守一生的人，挺好、挺好。

三人各懷心事的到達墓園，陸續下車。在看到廉君需要坐輪椅時，簡成華明顯愣了一下，眉頭皺起，看一眼時進，眼裡露出點心疼。

廉君注意到他的眼神變化，搭在輪椅扶手上的手放下來，交疊放在腹部。

時進推著廉君，隨著簡成華來到一處修在樹下的墓地前。

簡進文的墓很簡單，一個四方的小房子加一塊最簡單的墓碑，墓碑上甚至連張照片都沒掛。

「進文說他死後要一切從簡，我不想他到了地下之後因為墓地的事情不開心，就都依他了。」簡成華解釋了一下，蹲下身開始擦墓碑。

時進連忙幫忙，隨著簡成華一起仔細地掃墓，描了字，燒了紙錢，最後鄭重的上了一炷香。

簡成華一直在朝著墓碑說話，就像在和簡進文閒談一樣。他介紹了一下時進和廉君的身分，大概講了一下時進的身世，故意略過時行瑞的資訊，怕簡進文聽了不開心。

掃墓快結束時，時進在簡成華想要求又不好意思的眼神中，朝著墓碑喚了一聲舅舅。簡成華立刻紅了眼眶，抬手抹了抹眼睛，代替簡進文給時進塞了個紅包，說是舅舅給外甥的見面禮。

時進沒有推辭，鄭重地收下了，又喚了簡成華一聲外公。

簡成華愣住，眼淚再也忍不住，邊答應邊抱住時進哭，嘴裡絮絮叨叨地說著一些時進聽不懂的家鄉話。時進小心安慰著老人，在心裡輕輕嘆了口氣。

如果這麼做可以給這個苦了一輩子的老人帶來一點安慰的話，那他願意在老人生前擔下這份晚輩的責任。

時進最後帶著兩個紅包，和一個祖傳翡翠鐲子回到會所。

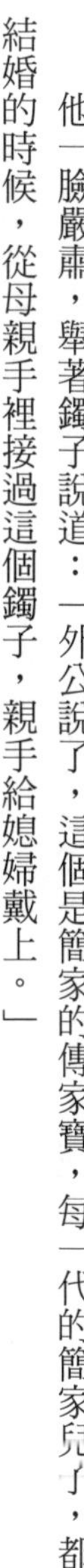

他一臉嚴肅，舉著鐲子說道：「外公說了，這個是簡家的傳家寶，每一代的簡家兒子，都會在結婚的時候，從母親手裡接過這個鐲子，親手給媳婦戴上。」

廉君抬眼淡淡看他一眼，繼續翻文件。

時進賊心不死，拿著鐲子湊過去，去摸他翻文件的手。

廉君由著他動作。

時進心裡一喜，美滋滋地把鐲子往他手腕上套，結果套了半天，震驚地發現鐲子居然小了，戴不上去。他深受打擊，整個人都蔫了。

「這鐲子明顯是按照女孩子的尺寸做的，我雖然瘦，但還是男人的骨架。」廉君收回手，拍了拍他的腦袋，說道：「要多讀書。」

——你是想說人傻就要多讀書吧。

時進面無表情地看他一眼，搖頭甩下他的手，拿著鐲子走了。

廉君目送他離開，臉上的溫和隨意一點點淡去，看一眼桌上的日曆，薄唇緊抿——明天，時進就要去學校報到了，體檢加軍訓，起碼要兩個月後才能回來。

——好久，不想時進離開。

去警校上學不需要帶太多的行李，學校會發放各種必需品。

時進快速地把必要的證件和一些隨身的零碎物品收拾了一下，裝進一個小背包裡，就算是收拾好行李了。

晚飯過後，廉君沒有去書房，而是陪時進一起窩在房裡搓麻將。

「起碼兩個月不能碰遊戲了，難受。」

時進邊玩邊搖頭嘆氣，一副和麻將分別十分難過的樣子。

廉君出牌的手指一頓，側頭看他一眼，薄唇扯了扯，手指一動，出了計劃外的另一張牌。時進立刻哀嚎出聲，崩潰大喊：「你怎麼出了這張牌，一牌點兩家，完了完了。」

廉君面無表情，像是沒聽到他的嚎叫。

「算了算了，輸定了，胡個屁，託管了。」時進一臉的生無可戀，把牌局託管後將平板一丟，轉身湊到廉君身前，從他胳膊下的縫隙裡把腦袋伸進去，趴在他腿上，笑咪咪道：「寶貝，我們去洗洗睡吧。」

廉君垂眼看他，無動於衷。

時進更湊近了一點，壓低聲音：「要一起洗嗎？」

廉君低頭，定定看他幾秒，突然把平板一丟，捧住他的臉吻了上去。

時進逗他逗得十分滿足，提前把小死關進小黑屋，拉他起身，邊吻邊帶著他朝浴室走去。

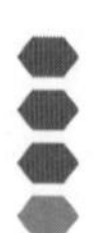

時進報考的學校就在B市的大學城裡，距離會所只有一個多小時的車程，其實算是比較近的，但因為警校的學生軍訓是離校去軍營受訓，所以哪怕學校距離會所很近，時進報到後的這兩個月很難回來，廉君也沒辦法去探望。

更糟糕的是，會所裡的人甚至沒法親自送時進去學校報到。畢竟官方還無法心大到允許有黑道背景的人，光明正大地進入培養執法人員的學校，就算是廉君也不行，或者說，就因為他是廉君，所以更不行。滅和官方的關係似合作，卻又互相忌憚，廉君可以暗地裡幫時進考警校，卻不能在明面上踩官方「力量後備」這條線，這樣會釋放出一些不好的信號，影響到兩方各自的局勢。

「B市有太多人盯著我，無論有沒有被人發現的可能，我都必須儘量避免外界出現『滅的首領大方進出警校』的消息。」廉君解釋，又往時進的背包裡放了些現金和高熱量的零食，說道：「所以這次我只能把你送到大學城門口，沒法親自送你進學校。」

時進看出他偽裝平靜下的低落情緒，湊過去親了親他，說道：「沒關係，我自己去學校也可以，進校的時候我們保持通話，我給你直播。」

廉君抬眼看他，不再掩飾自己的不捨，伸手摸了摸他的臉，說道：「不用直播，入校後你要照顧好自己。我聯繫了其他人送你報到，別的學生有家人送，你也必須有，當年卦一他們上學的時候，我也安排了馮先生他們親自送他們過去。」

「好，我都聽你安排。」時進按住他的手親了親，伸臂抱住他。

廉君回抱住他，摸了摸他的脊背，閉上眼睛，輕輕嘆了口氣——明明該是他安撫要離家的時進才是，結果現在卻變成時進反過來安慰比較年長的他，他這個戀人實在太失職了。

可是真的捨不得，在一起的時間越久，他就越不捨得和這個人分開。

午飯過後，時進告別卦三等人，在廉君、卦一和卦二的陪伴下，坐上汽車，朝著大學城駛去。

上車之後廉君反而安靜下來，不再反覆說那些已經囑咐過很多遍的「上學須知」，就只握著時進的手細細摩挲，像是想要記住他的氣息和體溫。

「反正已經來了大學城，要不一會你去療養院做個身體檢查吧？」時進轉移話題，積極建議。

從度假山莊回來之後，廉君的進度條陸續又降了幾點，現在已經降到493，眼看著再過不久就要降到490了。時進想讓廉君再做個仔細檢查，然後根據對比廉君前後的身體狀況，估算一下進度條大概降到多少，廉君就可以正式用藥。

駕駛座的卦一聽到這句話眼神一動，從後視鏡裡看一眼廉君，委婉贊同時進的提議。「君少，

要現在給龍叔打電話嗎？」

副駕駛座的卦二則已經掏出手機，一副只等廉君鬆口，他就立刻把電話撥出去的模樣。

廉君其實沒有檢查身體的心思，但見時進一臉期待，又想到這是他去上學前對自己提出的最後一個要求，於是點點頭，說道：「順路去做一下檢查吧。」

「太棒了！」時進直白地表達出自己的開心，親他一口後身體一歪，靠到他身上。

廉君順勢抱住他，壓下心裡的不捨，側頭親了親他的耳朵。

龍叔的速度很快，幾人的車才剛停進療養院，龍叔坐的車就立刻停在他們身後。

卦三無奈地從駕駛座下來，朝著挑眉望過來的卦二說道：「別看了，我肯定超速了，記得讓後勤那邊給我消罰單。」

卦二無情地嘲笑了他一番。

一行人進入檢查大樓，龍叔帶人去準備各種儀器，留下眾人在一樓大廳裡的休息區等候。時進看一眼時間，心裡正計算著還能再陪廉君多久，就看到一個意料之外的人從門外走進來。

「五哥？」他揉了揉眼睛，確定進門的人真的是黎九崢之後，扭頭朝著一邊的廉君看去。

「是我請他來的。」廉君一直注意著他，見他看過來，立刻滑動輪椅靠過去，解釋道：「他對大學城比較熟悉，背景清白，送你去報到最合適。抱歉，沒問過你的意見就自作主張了。」

時進想起他說的那句「別的學生有家人送，你也必須有」，心裡一暖，知道他是因為太過關心自己，所以才這麼安排，連忙搖頭表示沒什麼。

兩人說話的工夫黎九崢已經看到他們走了過來，他停到時進面前，主動招呼道：「小進，我來

送你去學校。」說完還堪稱燦爛地笑了笑，因長相而自帶的憂鬱氣質都散去不少，顯出一種十分讓人舒適的柔和。

他的變化太明顯，時進愣了一下才反應過來，抬手和他打了個招呼。

「現在就去報到吧。」廉君強壓下不捨，主動開口：「太晚過去就沒時間整理東西了，今晚早點睡，別影響明天的體檢。」

時進扭頭看他，見他一臉忍耐，在心裡嘆口氣，彎腰抱了抱他，低聲在他耳邊念叨了句什麼，然後站直身，朝著其他人揮揮手，向黎九崢示意了一下，率先朝外走去。

黎九崢見狀連忙跟其他人點了點頭，轉身跟上去。

廉君看著時進的背影消失在樓外，揉了揉剛剛被時進氣息撩撥過的耳朵，突然又笑了——居然說什麼要快點養好身體，等他軍訓回來好做不和諧的事情，都什麼時候了還這麼不著調。

笑著笑著，他臉上的表情又慢慢淡了，低頭調整一下狀態，重新戴上一張名為平靜的面具，示意卦一推著自己去治療室。

◆◆◆◆

警校距離療養院雖然直線距離很近，但真正走起來，卻必須繞過好幾所學校，實際距離偏遠，步行顯然是不明智的。黎九崢直接帶著時進從療養院側門進了隔壁的醫科大學，然後帶著他去自己的車邊。

「這是你的新車？」時進看著面前的亮紅色跑車，有點消化不良。這車也太拉風了吧，黎九崢平時穿衣風格挺低調的，怎麼車卻這麼……

黎九崢見他表情不對，拿鑰匙的手僵了僵，說道：「你不喜歡嗎？這……這是我二師兄的車，

他說現在年輕人就喜歡這樣的。」

——你二師兄在騙你呢！這車只有騷包的年輕人才會喜歡！

時進壓下說實話的欲望，不忍心傷害他脆弱的少男心，乾巴巴地誇道：「也沒有，這車挺好的，看這流線型的車身……」一看就很貴！

黎九崢看出了他的敷衍，默默把車鑰匙塞進口袋，憂鬱垂眼。

時進：「……」現在他十分懷疑，這車是黎九崢為了送他去學校，特地找他二師兄借的。

他連忙又誇了這輛車幾句，還主動拉開車門坐上去，熱情招呼黎九崢。

黎九崢看他一眼，也上了車，發動汽車後強調道：「這真的是我二師兄的車。」

「嗯，我知道，你二師兄的品味真不錯。」時進弱弱附和。

囂張的大紅色跑車停在威嚴莊重的警校門口，巨大的引擎轟鳴聲吸引所有來往學生和學生家長的視線。

時進坐在車內，看著校門口穿著警校制服正在接待學生的學長和學姐們，看著所有看過來的學生和學生家長們，頭皮慢慢發炸，有種把自己的臉捂上的衝動……兄長愛什麼的，真的好沉重。

「怎麼這麼快就到了。」黎九崢先一步下了車，望一眼警校的大門，皺眉，「感覺沒有其他大學的校門好看，好土。」

時進嚇得差點把正要下車的腳縮回來，衝下車按住他的肩膀，壓低聲音說道：「你可別給我拉仇恨了，門口的學長和學姐全看過來了，他們眼裡在放刀子，你看到了沒有！」

說完聲音一揚，看向校門，深情讚美，「我就喜歡這所老牌警校的大門，威嚴又厚重，有種歷史沉澱的美感，特別帥氣！」說完用眼神示意黎九崢閉嘴！

黎九崢嘴唇一拉，冷冷朝著望過來的警校學長及學姐們看去，說道：「你怕他們欺負你？」

——求你了，你別說話了！

時進正要再次補救，一道熟悉的聲音突然從不遠處的一輛黑色商務車裡傳來。

「老五！我就知道你在騙我！」

這個聲音……時進心臟用力一跳，側頭朝著聲音傳來處看過去。

容洲中戴著帽子口罩從商務車裡邁步下來，氣勢洶洶地靠近，停在兩人面前，然後嫌棄地看了一眼兩人身邊停著的車，嗤笑出聲：「老五，這就是你說要送給小兔崽子的入學禮物？這顏色，你以為小兔崽子是女孩子嗎？」

——喂！你這是性別歧視啊！男孩子就不能開紅色的車了嗎？有些開紅色汽車的學生家長已經看過來了啊！而且你知不知道你大熱天的捂得這麼嚴實，顯得很可疑啊！

——等等不對，這是入學禮物？不是找二師兄借的車嗎？

時進驚訝地側頭朝黎九崢看去。

黎九崢眼中殺氣浮動，憂鬱美人的無害氣質瞬間消散，又變成那個不好惹的冷血醫生，看著容洲中冷冷說道：「三哥，你想讓我在這喊出你的名字嗎？」

容洲中聞言表情一僵，瞪了他一眼，直接不理他了，轉而看向時進，說道：「走了，外面熱死了，進學校！動作快點，我沒那麼多時間陪你耗。」

時進十分體貼：「三哥忙的話，可以先……」

容洲中聞言身體明顯僵了一下，然後迅速打斷他的話，略顯煩躁地說道：「我不忙，今天是特地空出來的，剛剛我就是……你別管我，我這人就是說話不好聽。」

時進看著他一副不知道該怎麼解釋的彆扭模樣，想起他這段時間略顯小心翼翼的問候簡訊，心裡一軟，淺淺嘆了口氣，主動抬手拍了拍黎九崢和容洲中的後背，說道：「好了好了，謝謝你們過來，先進學校吧，站在大門口說話實在太蠢了。」

黎九崢和容洲中全被拍得一僵，顯然不大習慣被人這麼親密對待，然後兩人又齊齊放鬆下來，

對視一眼，各自斂了脾氣，應了一聲，順著時進的力道乖乖邁步進學校。

三人保持著兩前一後的陣型朝著校內走去，兩名帥哥加一名模特身材口罩男的畫風簡直和警校格格不入。

「他們真的是這裡的學生嗎？」有學生家長迷茫詢問，還又仔細看了下學校名字，反覆確認這裡確實是警校的大門口，而不是什麼影視院校的門口。

「這樣不是挺好的嗎？」一位新生花癡捧臉，臉龐詭異泛紅，「這裡簡直就是天堂啊……」

【第四章】

軍訓營裡的魔鬼教官

在辦理報到手續時，時進發現他身邊跟著的這兩位「家長」完全就是擺設，不，他們比擺設更可惡，就是兩個拖後腿的麻煩。

「什麼？不允許穿私服？還不許染頭髮、不許戴首飾，週末出校玩還得提前報告？」容洲中翻著校規手冊一臉的不敢置信。

黎九崢打量一下時進的宿舍，眉頭緊鎖：「六人間，沒有獨立的衛生間，公用澡堂，寢具全是學校發的……小進，我給你辦外宿吧，我在大學城裡有房子，是複式，應該夠你住了。」

「這裡不能辦外宿，強制住校謝謝。」時進生無可戀，頂著同宿舍其他學生和學生家長詭異的視線，深深瞭解到一件事——時家的這幾位兄弟，其實全都是問題兒童。

時緯崇和費御景因為比較年長，所以「問題」不大明顯。向傲庭因為本身性情沉穩，又被軍隊打磨過，所以看上去最正常。但是容洲中和黎九崢，一個是看遍了花花世界的星二代，一個是從小被母親精神虐待的少年天才，這兩個人完全沒有經歷過普通人的生活，問題兒童的特質完全保留了下來！

其他兄長過來可能還會盡一下「家長」的責任，幫時進辦辦手續，做點主動和時進的室友和室友的家長們搞好關係的客套事，但偏偏今天來的是容洲中和黎九崢，這兩個人從某方面來說都有點「目中無人」的毛病，指望他們像個普通家長那樣辦事？不可能的，做夢都不會出現的。

現在他在其他人眼裡，大概就是個吃不得苦的有錢少爺的形象吧。

「那個，我叫時進，這兩位是我的哥哥，他們不瞭解警校的情況，所以有點點驚訝……」時進試圖挽回一下自己在室友眼裡的形象。

室友掃一眼他身上的名牌衣服和手上的鑽石戒指，又看一眼容洲中一身的潮牌和耳朵上的鑽石耳釘，又看一眼黎九崢手腕上的鑽表和背著的名牌男士背包，齊齊冷漠臉，「喔。」

時進：「……」完了，怎麼感覺大家的態度比之前更糟糕了。

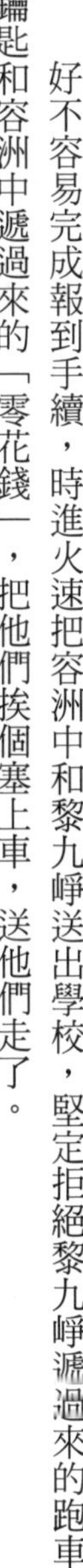

好不容易完成報到手續，時進火速把容洲中和黎九峥送出學校，堅定拒絕黎九峥遞過來的跑車鑰匙和容洲中遞過來的「零花錢」，把他們挨個塞上車，送他們走了。

終於能一個人清淨一下，時進長吁口氣，先給廉君打了電話，得知他正在進行最後一項檢查後，識趣地先掛斷電話，然後回到寢室，嘗試著和室友們接觸。

大家都是年輕人，雖然時進的出場畫面太過「少爺」，給大家留下一個負面印象，但在一番接觸後，大家很快發現時進其實是個性格很好的人，沒什麼少爺脾氣，於是迅速和他打成一片。

時進這才鬆了口氣，約了大家一起去吃晚餐。

晚飯過後，廉君那邊的檢查結果終於出爐，情況很不錯。

龍叔高興地表示如果按照現在的進度，廉君應該只需要再調養四個月就可以初步嘗試用藥了，比之前預估的半年，足足提早兩個月的時間。

時進聞言大喜，埋頭算了算，最後得出結論——保守估計，等廉君的進度條降到430左右時，廉君應該就能正式用藥了。

430……他洗漱完躺在床上，看著腦內屬於廉君的進度條，慢慢閉上了眼睛。

報到第二天，警校按照班級進行分隊和整合，然後以班級為單位，把學生全部拉去醫院進行體檢。體檢的過程中，時進因為在學生中顯得格外成熟的氣質和出挑的外形，一下子就被人認了出來，跑車少爺的外號立刻傳了出去。

時進沒想到事情會是這麼個發展，想解釋都無從解釋，越發生無可戀。

體檢結束的第二天清晨，時進坐上軍區安排的車，朝著軍訓所在的軍營駛去。一切情景都和上

世界的錯覺。

他總是會突然走神，又突然驚回神，然後立刻扭頭看一下周圍學生的長相，確定裡面一個熟悉的面孔都沒有之後，才會稍微放鬆下來。

所有可以證明廉君存在的隨身物品都被留在學校裡，他摸著空掉的手指，後知後覺地想起自己腦內還有小死這個系統的存在，開始拉著它瘋狂說話。

小死簡直是受寵若驚，立刻積極回應他的話題，和他熱火朝天地聊了起來。

就這麼一路聊到軍營，時進下車，隨著人群朝著軍營內部走去，因為情緒不高的原因，所以頭一直低著，沒有像其他學生那樣新奇地張望周圍。

到軍營後又是一番整隊集合，有軍區的負責人帶著這次負責軍訓的教官前來，停在學生隊伍前面，給學生們講話。

時進敏銳地察覺到有一道視線正盯著自己看，皺眉抬眼看去，然後直直撞入一雙熟悉的銳利雙眼裡，驚得倒抽了一口涼氣：「四哥？」

「誰在說話？」站在他們班級旁邊的輔導員立刻看過來。

時進連忙舉手報告，不好意思地道了歉，然後看向站在軍區負責人旁邊的向傲庭，掃一眼他身上的陸軍制服，覺得這個世界實在太過玄幻。

怎麼回事？隸屬空軍的向傲庭，怎麼會突然出現在B市附近的這個陸軍軍營裡，鬧啥呢？

像是看出他的疑惑，向傲庭突然邁步走過來。

時進瞪大眼，連忙小幅度搖頭用眼神制止他的動作，不敢去想四周同學的表情——剛剛他那句四哥喊得可是字正腔圓的，周圍的同學肯定都聽見了。完了完了，這下他少爺的名聲之外，又得落一個關係戶的章子了。

制止無用，向傲庭已經走過來，他看向班級旁邊站著的輔導員，問道：「剛剛說話的學員是哪一個？」

輔導員看一眼他的軍銜，朝他行個軍禮，然後扭頭喊時進出列。

時進生無可戀，應聲後走出來，停在向傲庭面前。

向傲庭居高臨下地看著他，一指空地角落，說道：「去那裡，罰站半小時軍姿。」

原來是來罰站的。

時進鬆了口氣，不敢直視向傲庭的臉，規矩地應了一聲是，邁步朝著空地走去。

向傲庭後一步跟上，一副要去好好教導他的樣子。

和時進同班的學生看著時進走遠，表情從疑慮猜測，變成可憐同情——之前他們還以為這位班級出了名的有錢少爺突然出聲，是因為在軍營碰到熟人了，但現在看來，這明顯是碰到仇人了啊。一來就罰站軍姿，還頂著這麼大的太陽，不知道這細皮嫩肉的少爺受不受得住。而且那教官看著好凶，少爺這是要涼啊。

時進聽到向傲庭跟上來的腳步聲，想回頭又顧忌身後的同學們，於是硬撐著頭也不回地走到角落處才轉身，立定站好軍姿，看著向傲庭不說話。

向傲庭背對著人群站到他對面，伸手拍了拍他的肩膀，說道：「別繃著，手臂自然下垂，中指貼褲縫。」

真是熟悉的臺詞，每個世界的軍訓教官說的都是同一套話嗎？

時進瞄一眼向傲庭認真的表情，默默照做。

「背挺直，腿併攏。」向傲庭又繞到他身側，拍了拍他的背，還伸腿輕輕踢了一下他的腳側。

時進有點憋不住了，等他繞回來之後立刻怒目而視——夠了啊，他上輩子好歹也是在警校混過的，站軍姿可是基本功，向傲庭現在就是在雞蛋裡挑骨頭！

「覺得自己站得不錯？」向傲庭又用那種居高臨下的眼神看著他，抬手就拍了一下他頭上的帽子，說道：「我向傲庭的弟弟，站軍姿的標準可不許只是不錯，要做就做到最好，明白？」

警校的帽子有帽檐，向傲庭這麼一拍，直接把時進頭上的帽子給拍得歪了下來，遮住眼睛。時進直視前方只能看到一片黑，垂眼又只能看到向傲庭的腳和腿，不得不開了口，老老實實地喊了一聲報告。

向傲庭臉上現出一點笑意，像是被時進這老老實實的學員做派給逗樂了，不過他很快又斂了表情，應道：「說。」

「長官，帽子擋到眼睛了，請允許我整理一下，我想更清楚地看清您的英姿，聆聽您的教誨！」時進一臉認真地拍馬屁，只想快點結束這讓人蛋疼的教官學員式交談。

向傲庭嚴厲拒絕：「報告無效，老老實實站著，不許動！」

時進：「……」你這是公報私仇吧，戴著個歪帽子怎麼好好站軍姿！

不遠處，學生佇列那邊，偷偷注意著這邊動靜的學生們，見時進像個孫子一樣被教官又「打」又訓，帽子被打歪了都不能動一下，心裡又爽又同情。

——少爺真的好慘啊，當著這麼多同學的面被單獨教訓，真是什麼裡子面子都沒了。

一群人正表面同情心裡暗爽著，站在時進身前的向傲庭突然像是背後長了眼睛一樣，轉回頭看過來，表情嚴肅，眼神銳利，視線直戳某幾個幸災樂禍得特別明顯的人，下巴一昂，高聲說道：「豎排三列第五個和第六個！豎排四列第三個和第四個！再被我看到你們開小差不專心聽訓，你們今天的訓練全部加倍！」

嘶——好凶！眼睛好毒！

還沒經受過社會毒打的單純學生們被向傲庭的氣勢震住，立刻乖如鵪鶉，不敢再看時進的熱鬧，扭頭看向前方講話的軍區負責人，乖乖聽訓。

這下子換時進幸災樂禍了，他也只是個普通人，從報到起就一直被人用奇怪的眼神看著，他表面沒什麼，心裡其實還是有點在意的，嗯，就一點點。

「樂什麼樂，他們不懂事，你也要跟著學？那些人是你未來四年的同學加戰友，如果上了戰場，他們就是你的後背，你心態要擺正。」向傲庭不知何時已經轉回頭，抬手幫時進把帽子戴正，對上時進抬眼看過來的視線，表情突然緩下來，藉著戴帽子的動作摸了摸他的頭，說道：「恭喜入校，我以你為傲。」

時進愣住，腦中突然閃過原主上輩子被向傲庭從綁架犯手裡救出來的畫面，心頭莫名一熱，說道：「我也以你為傲，你是我的英雄。」

向傲庭放在他頭上的手一頓，定定看他一眼，又仔細幫他理了理帽子，調整一下肩章和胸口的學員編號，停了一會才說道：「我很開心你選擇這個職業，也很開心你這麼看我，我會努力不讓你失望的。」

時進趁熱打鐵，問道：「所以你怎麼從空軍變陸軍了？還變成我的教官，你走後門了？」

向傲庭回道：「不是走後門，只是正常調動。」

時進眼露懷疑。

向傲庭表情一板，後退一步說道：「學員時進，和長官說話要先喊報告，你的規矩呢？」

時進立刻字正腔圓地喊了一聲：「報告。」

向傲庭想笑又忍住，應道：「說！」

「報告長官，我剛剛明明是在和我四哥說話，不是在和長官向傲庭說話，難道我和我哥哥說話也要講規矩嗎？」時進一本正經地灌迷湯，把歪理說得特別真誠。

向傲庭還是忍不住笑了，伸手拍他肩膀一下，說道：「在軍營可不能這麼鬧騰……站滿半小時，我半小時後來驗收。」說完又拍他肩膀一下，轉身走了。

時進目送他離開，心裡離開廉君的消沉暫時散了點，看向不遠處規規矩矩聽訓的警校學員們，有點點感慨——朋友和後背嗎……向傲庭這樣說話的時候，還挺像個專業教官的。

上午的小插曲過後，時進再次出了名。他厚著臉皮假裝無事發生過，歸隊後便做出一副被訓蔫的樣子，誰的搭話都不理。

訓練下午才開始，上午只是簡單的集合和分配宿舍，時進隨著大部隊去了軍營安排給學生住的宿舍樓，領了各種必需品，然後去分配給自己的宿舍房間整理內務。

軍營提供給學生的住宿環境比學校的更差，十人一間，全是上下鋪，吃飯去大食堂，洗澡去大澡堂，刷牙洗漱全在公共衛生間，沒有任何私人空間，一點隱私都沒有。

「聽說教官還會定時來檢查內務，不合格的全得加訓，咱們這間有些人估計長這麼大，連自己的被子都沒疊過，怕是上午的歷史要重演嘍。」和時進分到同一間房的某個同學說著風涼話，語氣帶著點幸災樂禍。

時進的床在上鋪，聞言鋪被子的動作一頓，直接從床上跳下來，站到那人身前，居高臨下地看著他。

那人可能沒想到時進會直接找上來，略顯氣虛地看著時進，梗著脖子說道：「你、你看著我幹什麼，要幹架嗎？」

帶著人路過這間房的向傲庭聞言停下來，示意身後準備上前阻止學生鬧事的教官停步，側頭朝著房內看去。

因為床架的阻擋，房內的人並沒有看到向傲庭正站在門口。有隔壁房間和路過的學生注意到這邊的動靜，也礙於向傲庭的表情太難看，慫慫地不敢靠近和發出聲音。

在所有人的注視中，時進朝著那個挑事的人點了點下巴，問道：「你睡哪張床？」

那人不自在地挪了挪屁股，說道：「關、關你什麼事？」

「是你坐的這張嗎？」時進沒有理會他不合作的態度，詢問過房間裡其他人，確認這個床鋪確實就是說話人的床之後，上前一步直接把他已經疊好的被子給抖開來。

說話的人立刻炸了，起身說道：「喂！你幹什麼，我就是說你一句，你有必要……」

時進當著他的面三兩下把他的被子重新疊好，放回原位，然後直起身看向他，說道：「希望你以後對我有什麼疑慮時可以當面向我求證，我們是一個班的，是未來四年要互相交付後背的人，我不希望我們之間存在一些不必要的誤會。我叫時進，你的名字？」說著朝對方伸出手。

那人已經被時進這一番操作給弄懵了，傻乎乎伸出手和時進交握，「我、我叫羅東豪。」

「很高興認識你。」時進朝他笑了笑，又繼續問道：「午飯的時候一起吃？」

「可、可以。」羅東豪回答，看著時進臉上的笑容，莫名有點臉熱——這、這人好像和傳聞裡的有點不一樣，還、還挺親切的……

時進適時鬆開手，笑著說道：「你算是我在警校裡除室友外認識的第一個朋友，希望我們能相處愉快。」

這就是朋友了？羅東豪有點暈，總覺得有哪裡不大對，他瞄一眼時進各種真誠的表情，又覺得所有的發展都是對的，點了點頭，磕巴說道：「肯定可以的……時，嗯，時進，剛剛對不起了，我這人說話總是不把門。」

「沒關係。」時進笑得越發爽朗，拚命灌迷湯，「我覺得你坦率的性子很可愛，我很喜歡。」

喜、喜歡？羅東豪看著時進好看的笑容，聽著他彷彿帶著魔力的好聽聲音，心臟幾乎要飛出來了，這、這人好像是真的很……

叩叩。向傲庭曲指敲了兩下門，開口問道：「你們在幹什麼？」說著把視線定在臉有些發紅的羅東豪身上，眼帶打量。

彷彿魔咒被打破，羅東豪被向傲庭銳利的視線看得心臟唰一下落回原地，根本說不出話來。

——完、完了，我剛剛挑釁時進的畫面是不是全被這個魔鬼長官看到了？我也要被單獨拎出去罰站了嗎？

「報告長官，我不會疊被子，羅東豪同學正在教我。」時進轉身對上向傲庭的視線，一本正經地說謊話。

站在向傲庭背後看完全程的教官都忍不住面露笑意，看著時進的眼神比之前親切許多。

向傲庭皺眉，深深看一眼時進，說道：「不許大聲喧嘩，整理完內務去樓下，準備集合去食堂。」說完朝跟來的教官示意了一下，邁步朝著下一間要檢查的房間走去。

「小學員腦子挺活泛啊。」

有個教官離開前忍不住調侃了時進一句，時進報以迷茫的眼神，演技滿分。

一場衝突消失在無形間，在這次衝突過後，時進所住的一〇三室氣氛莫名緩和下來，大家互相交換姓名，簡單熟悉一下。羅東豪又鄭重找時進道了歉，感謝他的幫忙，時進表示沒什麼，還說大家都是朋友。

羅東豪看著時進笑得十分好看的臉，心裡莫名生起一股老父親般的擔憂——這個傳聞中嬌生慣養、目中無人的少爺，本質不會是個傻白甜吧？這種性格，怕是以後要吃不少虧。

時進完全沒有發現這位「刷好感度工具」的心思，正在心裡猛誇小死，獎勵它剛剛那波buff刷得好，讓他在同學們眼裡的形象正面了一點點。

小死被時進表揚得很開心，內心有點小膨脹，忍不住回道：「不用謝啦，這都是我這個爸爸應該做的。」

時進表情一僵，再次把它打入小黑屋冷宮，讓它去好好冷靜一下。

午飯過後，軍訓正式開始。各個隊伍的教官終於分下來，時進所在的隊伍，毫無意外地被向傲庭接手了。

所有見過向傲庭早上訓時進畫面的學生，在見到向傲庭直直朝著自己的隊伍走過來時，都忍不住倒吸一口涼氣——居然是他，完了。

隊伍士氣如同被霜打的茄子，肉眼可見地蔫了下去。

時進雖然心裡也累累的，但見大家如此，還是忍不住說道：「別這樣，是我們賺到了好嗎？你們看看教官的軍銜，他可是所有教官裡軍銜最高的。」

因為是到軍營的第一天，所有人穿的都不是適合訓練的訓練服，而是正規的夏季制服，向傲庭的軍銜就印在他的肩章上，一眼就能看到。

站在時進四周的人聞言一愣，齊齊朝著已經走近的向傲庭看去，然後在看清他的軍銜後，忍不住再次倒吸了一口涼氣。

媽呀，為什麼這個級別的人，會來給他們這些新生學員當軍訓教官，這不科學！

「你們在看哪裡，站好！」向傲庭一來就是一句呵斥，嚇得本來站得鬆鬆垮垮的學生們全都不自覺站直身體，目視前方。

時進看著向傲庭現在的模樣，有點點新奇，還有點點感嘆——看向傲庭這對學員們完全不假辭色的態度，自己以前享受的完全是皇帝待遇啊。

胡思亂想間向傲庭已經自我介紹完畢，開始重新整隊，在整到時進時，他抬手拍了一下時進的

帽子，提醒他回神。

時進有點點尷尬，低咳一聲收回思緒，乖乖按照身高找到自己的位置站好。

隊伍整理完畢，向傲庭拿著名冊點名，然後大概教了一下軍姿規範，說了一句讓所有人透心涼的話：「先站一個小時軍姿，一人不穩，全隊加訓！」

臥槽！同學們全都傻了——一人不穩，全隊加訓，這連坐也太狠了！教官你是魔鬼嗎！

魔鬼向傲庭面無表情，手已經拍向第一排第一個學員的後背，訓道：「背挺直！我剛剛是怎麼教的，沒記住？」說著就看向第一排第二個人。

眾人虎軀一震，想起早上向傲庭把時進帽子打歪的凶殘模樣，連忙收攏思緒乖乖站好，等待魔鬼的檢查。

大家用自己認為最標準的姿勢站好，然後被向傲庭一個一個批評糾正，明明是如火的盛夏，心裡卻如墜寒冬。

好可怕，教官雖然沒說什麼狠話，但那看廢物一樣的眼神，就足夠把人打擊死了。

時進目視前方乖乖站著，餘光見向傲庭一點一點朝著自己這邊靠近，不自覺把背挺得更直。

向傲庭終於停在時進面前，兄弟倆大眼瞪小眼。

「你，站到最前面去。」向傲庭突然開口。

時進一臉問號。

「動起來。」向傲庭皺眉。

時進回神，連忙應了一聲是，出列走到隊伍最前面，孤零零一個人站在所有人前面，在心裡偷偷扎向傲庭小人——居然給他玩公開處刑，真是太過分……

「都看看他的動作，中指貼褲縫，腿伸直併攏，身體重心保持在一條水平線上。」向傲庭站到時進身邊，抬手按上時進的肩膀，把他當標杆又給大家教了一遍軍姿動作，然後掃了一遍之前已經

糾正過一次動作的學生，說道：「我早上只訓了他一遍，他就記住動作要領，你看看你們，我才剛給你們糾正了多久，你們有多少人又被打回了原型。」

時進愣住，有點意外——向傲庭居然在誇他？

「剛誇了你，身體重心就變了，別走神，站好！」向傲庭壓低聲音訓了他一句，又拍了他脊背一下。

時進乖乖站好，暫時不在心裡扎向傲庭小人了。

向傲庭繼續以時進為例子給學員們上課，然後回隊伍裡重新給眾人糾正一遍動作，勉強滿意後往隊伍旁邊一站，不動了。

還站在隊伍最前面的時進滿頭霧水，怎麼不讓他回去了？他一個人站在這裡很奇怪好不好。而且大家都看著他，他連偷懶的機會都沒有了。

隊伍裡的學生心裡也有點嘀咕，瞄一眼站在最前方的時進，又餘光瞄一眼慢慢走到隊伍斜後方的向傲庭，有點同情……這位少爺是被教官盯上了吧，教官雖然誇了他的動作，但卻讓他一個人單獨站著，跟公開處刑一樣，真是太慘了。

時間一分一秒過去，大家也不敢轉頭看向傲庭走了沒，就只能乖乖繃著身體目視前方，看著站得挺拔又規範的時進，不自覺把注意力挪到他身上，暗暗擔心。

也不知道這個少爺能撐多久，可千萬別太早倒下，不然大家都得被連累加訓。

十分鐘、二十分鐘、半個小時、四十分鐘……陸續有學生站不穩晃動一下，然後被向傲庭點出來，繼而給隊伍增加站軍姿時間。

大家漸漸把注意力從始終穩著沒動的時進身上挪開，回到隊伍——可千萬別再有人亂動了，好累，想休息。

一個小時的站軍姿時間慢慢到達，但因為加訓的原因，大家還得繼續站下去。

又是十多分鐘過去，其他班級的隊伍已經陸續開始第一次休息，眾人被四周歡快的休息氣氛影響，心態慢慢浮躁起來，晃動的人變多。於是加訓又加訓，向傲庭太過鐵面無私，大家很絕望，甚至心生怨氣。

「想比別人優秀，就必須比別人更努力。」

向傲庭突然從隊伍後方轉到隊伍前方，站到時進身邊，面向所有學生說道：「如果這是戰場，你們每動一次就會有一位同伴犧牲，你們還敢再動嗎？」

眾人齊齊皺眉，表情緊繃起來。

「沒動過的人，是不是覺得那些亂動的人是拖累，是他害你們在這裡加訓？」向傲庭掃一眼眾人，見部分人面露不忿，突然話語一轉，說道：「剛剛動過的人，全部原地坐下休息。」

眾人一愣，然後表情全變了。

「坐下！」向傲庭見沒人動，又喝了一聲。

之前被點過名的人全都被嚇到，猶疑著坐下來。

其他人的表情越發不忿，看向向傲庭的眼神都是仇恨的，覺得他十分不公平。

「接下來的時間，晃動過的人全都可以坐下休息，而剩下的人，負責完成加訓的任務。」向傲庭無視他們的眼神冷聲吩咐，然後邁步再次回到隊伍側後方。

隊伍氣氛瞬間變了，所有站著的人都開始打量四周坐下的人，表情明顯地猶豫掙扎起來——是背著其他人的錯誤堅持下去，還是放棄直接休息，選什麼？選哪個？

「抱歉。」有一個偏胖的男生忍不住第一個出聲，朝剩下站著的人道了一句抱歉後，直接摘下帽子坐下來，稍顯羞愧地低下頭開始休息。

有一就有二，陸續有人或明顯故意，或裝作無意地晃動一下，然後原地坐下。站著的人越來越少，隊伍裡的氣氛越來越壓抑，那些已經休息的人臉上不見放鬆的神色，反而全都沉默地低著頭，

表情難看。

終於，整個四十人的隊伍，最後就只剩羅東豪和時進還站著，此時他們已經連著站了快兩個小時的軍姿，身上的衣服早已濕透。周圍其他的隊伍早已結束休息，再次開始訓練。

「教官，我休息好了，可以繼續完成加訓。」有人忍不住伸手報告，想自己頂上，換羅東豪和時進休息。

向傲庭看了眼那個學生，說道：「在戰場上，已經『死』掉的人是沒辦法復活的。」

所有人聞言全都一震，頭低得更低，有些人還忍不住捏緊拳頭。

腿一軟差點倒下的羅東豪聞言咬咬牙又站直了身，看著前方始終挺直不動的時進，繃緊了臉——才不要……輸給這個傢伙！

二十分鐘後，羅東豪小腿一抖，狼狽跌倒，場上終於只剩下了時進一個人，而他背對所有人站在最前面，可能都不知道他後面已經全軍覆沒。

時間一分一秒過去，有人忍不住出聲說道：「教官，我們整隊開始其他訓練吧，大家也都休息夠了。」

向傲庭無動於衷，說道：「時進還在堅持，你們就要替他放棄了嗎？」

眾人聞言只覺得像是被人迎面打了一巴掌，都抿緊唇不再說話。

時間一分一秒過去，周圍的隊伍訓得熱火朝天，這個角落卻是死一般的寂靜。大家都沉默地看著時進，表情嚴肅而緊繃。最早倒下的人已經休息了一個多小時，他們身體上的疲憊早已散去，心裡的疲憊卻越來越重。

又是幾十分鐘過去，在這個下午即將結束時，向傲庭終於走回隊伍前面，按住時進的肩膀，看向坐著的眾人，說道：「全隊總共四十人，三十九人倒下，每人加訓三分鐘，接近兩個小時的加訓時間，時進已經全部完成。是時進的堅持『救』了你們，好好記住剛剛『休息』的感覺，回去想明

白如果此刻是在戰場上，你們的選擇又代表著什麼，解散！」說完手往下移，輕輕敲了時進後背一下，然後伸臂接住時進陡然軟下來的身體，彎腰把他背到背上，轉身朝著訓練場外走去。

時進終於從站軍姿站得太久，身體僵硬著無法活動的情況下解脫，趴在向傲庭的背上，用力扯住他的後衣領，磨著牙說道：「四哥，格鬥課你給我等著。」看我怎麼把你揍趴下！

「對不起。」向傲庭顛了顛他的身體，把他往上抬了抬，說道：「我知道你可以做到……小進，今天之後，再也不會有人誤會你是嬌生慣養的小少爺，也不再有人會欺負你了。你也是我的英雄，正在快速成長著。」

時進一愣，直起身看著他的後腦杓，突然雙手捏住他的耳朵用力往外一扯，惡狠狠說道：「要證明自己我有的是辦法，要你多此一舉，我腿都快站斷了！」

向傲庭被扯得一愣，僵硬地側頭看時進一眼，說道：「是、是這樣嗎，抱歉，我好像做了些多餘的事……」

「不過謝謝了。」時進趴回他身上，把腦袋靠到他肩膀上，低聲說道：「謝謝你背我出來，沒有讓我在全隊人面前丟臉跌倒，四哥。」雖然好像被教官背出來更丟人一些，嘛……算了。

向傲庭聞言沉默，緊了緊背著他的手，邁步繼續朝著訓練場外走去，低聲應道：「不客氣……我是你的哥哥，應該的。」

時進一「站」成名，徹底坐穩了這屆警校新生風雲人物榜第一名的寶座。他在大家眼裡的形象，從嬌生慣養的跑車少爺，變成了體力超好、超能忍的站軍姿達人，眾人給他的名號，也從全民公敵，變成了……全民搞笑藝人。

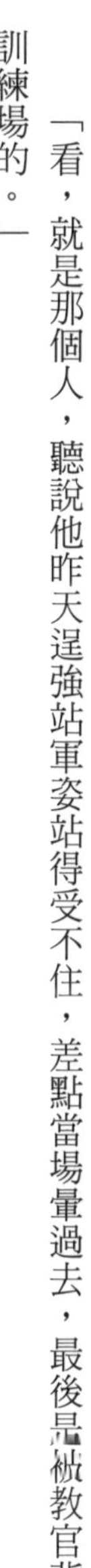

「看，就是那個人，聽說他昨天逞強站軍姿站得受不住，差點當場暈過去，最後是被教官背出訓練場的。」

「不是吧，女生佇列那邊都沒人暈倒，他一個男人先暈了？」

「這也不怪他啊，他站了好幾個小時的軍姿呢，昨天早上還被單獨罰站，挺慘的。」

「不僅慘，還傻，我聽說這個人連被子都不會疊，不過人挺虛心的，知道找人教，沒傳聞中那麼目中無人、囂張跋扈。」

「不是吧，被子都不會疊，他怎麼長這麼大的？」

「估計家裡有礦吧，被子一天一換，不需要疊。」

放大聽力偷聽的時進：「……」

小死見他又露出生無可戀的表情，小心安慰道：「起、起碼大家不會再用那種挑剔不屑的眼神看你了，說起你的時候，形容詞也都是正面的，進進，你別難過……」

「我不難過。」時進抹把臉，無奈說道：「我左右不了外人怎麼看我，他們討厭我或者喜歡我，也都不能影響我一頓能吃多少飯，我就是覺得這些年輕人腦洞挺大的，什麼家裡有礦之類的，我家裡哪裡有……」

「有哇，進進你名下有礦的。」小死耿直地打斷他的話，說道：「寶貝的就是你的，瑞行現在也是你的，進進你現在身價很高噠。」

時進：「……」

羅東豪不知何時湊到時進身邊，用肩膀撞他一下，說道：「時進，大家都說好了，如果今天教官還讓大家站軍姿的話，就一起堅持，儘量少站一會，你要是累了，可以直接原地坐下休息，我們加訓就是了。」

——嗯？大家？

時進回過神，扭過頭往四周看了一下，發現隊伍裡的人全都在若有似無地看著自己，眼神多多少少都帶著點彆扭和不好意思，忍不住一笑，主動朝他們揮了揮手，然後收回視線看向身邊表情帶著點緊張的羅東豪，放大聲音應道：「好，大家一起堅持，爭取讓魔鬼教官沒法給我們加訓！」

「對！大家一起堅持！」羅東豪聽他這麼說，立刻高聲附和，氣勢高昂。

隊伍裡其他人聽到時進的話，心裡堆積了一整晚的愧疚輕了一點，也陸續接了話，有些熱血沖頭的還高喊著要鬥倒魔鬼教官，獲取隊伍的大勝利！

「你們說誰是魔鬼？」

氣氛正熱烈時，一道只聽了一天就牢牢刻在眾人心底的低沉聲音突然從隊伍後方傳來，眾人虎軀一震，紛紛噤聲放手，目視前方做若無其事狀。

向傲庭看著他們，就像在看著一群毛都還沒長齊，就想展翅造反的小鵪鶉，視線掃過其中毛最蓬鬆的那隻，嘴角一勾，然後嚴肅了表情，邁步走到隊伍前方，說道：「年紀不大，口氣卻不小，我去集合開個五分鐘晨會的工夫，你們都能聊起來，看來你們都很閒。都給我起來，先繞著操場跑三圈，然後站一個小時軍姿，老規矩，一人不穩，全隊加訓！」

好狠！不過大家不怕！

時進第一個站了起來，高聲應道：「是，教官！」

其他人聞言也紛紛跟著站起來，不像昨天那樣聽到訓練內容全都蔫了，反而士氣高昂的樣子，跟著時進應道：「是，教官！」

向傲庭面無表情：「亂喊什麼，列隊，先做熱身，然後小跑步上跑道！」

隊伍裡的人聞言又安靜下來，互相對視一眼，擠眉弄眼推推鬧鬧地快速列好隊，隊伍氣氛無形之中融洽了不少。

跑步的時候，隊伍裡有平時缺少鍛煉的人，才跑了一圈就有要掉隊的意思。時進見那人就在自己身邊，順手扶了一把，帶著他往前跑，還教他怎麼調整呼吸。四周其他人見了，再看到有人要掉隊，也紛紛主動幫忙。

向傲庭跑在隊伍側邊，看到時進的動作和隊伍裡這些學員的變化，眼神欣慰——只一天的時間隊伍氣氛就變成這樣，不錯。

跑步之後就是站軍姿，大家一副摩拳擦掌準備好好幹一場的樣子，不等向傲庭吩咐就乖乖自己站好了。

向傲庭照例挨個過去調整姿勢，在走到時進面前時，他故意停在距離時進比較近的位置。

時進凶巴巴瞪他——再讓他去前面被公開處刑，他就去找時緯崇他們告狀！

大概是看出他眼裡的威脅之意，向傲庭嘴角翹了翹，藉著幫他調整姿勢的動作輕輕拍了一下他的肩膀，然後斂了表情，走到下一個學員面前。

檢查完姿勢後，向傲庭照例走到隊伍側後方，給隊伍施加一種被人監視著的壓力。大家在心裡大罵向傲庭卑鄙，心裡憋著一口氣，想洗刷昨天的「恥辱」，想證明自己給向傲庭看！

二十分鐘，半小時……在站到第四十分鐘時，有一個學員忍不住動了下，他滿臉懊惱，連忙調整姿勢立刻又站好。

這之後的二十分鐘裡，因為快到體力極限，所以又有幾個人控制不住地動了動，但從整體來說，今天的情況已經要比昨天好太多。

終於，一個小時時間到，向傲庭繞到隊伍前面，「剩下的就全是加訓的時間了，總共十五分鐘，剛剛動過的人可以原地坐下休息了。」

眾人心裡一凜，知道最考驗他們的環節來了。

幾秒鐘過去，沒有人坐下，所有動過的人全都繃緊表情，繼續好好站著——十五分鐘而已，咬咬牙就撐過去了，他們能行！

向傲庭見狀擺了擺手裡的名冊，堪稱溫和地說道：「我知道你們想爭一口氣，但忍不住動，就代表著你們的體力和毅力全都在隊伍的平均線以下，你們繼續強撐，有很大可能會控制不住自己再次晃動，給隊伍造成更大的壓力，形成惡性循環。有時候適當放棄，也是一種對隊友的保護。」

這話說得挺有道理，向傲庭又是這樣一副教導人的溫和態度，部分對自己體力不自信的人都忍不住動搖起來。

時進心裡的白眼簡直要翻到天上去了，沒想到向傲庭也會玩這種奸詐的套路。

終於，有學員被向傲庭說動，原地坐下來。

向傲庭立刻話語一轉，嚴厲了表情，說道：「就在剛剛，你們的其中一個同伴為了不拖累你們，主動選擇了『死亡』，而在我這個『敵人』蠱惑他去送死的時候，你們當中卻沒有一個人出聲提醒他，拉他一把。見死不救即為幫兇，全隊不合格，加訓十分鐘。」

「什麼？」選擇坐下的學員忍不住又站起身，想要爭辯。

「『死人』沒有話語權，坐下。」向傲庭直接打斷他的話，然後立刻點了幾個名字，說道：「這幾人剛剛受影響晃動了，全隊再次加訓！」

魔鬼！此刻所有隊員心裡只有這一個想法——向傲庭是魔鬼！好想打他！

時進用力閉了下眼，很想仰天長嘆——就知道會是這樣！什麼放棄就是對隊友的保護，要當員警的人怎麼可以選擇放棄，這是送命題啊兄弟們！向傲庭啊向傲庭，本以為你和其他軍營老油條不一樣，不會折騰新人，但沒想到你折騰起新人來居然比其他老油條更狠！

不過……他餘光掃一眼前排學員瞬間挺得更直的脊背，想起上輩子曾被這麼整過的自己，眼神懷念——不過很有用就是了，還不懂戰場和社會殘酷的單純學生們，確實需要上一堂這樣的課。

隊伍氣氛變得緊繃，向傲庭不再說話，又晃到隊伍側後方，走前還提醒一句：「晃動過的人隨時可以坐下休息，之後坐下的人不會再產生除人頭以外的額外加訓。」

學生們聞言牙齒都快咬碎了，加訓加訓，現在他們聽到這個詞就頭疼！

又是幾分鐘過去，有之前晃動過，並對自己體力不自信的人，在一番糾結之後，主動選擇給大家道歉後坐下，低著頭自責懊惱於自己的不中用和拖後腿。

有一就有二，陸續又有晃動過的人為了不繼續給隊伍增加壓力，主動選擇放棄坐下。但沒有動過的人，全都在咬牙堅持。

可惜加訓的時間實在太長了，越到後期忍不住晃動的人就越多，於是加訓的時間繼續加長，彷彿永遠都不會結束。期間有晃動過的人想嘗試繼續堅持，但有時候意志力並不能決定身體，他們已經到了體力極限，總是堅持沒多久就會忍不住再動，反而讓隊伍情況雪上加霜。在這種情況下，已經晃動過的人，哪怕心裡不甘心，也不得不選擇主動坐下。

因為有部分學員想要強撐但是卻反而多次出錯的情況出現，所以雖然今天場上繼續站著的人比昨天多了一些，但加訓的時間卻眼看著就要超過昨天。

時間彷彿被無限拉長，隊伍的士氣早已從早上的高昂和熱血期待，又變回昨天訓練後的沉重，甚至比昨天更糟糕。

漸漸地，場上又只剩下羅東豪和時進還在堅持。

終於，在上午的訓練時間快要結束時，向傲庭從隊伍後面繞過來，宣布道：「加訓結束，情況比昨天好了一點，多『活』下來了一個人。起來，開始下面的訓練內容。」

時進和羅東豪都在向傲庭宣布加訓結束的瞬間軟了身體，差點癱在地上。向傲庭這話一出，兩人還沒說什麼，他們旁邊的隊員先忍不住了，說道：「教官，先讓他們兩人休息一下吧。」

向傲庭鐵面無私，直接拒絕：「我們的訓練進度已經落後於其他隊伍，必須追趕進度。而且屬於他們的休息時間，已經全被他們用到為你們的失誤買單上，想讓他們好好休息，你們明天就爭氣一點。現在，起來，整隊報數！」

眾人聞言表情一黯，心有不甘地陸續站起身。時進和羅東豪也在旁邊隊員的幫助下重新站起來，列好隊進行報數。

好在上午的訓練時間已經沒多久了，後面的訓練內容也只是練練走姿和左轉右轉，不算太累，時進和羅東豪藉此活動了一下身體，反而感覺好受許多。

午飯過後有一個多小時的午休時間，一〇三室的所有人如同屍體一樣癱在床上，沒有人說話。

「難道以後晃動過的人，都要立刻選擇放棄嗎？」安靜良久，其中一個人忍不住開口，聲音裡滿是不甘：「我不想再拖大家的後腿了，教官到底在幹什麼，只是想欺負我們嗎？」

沒有人接話，大家彷彿都睡著了。

「我只是想和大家一起堅持下去而已……」那人還在繼續說，聲音裡的難過越來越濃，感覺都快哭出來了。看著隊友因為自己的原因吃苦，這種心理壓力實在太大。

時進雙手往後墊著後腦杓，聽出他聲音裡的苦悶，在心裡嘆息一聲，開口說道：「那就一起堅持下去好了，再次晃動也不要緊，多練就會有進步，教官又不能無限期的讓我們加訓下去。」

那人愣住，說道：「可如果我反覆晃動，一個人給隊伍增加很多加訓時間……」

「不會的，其實上午如果不是教官詐了我們一下，十五分鐘而已，大家咬咬牙早就撐過去了，全隊一起完成加訓不是什麼很難完成的任務。」時進接話，自我調侃道：「而且還有我在，反正我站軍姿小王子的稱號已經沒人能搶了，你們儘管堅持，加訓多久我都撐得住，我相信你們會慢慢進步的，你們現在這樣，只是還沒適應軍訓的鍛煉強度而已。」

羅東豪突然從床上坐起身，皺眉說道：「你亂攬什麼活，萬一全隊一人晃個十次八次的，你還不得站廢了！」

時進探頭出來看他，說道：「可你注意過沒有，路邊崗亭裡守崗的員警，他們守崗一站就是一上午、一整天的，邊站還得邊注意四周的情況，你看他們廢了沒有？我們畢業以後肯定都是要下基層的，說不定就會被分去那種需要守崗的崗位上，現在教官讓我們練的都是最基礎的東西，他這麼刁難我們，是不想我們輕易放棄，因為這是我們以後的工作，根本沒有放棄的餘地。」

羅東豪愣住，房間裡的其他人也忍不住陸續坐起身，沉默不語。

「教官不是說過嗎，『死人』是沒有話語權的，他應該還有一句話沒有說，活著就有無限可能，所以堅持吧，我們選的這個職業，工作時根本沒有放棄這個選項。」時進苦口婆心地說著，實在是不忍心再看這些小年輕繼續走彎路或者鑽死胡同。

大家都露出若有所思的樣子，最開始說話的人突然握了拳，說道：「時進說得對，我們選的這個職業，根本沒有放棄這個選項。我會堅持的，時進，抱歉要繼續拖你後腿了！」

「沒事。」時進見他開竅，臉上露出一個老父親般的微笑，「後腿拖了也就拖了，我會讓你們請吃飯請回來的，都休息吧，下午應該是正常訓練，大家認真點，早點把體力提上來。」

「嗯！」那人用力應了一聲，突然又笑了，說道：「請吃飯的話，那我現在就得攢錢了，我體力是真的爛。」

大家聞言都忍不住笑起來，氣氛終於放鬆了一點。羅東豪看著時進趴在床沿微笑的樣子，憋不住心裡的好奇，問道：「時進，你家裡那麼有錢，為什麼會選擇進警校？」

眾人笑聲一停，也都疑惑地朝著時進看去——對啊，這個少爺放著享受的日子不過，跑警校來吃什麼苦。

時進：「……」

因為公務員是鐵飯碗……他當然不能這麼答，低頭故作深沉地沉默了一下，然後回道：「因為我有想保護的人，等我變成警察叔叔，我就可以光明正大地去保護他了。」說著腦中不自覺冒出廉君一臉依賴地朝著他喊警察叔叔的樣子，忍不住自個樂了起來。

有想保護的人啊！羅東豪看著他明顯是想起某個人，連笑容都變得溫柔的樣子，倒回床上，嘆

道：「你可真是個奇怪的少爺……」

「我其實就只是個普通人而已。」時進也翻回床上，看著天花板，突然無比想念廉君。他已經離家三天了，也不知道廉君在他離開的這段時間，有沒有好好吃飯……

會所裡，廉君拿著平板，一張張翻著黎九崢從向傲庭那裡弄來的第一手線報，看著照片中穿著制服，帥氣又挺拔的時進，眼神一點點柔軟下來。

——這就是你嚮往的地方嗎？穿制服的樣子真好看。

他愛著的這個人，果然更適合在光明裡行走。

「君少。」卦一不知何時出現在書房，拿著一份文件，朝著廉君低喚了一聲。

廉君回神，蓋住平板，收斂表情看向卦一，問道：「什麼事？」

卦一上前一步把文件放到他面前，皺眉說道：「道上有點動靜，另外，官方突然邀請我們到G省合作出任務。」

G省？那裡不是狼蛛的大本營嗎？

廉君皺眉，接過文件快速翻了翻，表情一點點沉下來，說道：「官方想動狼蛛了。怎麼回事？官方怎麼會突然盯上狼蛛？現在道上明明是蛇牙更活躍。」

卦一搖頭，也是想不通的樣子，說道：「君少，這任務我們接不接？」

「接，要保下狼蛛，我們必須參與這個任務。」廉君手指點著文件，吩咐道：「去和狼蛛約時間，我必須和魯珊見一面。」

卦一也知道這次的事情必須小心謹慎，連忙點頭應了一聲，轉身去辦了。

就如時進所料，下午的訓練向傲庭果然沒再讓大家站軍姿，而是像其他隊伍一樣安排大家做一些常規訓練。所有人都鬆了一口氣——說實話，早上站軍姿時的心理壓力，若一天多來幾次，大家遲早得被壓垮。

在經歷地獄般的兩次站軍姿訓練之後，大家只覺得常規訓練輕鬆又可愛，不用向傲庭多說什麼，就主動積極地投入訓練。而且大家心裡也還憋著一口氣，想用其他項目證明自己也是可以的，沒向傲庭以為的那麼糟糕。

休息時間裡，羅東豪和一〇三室的其他人互相對視一眼，心照不宣地各自起身，朝著隊伍裡其他寢室的人走去，和他們說起悄悄話。

時進對此事完全不知情，因為他一到休息時間，就被向傲庭拉到訓練場外，幫向傲庭一起給隊員搬水。

「你果然是公報私仇。」時進搬起一桶水，壓低聲音譴責向傲庭。

向傲庭自己也扛著一桶，見時進滿頭汗，伸手幫他把水桶托了一把，說道：「我只是想和你說說話，早上的訓練，你生我氣嗎？」

時進用看智障的眼神看他一眼，說道：「我生你氣幹什麼，你是教官，該怎麼訓練當然是你說了算，再說了，你也是為大家好，大家以後會明白你的苦心的。」

向傲庭沒想到他能明白，有點感動，伸手摸了摸他的頭。

少了他托著的力道，時進差點把水桶砸地上，腳步一停後挺直脊背穩住自己，側跨一步躲開向傲庭的手，說道：「男不摸頭女不摸腰，而且我也不是小孩子了，不許摸！」說完想到什麼，又突然挪回去，用一種虛偽的崇拜眼神看著向傲庭。

向傲庭一看他抖羽毛，就知道他心裡肯定又在冒壞水，伸手重新幫他托著水桶，問道：「你想幹什麼？」

時進朝他討好一笑，說道：「也沒什麼……就是我聽說你們教官是可以用手機的，你帶手機了沒有？我想給廉君帶句話。我自己的手機被輔導員收走鎖起來了，得軍訓結束才能拿回來。」

向傲庭眉頭一皺，明顯不樂意。

時進痛心控訴：「你還是不是我哥了！你看看我這顫抖的腿、我這佝僂的背、我這滿頭的汗、和我懷裡這桶水，你……」

「手機不能借你用，但我可以幫你帶話。」

向傲庭無奈妥協，問道：「你想給廉君帶什麼話？」

時進秒變臉，再次討好說道：「就帶句好好吃飯、好好睡覺就行了，我要求不多，免得四哥你為難。謝謝四哥，四哥你果然是最疼我的。」

「大家都一樣疼你。」向傲庭的表情緩和下來，突然伸手把他手裡的水搶到自己手上，加快腳步朝著隊伍所在的位置走去。

時進愣了愣，看著他提著兩桶水走得飛快的模樣，瞇眼一笑，小跑著追了上去。

不知道為什麼，突然覺得好開心，有一種自己已經期待這一刻很久的感覺。

沒有人墮入深淵，所有人都還有無限的可能。

小死突然出聲，提醒道：「進進，你的進度條降到80了。」

時進愣住，停步看一眼自己降到80的進度條，眼露迷茫。

——怎麼突然降了，他剛剛幹什麼了嗎？

接下來的訓練時間裡，時進一直在默默思考著，他的進度條到底是因為什麼降的？

在解決掉徐潔之後，他的進度條曾一度降到100，後來在徐潔做完手術清醒後，進度條的數值又升了一些，漲到300。再之後廉君幫他把徐潔送到國外的精神病院，在徐潔離開B市的那天，他的進度條降到200，然後徐潔到達精神病院，和廉君安排過去的護士狹路相逢，從此他的進度條就從200穩定下降，到他來學校報到的時候，進度條的數值卡死在100再沒動過。

這應該就是徐潔對他進度條影響的極限了，以徐潔目前的狀態，他可以確定，自己那最後100的進度條數值，肯定和徐潔無關。

既然和徐潔無關，這次的進度條變動又會是受了什麼因素影響？

這個軍營裡應該不存在什麼針對他的致死因素才對，因為如果軍營裡有致死因素，那他在剛抵達軍營時，進度條就應該會增漲，而不是等他到達軍營幾天之後突然下降。他剛剛也沒做什麼可以提升安全性的事，只是在搬水。

排除掉這兩點，再加上進度條只降沒漲……或許不關致死因素的事，是生存因素？

他的視線忍不住落在向傲庭身上——是向傲庭的原因？向傲庭的存在給他增加生存因素了？或者……他掃一眼軍營這絕對封閉安全的環境，迷茫眨眼——是環境的原因？不，不對，如果是環境的原因，那進度條也應該是在他剛抵達軍營時就立刻下降……所以也不是環境的原因。

排除來排除去，他的視線又落回到向傲庭身上，若有所思。

這波進度條的下降應該還是和向傲庭有關，當時他剛剛結束和向傲庭的對話，進度條有八成的可能是受了向傲庭的影響。

可是好像又有點說不通，就他以前的猜測，他從某個人那裡獲得的生存因素，應該是有個極限值才對，這個極限值的數值多少，和那個人的能量大小及想保護他的意願程度有關。

在他和時家五兄弟關係時好時壞的這段時間裡，時家五兄弟給他的生存因素應該早就已經到極限值了。前不久他從時緯崇手裡獲得瑞行，拿到那麼大的安全保障，進度條的數值卻絲絲不動，可見他最後剩下的那點進度條數值，應該不再受生存因素的影響。

剛剛向傲庭也沒說什麼特別的話、做什麼特別的保證，所以進度條到底是為什麼降下來的？

「下午的訓練結束，解散！六點在食堂集合吃晚飯，七點在操場集合進行夜訓，不要遲到！」

向傲庭的聲音突然在很近的地方響起，時進回神，側頭朝著聲音來源看去。

向傲庭站在隊伍側邊的位置，剛好也在看著他，見他看過來，皺眉抬手朝他做了個虛敲他帽子的動作。時進心裡一虛，知道是自己開小差的行為被他發現了，朝他不好意思地笑了笑，抬手拍了自己帽子一下。

【第五章】

我要和他在一起，一輩子

夜訓的內容很輕鬆，大家跑跑步、唱軍歌，複習下午練過的基礎動作，時間就嗖一下過去了。

直到睡前，時進腦子裡都還是塞滿了關於進度條的問題。他是真的很在意，在劇情全部被剝開的現在，最後這一點進度條究竟所為何來，他一直想不通，現在好不容易出現了一點關於剩下的進度條數值的線索，他一定得抓住才行。

他就這麼想著想著迷迷糊糊地睡著了，全沒發現小死在提醒他進度條下降之後，反常地沒有安慰一直在糾結的他，十分沉默。

大概是日有所思夜有所夢，這一晚時進居然夢到向傲庭。

夢裡的他變成原主，正滿臉是血地躺在冰冷的地上，奄奄一息。已經被毀容斷指，很疼，大概是失血過多，身體有點冷，腦子也有點混沌。

要死了嗎？他想眨眨眼，卻發現身體沒有力氣。

哥哥怎麼沒有來救他？哥哥呢……啊，哥哥們已經不理他了，已經不要他了……他動了動胳膊，想把自己的身體撐起來……不能死在這裡，要出去、要出去。

砰！門被大力撞開，黑暗潮濕的地下室裡，終於有光線進來。

又要來了嗎？那些折磨他的人……他倒回地面，艱難地扭頭朝著漏進光的門口看去，眼裡滿是絕望，這次大概就是結束了……

忽然，一個熟悉的高大身影衝了進來。

「小進！」是熟悉的聲音。

他眼睛猛地瞪大，看著衝著自己跑過來的男人，眼眶一紅，也不知道是哪裡來的力氣，居然靠著受傷的胳膊，硬是撐起無力的身體往前爬了一點，艱難地在對方蹲跪下來的第一時間，握住對方伸過來的手——好暖，是哥哥的手。

手指已經斷掉，這樣用力握著對方，傷口被壓迫，很疼，但他不想放開。

疼也要握緊，不要放開，永遠不要。

「四哥……」他倒回地上，想看看對方的臉，意識卻已撐到極限，含糊說道：「……好疼。」

「時進！」

一聲呼喚在耳邊響起，時進唰一下睜開眼，愣愣看了一會天花板，然後皺眉從床上爬起來，抬手揉了揉額頭。

羅東豪拍了拍他的床架，說道：「快起來吧，再不起來就要遲到了。」

時進回神，朝他應了一聲，用力抹把臉打起精神，疊好被子後順著梯子下床。

羅東豪站在旁邊等他，見他臉色有點差，皺眉問道：「你怎麼了，是不是太累了？」

「不是，就是做了個亂七八糟的夢，有點頭疼。」時進半真半假的回答，邊換衣服邊隨口扯開話題，拿著洗漱用品和他一起去了公用洗漱間。

去操場的路上，時進一直低著頭沉默，一副沒什麼精神的樣子。

昨晚的夢境太過真實，直到現在他都有種手指在隱隱作痛的感覺。他以前從來沒有被原主的記憶影響到這種程度過，以前他想起原主的記憶，都是以第三人的角度去回憶，翻看那些記憶畫面時，他就像是在看一部主角和自己長得有點像的電影一樣，無法真切體會主角的情緒，但在昨晚，在那個夢境中，他就是原主，所有原主經歷過的痛苦，他都感同身受。

這可真是個糟糕的體驗。

他用力掰了掰手指，壓下那種隱隱作痛的感覺，在心裡問小死：「我昨晚突然夢到原主的記憶，不是以前那種以旁觀者的角度，而是以原主的角度夢到以前發生的事，夢醒之後還會反覆想起

那些畫面，這正常嗎？需不需要注意什麼？」

小死的回答罕見地簡短：「正常，不需要，順其自然就好。」

時進皺眉，「你今天怎麼一副沒什麼精神的樣子，怎麼了？」

「我……」小死開口，突然低了聲音，說道：「我想寶貝了。」

聽它提起廉君，時進頓了頓，然後忍不住也嘆了口氣，直接把剛剛苦惱的事情拋到腦後，說道：「我也想他了……也不知道向傲庭昨天幫我帶話了沒有……」

大概是受夢境影響得太深，時進在踏入操場見到向傲庭的瞬間，心裡突然冒出一大堆亂七八糟的情緒。想避開、想質問、想衝過去握住他的手……這些矛盾的情緒來得快去得也快，時進短暫停步，又抬手揉了揉額頭，等這些情緒淡去後，才再次邁步，低頭跟著羅東豪等人進入隊伍，自覺站到屬於自己的位置。

向傲庭等他們列好隊之後點了點人數，掃一眼一直低著頭顯得沒什麼精神的時進，皺了皺眉，說道：「照例是先做熱身，跑三圈，然後站軍姿，加訓的規矩依舊。」

同學們聞言沒什麼特別的反應，不像第一天時那樣倒抽一口涼氣，也不像昨天那樣戰火熊熊，只安靜地乖乖熱起身來，顯得特別成熟穩重。

向傲庭看著他們假作平靜，似乎憋著什麼壞水的模樣，視線掃過正在埋頭專心做熱身的時進，手指不自覺點了點名冊。

三圈很快跑完，大家自覺整隊集合，開始站軍姿。

這一天，大家像是約定好的一樣，沒有人放棄，無論動沒動，動過幾次，他們都堅持站著，無論向傲庭說什麼，許諾什麼，他們也全都當做沒聽見。

在這種集體堅持的情況下，加訓的時間果然像羅東豪昨天擔心的那樣，無限期加長了，總時長很快就超過上午的訓練時間。

向傲庭在發現無論怎樣也無法忽悠這些學員後，終於閉了嘴，明白他們憋著的「壞水」是什麼，欣慰地決定改變策略。

「我很開心你們都選擇了堅持。」他停在隊伍正前方，語氣溫和：「但時間不能這麼無限期的耗下去，現在，所有晃動過的人，出列另外整隊。」

眾人聞言心裡一震，雖然不是集體挺過加訓，但心裡卻冒出一種戰勝向傲庭的感覺。晃動過的人連忙自覺地走出隊伍，心裡為終於不用再拖累他人而狠狠鬆了口氣。

本來四十個人的隊伍一下子走了三十九個，場上只剩下時進一個人還站在原地。

剛剛才鬆了口氣的學員們見狀立刻僵住，看著孤零零的時進，心裡冒出一股淺淺的蛋疼感——所以到最後，還是只剩下了少爺這一根活苗嗎……

大家又若有似無地看向羅東豪，眼帶痛心——你昨天不是「活」下來了嗎！

羅東豪羞愧低頭，低聲說道：「剛剛突然颳了一陣風，我眼裡進了沙子，沒忍住動了……」

眾人：「……」兄弟你這理由也太強了。

「都愣著幹什麼，列隊！」向傲庭皺眉催促。

眾人連忙照做，然後看向向傲庭，想知道他接下來又要弄什麼么蛾子。

向傲庭走到他們面前，說道：「你們無法堅持，是因為你們的體力和耐力還不達標。不達標就要練，並且要不放棄地練！你們都各自記好自己的晃動次數，動一次十個俯臥撐，動兩次二十個俯臥撐，以此類推，互相監督，不許偷懶。」

原來是做俯臥撐啊，那簡單！部分站軍姿時只動過一次的學員眼睛亮了，比如羅東豪。

「在做俯臥撐之前，全部去繞著操場跑五圈。」向傲庭突然補充，然後看向另一邊孤零零的時進，說道：「時進連續三天站軍姿合格，這證明他的耐力和體力都遠超常人，他就不用去跑步和做俯臥撐了，跟著我學格鬥。」

啥？格鬥？被跑步打擊到的學員們眼睛唰一下亮了，齊齊朝著向傲庭看去，羅東豪忍不住吼道：「教官，我也想學格鬥！」格鬥多帥氣，可比跑步好玩多了！

「合格的人才有資格提要求。」向傲庭十分冷酷，掃一眼這群騷動起來的小鵪鶉，冷冷說道：「你們的站軍姿什麼時候合格了，我就什麼時候讓你們學別的，否則就給我在一邊看著別人學。」

嘶——好狠！鵪鶉們倒吸一口涼氣。

向傲庭眼睛一瞪，說道：「還不快去跑步！」

眾人被瞪得虎軀一震，再不敢提要求，滿是羨慕地看一眼時進，蔫頭耷腦地跑上跑道。

「時進，我明天來陪你。」羅東豪經過時進身邊時小聲說了一句，眼神又嫉妒又羨慕。

時進抽了抽嘴角，乾巴巴說道：「加油。」還有，恭喜你咬了向傲庭的餌。

等一群小鵪鶉跑遠之後，向傲庭立刻走到時進身前，抬手摸了一下他的額頭，問道：「昨晚沒睡好？我看你氣色很差。」

蓋在額頭上的手很暖，時進愣了愣，抬眼看向眼帶關心的向傲庭，腦中閃過昨晚夢境裡的畫面，默默深呼吸壓下莫名生起的想要把他的手打掉的衝動，後退一步摘掉帽子放到一邊，朝著向傲庭招了招手，說道：「來，咱們練練，去年我沒打得過你，今年我一定要把你揍趴下。」

向傲庭看著他再次精神起來的模樣，放了心，也手一抬摘了帽子，連著名冊一起放到一邊，擺開架式，「可以，讓我看看你這一年又成長了多少。」

時進看著他，戰意不用點就已經衝破了天，立刻緊繃起身體朝他攻了過去。

跑道上，在轉過跑道拐彎後，羅東豪本能地朝著自家隊伍所在的位置看過去，然後在看到某兩道打得有來有回的身影時，驚得立刻瞪大了眼，抬手揉了揉眼睛又仔細地看了看，不敢置信地嚎叫出聲：「臥槽，時進居然在和教官對打！他居然會格鬥！」

眾同學聞言一驚，也齊齊扭頭看去，剛好看到時進一個凶狠的高踢腿把向傲庭逼退的畫面，全都傻住了。

「好凶！那是時進？」

「臥槽，這一腳太狠了，好俐落的動作，時進是練家子啊。」

「媽耶，他真的是嬌生慣養的少爺？你們是騙我的吧。」

羅東豪已經懵掉了，他看著時進靈活的動作和堪稱狠辣的攻擊手法，莫名覺得後背有點涼涼的——他怎麼覺得時進的格鬥術有點點奇怪，好像全是殺招啊，這都是上哪裡學的？

操場上，向傲庭也在對打的間隙，朝時進問出了這個問題。

時進又是一個掃腿攻向他的下三路，回道：「你去年不是說我的攻擊太僵硬、太套路了嗎，這一年我有針對這方面好好練過。」練的時候他可沒少挨卦二和卦一的毒打，那兩人美其名曰要改造他僵化的格鬥技術，實際就是在揍他！一直在揍他！

向傲庭聞言想起廉君手底下那一群氣息危險的手下，皺了皺眉，莫名有種自家弟弟被對方養歪的感覺，一個擒拿手按住時進的肩膀，敲一下他的腰側，說道：「這裡，破綻太大，攻擊之餘也要注重防守，重來！」

時進被敲得臉一黑，見他這麼遊刃有餘，一個扭身從他手底下掙脫，改變攻擊路數，直衝著他的臉揮拳而去。

恰逢跑步的隊伍路過這邊，眾學員見到這副畫面，立刻熱血沸騰起來，有人仗著混在人堆裡，不要命地高聲喊道：「打他！時進加油！打倒魔鬼！」

時進差點被這聲吼嚇趴下，手裡的攻擊失了力氣，被向傲庭直接握住拳頭。

「太容易分心了，專心一點。」向傲庭教訓他，然後看向跑步的隊伍，冷聲說道：「劉勇，俯臥撐加五十個，都給我專心點！」

眾學員立刻縮回脖子，老實了，被點名的劉勇一臉菜色地扭回頭，後悔自己多嘴。

一圈又一圈，眾人邊跑邊看著時進和向傲庭打來打去，羨慕得眼珠子都快紅了——他們也想變得像時進那樣，可以和教官大戰三百回合！

「軍訓的內容都是定死了的，現在教官教時進的，我們後面都能學到，前提是我們要把前面的訓練全部完成。」羅東豪突然開口說道：「這就像是打遊戲，通了這一關才能去下一關，時進早就有到達下一關的實力了，只是一直被我們拖著，今天教官帶他去了他實力應該去往的關卡，如果我們不快點追上，就要被遠遠拋下了。」

眾人聞言想起時進這三天以來的優秀表現，過熱的大腦稍微冷靜，都埋頭認真跑步——要想通關，就必須努力，他們沒時間浪費了……冷靜歸冷靜，但在大家跑完步回來痛苦地做俯臥撐，而時進和向傲庭單獨在一邊練格鬥和提前學習軍體拳的時候，大家還是忍不住羨慕嫉妒極了。

這就是強者的世界嗎？他們也想去。

還有，到底是誰騙他們說時進是嬌生慣養的小少爺的，看時進那胳膊上打架時鼓起來的結實小肌肉，那是能嬌生慣養出來的嗎！

他們心裡正這麼咆哮著，就見隔壁連的教官突然跑過來，眼睛亮晶晶地在時進身上唰唰了幾下，然後主動要求和時進過幾招。

向傲庭代替時進同意了，拉著時進去一邊講了兩句，然後把地方讓出來。

時進和隔壁連教官打在一起，兩邊連隊隊員開始為自家參賽選手加油，這邊熱鬧的氣氛很快吸引了其他連隊的注意，圍觀的人越來越多。

三分鐘後，時進一個漂亮的側摔把隔壁連教官按到地上。

加油聲驟停，場上如死一般的寂靜——他們看到了什麼，學員把教官按趴下了？

時進這邊連隊的人先是一懵，然後歡呼聲震天。

贏了！時進居然贏了！學員贏了教官！傳說中的嬌慣少爺贏了教官！

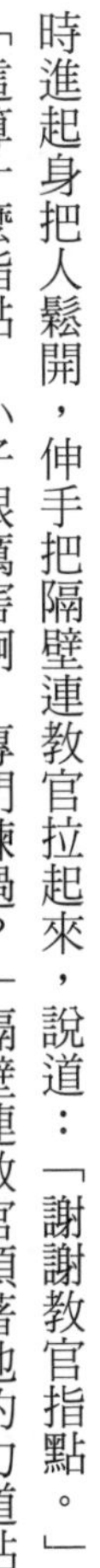

時進起身把人鬆開，伸手把隔壁連教官拉起來，說道：「謝謝教官指點。」

「這算什麼指點，小子很厲害啊，專門練過？」隔壁連教官順著他的力道站起身，像發現了什麼寶貝一樣，又開始用那種亮晶晶的視線看著他，扭頭看向向傲庭，問道：「他叫什麼名字？」

向傲庭眼帶驕傲，卻故作平靜：「他叫時進，是今年警校的第一名，文化課考了六百分。」

「原來是那個差點被軍校特招走的學生，我就說。」隔壁連教官驚訝出聲，又上下打量一下時進，開心地拍了拍時進的肩膀，「我哥也是從你這所學校出來的，一家人、一家人，你有眼光啊，挑了所好學校。」

時進被拍得肩膀痛，假笑說道：「緣分緣分，過獎過獎。」

隔壁連教官越發來勁了：「我聽說你還出過任務，什麼類型的任務？說來聽聽。」

「沒什麼，就是個小任務……」時進扛不住了，默默往向傲庭身邊挪了挪。

向傲庭連忙伸手拯救他於水火，找藉口支開隔壁連教官，然後宣布上午的訓練結束，用剛剛有個格鬥動作還沒給時進講解完的藉口，先帶著時進走了。

圍觀群眾目送兩人走遠，風中凌亂——第一名？特招？出任務？什麼玩意？這說的是時進？時進不是個少爺嗎？家裡有礦還蠢得不會疊被子的那種，剛剛教官說的和他們聽說的是同一個人？

「喂，羅東豪。」劉勇忍不住戳了戳身邊彷彿已經石化掉的羅東豪。

羅東豪僵硬地側頭看他。

「到底是誰先說時進是少爺的？」劉勇面無表情詢問。

羅東豪乾巴巴回道：「誰知道呢……」

時進再次出名了，比較正面的那種，但他卻並不覺得多麼開心，因為他又做夢了。又是黑漆漆的地下室，又是奄奄一息的狀態，又是快要絕望的時候向傲庭衝進來。同樣的畫面、同樣的痛苦、同樣的手指隱隱作痛。

時進把臉扎進水盆裡，用冷水讓自己清醒過來，然後直起身看向在隱隱顫抖的手指，生無可戀地戳了戳小死，說道：「連續五天了，隊裡體力最差的何群都能穩穩站好軍姿了，我這做夢的毛病怎麼還存在，小死，這真的正常嗎？」

小死沉默以對。

「我懂了，不能說。」時進用毛巾蓋住臉，長長嘆了口氣，「小死，一年多了，你每次都只有在我問起你的存在本身是什麼，和為什麼是我重生到原主身上這兩個問題時，才會選擇沉默。你這樣，我會忍不住亂想的。」

小死這次沒再沉默，只小心翼翼地提醒道：「進進，該去訓練了，不然會遲到。」

「你這傢伙……」時進摘下毛巾，看著鏡子中的自己，又突然笑了，「行了，你怕什麼，都漏出哭音了，我又沒嚇唬你。」

小死沉默，像是憋哭去了，過了好一會才說道：「進進，你別生我氣，也別不要我。」

「我怎麼可能不要你。」時進收好毛巾和各種洗漱用具，把它們一一放進盆子裡，握緊又開始隱隱作痛的手指，抿唇說道：「小死，我想廉君了。」

想待在他身邊，好好睡一覺，沒有夢的一覺。

上午的訓練順利過去，下午是難得的自由活動時間，也就是休息時間。時進結束訓練後拒絕羅東豪一起去食堂的邀請，坐在地上直勾勾看著正拿著名冊準備離開的向傲庭，暗示意味十分明顯。

向傲庭側頭看他一眼，把名冊一放，等人都散得差不多之後，邁步走到他面前。

時進仰頭看他，說道：「我手疼。」

向傲庭皺眉，蹲下身去拉他的手，問道：「怎麼回事，受傷了？」

「不是，是睡不好。」時進任由他把自己的手拉過去，見剛剛還在隱隱顫抖的手，在落入向傲庭掌心後瞬間安穩下來，心情複雜地輕嘆口氣，握拳把手收回來，「四哥，找個地方坐坐吧。」

向傲庭看著他明顯情緒低落的樣子，沒說什麼，伸手把他拉起來。

向傲庭帶時進去了醫務室，讓醫生給時進看了看手。時進的手指疼痛是心理作用造成的，醫生自然沒有檢查出什麼異狀，最後只給時進開了一點降暑的藥。

之後兩人又去食堂吃了頓飯，然後在操場上找了個陰涼的角落，並排著坐下。

「這兩天應該會下場雨，下雨的時候，軍營會給新學員安排室內的講課，播放軍事電影什麼的，你們能稍微休息一會。」向傲庭先開口，把一瓶冰鎮果汁遞到時進面前，「給。」

時進道謝接過，用果汁冰了冰自己又開始隱隱作痛的手指，低頭說道：「四哥，我這幾天每晚都會做噩夢，夢裡爸爸剛去世沒多久，我收了遺產，然後被人綁架，毀了容，還被打斷手指，疼得快死的時候，你來救我了。」

向傲庭聽得皺眉，側頭看向他。

「夢醒之後，我開始覺得手疼，就像是手指真的斷掉過一樣，這種好像是叫幻肢疼吧？截過肢的人身上經常出現這種情況。」時進無意識地滾動飲料瓶，側頭對上他的視線，問道：「四哥，有件事我始終想不明白，夢裡的你雖然救了我，但後來卻再也沒有管過我，為什麼？如果是你的話，在那種情況下，你為什麼會那樣選擇，能告訴我原因嗎？」

向傲庭探手握住他的手，把飲料瓶從他手裡拿出來，說道：「小進，那只是夢而已，假設這些沒意義。我就說你這幾天怎麼看上去特別沒精神，不舒服要早點跟我說，我……」

「如果不是夢呢？」時進打斷他的話，用力握住他的手，「如果不是夢，是真的發生過的事呢？徐潔曾讓徐川買兇傷我，你記得她的要求嗎？毀容、斷指……如果我當初沒有放棄遺產、沒有

自殺、沒有從醫院逃走、沒有巧合之下遇到廉君……那個綁架案其實很可能成真的不是嗎？四哥，我距離夢裡的那種悲慘情景其實很近很近，差一點點，我和你們就是萬劫不復的結局了。」

「小進！」向傲庭突然有些心慌，因為此時時進的眼裡居然一點焦距都沒有，身上總是陽光自信的氣息也突然消失了，整個人像是被拉入深淵裡，徘徊著走不出來。

而且時進說的這些事情確實很有可能發生。所有的事情都是差一點，這是他現如今最後怕，也是最慶幸的事情。還好一切都只是差一點，大家還有機會挽救彌補。

「那只是假設，事實是你現在活得很好，哥哥們也都知道自己過去做錯了，沒有人再能傷害你。」他伸手摸了摸時進的頭，安撫說道：「小進，那些只是夢而已，現在和未來更重要，別讓那些夢困住你。」

摸上頭上的手掌很溫暖，時進從不自覺激動起來的情緒裡回過神，慢慢鬆開向傲庭的手，問道：「那你告訴我，在夢裡，你為什麼救了我，又不管我？」

直覺告訴他，這個問題就是解除噩夢魔咒的關鍵，這個問題很重要，非常重要。

「小進。」向傲庭拿他沒辦法，壓下對那些夢境內容的不喜，總結一下他提供的夢境資訊，說道：「如果你夢裡的那些事情真的發生了，那我後來不管你，只可能是一個理由。我記得當初徐川是找國外的暴力組織買兇？」

時進聞言一愣，點了點頭，「對，夢裡的我也是在國外被綁架的。」

「那就是了。」向傲庭嘆氣，略顯無奈地說道：「我是軍人，所屬部隊又比較特殊，要去國外救你，肯定是瞞著軍方私自行動的。私自行動就要受罰，救完你之後我應該是去領罰了，沒辦法聯繫你。小進，我怎麼可能不管你，不管喜不喜歡你，你始終是我的弟弟。」

他解釋著，抬手摸了摸時進的頭，眼含愧疚，「對不起，讓你這麼沒有安全感。出了這麼多事，大家只知道關心大哥的心理狀態，卻忘了你才是受傷最深的那個人，對不起。」

時進愣愣看著他，鼻子一酸，突然低笑了一聲，抬手捂住臉，覺得這幾天一直想不通的自己實在是太蠢了。

居然是因為這麼現實又理所當然的理由……也對，以向傲庭的性格，也只可能是這麼一個理由了。受罰，是因為受罰了，不是因為不喜歡或者討厭什麼的，是因為受罰了。

——時進啊時進，你聽到了沒有，不是不管你，你這個四哥從來沒想要拋棄你的，從來沒有，他甚至為了救你，不惜犧牲前程，瞞著官方私自行動，這在軍方可是大忌。

心裡突然冒出來一股近似解脫的情緒，他低頭把臉往胳膊上一壓，擋住不受控制流出來的眼淚，深呼吸想要壓下情緒。

小死心疼說道：「進進，別忍了，哭出來會好一些。」

「哭什麼哭，我又不是原主，憑什麼幫他哭！」時進在心裡惡狠狠地說著，面上卻再也忍不住，眼淚不要錢似地往外冒，肩膀聳動著，哭得狼狽又委屈。

該死的，他一點都不想要這些原主遺留下來的軟弱情緒！可是……老天爺！這都是些什麼亂七八糟的誤會和劇情！

向傲庭被他哭得嚇了一跳，立刻手足無措起來，伸手想去拉開他的胳膊，說道：「怎麼突然哭了？是不是眼裡進沙子了？別擋著，我幫你看看……」

看什麼看！時進擋開他的手，用力抹了一下眼睛，直起身皺眉看他，突然伸手把他的右手抓過來，惡狠狠看著——就是這隻手，夢裡原主緊緊拉著的就是這一隻手。

「小進？」向傲庭擔憂又疑惑地看著他，見他一副明明在哭卻偏要故作嚴肅的樣子，心裡又有點不合時宜地想笑——這樣板著臉哭的小進，好像小孩子。

「你敢笑出來，我就敢打掉你的牙。」時進注意到他要翹不翹的嘴角，眉眼一利，突然埋頭用力咬了他右手一口，然後直起身啪一下打歪他頭上的帽子，解氣地用鼻子噴了口氣，抹掉眼淚，轉

身頭也不回地走了。

等明年，明年他一定可以把向傲庭揍趴下，狠狠的！

向傲庭扶正帽子，看著他氣勢洶洶離開的背影，又看一眼自己手上的牙印，再也忍不住，低頭笑了起來，笑著笑著，看到時進坐過的地面上留下的眼淚痕跡，又淡了笑容，伸手摸向那片濕痕，想起時進形容的夢境和他顫抖的手指，唇線拉平。

吃了太多的苦啊，他最小的弟弟。

他輕輕點了點那片地面，像在撫摸誰的頭頂。

大好的自由活動時間，時進卻全用來補覺了。

他丟下向傲庭之後直接回到寢室，把自己摔到床上。這一個下午，他終於睡了一個好覺，沒有做夢，醒來也沒有一些莫名其妙的情緒從心裡冒出來。

解脫了啊！他放下舉到面前的手，癱在床上望著天花板長吁口氣，手撐著床板準備起床去吃晚飯，餘光卻掃到枕頭邊多了一個黑色的方塊狀物品。

這是……他眼睛一亮，立刻坐起身，像做賊一樣看了看四周，確定宿舍裡沒有其他人之後，拿起枕頭邊的黑色手機，按開看了看，終於確定——這是向傲庭的手機！還是已經解過鎖，並已經調成靜音模式的手機！

為了鍛煉新生的獨立性，新生在來軍營軍訓的一個多月時間裡，是全程不允許用手機的，和家人聯繫只能通過輔導員，但現在，向傲庭居然把他的手機偷偷送過來！

這是要給他開後門，讓他聯繫廉君的意思？

時進激動得猛捶床板，開心得想要飛起來——向傲庭真是這世上最好的哥哥！萬歲萬歲萬歲！

他火速掀被子下床，跑到宿舍門邊往外看了看，確定沒有熟悉面孔靠近後，直接半蹲在宿舍門後面，邊看著外面同學來往的動靜，邊迅速輸入廉君的電話號碼，直接撥出去。

時進焦心等待，終於在電話差點自動掛斷時，聽到一道熟悉的聲音從聽筒裡傳來：「有事？」

——喔，這冷淡疏離的語氣、這動聽低沉的聲音。

時進面上露出一個傻笑，故意低咳一聲，說道：「小進讓我給你帶句話，說他有點想你了。」

廉君的聲音立刻柔軟高昂起來，快速回道：「時進？」

「不是，我是向傲庭。」時進繼續憋著聲音說話。

廉君輕笑一聲，聲音溫柔下來，「好，你是向傲庭。那時進還有沒有其他話要帶給我？」

「有啊。」時進回答，笑得見牙不見眼，乾脆一屁股坐到地上，說道：「他想問你有沒有好好吃飯？鍛煉的情況怎麼樣？最近忙不忙？晚上睡得好不好？」

廉君擺手示意面前的卦一暫時離開，看著電腦桌面上時進的照片，一一回道：「龍叔新改的營養餐很難吃。鍛煉的情況還不錯。有點忙。晚上睡得不好，總是半夜醒來，因為很想某個人。」

時進邊聽邊腦補著廉君皺著眉吃營養餐和晚上總是驚醒的模樣，臉上笑容垮掉了，心裡又酸又軟，嘆道：「廉君，我想見你。」

廉君抬手摸上電腦桌面上時進的照片，笑容也淡了下來，低低應了一聲：「我也是。」

很想很想，想到開始憎恨自己現如今這不夠光明的身分。

時進聽著他的聲音，再也忍不住，直接掛斷電話，在向傲庭的手機上找了找，找到向傲庭的社交軟體打開，無視掉頁面上某個置頂且消息數量超多的群，退出向傲庭的帳號，登錄自己的帳號，找到廉君，直接撥了個視頻通話過去。

對面秒接，廉君的身影出現在手機螢幕上。

時進瞪大眼睛看著，直到廉君的身影徹底清晰才慢慢放鬆身體，朝著鏡頭笑了笑，努力保持平常的樣子，說道：「你好像瘦了一點，這樣不可以，你要好好吃飯，我回去要檢查的。」

「那我每天多吃一點。」廉君湊近鏡頭，像在仔細看他的模樣，突然皺了眉，說道：「你眼睛怎麼是腫的？」

呃……因為中午剛哭完就去睡了。

時進有點點心虛，藉著抓頭髮的動作遮掩了一下自己的表情，回道：「今天下午有半天的休息時間，我躲在寢室補覺了，應該是睡腫的。」

廉君可沒那麼好糊弄，又仔細打量了一下他的臉，眉頭皺得更緊了，說道：「黑眼圈還這麼重，在那邊睡得不好？」

天天做噩夢，能睡得好才怪。

時進有點後悔開視頻通話了，含含糊糊地解釋道：「沒有，我這不是黑眼圈，是曬的，軍訓嘛，難免會曬黑一點……」

廉君的視線又落在他的身體上，見露出來的胳膊上有一塊瘀青，臉唰一下黑了，說道：「你胳膊上怎麼有瘀青，在那邊被欺負了？向傲庭是怎麼照顧你的？」

「沒有、沒有，我這是練格鬥的時候摔的，你別擔心，四哥有好好照顧我，你看他都偷偷把手機拿給我用了。」時進連忙解釋，把鏡頭調整一下只對著自己的臉，安撫說道：「真的，我在這邊挺好的，沒有受傷也沒有被欺負，你別擔心。」

臉部放大之後，時進眼下的黑眼圈變得越發明顯，仔細看，還能看到眼裡的紅血絲。

這明顯不是睡覺睡出來的。

廉君手掌握緊，面上卻沒表現出來，看著時進著急解釋的樣子，表情緩和下來，主動轉移話題問道：「軍訓累不累？」

時進聞言鬆了口氣，絮絮叨叨地跟他說起這幾天訓練發生的事，還故意挑些糗事說，想逗他開心。廉君看著他逐漸精神起來的樣子，緊握的手慢慢放鬆，心裡稍微踏實一點，專心聽他說話。

兩人只聊了十多分鐘就掛了，因為羅東豪回來了。時進依依不捨地退出社交軟體，抹掉自己的登錄資訊，把手機藏起來，然後找到羅東豪對著他一頓爆捶！

會所，廉君看著黑掉的手機螢幕，想起時進最後滿臉不捨的樣子，手掌收緊，嘆了一聲卦一。

第二天，時進故意提前去操場，果然在那裡見到同樣提前過來的向傲庭。

「謝謝你的手機。」時進靠過去，把自己的帽子遞過去。

向傲庭掃一眼他藏在帽子裡的手機，眼裡露出一點笑意，把手機拿回來，「昨晚睡得好嗎？」

「挺好的，今早起來手也不疼了。」時進回答，把帽子重新戴回頭上，突然問道：「這次軍訓的第一名，軍營是不是會發獎章和獎狀？」

向傲庭眼神一動，問道：「你想做什麼？」

「想給我男朋友帶點軍營特產回去。」時進下巴一昂，十分霸氣的模樣，「他值得最好的，所以我要給他拿最好的東西回去。」

向傲庭皺眉，伸手就去拍他的帽子，說道：「胡說八道什麼，你訓練是為了你自己。」

時進連忙後仰護住自己的帽子，又補充道：「而且也不知道是誰，在我剛進軍營的時候，凶巴巴地說做他的弟弟可不能只是不錯，而要是最好。」

向傲庭手一頓，解釋道：「我不是那個意思，你……」

「行了行了，你什麼時候變得這麼囉嗦了。」時進打斷他的話，站直身體，見他又皺了眉，突

然表情認真說道：「四哥，如果我拿了軍訓第一名，你就回空軍去吧。」

向傲庭一愣，喚他：「小進……」

「別再為了我耽誤前程了，軍人一生能夠自由戰鬥的時間太過短暫，比起看著你被困在這個軍營裡，我更想看你翱翔藍天。」時進抬眼看他，嚴肅說道：「想做我時進的哥哥，只是普通的厲害可不行，你必須拿出全力，在你擅長的領域變成最最厲害的那一個，我才會承認你。」

向傲庭動容，突然笑了，抬手用力按了按他的頭頂，說道：「好，我會努力讓你認可我的。」

時進啪一下打掉他的手，煩都快煩死了：「都說了別摸頭，你是不是想打架？」

不遠處，羅東豪目瞪口呆地看著「打情罵俏」的向傲庭和時進，腦中冒出各種「霸道教官愛上我」、「歡喜冤家——從討厭到喜歡」、「那個讓紈絝少爺蛻變成長的男人」之類亂七八糟的愛情故事標題，承受不住地後退一步，抬手捂胸口——居、居然是這樣嗎，教官之所以那麼喜歡刁難時進，原來是因為這個……

向傲庭和時進都察覺到羅東豪毫不掩飾的視線，齊齊扭頭看去。

羅東豪一驚，自欺欺人地轉身躲到樹後，想假裝自己沒有出現過。

「他怎麼了？」向傲庭皺眉詢問。

時進搖頭，回道：「可能是早餐吃多了，撐不住去吐了吧。」

隊伍裡的人發現，在休息過半天之後，時進對訓練的熱情突然高漲起來。

不過這時候大家還沒具體覺出什麼，畢竟這幾天大家練的都是些集體性的基礎項目，在已經知道時進體力耐力都很不錯的情況下，大家對於時進優於普通人的表現，除了感嘆一下時進真不像個少爺之外，並沒有覺得特別逆天或者震驚。

但等基礎訓練做完，大家開始換場地練匍匐前進和跨越障礙等項目時，他們終於意識到一件事——這個時進少爺，簡直就是個怪物！

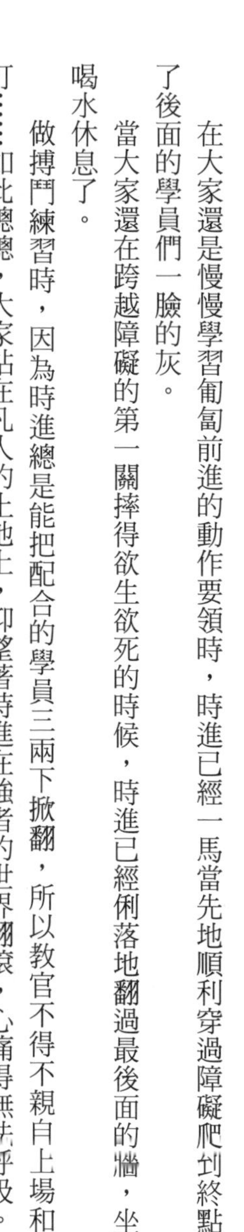

在大家還是慢慢學習匍匐前進的動作要領時，時進已經一馬當先地順利穿過障礙爬到終點，蹬了後面的學員們一臉的灰。

當大家還在跨越障礙的第一關摔得欲生欲死的時候，時進已經俐落地翻過最後面的牆，坐下來喝水休息了。

做搏鬥練習時，因為時進總是能把配合的學員三兩下掀翻，所以教官不得不親自上場和他對打……如此總總，大家站在凡人的土地上，仰望著時進在強者的世界翻滾，心痛得無法呼吸。

「他到底是吃什麼長大的？」劉勇癱在沙坑邊上，看著明明訓練了一下午，卻還有精神和向傲庭對打的時進，只覺得自己不配和對方呼吸相同的空氣。

羅東豪坐在他身邊，抬手擦了擦額頭的汗，也正看著時進，回道：「告訴你更絕望的，生活輔導教官過來檢查內務的時候，時進拿到的分數也是最高的，他在入營的第二天，就能把被子疊成豆腐塊了。」

「啊啊啊，不想活了。」劉勇心碎側頭，餘光正好看到時進一拳揍到向傲庭肩膀上的畫面，只覺得自己肩膀也疼了起來，縮了縮脖子說道：「教官好像很喜歡時進，每天都和時進對打，教他動作要領什麼的，好羨慕啊。」

羅東豪聞言表情一僵，看著時進在打到向傲庭之後，連忙停手湊過去關心的模樣，和向傲庭表示沒事，反手摸了摸時進腦袋的模樣，用力閉了閉眼，滄桑說道：「別羨慕了，這不是你該羨慕的東西……算了算了，訓練吧，後天就可以去做實戰射擊訓練，再不抓緊把跨越障礙過了，小心教官單獨把你留下來，讓你一個人加訓。」

劉勇聞言虎軀一震，連忙從地上爬起來，想到什麼，突然期待地說道：「時進其他項目很強，說不定槍法很爛呢？我舅舅是開槍館的，我從小就是抱著槍長大，你覺得我能贏他嗎？」

羅東豪看著他傻白甜的表情，欲言又止了一下，低嘆口氣，直接走了。

兩天後，靶場。

羅東豪用下巴示意了一下時進剛剛打出的成績，問道：「劉勇，你能贏嗎？」

「這TM……」劉勇簡直要哭了，悲傷說道：「時進其實是怪物變成的吧，他所有的項目裡，槍法居然是最優秀的，還讓不讓人活了。」

羅東豪拍了拍他的肩膀，安慰道：「沒事，還有個拉練項目沒有做，你還是有機會贏他的。」

劉勇直接把他的手抖了下去，忿忿說道：「拉練考驗的就是體力和耐力，我贏個屁！」

軍訓時間不知不覺過去了大半，時進的狀態越來越好，表現得越來越優秀，最後直接被幾位教官聯合推薦，當了這一屆的總護旗手。

「總護旗手啊，表演會操和最後檢閱的時候，總護旗手都是最拉風的，我也想當。」劉勇羨慕感嘆。

時進把上面發下來的護旗手專用肩章、手套等物品收好，側頭看他，說道：「護旗手每天要加訓一個小時，你願意嗎？」

劉勇立刻把羨慕拋到腦後，驚恐搖頭：「不了，過幾天就要拉練了，我要保存體力，免得到時候撐不到終點，給咱們隊伍丟人。」

羅東豪遺憾嘆氣：「可惜這次訓練不允許組隊，不然咱們可以和時進一起走。」

「還是別了吧，時進那速度我可跟不上。」劉勇頭搖得更厲害了，甚至挪到距離時進比較遠的地方。

時進有點無奈地看他一眼，不明白他為什麼這麼「神化」自己，張嘴正準備安撫他一下，穩固一下自己是正常人的人設，就見之前被長官喊去說話的向傲庭走了回來，還朝他招了招手。

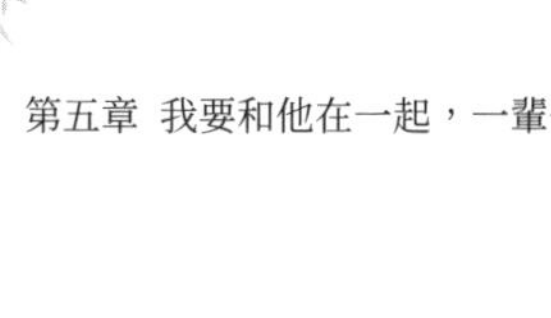

「教官喊我，我去一下。」時進跟羅東豪兩人打聲招呼，起身朝著向傲庭走去。

劉勇見狀又開始感嘆了：「教官是真的很喜歡時進啊。」

羅東豪低頭數螞蟻，假裝自己是沒有長眼睛也沒有長耳朵的木頭。

時進兄弟倆走到距離隊伍較遠的角落裡，向傲庭背對著隊伍，低聲說道：「拉練的地方定下來了，在軍營附近的一座小山上，我告訴廉君我們這次訓練的地點，他可能會來。」

時進唰一下瞪大眼，激動地抬頭看他。

向傲庭忙抬手按住他的腦袋，幫他擋住表情，略顯無奈地說道：「收斂一點……拉練中有個專案是速度比拚，讓你們從山下衝到山上，拿到山頂的小旗，然後帶著小旗下山回到起點。第一個下來的人有額外加分，你如果想拿這次軍訓的第一，千萬別錯過了。」

「那廉君……」時進滿眼期待地詢問。

「他會在山腰處守山員的房子裡停留一段時間，那個守山員的房子距離主要的上山道路有點遠，來回需要一段時間，你注意別耽擱太久。」向傲庭囑咐，見時進已經興奮得不知所以，心裡有種淡淡的失落感，又輕輕拍了拍時進的腦袋，說道：「大學軍訓一輩子就這麼一次，小進，要學會享受它，開心一點。」

時進愣住，看著他溫暖包容的眼神，稍微冷靜一點，突然伸臂用力抱了他一下，認真說道：「四哥，謝謝你，我現在很開心。」

偷偷送手機也好，在訓練中安排他和廉君見面也好，這些都是向傲庭違背自己的部分原則為他做下的，目的僅僅只是為了哄他開心，這份心意太難得，他會好好珍惜。

向傲庭被抱得一愣，回神後立刻輕輕回抱了他一下，說道：「跟哥哥還客氣什麼。」

兩人只抱了一下就放開，但羅東豪還是眼尖地看到了。他驚得倒抽一口冷氣，條件反射地大吼一聲，把四周隊員的注意力全部吸引過來。

「你怎麼了？」劉勇擔憂地看著他，抬手摸他額頭，「叫得這麼難聽，你鬼上身了？」

羅東豪餘光看到時進和向傲庭分開了，心裡大大鬆了口氣，甩開劉勇的手，心累地說道：「什麼鬼上身，要相信科學懂不懂？我就是嗓子癢了，想喊喊。」

「切。」劉勇無趣地推了他一下。

這一天訓練結束之後，羅東豪特地找到時進，含糊提醒道：「時進，你、你和教官還是注意一點吧，學員和教官……咳……一起什麼的，弄得太明顯，會被說閒話的。」

時進莫名其妙地看著他，「你後半句哼哼的什麼，我一個字都沒聽清楚，教官怎麼了？」

羅東豪見他還在裝傻，急了，索性直說道：「我把你當兄弟才特地來提醒你，你下午抱教官的時候，那麼多人在旁邊，你、你克制一點啊。」

「啊，你看到了啊。」時進這才明白他在說些什麼，有點不好意思地說道：「這個確實是我不對，當時太開心了，沒注意場合，我以後會多注意點的，多謝提醒，我要去加訓了，拜拜。」說完把護旗手的裝備拎上，去找向傲庭加訓去了。

羅東豪目送他離開，察覺到他話語裡的雀躍和期待，心中瞬間鋪滿絕望——這種反應，時進這是死豬不怕開水燙，鐵了心要和教官搞在一起了。完了完了，求軍訓快點結束吧，就時進這狀態，他怕時進會忍不住獸性大發，在軍營裡和教官發生點什麼。

時進確實很雀躍期待，但這些情緒都和向傲庭無關，只和廉君有關。結束一個小時的加訓後，時進的視線立刻定在向傲庭的褲兜上——那裡，有能和廉君聯繫的工具！

向傲庭秒懂他的意思，心裡嘆氣，面上皺眉，強調道：「我幫你發簡訊，你不許碰手機。」

時進小雞啄米似的點頭，還把胳膊抱到胸前，一副「我絕對不亂動手」的樣子。

向傲庭坐到他對面，掃一眼他乖巧的坐姿，恍惚間竟覺得面前坐著一隻正在朝自己瘋狂搖尾巴的小狗，心裡幫時進聯繫廉君的糟心感淺了點，拿出手機找出廉君的號碼，選擇編輯簡訊。

「要不你直接打電話吧，我不拿手機，你開外放就行，我聽你和廉君聊。」時進得寸進尺，「委婉」提出要求。

現役軍人和暴力組織首領能有什麼好聊的。

向傲庭看他一眼，心裡不願，手指卻動了動，退出簡訊編輯畫面，給廉君打電話。

廉君幾乎是秒接，然後直接無視這是向傲庭手機號碼的事實，直接喚道：「時進？」

「是我！」時進立刻湊近手機，在被向傲庭警告地看了一眼之後，又若無其事狀側過身，低頭整理護旗手肩章上的流蘇，對著地面說道：「我只是一道背景音，你們聊、你們聊，我聽聽就好，不用在意我。」

廉君的聲音立刻淡了下來，問道：「向傲庭也在？」

「我在。」向傲庭接話，看著時進低著頭的樣子，又有點不忍心，說道：「兩分鐘，馬上就到宵禁時間了，時進必須按時回宿舍樓洗漱休息。」

時進耳朵一豎，頭又仰了起來。

廉君那邊安靜了一會，然後說道：「謝謝。」

於是操場上出現了奇怪的一幕，一個教官拿著手機似乎在講電話，但他的嘴巴卻沒動。他旁邊看似在老實等候教官講完電話的學員，嘴巴卻動個不停。

兩分鐘的時間太過短暫，時進只來得及關心一下廉君的吃飯休息狀況，時間就到了。他依依不捨地向廉君道了晚安，眼巴巴看著向傲庭掛斷電話，憂傷地嘆了口氣。

「很喜歡他？」向傲庭收好手機，突然詢問。

時進看他一眼，見他表情認真，於是也認真起來，點頭應道：「很喜歡，我想和他過一輩子。四哥，廉君真的很好，我希望你們能好好相處。」

向傲庭沒說話，彎腰幫他收拾好東西，直到和他一起走出操場，才又問道：「為什麼是他？」

時進空著手走在他身邊，回道：「喜歡一個人哪有什麼為什麼，等我意識到的時候，我已經很喜歡他了，幸運的是他也很喜歡我。四哥，你們其實都對廉君有偏見，他的職業不是他主動選的，是生活推著他站上去的。在其位謀其事，他有太多無奈和身不由己。比起什麼暴力組織的首領，他其實更想當一個普通人。」

向傲庭垂眼，認真思考他的話。

時進繼續說道：「他很好，也對我很好。我剛認識他的時候狀態很糟，又窮又胖，什麼都不會，還偷了他果園裡的雞，他也不嫌棄我，知道我的情況後收留我，給我吃、給我穿、給我工作，找人教我東西，去哪裡都帶著我。我本來是不打算繼續讀書的，計劃著等生活穩定了，再去報考成人大學什麼的。但他不同意，用各種方法哄著我學習，給我安排老師，讓我參加高考，幫我選擇學校。我說我想考警校，卦一他們都不贊成，就只有他支持我……四哥，沒有他，就沒有現在的我，是他把我推到了正確的人生道路上，沒讓我走歪太久。」

也可以說是廉君親手把他一團亂麻的生活，一點一點編織成現在這副未來可期的模樣，幫他在這個世界扎下了根。

「他很重要。」時進強調，語氣堅定：「我要和他在一起，一輩子。」

「小進。」向傲庭突然停步，問道：「你現在幸福嗎？」

時進側頭看他，瞇眼一笑，回道：「如果你能把你的手機借給我，讓我再給廉君打個視頻電話，我會覺得更加幸福。」

——更加幸福，所以現在是已經很幸福了嗎？

「那就好。」向傲庭抬手摸了摸他的頭，表情無奈中帶著妥協，說道：「我相信你的選擇……但是視頻電話不可以，你給我按時回去洗漱睡覺。」

時進的笑臉瞬間垮掉，板著臉把自己的東西搶過來，硬邦邦丟了句晚安，轉身直接走了。

向傲庭站在原地目送他離開，良久，沉沉嘆了口氣——又窮又胖，什麼都不會……他和大哥他們過去都做了些什麼……

◆◆◆◆

拉練的日期宣布之後，隊伍裡的人發現，時進這個怪物居然表現出極為可怕的狂熱情緒，每天都在詢問教官關於拉練準備的事情。

「他是魔鬼嗎？拉練這種又苦又糟心的項目，他到底在期待些什麼？」劉勇艱難詢問。

羅東豪看一眼時進藉著詢問問題，明目張膽地纏著向傲庭的模樣，沉重說道：「訓練項目是什麼不重要，事前的準備才是重點，你不懂。」

「你神神叨叨地說什麼呢。」劉勇皺眉側頭看他，又抬手摸他額頭，滿臉擔憂，「你果然是被鬼上身了吧，我給你驅驅邪吧，聽說吐口水可以……」

羅東豪直接一巴掌把他按到地上，壓下他的胡言亂語。

轉眼拉練的日子到了，時進第一個起床衝去操場集合，壓著心急背著負重裝備聽了半個小時的動員大會，然後終於盼到大部隊出發，急切地邁步朝著地點走去——沒錯，就是走，這次的拉練沒有車坐，全程靠腿走！

「地獄到來了。」劉勇生無可戀。

時進簡直是容光煥發，興奮說道：「那座山離軍營其實不算遠，走走走，咱們去山上玩。」

玩……劉勇噎住，側頭不去看他，怕自己被氣死。

去山上的路上還有其他項目要完成，眾人又走又訓練，明明不算太長的路程，卻硬是走了足足快三個小時才到達目的地。大家癱在教官劃出來的集合地點，隨便吃了點乾糧和水填飽肚子，略作

休息後，迎來這次的重頭戲——爬山取物！

「總共三條上山的路，要走哪條你們自由選擇，出發時間是下午一點整，下午三點前還沒拿到旗子下山的人，拉練項目的學分扣除，必須加訓才能結束軍訓。」向傲庭講解了一下規則，然後取出路線圖一人發了一份，說道：「現在是十二點半，你們有半個小時的準備時間，如果在爬山過程中出現意外情況，務必立刻發信號聯繫附近的教官，別自己逞強。比賽時間內，所有學員不允許組隊、不允許幫別人拿旗，要獨立完成任務，明白？」

「明白！」眾人應聲，接到路線圖後連忙打開。

三條上山的路線，難度各有不同，集合地點附近的一號路線最好走，但有點繞，走起來肯定慢。二號路線是以前山上的住戶留下的廢棄山道，不繞路，但路況不好。三號路線就只是一條若隱若現的小道，直線連通山頂，但路況糟得天怒人怨，有點危險。

劉勇十分有自知之明地決定走最好走的那條，然後問羅東豪：「你走哪條？」

「二號，我耐力好，但靈活度不行，不適合走比較陡的三號小道。」羅東豪也十分理智，說完看向時進，想問問他的選擇，結果發現時進已經拿著東西起身，一副準備離開的樣子。

他一愣，連忙喊住時進問道：「你去哪裡？」

時進回頭看他，腳步不停，一指山體左側，說道：「去三號上山的起始點，那邊好像風景不錯。」說完人已經走了十多公尺遠，很快就不見了蹤影。

劉勇目瞪口呆，「風景不錯？他到底是來幹什麼的？」

「還能幹什麼，當然是來訓練的，總不能是來談戀愛的吧。」羅東豪也有點無語，瞄一眼正目送時進離開的向傲庭，滄桑嘆氣。

【第六章】

破除跑車少爺的流言

出發的槍聲一響，時進立刻一馬當先地衝出起始點，三兩下上了山道，連跑帶爬，沒一會就鑽入樹林裡不見了。

一些也選了這條路的學員看到他的動作，立刻被打擊到了，有一個人忍不住也跟著嘗試用時進那連跑帶爬的方式爬山，結果悲慘地摔了下來，憤怒說道：「別讓我找到那個亂傳謠言的人，我一定要打死他！什麼嬌生慣養的少爺，我呸！」

其他人在心裡默默附和，識趣地慢慢往山上爬，不敢像時進那樣亂衝。

時進一路跑得飛快，悶頭一鼓作氣衝到山頂，隨手從一棵樹上摘下一面綁在上面的小旗子握在手裡，然後直衝著守山員小屋所在的方向跑去——快一點，再快一點，他現在跑快一點，就能和廉君多待一會了。

在他頭髮都被汗染得半濕的時候，他終於看到守山員的屋子出現在視野裡，眼睛一亮，把手裡的旗子反手塞進身後的包裡，三步併作兩步衝到屋子門口，直接伸手推開，開心喊道：「廉君！」

屋內正用平板翻動文件的廉君才剛聽到外面傳來跑步聲，身前不遠處的門就被人推開了，眼睛還沒來得及適應屋內光線的變化，一堵身上全是汗的人牆就直接倒了過來。

「啊！」時進沒把握好角度，腦袋直接磕到廉君的輪椅上，疼得他低喊了一聲。

廉君連忙把平板丟開，伸手摸他的腦袋，皺眉問道：「撞到哪裡了？我看看，破皮了沒有？」

時進抬眼看他，哪裡還記得疼，立刻又抱了過去，像揉麵團一樣把廉君往懷裡塞，開心說道：「你真的來了！上山的路不好走，你怎麼上來的？什麼時候來的？中午飯有沒有好好吃，午覺呢？午覺有沒有睡？」

廉君覺得自己像是被一頭過分興奮的熊給困住了，心裡又好笑又心疼又無奈，抬手回抱住時進，安撫地順著他的脊背，回道：「我是從修好的山道上過來的，卦一和卦二都陪著我，午飯吃了，午覺還沒睡，我一會再補上。」說完看了站在角落的卦一一眼。

卦一識趣起身，悄無聲息地出門，和守在外面的卦二對視一眼，一前一後地把房子圍了起來。

屋內，時進嗯嗯嗯應著，覺得輪椅實在是礙事，乾脆把廉君從輪椅上拉起來，讓他坐在守山員平時用來休息的小床上，再次抱了過去。

「先讓我看看你的頭。」廉君單手反抱住他，拉開距離看他的腦袋，見他額頭腫起一個包，皺眉，抬手摸了上去，問道：「疼不疼？」

時進搖頭，眼睛亮亮地看著他，突然側頭朝著他吻了過去。

他才剛剛運動過，滿身的汗，短髮蹭得亂糟糟的，身上還沾著草葉。他皮膚比以前黑了一些，身上肌肉結實了不少，上身只穿著一件軍綠色短袖訓練服，下身是迷彩褲，腳上穿著一雙短靴。

這是廉君從來沒見過的時進，十分帥氣，並且荷爾蒙爆表。

廉君有些怔愣，不小心被時進占據了主動，隨著他的親吻倒在小床上。

身周全是時進的氣息，心臟跳得很快，他看著時進吻得急切的樣子，心裡空了好久的地方終於被填滿，安撫地揉揉時進的後腦杓，順從地閉上眼睛。

兩人的呼吸漸漸粗重，就在廉君忍不住想反客為主時，時進突然退開身，離開床邊從負重包裡取出一瓶水擰開直接從頭上淋下來，低頭呼哧呼哧喘氣。

「怎麼了？」廉君坐起身，拉了拉身上有些散亂的袍子，起身想靠近他。

「別，你先別過來。」時進忙抬手阻止，抹一把臉上的水，有點點鬱悶，「我不能在這待太久，時間寶貴，不能浪費了，我想和你好好說說話。你先坐在那裡別動，我冷靜一下就好。」

廉君聞言掃一眼他半蹲著遮掩某個部位的姿勢和手裡的水瓶，心裡也有點意動，不過面上卻沒表現出來，體貼應道：「好，我不過去，你別蹲著，找個地方坐一會，蹲著太累了。」

時進乾脆一屁股坐到地上，看著廉君歪靠在床上衣衫凌亂、嘴唇微紅的樣子，痛苦地低吟一聲，抬手又是一通礦泉水澆灌，然後用力按了一下自己額頭上的包。

一陣銳痛生起，稍微壓下身體上的衝動。

廉君起身靠過去，拉開他的手，皺眉說道：「不許亂來。」

時進反握住他的手，仰頭看他，委屈控訴：「誰讓你這麼好看，我現在正處於精力旺盛的年紀，興致起了，不分散一下注意力，我怕我現在就能把你生啃了。」

所謂小別勝新婚，他身體變年輕了，精力也變得更旺盛了，要命。

再沒有比愛人直白的渴求著自己，更能讓人覺得安心的事情了，廉君心裡這段時間因為思念而偶爾生起的患得患失，全在時進這番直白的話語中消散，摸了摸時進徹底濕透的腦袋，說道：「以前怎麼沒發現你說話這麼葷素不忌。」

「還不是你害的。」時進沒有躲開他的手，又抬頭看他一眼，沒什麼底氣地警告道：「你別撩撥我啊，我現在很危險。」

「我現在也很危險。」廉君彎腰，親吻一下他的額頭，低聲說道：「時進，我想你的心情，和你想我的心情，是完全一樣的。」

溫熱的氣息拂在臉上，時進用力閉了下眼，伸手把廉君勾下來，咬了他嘴唇一口，惡狠狠說道：「都說了別撩撥我！」

廉君微笑，伸臂抱住他，也不管他身上的水會不會弄濕自己的衣服，說道：「時進，我有點後悔讓你選警校了。」分開的感覺實在太難受。

時進抿唇，抬手反抱住他，把臉埋在他的胸口。

兩人無聲抱了一會，慢慢地都冷靜下來。

時進把廉君扶回輪椅上，坐到他面前，伸手幫他整理好之前弄亂的袍子，說道：「拉練之後就只剩會操表演和最後的檢閱，我很快就能回去，你再忍一忍。」

廉君取出一條毛巾，幫他擦了擦臉上及頭上的水珠，說道：「時進，其實我這次過來，還有正事要和你說。」

「什麼事？」時進疑惑，想到什麼，表情嚴肅起來，「是道上有動靜了？」

廉君點頭又搖頭，安撫地摸摸他的臉，回道：「是也不是。道上確實有點動靜，但局勢變化都在我的預料和掌控之中，不需要太擔心，出問題的是官方那邊。」

時進聽得心裡咯噔一下，問道：「官方怎麼了？難道官方已經開始針對我們了？」

「不是，道上局勢眼看著就要風雲變幻，現在官方只會對滅更包容和親切，不敢為難我們，畢竟……」廉君說到這突然停頓了一下，露出若有所思的樣子，然後嘴角冷冷勾了勾，說道：「原來是這樣，這就是官方動狼蛛的理由。想不到我和魯姨演的這齣戲，不止道上的人信了，連官方的人也信了。」

「動狼蛛？」時進聽得雲裡霧裡，只敏銳抓住這個重點，急了，抬手抓住廉君的手，拉了拉讓他回神，問道：「到底是怎麼回事，狼蛛和官方怎麼了？」

狼蛛可是滅在道上唯一的盟友，還是廉君未來計劃裡十分重要的一環，可不能出事。

廉君回神，見他著急，安撫地握住他的手，細細把官方這次準備針對狼蛛的事情說了一遍，並把剛剛自己得出的猜測簡單說明一下。

時進聽著聽著，心情從著急變成不知道該說什麼才好，噎了好一會才說道：「你的意思是，官方這次突然要拿狼蛛開刀，是因為他們知道狼蛛前段時間動了我的事情，為了討好你，所以決定先欺負一下狼蛛？他們以為這樣做你會高興，會更死心塌地地為他們做事？」

如果真是這樣，那狼蛛簡直是天降黑鍋，被廉君狠狠坑了一把……

「應該是這樣，狼蛛和滅在明面上交惡多年，從官方的立場來看，打狼蛛，滅確實應該高興才對。官方會這樣做也是急了，畢竟以現如今道上的局勢，如果我放手不幹，官方絕對會吃大虧，他們不得不好好捧著我做事。」廉君解釋，心裡覺得有些可笑，「那些人永遠只知道站在上面朝下施

捨『賞賜』，不知道問問『下面』的人到底想不想要他們給的東西……不過他們是這種心態也好，這樣我可以用更溫和一點的方式保下狼蛛。」

時進看著他冷冷勾起的嘴角和不知道看著哪裡的冷漠視線，眉頭一皺，抬手捧住他的臉，往自己這邊一掰，說道：「你在看哪裡？我在這裡，你居然走神？」

廉君回神，眼裡的冷漠迅速淡化褪去，慢慢被溫柔填滿，抓住他的手，說道：「時進，多虧了你，我才想明白官方選擇動狼蛛的原因，省了我自己瞎摸索走彎路。」

「我只是問了個普通的問題而已……」時進眉頭皺著，被他看得一點脾氣都沒有了，手指動了動，又摸了摸他的臉，不滿說道：「還是瘦了，你這樣可不行。」

廉君側頭親了親他的手，帶著安撫和歉意。

「……算了，等軍訓結束了我再幫你養回來。」時進拿他沒辦法，不忍心再說他，轉移話題問道：「那這次和官方合作的G省任務，你要親自去嗎？」

廉君喜歡他對著自己妥協的樣子，又親了親他的手才回道：「去，另外，我也想來問問你，這次G省的任務你要不要去？雖說在你開學之前我們就已經說好，等你軍訓完畢後要幫你以做任務的理由接你出校，但G省的任務可能會耗上一段時間，我想著你才剛進入大學，或許會想體驗一下大學生活，如果是這樣，我可以等G省那邊的事情忙完了，再回來接你，讓你在學校多待……」

「我要和你一起去G省。」時進打斷他的話，毫不猶豫地選擇和他待在一起，認真說道：「大學還有四年，我有的是時間去體驗大學生活，但你不一樣，接下來你走的每一步都伴隨著危險，我要陪著你，你別想把我一個人丟在安全的後方。」

而且他上輩子已經讀過四年警校了，大學生活什麼的，他早就體驗夠了。

廉君看著他認真的樣子，問道：「決定了？我聽說你在軍營裡交到不少新朋友，捨得和朋友分開這麼久嗎？」

「朋友哪有你重要。」時進回答，仔細打量一下他的表情，突然笑了，問道：「你吃醋了？」

廉君沒回答，捏了捏他的臉，傾身與他額頭相抵，說道：「今晚卦一會帶著卦三、卦五、卦九提前趕往G省，和官方的人員接洽，我和卦二、龍叔會在會所多留幾天，你好好訓練，等軍訓結束了，我就來接你，然後我們一起出發去G省，可以嗎？」

「可以！」時進很滿意他這個安排，伸手再次抱住他，說道：「反正你不能丟下我。」

廉君摸了摸他的腦袋，「我哪裡敢。」又哪裡捨得。

而且B市也不是什麼絕對安全的地方，把人放在眼皮子底下，他才能安心。

時進自動把廉君這句「我哪裡敢」，轉換成了「我想和你每天在一起」，美滋滋地仰頭又親了他一口，心裡暗暗計劃著，等去了G省，他一定要把廉君瘦掉的肉再養回來！

爬山取物的總時長只有兩個小時，時進雖然用走小道的方式儘量壓縮了用來爬山的時間，但到底時間緊迫，無奈地只在小屋和廉君待了二十多分鐘，就依依不捨地選擇告辭。

「下山的時候慢一點，別受傷了。」廉君幫他把負重裝備裝好，看著他額頭上鼓著的包，囑咐道：「下山之後記得敷一下，擦點藥。」

時進點頭，壓下心裡的不捨，把負重裝備重新背好，一步三回頭地往小屋門口走去，「那我先走了，你記得睡午覺……我真的走了。」

廉君雙手交疊著放在腹部，壓下把他拉回來的衝動，點頭應道：「嗯，好，等軍訓結束了，我來接你。」

時間是真的不能再耽擱了，時進手握上門把手，把門擰開，腳跨出去的同時回頭，剛好看到廉

君本能伸手想拉他的樣子，準備說出口的道別語立刻消失在唇齒間，腳步一轉，突然轉身大步走回來，彎腰用力抱了廉君一下，在他耳邊說道：「我會給你帶禮物的，等我。」

說完親了一下他的耳朵，鬆開手轉身，頭也不回地大步走出小屋，加快速度跑入樹林，轉眼消失了蹤跡。

廉君目送他離開，看著他走過的地方樹枝和草葉的晃動一點一點停下，抬手摸了摸被親了一下的耳朵，用手指擋住眉眼，「傻不傻，軍營裡能有什麼禮物可以帶。」

守山員的小屋位於一號路線和二號路線之間，如果此時時進再摸回一號路線或者二號路線上，順著路回山下營地，那第一名肯定是沒戲了。

必須拿到第一名給廉君帶禮物回去，還有送向傲庭回空軍。

時進攀住一根樹枝，靈活地跳到下方的一塊大岩石上，看著身前陡峭往下，遍布樹木和岩石，完全不算路的路，想起廉君剛剛不捨伸手的樣子，眉頭一皺，直接從岩石上蹦下，朝著陡坡下的另一棵樹落去。

反正上面又沒規定不能走指定路線以外的路回去，既然趕時間，那他就來一場真正的「爬山」之行好了。

「小死！」他在心裡呼喚。

小死秒懂他的意思，應道：「包在我身上，進進衝啊！」

他身體一扭，穩穩抓住下一棵樹的樹枝，腰部用力，一個側轉靠到樹木主幹上，伸腿纏緊，然後雙手抱了上去，像隻猴子一樣掛在上面，嘴角一勾，找了找下一個落腳點，俐落地蹦下去。

山下。

隔壁連教官在喝水的間隙無意識側頭，往山上望了一眼，隱約看到一個人影在樹木間一晃而過，迷茫地眨了眨眼，側頭仔細看了過去。

一陣風過，吹動樹葉，露出某個掛在樹枝上的人影。

「臥槽！」隔壁連教官手裡的水壺直接落地，不敢置信地揉了揉眼睛，發現剛剛看到的那棵樹上已經沒了人影，轉動眼珠在四周找了找，然後在樹木下方的岩石上發現一個疑似人類的生物。

居然不是幻覺，那是什麼，猴子嗎？

他驚得說不出話，側身拿起一邊桌上用來觀察學員情況的望遠鏡，對準剛剛看到過的地方望去，努力尋找著那隻「猴子」的身影。

半分鐘後，他終於找到「猴子」本體，震驚地目睹了那隻「猴子」靈活地從一棵樹上蹦下，就地一滾穩穩卡在下方樹木與石頭的縫隙處，之後抓住樹木伸出山體之外的樹枝，垂直往下，落在更下方的一小片空地上，順坡往下滑動的全部過程。

這是哪裡冒出來的怪物，速度也太快了！

隔壁連教官忍不住再次臥槽出聲，反覆確認過「猴子」的長相後，放下望遠鏡找到正在不遠處翻看名冊的向傲庭，把望遠鏡往他手裡一塞，激動說道：「你看那邊，山腰的位置，你的學員變成猴子了！」

猴子？向傲庭疑惑，想到什麼，表情一肅，舉起望遠鏡朝著他指的方向看去。

時進絲毫不知道自己的下山表演已經被下方的人看在眼裡，藉著小死刷上的「靈活」、「速度加快」、「精準度提高」等等buff，在林間輾轉騰挪，沒一會就下了小半座山，然後在接近終點的位置拐上一號線路，悶頭朝著終點瘋狂衝刺。

路上他一個其他的學員都沒看到，看一眼時間，猜測最快的那批人現在應該還在下山的半山腰處掙扎，心裡一定，再次加快速度，遠遠看到營地的棚子出現在前方，連忙又是一個衝刺，穩穩踩過出發點，裝作累癱的樣子坐在地上，從包裡掏出小旗子，側頭朝最近的一名教官看去，氣喘吁吁地問道：「教官，我是第一個嗎？」

被他詢問的教官表情空白地看著他，手裡還拿著一個望遠鏡。

——嗯？營地怎麼這麼安靜？

時進眨眨眼，邊調整呼吸邊往四周看去，驚悚地發現目之所及的教官全都在看著自己，而且大部分人手裡都拿著望遠鏡，心裡咯噔一下，冒出個不祥的猜測。

——不、不會吧？

向傲庭突然從偏後方的位置大步走過來，停在他面前，居高臨下地看著他，表情沉沉，氣息可怕。時進僵硬地抬頭看他，吞了口口水，把旗子往他面前一遞，弱弱說道：「給……我拿到的旗子，很努力拿到的。」

——所以有些細節可不可以就不要追究了……

向傲庭看著他這彷彿求救一般的動作，到底氣不起來，彎腰握住他的手把他從地上拉起來，說道：「下次不許再做那麼危險的動作……我剛剛聯繫了另外兩個出發點，恭喜你，你是第一個回來的學員。」

太好了！第一！不對，大家果然都看到了！

「哈哈哈，謝謝教官。其實那樣下山不危險的，我以前喜歡玩單雙槓，來回蹦躂習慣了。」時進尬笑一聲試圖緩解尷尬，結果發現這招不大起作用，四周的教官還是直勾勾看著自己，連忙反握住向傲庭的手，皺眉露出痛苦的樣子，「教官，其實我受傷了，你看我的額頭，這就是在樹上撞的。唉，爬山好難。」

向傲庭掃一眼他的額頭，發現那裡果然鼓著個大包，臉又黑了，側身幫他擋住別人的視線，拉緊他的手，邊訓他邊帶著他轉身往人群外走，「讓你耍小聰明，頭暈不暈？別撞出了腦震盪。」

「不暈不暈。」時進連忙回答，緊緊黏在他身邊，隨他一起去了後方人少的醫務室棚子。

直到時進和向傲庭走得沒了人影，營地裡的教官才陸續回過神。有個年長一點的教官低頭看一眼時進留在原地的負重裝備，語氣複雜地嘆了口氣：「後生可畏啊……這個水準的學員，怎麼只上了一所警校。」

「聽說是學員自己不想上軍校，執意選警校。他考大學之前讀過軍校的預科班，還出過任務，可能是覺得那邊壓力太大了。」隔壁連教官也回了神，說出自己聽說過的事情，嘆道：「這水準，都夠直接進部隊工作了，哪裡還需要浪費四年去上學。」

「原來是從預科班出來的。」聽到他這話的其他教官陸續回神，露出瞭然的模樣，「這水準，也不知道是哪位導師帶的，有沒有可能是軍人家庭出身？」

這裡職位最高的人聽到這句話，望一眼向傲庭離開的方向，側頭低咳一聲，拿起茶壺走了。

上藥的時候，向傲庭就時進那「獨特」的下山方式，狠狠把他訓了一頓。

時進虛心認錯，態度十分好，但以後會不會改就只有他自己知道了。

向傲庭看著他低著的腦袋，低嘆口氣，說道：「小進，軍訓馬上就要結束，我能這樣天天陪著你的時間不多了，你要好好保護自己。」

時進抬頭看他，見他眼帶擔憂，心裡一軟，真正乖乖地點點頭，應道：「我會保護好自己的，你們別擔心。」

拉練順利結束，考慮到學生們在拉練時消耗太多體力，上面大發慈悲地給學生們放了一天的假。一〇三室的學員們齊齊選擇了在寢室補覺，只有時進一個人一大早就不見人影。

「時進幹麼去了？」其中一個室友詢問。

「還能幹什麼，當然是以加訓的名義去黏著教官了，走前還特地穿上整套護旗手裝備，臭美得不行。」羅東豪在心裡滄桑回答，扯起被子蓋住自己的腦袋，假裝自己不存在。

時進確實穿著整套護旗手制服去找向傲庭了，但他卻不是要去臭美，而是想讓向傲庭幫他在軍營裡拍幾張照片。

「廉君還沒見過我穿整套制服的樣子，我想給他看看。」時進說著，抬手整了整帽子，站到教官宿舍樓前，看向前方拿著手機的向傲庭，問道：「我站這裡可以嗎，光線好不好？」

「可以。」向傲庭回答，看著他站在樹下笑得燦爛的樣子，嘴角一勾，熟練地按下拍攝鍵，說道：「我一會去借臺相機來，咱們好好拍照。」

「好！」時進笑得越發燦爛了，想到什麼，突然說道：「四哥，我可以和你拍張合照嗎？」

向傲庭一愣，然後暖了眉眼，應道：「好，我一會也去把制服換上。」

會操表演、檢閱彩排、真正檢閱……時間像是被人按了快速鍵，這次的新生軍訓之行，在大家還沒反應過來的時候，就走到大家曾經最期待、如今最不喜歡的告別環節。

時進理所當然地拿到軍訓第一名，在檢閱結束後，以護旗手的姿態，從軍營負責人手裡拿到優秀學員和最佳新人的獎狀和獎章。

檢閱結束後，隊伍所有人一起拍了張合照，然後各自回宿舍收拾好自己帶來的簡單行李，來到軍營門口，在各自教官的安排下，坐上回校的車。

「教官我會想你的。」劉勇哭得眼淚一把鼻涕一把，曾經最怕向傲庭的他，現在成了最捨不得向傲庭的人。

向傲庭不大擅長應付這種場面，順手接過時進遞過來的紙巾送到劉勇手上，囑咐道：「到了學校也不能懈怠，好好鍛煉、好好上學，記得友愛同學。」說到這還看了時進一眼。

時進仰頭望天，實在聽不下去向傲庭這老套的告別詞。

羅東豪把兩人的互動看在眼裡，還以為時進是因為要和喜歡的人分別，心情不好，在和向傲庭鬧彆扭，皺眉把劉勇推去一邊，伸胳膊拐了時進一下，說道：「你去和教官抱一下吧，以後你們分隔兩地，見面不容易。」

這話怎麼聽著怪怪的？時進側頭看他，突然福至心靈，壓低聲音問道：「你看出來了？」看出來他和向傲庭的親戚關係了？

羅東豪沒好氣：「你們做得那麼明顯，我是瞎了才看不出來。」

居然真的看出來了。時進有點不好意思，不知道該怎麼跟他解釋自己對外隱瞞和向傲庭的親戚關係，乾脆聽了他的建議，湊到車邊朝向傲庭伸了手，說道：「過來，抱一下，你演技太爛了，東豪看出來我們的關係了。」

向傲庭一直注意著他的動靜，見狀立刻靠過去，抱了抱他，拍了拍他的肩膀，說道：「看出來也沒什麼，等休假了我再去看你。」

說完看向羅東豪，說道：「小進性子比較急，到了學校，拜託你幫我多看著他一點，謝謝。」

「什麼叫我性子急。」時進不樂意了。

「不急你那天會那麼蹦下山？」向傲庭皺眉看他。

羅東豪見他們有要吵起來的趨勢，連忙插入話題：「教官你放心，我是時進的朋友，肯定會好好看著他的。還有……祝你們幸福，我等著喝你們結婚的喜酒。」

──所以你們可千萬不要弄什麼露水姻緣，那樣太沒品了。

向傲庭和時進聞言齊齊一愣，扭頭朝他看去，表情十分一言難盡。

羅東豪迷茫臉，怎麼了？兩人怎麼這個表情，他說錯什麼了嗎？

劉勇剛好擦完眼淚鼻涕湊了回來，聞言疑惑問道：「祝教官和時進幸福？喜酒又是什麼？東豪，你為什麼要祝教官和時進幸福，他們怎麼了？」

他說話的時候一點沒注意音量，車內其他的隊員和隔壁兩輛車邊站著的學員及教官們全都聽到

了，八卦雷達瞬間豎起，齊齊扭頭朝著時進和向傲庭看去，面上震驚、不敢置信、原來如此……等等情緒一一閃過，表情扭曲得不能看。

羅東豪立刻炸了，連忙捂住劉勇的嘴，著急說道：「你亂嚷嚷什麼！那個，他瞎說的，教官和時進沒什麼，他們就是普通的……」

「普通的親兄弟關係！」時進無語地接著羅東豪的話大聲宣布出來，跳下車站到向傲庭身邊，手一抬搭住向傲庭的肩膀，朝著羅東豪說道：「我和他是兄弟，親的，一個爸爸的那種。」

向傲庭心裡很滿意現在「地下」兄弟情被挑破的情況，面上卻還是故作嚴肅的樣子，側頭朝著時進說道：「沒大沒小。」不過卻沒打開時進搭在自己肩膀上的手。

親、親兄弟？四周所有人目瞪口呆，看看向傲庭男人味十足的臉，又看看時進小白臉般的長相，只覺得一道天雷從天上劈了下來，徹底傻了——這一點相像之處都沒有的長相，這巨大的年齡差，親兄弟？親的？

「可你們的姓不一樣啊。」劉勇掙脫開羅東豪的手發出質疑的聲音。

「因為我們一個跟媽媽姓、一個跟爸爸姓啊。」時進回答，故意說得含糊，由著眾人去誤會。

羅東豪一臉世界崩塌的表情，手指抖啊抖地指向時進和向傲庭，看著兩人一嚴肅、一微笑的臉，想起時進和向傲庭那種種「曖昧」的舉止，心口一梗，癱在劉勇身上。

居然是這樣，原來是這樣，這兩人居然是……天啊，丟人丟大了，他不想活了！

在回學校的路上，時進遭到同學們的瘋狂拷問。

「教官真的是你哥哥？」

時進點頭，「如假包換。」

「那你為什麼要隱瞞這件事？」

時進滄桑嘆氣：「進軍營的時候大家都在傳我是哪家廢物少爺的謠言，我怕大家知道我和我哥的關係後，謠言會傳得更厲害，就沒特意說明。」

眾人聞言沉默，都明白他的言外之意——傳聞中嬌生慣養的少爺，一進軍營就有親哥哥罩著，這種事一傳出，謠言確實會傳得更厲害、更離譜。

「當時那些謠言傳得太真實，我沒多做瞭解就信了，還和其他人討論過……時進，抱歉，我以後會更謹言慎行的。」其中一位同學主動道歉。

時進擺手表示沒什麼，接著說了一些大家都是同學，誤會解開了就算了，以後好好相處之類的客套話。

其他人見狀也紛紛道歉，車內氣氛慢慢變得緩和溫馨。

其中一位同學剛好目睹了時進那天進校報到的過程，忍不住笑了起來，調侃道：「不過時進，也不怪大家會誤會你，報到那天你家人開來的那輛跑車是限量版吧，造型特殊，別人想不注意都難，而且你家人說的話實在是……嗯，實在是太直白了。」

時進聞言一噎，想起當時黎九崢「校門太土」和容洲中那類似「女孩子才開紅色車子」的地圖炮言論，抬手捂住了臉，絕望說道：「對不起，他們不是故意那麼說的，也沒什麼惡意，只是……」只是當時都沒帶腦子。

「沒事沒事，你不用跟我說對不起，其實大家也沒立場去評價你家人什麼，不過那兩個人是你的誰啊？看著好年輕，是堂兄弟什麼的嗎？」

時進表情僵硬，含糊回道：「就、就類似於這樣的關係吧。」

「時進你家基因真好，各個都是帥哥。」另一位在報到那天見過時進的人忍不住感嘆。

「是呢是呢，我那天見到還以為是附近影視學院的學生走錯學校了呢。」又有同學附和起來，自然地加入話題。

當初的謠言傳得太廣，現在有機會瞭解謠言的真相，大家立刻順著這個話題，你一言我一句地

說了起來。時進被夾在中間，滿臉生無可戀，不明白話題的走向怎麼會變成這樣。

「我記得當時有個人一直戴著口罩，為什麼，他感冒了嗎？」同學甲詢問。

時進尷尬一笑，「不是……他是前一天吃辣椒把嘴巴吃腫了，不敢見人來著。」

「哈哈哈，居然是因為嘴巴腫了，當時還有人猜那個口罩男是不是明星，罵他太裝逼，來學校報到還遮著臉，以為自己多出名。」同學乙大笑出聲。

時進聽得有點不開心，摳了摳手裡的帽子，說道：「罵人就太過了吧，戴不戴口罩都是個人的自由。」而且容洲中確實很出名，不戴口罩出門真的會出事的。

同學乙聞言一僵，表情變得尷尬起來，說道：「呃……嗯，罵人不好、罵人不好。」

車內短暫安靜，同學丙又冒出聲問道：「時進，我聽說你堂兄弟說咱們學校寢室太破，不是人住的，說要給你在學校邊上買套別墅給你住，是真的嗎？」

這又是哪裡傳出來的謠言？什麼太破、不是人住的、買別墅，這用詞也太惡意、太離譜了吧。

時進皺眉，解釋道：「我五哥……呃，我那個哥哥在家裡排行老五，他是當醫生的，有點潔癖，他只是覺得寢室沒有獨立衛生間不方便，想給我辦外宿，沒說寢室太破，不是人住的，也沒說要給我買別墅，大家以訛傳訛，傳得太誇張了。」

「那故意炫富呢？大家都說你一入校就故意炫富。」同學丁又冒了出來。

時進之前沒特別詳細地瞭解自己被傳些什麼謠言，此時聽到大家的問題，這才明白，明明本性不錯的羅東豪，當時為什麼會刁難自己——這些謠言已經到了惡意抹黑和污衊的程度！

時進壓住心裡對傳謠言人的不喜，面上做出無奈的樣子，說道：「什麼叫炫富？我記得我那天就只是在家人的陪伴下來學校辦理了報到手續而已，如果炫富是指我的吃穿稍微比別人好一點，那我大概就是炫了吧。」

一起相處了一個多月，大家都瞭解時進的為人，見他這樣，連忙打住話題安慰他，罵那些傳謠言的人太過分，家庭條件是父母給的，任何人都不該為此成為被人議論的對象。

時進見大家終於不聊這些了，心裡鬆了口氣，笑著安撫大家幾句，表示大家沒有再誤解自己真是太好了。

氣氛正慢慢回轉，一道不和諧的聲音突然響了起來：「照你這麼說，你家就是單純的條件好？好到做什麼都讓人覺得你是在炫富和顯擺？不是吧，學校裡條件好的同學一大堆，也沒見有人像你這樣，被傳成什麼亂七八糟的少爺。」

空氣瞬間安靜，眾人齊齊扭頭朝著聲音源頭看去，發現說話的人是個生面孔，全都懵了。

「你是誰？」劉勇詢問，十分疑惑，「不是一個連隊坐一輛車嗎？咱們車上怎麼多出來一個生面孔？」

同學丁回道：「我知道！他是隔壁連教官塞過來的，說他是大二的學長，去年報到的時候因為腿受傷，所以沒參加軍訓，今年來補上的，隔壁車因為坐了老師塞不下，就把他挪到咱們車上來了。他是今年軍訓的第二名，也上臺領獎了，我記得他！」

原來是大二的，眾人面面相覷，一時間都不知道該怎麼處理現在的場面。

「所以時進少爺，你家是做什麼的，居然有錢到隨便做點什麼，都讓人覺得是在炫富。」那人很享受這種被所有人注視的感覺，看似好奇，實則惡意滿滿地看著時進繼續詢問。

時進覺得這人簡直有病，上下打量他一眼，偏不接他的話，閒閒說道：「小明的爺爺活到了一百歲，你知道是為什麼嗎？」

這個梗實在是太老了，大家都懂。本來劍拔弩張的氣氛瞬間變得古怪起來，已經重新振作起來的羅東豪聞言更是直接笑出來，高聲說道：「因為他從來不多管閒事。別人家裡就是堆著金山銀山，好像也跟你沒關係吧，學長。」

「就是，探人隱私的人最惡劣了。」劉勇立刻附和。

其他同學也附和起來，大家一致對外，懟得那個學長臉紅一陣白一陣，簡直要懷疑人生。

時進作壁上觀，心裡已經樂死了——太好了，冒出個炮灰頂火，大家的注意力終於從他身上挪開，他可以鬆口氣了。

因為有「外人」在，之後的路程裡，大家說話都變得克制起來，話題也變得正常普通許多。

一個多小時後，車子到達學校，眾人陸續下車，回寢室把自己的東西放好，找輔導員簽字拿回自己的手機，然後準備好好享受軍訓結束後的假期。

「時進，要去我家的保齡球館玩嗎？路上順便吃午飯，我請客！」劉勇跑到時進寢室邀請，身後還跟著已經換回便裝的羅東豪。

時進身上還穿著制服，手裡拿著背包正在收拾證件之類的東西，聞言搖頭說道：「謝了，我男朋友來接我了，我得走了，下次有機會再一起玩，拜拜。」

說完把背包一背，頭也不回地跑了，速度飛快。

「啊……」劉勇眼睜睜看著時進走遠，然後扭頭看羅東豪，傻傻問道：「我剛剛是不是聽錯了什麼？」

羅東豪眨眨眼，抬手掏了掏耳朵，迷茫兩秒，突然炸了，不敢置信吼道：「男朋友？時進居然真的有男朋友！」

時進一路小跑著衝出校門，拐出校外的主街道，穿過一條小巷到達另一條主幹道，扭頭在四周找了找，果然在街道左側看到一輛熟悉的黑色轎車，眼睛一亮，邁步跑過去，直接拉開後車門坐上了車。

「喲！這是哪裡冒出來的小員警，臉挺黑啊。」坐在駕駛座的卦二立刻調侃起來。

時進豎給他一個中指，甩開背包，伸臂抱住身邊溫柔看過來的廉君，好好感受了一下他的存在，然後鬆開手退開身，坐正身體扶了扶腦袋上的帽子，問道：「我這身制服怎麼樣？」

「看得想打人。」卦二先開口回答，在獲贈了時進一個愛的白眼之後，識趣地閉嘴，邊發動汽車邊把車內的擋板升起來，給兩人留出一個獨立空間。

廉君收回看向卦二的警告視線，好好看了下時進穿著制服的樣子，伸手摸了摸他的臉，說道：「很帥氣。」

被戀人誇獎，時進十分滿足，美滋滋說道：「夏季制服比較簡單，秋冬制服款式要複雜一些，會更加帥氣，到時候我穿給你看。」

隨著時進的回歸，身周的空氣似乎都變得活潑明朗起來。廉君嘴角翹起，點了點頭，應道：「好。熱不熱？午飯吃了沒有？」

「車裡有空調，不熱，午飯還沒吃。」時進回答，突然拿出手機，「我們來拍張合照吧，留個紀念，我曬得這麼黑的時候可不多。」

廉君臉上笑意加深，配合靠過去，和他一起拍了幾張合照，然後伸手幫他摘了帽子，揉了把他被帽子壓塌的頭髮，說道：「這車是直接去機場的，抱歉，沒時間讓你好好休息了。」

「去機場？」時進愣住，臉上的喜悅淡了點，手上翻照片的動作也停下了，問道：「怎麼這麼趕，G省的情況很不好嗎？」

廉君點頭，沉聲道：「嗯，有其他組織來摻了一腳，我得去親自看看情況，辛苦你了，跟著我這麼奔波。」

「這算什麼辛苦。」時進皺眉接話，見他情緒偏低，想到什麼，又側身把背包拿過來，從裡面掏出兩張獎狀證書和兩個紅色絲絨方形盒子，一股腦地全塞到他手裡，期待說道：「給，禮物，快看看喜不喜歡。」

禮物？廉君一愣，先把兩張證書打開，見到上面內容後眼神一動，看一眼時進期待中隱含驕傲的樣子，嘴角一勾，又把兩個盒子打開來。

兩枚製作精美的獎章露了出來，一枚是五角星的形狀，金色，中間用楷體刻著時進的名字和日期，簡約又大氣。一枚是圓形，外圈圍著一圈尖刺，整體組合成了一個太陽的形狀，圓圈上帶著紅標，圈面上有兩根麥穗浮雕從邊緣處朝著中心聚攏，拱衛著一個花體數字，下面是時進的名字和一串小數字。

「這個是軍訓第一的獎章，數字是指多少屆，我名字下面的那行小數字是我的學員編號。這個是優秀學員的獎章，五角星，象徵著希望。」時進解釋給廉君聽，然後把兩枚獎章全部拿出來，放到廉君手裡，「你說過，我們是一體的。我拿到的所有榮譽，都有你的一半。」

廉君手指一顫，然後迅速握緊，把這兩枚獎章扣在掌心，看著時進此時認真到傻氣的表情，忍不住伸臂把他拉到懷裡，喉結滾動著，沒有說話。

「我就知道你會喜歡這個禮物，不枉我努力爭第一名。」時進回抱住他，滿足地聞著他身上讓人安心的氣息，「廉君，我不會讓你後悔送我進警校的，我也想保護你。」

——所以別怕我踏上光明的道路之後，會拋下仍留在黑暗裡的你，我們是一體的，一輩子都是。

廉君怎麼可能不明白他送這份禮物的含義，更加收緊手臂，側頭親了親他的頭髮，低聲說道：「我明白，我都知道……時進，謝謝你。」謝謝你來到我的身邊。

時進在車上換了身衣服，重新取出廉君送他的求婚戒指戴上，然後吃了點車上備著的點心稍微

墊了墊肚子。廉君看得直皺眉，有點後悔出門的時候沒讓廚房準備點吃的一起帶過來。

這次去G省，眾人坐在依然是專機，除了滅的人隨行，還有幾名陌生面孔。

「是官方的人。」廉君在時進的幫助下坐好，見他疑惑地朝後張望，仔細解釋道：「G省是狼蛛的大本營，官方打算這次就算不能徹底解決狼蛛，也要重創它的根基。狼蛛過去是靠走私起家，還沾了些皮肉生意，生意組成有太多把柄可以抓。魯姨上位後雖然立刻大刀闊斧地清掉狼蛛部分糟糕的生意，但到底清理的時間還短，留下很多隱患。這次官方人員就準備狠抓狼蛛的走私，想一次性把狼蛛G省連通外島、再由外島輻射向外的主要生意網全部毀掉。那些官方人員是官方派來輔助我們的，想讓我們和官方互相配合，我們走暗，他們走明，一起發力，直接把狼蛛按死。」

一來就直接毀主要的生意網，這麼狠？

時進眉頭緊皺，收回視線坐到廉君旁邊，問道：「你之前說有其他組織摻和進來了，這又是怎麼回事？」

「狼蛛把控的這條G省生意鏈就是隻下金蛋的雞，有缺錢的組織想要渾水摸魚。」廉君回答，喊來空乘人員，給時進要了份午餐。

時進等空乘人員離開後才又繼續問道：「暴力組織也會缺錢嗎？我看大家好像都挺有錢的。」滅也好，狼蛛也好，已經散滅的九鷹和鬼蜮也好，大家全都是一副不缺錢的姿態，土豪得天怒人怨。

廉君見他滿眼求知欲，想著多教他一些也好，仔細回道：「自然是會缺的，組織瘋狂擴張的時候尤其缺。暴力組織來錢快，去錢也快，生意還伴隨著風險，並不穩定。組織之間隨便起一次衝突，消耗掉的武力資源，都頂得上一家中型企業一個月的收益。除了武器這部分大頭之外，還有一些零碎的，比如人員安置費用、醫療保障費用、交通工具損耗費用……很多要用錢的地方，在道上，不會賺錢的組織可活不下去，現在能留下來的組織，都是手裡有籌碼的。」

時進咋舌，想起滅每次行動時，卦二等人那堪稱大手大腳的武器消耗方式，還有上次廉君放空彈給他演戲玩的事情，心肝顫了顫，問道：「那滅的籌碼……」

「很多。」廉君一眼看穿他的想法，伸手摸了摸他的頭，安撫道：「放心，你那點小打小鬧的消耗，還玩不窮我，滅現在所有的東西，都基本能夠自給自足，武器方面我們也有自己的管道，花不了多少錢。」

——小打小鬧，你不會是私底下弄了間兵工廠吧？

時進默默看他一眼，識趣地沒把這句話問出口，剛好見空服員把午飯送過來，於是暫時結束話題，坐直身準備填飽肚子。

飛機準時落地G省，下飛機後，卦二聯繫了卦一，然後領著眾人走貴賓通道出了機場，上了等候在外的一輛黑色商務車。

官方的人被丟去另一輛車，時進終於能放鬆一下，上車後直接靠在廉君身上，說道：「我發現那幾名官方人員一直在偷偷打量我們，怪磣人的。」

「不用在意他們，會有人『教育』他們的。」廉君安撫，任由他賴在自己身上，看向等候在車內的卦一，問道：「情況怎麼樣？」

「不大好。」

卦一一句話直接把所有人的注意力都吸引過去。

時進從廉君身上坐起來，皺眉朝著卦一看去。

卦一也不賣關子，快速解釋道：「根據我們的調查，這次想要渾水摸魚的組織除了之前已經確

定的蛇牙外，還有午門和千葉。」

卦二表情變了，說道：「怎麼全是一線組織，他們瘋了？」

「這就是最糟糕的地方，本來按照我們的計劃，這些組織會在狼蛛和滅起衝突之後，逐漸朝狼蛛靠攏，然後順勢和狼蛛結盟，一起針對我們。但因為官方的突然摻和，這些組織直接把狼蛛踢出結盟的備選名單，甚至想瓜分掉狼蛛這塊肉。」

「媽的！官方這個豬隊友！」卦二忍不住低咒，沒想到情況比預想的還要糟，氣得恨不得打死那些腦子發熱的官方人員。

廉君問道：「是蛇牙起的頭？一線組織如此默契的選擇幫官方一起踩狼蛛，肯定是有人居中統籌了。」

「是蛇牙，它應該是準備以共同瓜分狼蛛這塊肉為合作基礎，和另外兩個一線組織結盟。」卦二回答，表情凝重，「如果這次真的讓他們成功了，那我們的處境會變得很不妙。」

卦二已經想殺人了，這哪裡只是不妙，簡直是要完蛋了！滅因為和官方有關係，一直是其他暴力組織忌憚和排斥的對象。如果狼蛛出事，那滅將面臨沒有盟友、沒有內應，身邊只有一個想要卸磨殺驢的官方豬隊友，博弈還沒開始就已經輸了一大半！

所有人都意識到了事情的嚴重性，齊齊扭頭朝著廉君看去，想要他拿個主意。

廉君手指點著膝蓋，斂目思索，冷靜沉穩的模樣無形中就安了其他人的心。

「不用急。」沉默一會後，他終於開口，先安撫了一句，然後說道：「既然牽頭的組織是蛇牙，那這次的事情就好辦了。一線組織的結盟沒那麼容易成功，事情爆發的時間不長，他們三方的聯繫應該還不緊密。蛇牙在九鷹和鬼蜮散滅後瘋狂擴張，爭第一的欲望司馬昭之心路人皆知，午門和千葉的首領一個自負但謹慎，一個狡猾又貪心，他們內心不一定瞧得上蛇牙這太過魯莽放肆的做派。我認為他們這次不是來渾水摸魚的，而是來做選擇的。」

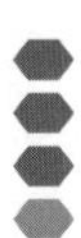

卦二露出若有所思的樣子，幾秒後表情突然放鬆下來，甚至帶了點幸災樂禍，問道：「君少，你的意思是，午門和千葉其實更偏向狼蛛？」

廉君點頭，說道：「午門和千葉可不缺錢，他們缺的是一個可以自由發展的環境。也就是說，在明面上，他們和狼蛛的目標是一樣的——弄掉滅，斷掉道上和官方的親密聯繫。」

「人人都想幹掉我們，唉，萬人恨的感覺是如此寂寞。」

卦二靠到椅背上，快活地翹起二郎腿。

卦一也放鬆下來，說道：「是我太急了，差點被表面的情況迷惑，君少，抱歉。」

廉君擺擺手表示沒事，見正事已經談完，側頭想問問時進晚飯想吃什麼，結果卻對上了他滿是迷茫和求知欲的眼神。

「那個……你們誰能跟我詳細解釋一下，為什麼你們突然都放鬆下來了嗎？」時進有點點尷尬，甚至懷疑自己是不是沒有帶智商出門，乾巴巴說道：「你們剛剛說的那些，我有點沒懂……」什麼午門千葉蛇牙的，他雖然曾經看過這些大組織的資料，但到底沒有直觀的瞭解過，所以一時間有些分辨不清他們互相之間的關係。

車內安靜下來，卦二看著時進又黑又蠢的樣子，突然大笑起來，伸手用力拍他肩膀，說道：「都說軍營鍛煉人，現在看來是真的很鍛煉啊，四肢練發達了，腦子卻壞掉了，來來來，哥給你好好上上課。」

時進惱羞成怒地掀開他的手，反過去按著他一頓爆捶。

卦一和廉君看著鬧在一起的兩個人，臉上都不自覺露出笑意，緊繃的心情放鬆許多——果然，只要有時進在，氣氛就沉重不起來。

G省靠海，四季如春，是個經濟十分發達、也十分適合居住的大城市。

時進無論是上輩子還是這輩子，都沒來過這裡。他和卦二鬧完後，見卦一臉帶疲憊，一副卸下心頭重擔後終於放鬆一點的樣子，識趣地不再聊正事，翻著G省的地圖，問廉君：「G省這麼大，發展得比較好的市區有五六個，咱們住哪一區？」

廉君搖頭，回道：「我們不住這裡，住島上去。」

「島上？」時進意外，視線落在地圖的離島上，皺眉，「是要先去離島打前哨戰嗎？」

「不是。」廉君把手伸到他眼下，引著他的視線落在G省某個重要港口城市的近島上，輕輕點了點，「住這裡，這裡有滅的分部，比較安全。」

時進的視線跟著挪過去，恍然大悟地點了點頭，剛準備放下地圖，想到什麼，又問道：「等等，我們住這裡，那跟著我們的那些官方人員呢？也住過去嗎？會不會不大好？」

廉君幫他把地圖收起來，回道：「官方人員不跟著我們，他們會隨著卦三、卦五等人住到附近的Z市去，去島上住的只有我和你。」

「只有我和你？那卦一和卦二呢？」時進繼續詢問。

「他們還有事要做，不會一直跟著我們。」廉君解釋，握住他的手輕輕捏了捏，說道：「別擔心，島上很安全。去了島上後，我會安排馮先生繼續給你上課，警校那邊的課程我也已經請了專門的老師匯總好了，幫你列了詳細的學習計劃，你照著計劃好好學，不能掉課。」

上課？他都來這裡了，居然還要上課？時進瞪大眼，側頭看向廉君，張嘴剛準備嚎，就被廉君的一句話給堵回來。

「學生的本職就是學習，時進，我等著你成長起來保護我的那天。」

小死也跟著說道：「進進，你要做一個說話算話的好男人，寶貝很信任你的。」

時進的學渣之魂和懶人之魂才剛剛冒頭就被愛人和孩子（？）一起鎮壓下去，他想起自己和廉

君的未來，想起廉君身上扛著的擔子，默默嚥下想說的話和心裡因為要再學一遍大學課程而泛出來的苦楚，乖乖點了點頭，應道：「好……我會認真學的。」

廉君微笑，傾身獎勵地親了他一口。

汽車一路疾馳，從G省省會城市來到Z市，然後直接開上港口停靠著的一艘中型渡船，就這麼連車帶人一起由船載著，朝著對岸的小島駛去。

「還挺方便。」時進坐在車裡，看著車窗外的渡船甲板和圍欄，以及圍欄外的海水，像個土包子一樣感嘆。

卦二閒閒地靠在前排椅背上，說道：「本來我們是可以直接坐直升機上島的，但現在君少來G省這件事還算是個祕密，不宜讓太多人知道，所以咱們只能盡可能低調點了。」

祕密？時進立刻又滿臉求知欲地朝著廉君看去。

廉君注意到他的視線，放下平板解釋道：「官方要動狼蛛這件事，並沒有太過遮掩意圖，所以道上有點人脈的大組織現在都知道了，但他們不知道官方暗地裡還邀請我們幫忙，所以現在的情況是我們在暗，他們所有人都在明，這個優勢必須保持下去，在事情還沒明朗前，我的行蹤最好處於保密狀態。」

原來如此。時進瞭然地點頭。

然後瞄一眼卦二，湊到廉君耳邊，壓低聲音問道：「等上了島，我們聊聊？」

他還有一大堆疑問需要解答呢，卦二太煩人了，他一點都不希望由卦二給他講解這些。

廉君被他的氣息撩了下耳朵，側頭看著他近在咫尺的臉，眼神一動，順勢親了一下他的眼睛，低聲應下了。

時進被親得閉眼，睜開眼後本能地朝著他看去，剛好看進他溫柔中帶著某種渴望的眼裡，心臟猛地一跳，呼吸一窒，嘩一下後退倒在座椅上，用G省地圖蓋住自己的臉。

糟、糟糕，他剛剛說的那句話是不是有歧義？廉君會不會誤會他是在邀請……邀請就邀請了！他和廉君是戀人關係，邀請一下又怎麼了！

他突然又理直氣壯起來，掀開地圖看一眼廉君，見他又拿起平板看起文件，剛剛蕩漾起來的心情唰一下回落，身體一倒直接躺過去，硬是把自己的腦袋枕到他腿上，伸手蓋住他的平板螢幕，皺眉問道：「我好看還是文件好看？」

明明應該是小別勝新婚的，結果從見面開始大家就一直在說正事，現在好不容易說完了，廉君卻又若無其事地看起文件，都不來和他說說話。

時進後知後覺地生出一點被冷落的感覺，憋著一股氣準備和文件爭寵。

廉君拿平板的手一頓，挪開平板低頭看他。

時進瞪著眼回看，準備一旦廉君開口訓斥他，或者不理他，他就、就……呃，他突然又有些迷茫。沒有無理取鬧經驗的他，還真不知道在戀人不搭理自己的時候，該怎麼用「任性」的方式去吸引對方的注意。

而且萬一鬧得太過了，惹廉君心情不好了怎麼辦？本來廉君現在壓力就夠大了，他不該再成為廉君的負擔。

一片陰影突然籠罩下來，然後屬於廉君的氣息迅速靠近。時進回神，看著廉君突然壓低，虛懸在自己正上方幾公分高度的臉，腦中立刻什麼想法都沒有了，本能地嚥了口口水。

「我已經忍得很辛苦了，這是你自找的。」廉君低聲說著，摸著他的臉，伸臂把他的腦袋圈在自己的氣息裡，先低頭親了親他的額頭，之後是眉心、眼睛、鼻梁……

光線被廉君壓下來的身體擋住，溫暖的氣息糾纏過來，時進瞪大眼，視野裡只有廉君半垂著眼認真親吻的樣子，心跳一點點加快，嘴唇動了動，忍不住抓緊廉君的胳膊，主動仰頭。

雙唇相接，唇瓣短暫貼合之後，便是激烈的交纏。

廉君很激動，時進能感覺得出來。空氣像是被對方一點一點奪走了，他頭暈目眩，慢慢覺得有些呼吸困難。

良久，廉君終於退開身，他摸了摸時進通紅的臉頰，擦了擦他唇上的濕痕，啞聲說道：「乖一點，卦一和卦二還在，等到了島上，嗯？」

轟隆隆。被慾望糊住的混沌大腦陡然一清，時進這才想起自己和廉君此時並不是待在一個獨立隱蔽的空間裡，而是和卦一他們同處一車，並且因為今天開車的司機另有其人，車又比較大，所以今天的座位安排，是司機一個人坐在駕駛座，副駕駛座空著，卦一和卦二坐後車廂第一排，他和廉君坐在後車廂第二排。擋板只有駕駛座和後排之間有，就算升起來，也是擋不住卦一和卦二的。

完了，他剛剛和廉君的親密是不是都被卦一和卦二看到了？

他僵硬側頭，看向卦一和卦二坐著的前座，就見卦一和卦二正十分欲蓋彌彰地各自戴著一副耳機，埋頭專心滑著平板，一副兩耳不聞窗外事的模樣。

這避嫌避得也太明顯了……時進絕望地朝著廉君看去。

「還鬧嗎？」廉君扯了扯他的臉。

時進捂住臉，用力揉了揉，回道：「不鬧了，再也不了。」

【第七章】

拉開最終戰的序幕

一行人順利上島，住進小島南側靠海的一棟別墅裡。出乎預料的，卦六居然也在這裡。

「這個分部因為靠近狼蛛的大本營，不敢弄得太顯眼，所以規模有點小，人員也比較少，我擔心君少在這住不慣，就先過來布置了一下。」卦六解釋，笑著打量一下時進，說道：「時少長結實了不少，看來這半年過得不錯。」

時進對卦六印象很不錯，見到他十分開心，主動和他抱了一下。

卦六回抱住他，拍了拍他的背，笑著說道：「別墅四周至少三個街區內，住的都是滅自己的人，所以時少不用擔心安全問題，空閒的時候可以去島上轉轉，就當是散心了。」

至少三個街區？規模比較小的分部？人員比較少？

時進臉上一僵，鬆開卦六，回頭看一眼正在跟卦一等人交代事情的廉君，抬手抹了把臉——一年了，他對滅的瞭解，好像依然只停留在表面。

卦一和卦二在送廉君到別墅之後就離開了，說是有正事要去忙。

時進目送他們離開，然後推著廉君在別墅裡轉了轉。

為了照顧廉君的身體狀況，卦六這次特地把兩人的臥室挪到一樓。

一樓的主臥室很大，布置得十分溫馨舒適，視野也好，靠海的一面牆全部鑿開裝上了落地窗，窗外是一個大大的木製陽臺，陽臺連接長橋，順著長橋往前走，可以直接到達一片私人海域的沙灘。有錢果然可以為所欲為。

時進站在落地窗前，略顯感嘆地欣賞著窗外的美景，突然一片陰影靠過來，緊接著腰間一緊，身體落入一個熟悉的懷抱。

「晚飯想吃什麼？」廉君在他耳邊詢問。

時進低頭，看著廉君在自己腰間曖昧摩挲的雙手，側回頭看他，說道：「蛇牙和午門到底是怎麼回事？你還沒解釋給我聽呢。」

廉君挑他衣襬的動作一頓，看著他認真詢問的樣子，略選無奈地放下他的衣服，問道：「現在是聊這個的時候？」

「你答應過我，等上了島就要和我聊聊的，你不能說話不算話。」時進認真裝傻，拉下他的手握住，轉身看一眼房內掛著的時鐘，一副剛剛發現的樣子，說道：「居然已經這個時間了，快快，先去吃晚飯，你今天沒有睡午覺，晚飯必須按時吃，然後爭取早點休息。」

若說還有什麼東西是可以讓時進迅速恢復理智的話，那絕對是廉君的健康問題——在廉君的健康面前，所有事情都必須讓位，小別勝新婚算什麼，把愛人餵得胖胖的才是第一要務！

廉君被他牽著，看著他認真嚴肅的模樣，心裡又好笑又感動，低嘆口氣，熄了現在就把他撩撥到床上去的想法，伸臂抱住他，滿心喜愛地順了順他的脊背。

吃飯的時候，廉君跟時進詳細解釋了一下現在道上各大一線組織的情況。

在九鷹和鬼蜮退出爭鬥舞臺後，現在道上總共還剩下五個一線組織，分別是滅、狼蛛、蛇牙、午門和千葉，這五個下面還有幾個准一線組織，但他們都各自選了依附或者合作的一線組織，所以不需要分開來另外談。

這五個組織中，滅、狼蛛和午門全都是老牌的大組織，根基較深，千葉和蛇牙則是在前一批一線組織滅散時，趁機發展起來的，根基稍淺一些。

在九鷹瘋狂發展擴張的那些年裡，午門因為首領更迭、千葉因為內部整頓、蛇牙因為上層內鬥而低迷了幾年，沒能壓制住九鷹的發展。等它們各自緩過勁來時，九鷹已經在實力上壓過他們，幾乎和滅比肩，再也無法隨意撼動。

在這種情況下，這三個組織的首領不約而同地做下同一個選擇——蟄伏起來，看九鷹和滅互鬥，盼著他們能兩敗俱傷。

時間轉到現在，九鷹在主動挑釁滅，和滅經過一番爭鬥後，與鬼蜮一起全盤崩散，空出了大塊

的利益，而面對九鷹的攻擊，滅依然穩坐第一，勢力如鐵桶一塊，毫無缺口。

不管滅動九鷹的原因是什麼，其中又是不是有鬼蜮在裡面幫忙，但有個信號，道上稍微聰明點的人全都通過這次衝突看出來了——滅太強了，哪怕是看上去和滅實力相等的九鷹，在和滅對上後，也只能落得個連滅的毫毛都沒傷到，就自己淒慘潰散掉的結局。

這樣強大的組織，如果它一心為道上，那也還好，大家可以共同謀求發展，但偏偏這個組織向來態度曖昧，高高在上又冷硬無比，對道上其他組織不假辭色，還和官方有聯繫。

這是一個空有王的實力，卻不願意帶領眾生，甚至會反過來幫敵人限制眾生的強者。滅不能留，這是所有大組織首領心裡共同的想法。

蛇牙、午門、千葉這三個組織終於坐不住了，他們不再蟄伏，重新開始活躍，積極發展自身。其中蛇牙表現得尤為明顯，它拚命搶占九鷹和鬼蜮空出來的利益，吸納九鷹和鬼蜮留下的各種資源，拉攏其他組織，試圖把道上的勢力聚集到自己身邊。

「他們的結盟是必然的。」廉君說到這停了停，見時進聽得專心，連飯都忘了吃，伸手輕輕敲了他額頭一下讓他回神，示意了一下飯菜，等他繼續開始吃了，才又說道：「但怎麼結盟，以什麼樣的形勢結盟，結盟之後選擇什麼樣的發展方向，在弄掉滅之後，要怎麼處理和官方的關係，是選擇直接和官方對上，還是繼續推一個組織出去居中調和……這種種因素，都是決定他們能否結盟成功，和互相之間到底與誰結盟的因素。」

時進稍微有了點頭緒，又停了吃飯的動作，回憶一下卦二和卦一在車上的話，問道：「所以你是覺得，比起蛇牙，午門和千葉其實更中意狼蛛，想和狼蛛結盟？」

「就是這樣。」廉君點頭，見他心思已經完全不在吃飯上，想起他在飛機上吃的那頓偏晚的午餐，猜他現在應該還不餓，於是也不再強迫他繼續吃，給他倒了杯水放過去，繼續說道：「比起蛇牙，狼蛛資歷更老，根基更深厚，首領的性情更穩重靠譜，是合作的最佳選擇。蛇牙現在看上去風光，但勢力膨脹太快，內部肯定很不穩，而且又才剛經歷過高層內鬥，簡直處處都是漏洞，沾上就代表著麻煩。午門的首領孟青和千葉的首領齊雲，兩人都是聰明人，沒那麼容易被蛇牙拉攏。」

時進皺眉，說道：「可狼蛛現在被官方盯上，前途未卜……」

「所以我之前才說，午門和千葉這次過來，是來做選擇的。」廉君豎起三根手指，細細解釋道：「狼蛛被官方盯上，是大家都沒有料到的事。從午門和千葉的立場來看，針對此時的局面，他們有三個選擇：其一，選擇蛇牙；其二，選擇狼蛛；其三，誰都不選。而決定他們最終選擇的，就是狼蛛和蛇牙在這次官方針對狼蛛的危機裡，各自的表現和各自的結局。如果狼蛛能從官方和蛇牙手裡存活下來，那麼這樣一個能從官方針對裡活下來的強大盟友，誰會捨得錯過？如果狼蛛淒慘被滅，而蛇牙表現亮眼，展現出足夠可信的態度和實力，那麼蛇牙也是可以適當利用一下的。如果狼蛛和蛇牙都表現糟糕，那麼為了不引火自焚，午門和千葉絕對會選擇迅速撤退，然後單獨結盟。反正無論怎麼選，他們都不會讓自己吃虧。」

這麼一解釋，時進終於搞清楚其中的利害關係，說道：「午門和千葉這姿態還真是高高在上，等著看結果選菜就是了，忙亂都是別人的……」

「能永遠隔山觀虎鬥也算是一種本事。」廉君手指點了點輪椅扶手，把話題收攏回來：「我們現在要做的，就是儘量在官方沒有察覺的情況下，幫狼蛛躲開這次官方的針對，引午門和千葉主動和狼蛛結盟，並重創蛇牙。」

「重創蛇牙？」時進有點擔憂，問道：「好處理嗎？」

廉君回道：「不算太難，這次能得到什麼樣的結果，其實關鍵點全在官方身上。而官方的態度如何，又間接受著我們的影響。所以我們只需要讓官方意識到，比起狼蛛，現在更應該壓制的是蛇牙，那這次的困局就能迎刃而解。」

時進若有所思，表情放鬆下來，又接著問道：「那萬一午門和千葉在狼蛛被保下之後，因為狼

蛛被官方針對過的事情，對狼蛛有所顧忌，不選擇和狼蛛結盟，只互相結盟怎麼辦？那狼蛛還是落單了。」

廉君滑動輪椅靠到他那邊，伸手拿走他手裡的筷子，說道：「不會的，如果狼蛛能夠被保下，那麼午門和千葉絕對會選擇和狼蛛結盟。別忘了，他們的對手是我，不多拉攏一點力量，他們是沒有勝算的。」

時進看著他自信強勢的樣子，心裡一熱，忍不住傾身湊過去，問道：「晚飯吃完了，我們現在去洗澡休息？」

廉君垂眼看他，突然從輪椅上站起身，朝著他壓靠過去。

拜軍訓鍛煉出來的生理時鐘所賜。

明明前一晚很晚才睡的時進，居然在早上六點準時睜開眼睛。

房內光線昏暗，窗簾全都拉著，他對著陌生的天花板發了會呆，回神後本能地伸手朝身邊摸去，結果卻摸了個空。他愣住，扭頭看去，意外地發現廉君居然不在床上，而落地窗外隱隱有模糊的交談聲傳來。

是廉君嗎？他在和誰說話，卦六？

他疑惑，隨手扯了件廉君的袍子披到身上，草草繫了下腰帶遮住重點部位，下床朝著被窗簾遮擋住的落地窗走去。

「您大清早過來就是為了罵我？」

「我罵你怎麼了，我還想打你呢。混小子，突然給我找了這麼大的麻煩，我招誰惹誰了。」

「小聲點。」

「小聲幹什麼？你金屋藏嬌啊，時進呢？你這就玩膩了人家小朋友，把人小孩甩……」嘩啦。時進直接把窗簾拉開，看向外面一坐一站的廉君和魯珊，伸手拉開落地窗走出去，無奈接話：「魯姨，廉君藏的是我，您怎麼過來了，吃早餐沒有？」

魯珊像是被時進的突然出現嚇到了，瞪大眼看著他，上上下下打量了他好幾遍，視線掃過他變黑許多的皮膚和身上繫得鬆鬆垮垮明顯屬於廉君的長袍，最後把視線定在他鎖骨和脖子上的吻痕上，吹了聲口哨。

「哇哦，昨晚很激烈啊。」她擠眉弄眼地調侃了一句，然後凶巴巴地扭頭看向廉君，忿忿說道：「難怪你不讓我進屋，還讓我說話小聲點，臭小子，你把我害得這麼慘，自己卻在這快活，你的良心被狗吃了嗎？」

廉君沒有理她，直接從輪椅上站起身，走到時進身邊幫他理了理袍子，定定看他幾眼，突然說道：「很好看。」

時進疑惑：「什麼好看？」

「你穿這個很好看。」廉君回答，仔細幫他繫好腰帶，打量了一下他此時的模樣，微笑，「真的很好看，下次讓下面也給你做幾件這樣的衣服。」

這件本來素色偏文雅的袍子，穿在身形相對結實，皮膚也曬黑了一些的時進身上，莫名就變得狂野不羈起來。

很帥氣，也很讓人心動。

時進被誇得不好意思，扯了扯衣領，「真的嗎？我還以為我穿這種袍子會顯得很不倫不類。」

「沒有，真的很好看。」廉君毫不吝嗇誇獎。

「喂！」魯珊看不下去了，氣得用力拍桌子，吼道：「我還在這裡呢，你們能不能收斂一點！

我這邊刀都快落到脖子上了，你們卻還在這卿卿我我，能不能做個人？你們是狗嗎？」

時進可沒有廉君那麼厚的臉皮，可以頂著魯珊的怒火繼續秀恩愛。他壓下不好意思，開口安撫了魯珊幾句，然後去廚房弄了點熱飲給魯珊和廉君送過去，之後回房間換了身衣服，去浴室洗漱了。

「你這運氣真是好得讓人嫉妒，時進這種又好看又有能力家裡還有背景的好對象，怎麼偏偏瞧上你這麼個一肚子壞水的傢伙。」

魯珊用小勺攪著時進送過來的熱奶茶，舀出裡面的珍珠看了看，眼裡露出些許懷念，「珍珠奶茶啊，好多年沒喝了，時進這是把我當少女對待了嗎？少女，我都快忘了自己十幾歲的時候在幹什麼了，陪酒？打架？被父母毒打？時間過得可真快……」

廉君端起面前的熱牛奶送到唇邊，淺淺喝了一口，沒有接話。

魯珊回神，突然又湊到他面前，勾著頭看了下他杯子裡的東西，然後毫不留情地嘲笑出聲：「牛奶？哈哈哈，你都多大的人了，居然還喝牛奶，時進這是把你當小孩子了嗎？」

「不好嗎？」廉君反問，抬眼看她，「被人當少女和小孩子寵著，不好嗎？」

魯珊不笑了，看他一眼，幾乎算是粗魯地舀了一勺珍珠塞進嘴裡，邊咀嚼邊含糊說道：「好，好得狠！你真是走運得讓人想打你，行了，不跟你亂扯了，這次的事情你準備怎麼辦？官方這次這麼大張旗鼓地為滅出頭，深裡的含義就不需要我來提醒你了吧。」

「什麼深裡的含義？」時進端著煮好的麵靠近，聽到這句話後皺起了眉。

魯珊有點意外自己居然沒有注意到時進過來的動靜，恢復若無其事的樣子，起身湊過去看他手裡的小鍋，問道：「這麵是你煮的？怪香的。」

時進被引走注意力，搖頭回道：「不是，是廚房阿姨煮的，我弄喝的時候把她們吵醒了，她們聽說來了客人，就煮了這些，讓我洗漱完端過來。魯姨妳湊合吃點吧，墊墊肚子。」

魯珊聞言看一眼廉君，故意說道：「還是你貼心，我都快餓死了，廉君這混小子一點都不知道體貼長輩。」

「麵有點燙，吃的時候要小心點。」時進沒接她這句抱怨，把小鍋子擺好，幫她盛好麵，放好筷子，然後看向廉君，接上了之前的話題，問道：「什麼內裡的深意，官方又怎麼了？」

魯珊拿筷子的手一頓，抬眼朝廉君看去。

廉君抽了張紙巾，幫時進擦了擦手指上蹭到的湯水，回道：「官方沒怎麼，魯姨剛剛說的還是官方這次幫我們出頭動狼蛛的事。萬事都有兩面性，這件事樂觀來看，是官方在為我們出頭，讓其他組織知道和滅作對就是在和官方作對。但從另一方面說，官方這次的行為，是直白地把滅立到所有暴力組織的對立面，把滅徹底孤立起來。」

魯珊挑眉，沒想到廉君對時進居然這麼坦白，什麼情況都和時進說。

像是察覺到她的意外，廉君突然側頭看了魯珊一眼，把時進放在膝蓋上的手放到桌上握住。

這是什麼眼神？魯珊皺眉，視線順著他的動作挪到兩人交握的手上，注意到時進手上戴著的戒指，表情一裂，不敢置信地抬眼看廉君，示意了一下那個戒指。

廉君嘴角一勾，又不理她了。

艸！這混小子！魯珊氣炸，但態度卻慎重起來，又仔細打量一下時進，在心裡重新定義了一下他和廉君的關係，然後繼續埋頭專心吃麵，沒再聽廉君和時進的交談。

時進被廉君握習慣了，根本沒有注意到他的動作，也沒注意到廉君和魯珊的眼神交流，注意力全在廉君的話上，皺眉思索了一會，不大愉快地說道：「看來官方是真的很怕你關鍵時刻撂挑子不幹，想盡辦法的想把你綁住。他們像這樣又為你出頭，又為你樹敵的，棒子紅棗一起來，操作得可真熟練。」

「別擔心，官方暫時還是偏著我們的，不敢做得太過火。」廉君安撫地捏捏他的手，見時間已

經不早，便暫時留下他和魯珊，讓他幫忙招待一下魯珊，自己回房換衣洗漱去了。

廉君走後，陽臺上只剩下魯珊和時進兩人。

時進貼心地給魯珊重新倒了杯水，怕她只喝奶茶太膩，然後隨口問了她一些比較家常的問題，態度自然溫和，姿態放鬆隨意。

——是個讓人不自覺就會想要親近的孩子，和上次見面時給人的感覺又有點不同。

魯珊在心裡給時進下了評價，填飽肚子後擦了擦嘴，喝了口變溫的奶茶，隨口問道：「煮了一鍋麵，卻只有一副碗筷，你不吃嗎？」

時進搖頭，回道：「等一會和廉君一起吃，他三餐需要定時，還喜歡挑食，我得陪他一起。」

——喔，這對該死的狗男男。所以這一鍋麵都是給她的？當是在餵豬嗎？

魯珊開始後悔問這個問題了，想一想，立刻又換了個話題問道：「聽說你大學考了警校？很有勇氣啊。」

「是廉君包容了我的任性。」時進回答，無形中捧了廉君一把。

魯珊又在心裡罵了他一句狡猾，表情卻更放鬆了一些，懶懶靠在椅背上，感受著清晨的海風，說道：「伴侶就是該互相包容，看到你們處得好我就放心了，如果我這次栽了……」

「魯姨。」時進打斷她的話，認真說道：「廉君會保下狼蛛和您的。」

魯珊側頭看他一眼，突然又喝起奶茶，直到杯子空了，只剩一層珍珠鋪在杯底，才放下杯子，說道：「時進，別把廉君當神看，他不是無所不能的，他也會累、會犯錯、會想逃避……我希望在你眼中的他，只是個職業稍有些特殊的普通人。」

時進有點明白廉君為什麼會喊魯珊一聲魯姨了，臉上帶了笑，認真回道：「魯姨，我從來沒有神化過廉君，我只是相信他，相信他哪怕現在只是一個普通人，也會盡全力保下他心裡唯一的長輩和家人。」

——家人。

噹啷，魯珊手裡舀珍珠的勺子掉到杯子裡，撞到杯壁，發出一聲清脆的敲擊聲。

「……你這小子可真是什麼都敢說。」

良久，魯珊放下杯子，徹底攤在椅子上，閉上眼睛，低聲喃喃：「幹咱們這行的哪有什麼親情……我有點累，睡一會先。」說完直接秒睡了。

時進目瞪口呆，沒想到她直接靠在椅子上就睡了，正準備起身喊她去客房，就被不知何時回到陽臺上的廉君按住肩膀。

「讓她靠著吧，她太累了。」廉君說完鬆手，上前把一床毯子蓋在魯珊身上，動作輕柔。

時進看著他的背影，慢慢坐回椅子上，視線挪到魯珊滿帶疲憊的臉上，淺淺嘆了口氣。

魯珊足足睡了一上午才醒，醒了之後隨便洗漱一下吃了頓午餐，就立刻拉著廉君去書房。

時進因為要和馮先生確認學習計劃和複習之前落下的公司管理課程，所以沒有跟過去。

書房的門一關就是一整天，門內不時傳來魯珊崩潰的大吼和憤怒的咆哮，似乎是廉君說了些什麼，惹她生氣了。

「別走神，專心聽課。」視頻通話對面的馮先生低咳一聲，提醒時進專心。

時進強迫自己收回視線，皺著眉重新把注意力挪回課程上。

接近半夜的時候，魯珊和廉君終於從書房裡走出來。

魯珊一改來時的疲憊和悲觀，臉上滿是期待和鬥志，用力拍廉君肩膀，說道：「還是你心眼多，那我先去安排了，等我消息。」

廉君點頭，視線掃到客廳沙發上閉目沉睡的時進，眉眼一暖，喚來卦六，讓卦六親自送魯珊離開別墅，自己則靠近沙發。

時進是被騷擾醒的，有人正在他的身上煽風點火，還試圖拉開他的褲腰帶。他意識已經清醒，卻懶得睜開眼睛，摸索著抓住對方在自己腰上作亂的手，說道：「不許亂來，你早上起得早，中午還沒睡午覺，睡眠時間嚴重不足，今晚什麼都不許做，要好好休息。」

廉君抬眼看他，見他還犯懶地閉著眼睛，手腕一轉就反握住他的手，帶著他的手繼續在他身上游移，傾身，直接吻住他還準備發出抗議的嘴。

◆◆◆◆

軍訓練出來的生理時鐘只堅挺了一天就破功，時進一覺睡到日上三竿，醒來後坐在床上回想起昨晚發生的事，頭疼地抬手扶住額頭，沉沉嘆了口氣。

美色果然誘人墮落，不能再這樣下去了，龍叔可是說過一個星期只能做一次的。

還不等時進找機會勸廉君要注意身體節制點，官方針對狼蛛的第一波衝突，就毫無預兆地開始了一系列的操作。

最開始是狼蛛分布在G省各區的周邊生意突然被查，緊接著是G省各大港口突然加大貨物進出口的檢查力度，扣押了狼蛛的大批貨物。

最後官方直接發大招，突然轉移陣地，以加強和外島生意合作的理由，派人進入外島，開始有目的地騷擾狼蛛在離島上的生意，試圖摸清狼蛛的生意鏈。

這波官方針對狼蛛的騷擾可以說是快狠準，直戳狼蛛在G省最主要的幾個生意關鍵點。

「太狠了。」過來彙報消息的卦二在休息間隙翻著手裡的各項資料，嘖嘖搖頭，「君少真是太狠了。」

正被馮先生的作業折磨得生不如死的時進聞言一愣，奇怪問道：「君少哪裡狠了，咱們負責的暗線不是還沒開始行動嗎？」

「當然是君少太狠了，官方能這麼直戳重心地針對狼蛛，可全是靠著君少『好心』提供的消息才得以成功。如果讓他們自己來，還不知道G省這邊的生意會變成一堆怎樣的爛帳。」卦二解釋，然後憐愛地摸了摸他的頭，說道：「小孩子不要管這些，乖啊，寫作業去。」

時進聽得臉一黑，甩開他的手，看著面前的作業，滿心都是絕望——這次G省之行和他想像中的一點都不一樣，他也想幫廉君做事。

卦二見他蔫蔫的，也不逗他了，安慰道：「你別亂想，君少不讓你出去也是為你好，現在蛇牙、午門、千葉的首領全聚集在G省，你身分特殊，不宜去前線活動。」

時進哪裡不明白這個道理，只是心裡覺得自己有點沒用罷了，想起這幾天大家雖然忙碌，但情緒還算放鬆的模樣，猜測事情的發展應該還算順利，搖了搖頭不再亂想，拿起筆繼續做起作業。

時間匆匆流過，一個星期之後，官方對狼蛛的騷擾開始朝著內圈生意逼近，同一時間，廉君埋下的暗線終於開始行動。

在一個看似平常的晚上，狼蛛在G省的好幾個祕密倉庫突然被破，沖天的火光照亮半邊天空。

「這樣會不會鬧得太明顯了？」時進滑著平板上關於「某某企業各大倉庫突然齊齊失火」的新聞，有點擔憂。

廉君邊翻著文件邊隨口說道：「不做得明顯一些，官方又怎麼會明白你對我有多重要，甚至能

為你失去理智到什麼地步？這些都是必須的，我們給足了態度，官方才會聽得進去我們說的話。」

時進頓住，側頭看著他認真看文件的樣子，忍不住撲過去抱住他，用力親了他一口——剛剛那句話算是甜言蜜語吧，肯定算！

廉君被親得一愣，回頭看他，見他在笑，自己便也忍不住笑了起來，問道：「怎麼了？」

「沒什麼。」時進回答，又低頭親了他一下，開心說道：「我就是突然想要親親你。」

廉君挑眉，抿了抿被他親吻的唇瓣，乾脆伸手把他勾下來，仰頭又親了上去。

打擊狼蛛的行動在繼續，在滅加入之後，狼蛛在G省的生意很快亂了套，狼蛛有試過反撲和嘗試與官方通話，但都沒有取得有效的結果。

半個月後，狼蛛在G省的外圈生意徹底被廢，內圈岌岌可危，主要的生意鏈也受到影響，但在離島最重要的一條生意鏈始終沒被挖出來，更糟糕的是，狼蛛開始斷尾求生了，突然直接拋棄所有明面的生意，把所有人員轉到暗處，蟄伏隱藏起來。

同一時間，因為狼蛛的大手筆「斷尾」，G省的整體經濟受到影響，開始頻繁動盪。

這不是官方想看到的局面，持久戰可不在他們的計劃內。情急之下，他們派人聯繫廉君，想和他商談對策。

別墅內，廉君掛掉官方打來的電話，緊繃的表情徹底放鬆，向後靠在輪椅上。

時進見狀立刻湊過去，小心問道：「要開始了？」

廉君看向他，伸手摸了摸他的臉，把他抱到懷裡，應道：「嗯，要開始了。」

能不能把狼蛛從現在的困局裡剝出來，就看這次和官方的談話了。

官方派來和廉君商談的人不是別人，正是負責每年四月道上會議的章卓源主任。談話那天時進剛巧沒有課，就窩在書房裡聽了全程。

章卓源表情凝重，一坐下來就立刻說道：「廉君，我們已經是老熟人了，我就不和你繞圈子。

狼蛛比我們預想中的更難打，滑不留手的，一打就縮，還能縮得無影無蹤，一點核心生意不漏。現在只靠官方打擊它明面上的生意根本沒用，它縮過這一陣，等風頭過去了，那些現在關停的企業，換個地方想再開多少就能再開多少家，這樣根本是治標不治本，我……」

「章主任。」廉君打斷他，冷冷說道：「該提供的消息我已經全都提供給你們了，該做的我也全都做了，現在狼蛛有時間躲，我卻是沒時間去和它耗的。我答應的合作，是輔助你們收拾一下狼蛛，而不是和狼蛛死磕，把滅賠在這件事情裡。把話說得更難聽一點，要收拾狼蛛是你們擅自下的決定，事先完全沒有詢問過我的意見，我沒義務陪你們把這件事負責到底。而且我早就說過，狼蛛如果真那麼容易被打散，那滅又何必忌憚它多年？狼蛛是老牌大組織，可不是九鷹那種被我們刻意扶持起來的新興勢力。」

章卓源被他這通話說得臉一黑，說道：「廉君，為什麼要動狼蛛，你和我心裡都清楚，我以為你是誠心和我們合作的。」

「如果我不誠心，又何必來蹚這一趟渾水。」廉君表情變得嘲諷，「章主任，我也不是什麼不近人情的人，官方這次的情我承下了，能有機會動狼蛛，我確實很開心，但我不希望你們把我當傻子。G省這麼重要的一條經濟命脈，你們想從狼蛛手上搶回來，我十分理解，也可以和你們合作，但如果你們非要說這一切都是為了我的虛話，那就別怪我下你面子了。這次打狼蛛到底是你們在為我出頭，還是你們在藉著為我出頭的理由，騙我出力，你們自己心裡明白。」

章卓源的感情牌還沒打出去就被反抽回自己臉上，臉色紅一陣白一陣，一時間說不出話來。

談話的主動權迅速轉到廉君手上，時進對廉君揮出這麼凶猛的直拳簡直嘆為觀止，被廉君難得尖銳暴戾起來的氣勢震住，窩在角落看著廉君的側影，心裡有點癢癢的，這樣的廉君，真帥！

「主任，該收手的時候，還是立刻收手的好。」廉君突然又緩下語氣，親自給章卓源倒了杯熱茶推過去，「你的來意我清楚，如果你執意讓我和狼蛛打，那我也只能捏著鼻子打下去，畢竟我手

底下那一票人未來能不能過得安穩，還得看您以後的態度。」

廉君主動遞梯子，章卓源就立刻順著下了，道謝之後接過茶，喝了一口，軟下語氣緩緩說道：「抱歉，我剛剛太急了，沒有考慮到你的立場……所以你這麼說，是還有什麼顧慮？狼蛛真的動不得嗎？」

「不是狼蛛動不得，是道上的平衡動不得。」廉君恢復平時的態度，用手指沾了點茶水，在桌上畫了四個圈，「現在道上除滅之外，還有午門、狼蛛、千葉、蛇牙這四個組織。午門、千葉、蛇牙各自經過一次動盪，各有弱點，不需過多防範，只有狼蛛這些年來一直穩定發展，根基穩固，十分不好對付。你這次提出要打狼蛛，我沒有過多阻攔，就是因為想藉此削弱一點狼蛛的實力，讓它和其他三個組織持平，互相牽制。到目前為止，這個目的已經達到了，這四個組織現在誰也動搖不了誰，應該能保持一段時間道上的平衡。」

章卓源看著桌上的四個圈，問道：「你需要這個平衡？」

「不是我需要，是你們需要。」廉君又在四個小圈外面，畫了個大約有兩個小圈大小的中等圓圈，輕輕點了點，「這是滅，圓圈大小代表著組織實力，如果我現在打狼蛛，哪怕有你們的幫忙，最後也肯定會實力大損。到時候狼蛛消失，滅跌落神壇，以目前的局勢，你覺得剩下幾個毫無損傷的組織，會怎麼對滅？」

章卓源聽到這心裡一驚，額頭滲出冷汗，搖頭說道：「他們肯定會……」

「會聯合在一起滅掉我。」廉君冷漠接話，劃掉屬於狼蛛的小圈，把另外三個小圈融合成一個，並縮小了代表滅的圈，然後坐直了身，說道：「三對一，滅怎麼都是一個死字，等滅沒了，等待你們的，就是一個三合一的怪物。章主任，容我提醒你一句，午門、千葉、蛇牙可和滅不一樣，這三家各自名下都附庸著無數組織，沒了壓制，他們要擴張膨脹，幾乎就只是眨眼間的事情。到那時候，我們這些年的努力就全白費了，局面回歸起點，道上群魔亂舞，你們無可奈何。」

室內明明開了空調，章卓源此時卻已經是滿頭冷汗，他端起茶杯一口氣把茶喝完，看著桌面上逐漸消失的幾個圈，腦子亂成一片。

廉君根本不給章卓源理清思路的機會，再次打出一個重擊：「再提醒你一件事，有滅這個『表率』在前，等午門、千葉、蛇牙這幾家組織掌握了話語權，把控住局勢，你們再想找個像滅這樣的盟友，只怕就是癡人說夢了。」

章卓源聞言一震，徹底意識到事情的嚴重性，想起當初還沒和滅合作時，被暴力組織捏著走的憋屈過去，表情變得十分難看，看向廉君問道：「那你覺得我們現在該怎麼做？直接撤退嗎？可是、可是……」

「可是這樣做，你們不就太沒有面子了……你是想說這個嗎？」廉君一眼看穿他的想法，替他把他無法明說的糾結說出來。

章卓源有些窘迫，硬著頭皮解釋道：「實不相瞞，在剛開始行動的時候，狼蛛曾托我這邊遞過話，希望能用談判的方式正面解除誤會，但我沒有理會……狼蛛畢竟還是掛了牌的合法組織，這次直接把它打散了還好說，如果這次放過它，那以後我們這方難免還要和它再接觸，這……」

時進聽得十分想翻白眼，覺得官方這次事情辦得真是超級沒有水準。

知道狼蛛還掛著個合法的牌子，那當初決定要打它的時候，怎麼不知道找個說得過去的理由？收拾黑玫瑰的時候知道要給黑玫瑰扣個恐怖活動的帽子，收拾九鷹的時候知道要給九鷹扣個勾結境外勢力的帽子，到了狼蛛，怎麼就二話不說直接開打了？傻不傻，那麼自信可以一次把狼蛛打死，讓它沒機會為這事算帳嗎？

蠻不講理要打的是你，不接受談判的是你，現在打不過了，想收手了，不希望對方計較，不想站在理虧的一方，怕對方有想法的還是你……什麼好處都給你占盡了，別人就活該乖乖挨打，然後永不找茬嗎？

還是說，是因為太想給廉君製造一種「衝冠一怒為盟友」的錯覺，所以忘了要考慮這些了？

大概也意識到自己此時說的話實在太過不要臉，章卓源的聲音慢慢低下來，頭上的冷汗變成熱汗，不停用擦汗的動作掩飾自己的尷尬。

話題不知不覺從「怎麼繼續打狼蛛」，變成了「不打狼蛛之後，官方該怎麼善後」，主題已經徹底改變。廉君目的達成，放鬆姿態，又給章卓源添了杯茶，安撫說道：「主任不用擔心，官方這次的行動師出有名，狼蛛自己理虧，不會再為這事找你們麻煩的。」

「師出有名？」章卓源愣住，抬眼看他，眼裡露出些許希望，問道：「你有什麼想法？」

廉君端起自己的茶淺淺喝了一口，說道：「暴力組織之所以分為合法和不合法，是因為兩者之間有所為和有所不為，狼蛛既然掛了牌，那自然該受到官方的約束，現在它自己壞了規矩，被懲罰一下也是正常的。」

章卓源疑惑，「壞了規矩？可狼蛛這段時間一直很安分，好像並沒有做過什麼出格的事情。」

「怎麼會沒做過呢？如果沒做過，那你們又怎麼會無緣無故盯上它？九鷹滅散之後，我記得你們曾經下發過一個文件，規定合法的暴力組織之間，可以有正常的利益之爭，但針對首領性命的惡意競爭卻是堅決不允許的。狼蛛這次不僅壞了這條規定，還選擇在B市動手，算是罪上加罪，被懲罰是應該的。」廉君提示，然後看了坐在角落的時進一眼。

時進滿臉問號，談事就談事，看這邊幹什麼？還用那種意有所指的眼神。

章卓源聽得一愣一愣的，也扭頭朝著時進看去，也不知道腦子裡都轉了些什麼，表情一會激動、一會糾結的，說道：「當時確實有訂了這麼一條規定，可狼蛛這次在B市綁架的明明是這個小傢伙……」

時進瞪眼回看——你才是小傢伙！

「時進是我的伴侶，算是滅的副首領，動他就等於動我。」廉君轉了轉茶杯，引回章卓源的注意力，悠悠說道：「伴侶被劫，滅的首領怒不可遏，翻出條例找上官方，希望官方能把狼蛛下牌，方便收拾狼蛛，官方苦苦周旋，最後以適當懲罰狼蛛為條件，幫狼蛛保下合法身分……這個理由，夠你們找回面子嗎？」

章卓源聽完徹底傻了，傻完又激動起來——這個理由太妙了，不止幫官方找回面子，還讓官方賺了狼蛛的一個人情，逼得狼蛛在明面上無法就這次的事情找官方的茬！

他連忙點頭，應道：「夠夠夠，這個理由太好了，就是可能要委屈你，讓大家……」

「沒什麼。」廉君打斷他的話，神情淡淡，「滅在道上本就沒什麼名聲可言，再多拉點仇恨也沒什麼，細說起來……這不就是你們最期望看到的嗎？」說完冷冷看了他一眼。

「呃……」章卓源一下子就尷尬起來，摸不準他是說氣話，還是意有所指，安撫說道：「我知道這些年你為了大家共同的目標，扛下許多壓力，你心裡有氣我理解，但我們的誠意……」

「夠了。」廉君再次打斷他的話，放下茶杯，突然冷了態度，「好聽的話說一萬遍，不付出行動，也只是廢話而已。章主任，大概是這麼多年的順風順水給你造成錯覺，讓你忘了一件事，對道上的清掃，一向是以我的意見為主導的，你們這次拿走主動權，打的雖然是為我出頭的名號，但仍然掩蓋不了你們逐漸無視我的意見，潛意識裡把我當做工具使喚的態度，我很不滿意你們釋放出的這個信號。爛攤子我可以幫你們收拾一次，但沒法幫你們收拾無數次。付出是相互的，說句難聽的話，我現在完全看不到你們的合作誠意，只看到你們想要卸磨殺驢的意圖。」

氣氛急轉直下，章卓源放在膝蓋上的手收緊，面皮緊繃著，頭上的熱汗再次變冷。

守在書房角落的卦一和卦二突然動了動身體，各自從兜裡掏出武器，拿在手裡細細把玩起來。

章卓源看到他們從陰影處走出來，心下駭然，這才知道書房裡居然不止有廉君和時進這兩個人，身體僵硬著，甚至不敢抬頭去看廉君此時的表情。

——廉君發現什麼了嗎？他把話說得那麼直白，是不是要撕破臉？大、大意了，這些年廉君做

事太過配合，他居然忘了廉君才是他迄今為止碰到過最難搞、危險程度最高的組織首領。

最近確實有些忘乎所以了，必須說點什麼，他們暫時不能失去廉君這位盟友。

茶壺裡的茶漸漸涼了，室內安靜得落針可聞，廉君的手指點著輪椅扶手，輕輕的，章卓源卻覺得那手指就像是直接點在自己的心臟上，讓他的心跳越來越快。

氣氛越來越緊繃，時進發現廉君的進度條在緩緩上漲，忍不住坐直身體。理智雖然明白廉君現在是在故意給章卓源施加壓力，好爭取到以後對道上清掃的絕對主導權，但感情卻讓他忍不住擔心，害怕壓力施加太過，反而造成反彈。

滅和官方的合作關係現在絕對不能破掉，卦一和卦二現在也絕對不能朝章卓源動手，不然一切都完了。

「時進。」廉君突然喚了他一聲。

時進猛然回神，這才發現自己居然在不知不覺中抓破了皮沙發的扶手，連忙鬆開手指，應道：「在，怎麼了？」

「換一壺熱茶過來。」廉君示意了一下茶壺，語氣溫和。

進度條突然停下增漲。

時進懵了一下，連忙起身，靠過去拿茶壺，視線偷偷在章卓源和廉君之間轉來轉去——奇怪了，怎麼進度條突然又不漲了，是因為廉君突然態度變溫和了嗎？

他抱起茶壺，轉身離開的時候發現章卓源在偷偷打量自己，眉頭一皺，又回頭看了廉君一眼，有點擔心地拿著茶壺離開書房。

等時進離開後，廉君的表情又冷了下來。

章卓源見狀心裡一定，看向廉君，認真說道：「君少，這次的事情確實是我們這邊沒有做好，你懷疑我們的誠意，對是否繼續合作持懷疑態度我很理解，但我不希望你對我們產生誤會。我們自然有合作誠意，否則我們不會允許你的伴侶進入警校就讀，卸磨殺驢更是不存在，我們求的是雙贏，惹怒你對我們沒有好處。我也不願意再做那種空許好話，只讓你單方面付出的事。這樣，這次的危機，我代表官方，願意用利益和你換這次的順利解決。」

廉君不置可否，一副已經對他失去信任，興趣不大的樣子。

章卓源又繼續說道：「就我所知，你的伴侶似乎和瑞行有點關係？瑞行這一年在準備把生意重心轉回國內吧？這方面我也許可以……」

他適時把話斷掉，看向廉君，觀察他的反應。

廉君終於又正眼看他，瞇眼露出思索考量的樣子，突然抬手朝著角落處的卦一和卦二揮了揮手，說道：「願聞其詳。」

——有戲！廉君果然很重視他的情人。

章卓源大大鬆了口氣，許諾了幾項比較優惠的企業扶持政策，然後含蓄說道：「經濟方面的事不歸我管，具體要怎麼扶持瑞行，我還得回去找專業人士好好規劃，現在狼蛛的事已經火燒眉毛，不如我們先來談談這個？」

廉君露出似笑非笑的模樣，說道：「主任，可別給我許一張空頭支票，我會生氣的。」

章卓源被他笑得心臟一抖，鄭重表示絕對不可能，主動提出要和他簽訂協議。

廉君臉上的表情這才溫和下來，說道：「協議我會找人去擬，到時候還得勞煩您幫我簽個字。現在處理狼蛛的事情要緊，主任，這事你想怎麼辦，請說。」

可算是鬆口了！章卓源簡直要被廉君這一鬆一緊的談話節奏弄虛脫了，趕忙把話題拐到狼蛛身上，生怕他再亂扯些其他的東西。

等時進重新泡好一壺茶端進書房時，書房裡的氣氛已經緩和下來，章卓源和廉君正湊在一起心平氣和地重新商談起關於狼蛛的事，卦一和卦二站回角落，甚至連廉君的進度條都已經落回到原來

的數值，好像之前的暗潮洶湧只是他的錯覺。

這是怎麼回事？時進滿頭霧水地把茶壺放到茶几上，觀察一下廉君和章卓源的表情，沒看出什麼特別的東西，一步三回頭地回到屬於自己的座位坐下。

大約半個小時後，廉君和章卓源的商談告一段落，章卓源終於恢復平時的輕鬆模樣，朝著廉君感激說道：「那這次的事情就這麼辦吧，辛苦你了。」

廉君擺擺手表示沒什麼，面上露出疲憊的樣子，委婉送客。

章卓源卻像是沒看出他的疲憊一樣，突然話題一轉，說道：「廉君，你之前說要讓午門等四個組織保持平衡，那保持平衡之後呢？這等於也讓它們獲得一些時間休養生息，各自的損傷會慢慢修復，等實力恢復後，局面不是對滅更不利嗎？從這個方面看，狼蛛好像也不是動不得。」

時進聽得皺眉——事情都已經談妥了，章卓源卻又突然提出這個，找茬嗎？

廉君臉上的表情淡了，重新看向章卓源，眼神暗沉。

章卓源和他對視，表情仍是溫和的，但不得到答案絕不甘休的姿態卻十分明顯。

室內的氣氛又沉了下來，廉君沒說話，於是章卓源的眼神慢慢變得銳利起來。

角落裡的卦一和卦二對視一眼，都看到對方眼裡的可惜——章卓源這隻老狐狸雖然一來就被君少亂了思路，但狐狸就是狐狸，稍微放鬆一點，就能找回理智，發現漏洞。

沒錯，廉君最開始分析的那一大堆局勢問題，裡面其實有個最大的漏洞，那就是放掉狼蛛之後，滅的敵人反而會比滅掉狼蛛要多一個。

對滅來說，滅掉狼蛛是一對三，不滅狼蛛是一對四，從外人的立場來看，不滅狼蛛其實比滅了狼蛛更危險一些。

「現在打掉狼蛛，你未來是一對三。現在不打狼蛛，你未來是一對四。廉君，我不是在懷疑你的決策的正確性，我只是在擔心未來。你也說過，另外幾個組織的結盟是必然的，比起面對三合一的結盟，你認為放掉狼蛛，面對四合一的結盟更好嗎？」章卓源詢問，語氣語重心長，一副為滅的未來擔憂的樣子。

「你是不是搞錯了什麼。」廉君終於出聲，像是看穿他的所有小心思，嘴角冷冷一勾，「在決定站到你這個陣營的那一刻，滅就註定會消失，哪裡還有什麼未來可言。局勢不是簡單的加減法，實力受損的滅，對上瓜分狼蛛實力的午門、千葉、蛇牙，和全盛時期的滅，對上實力各自受損的午門、千葉、蛇牙、狼蛛，這兩種情況，到底哪個勝算比較大，是個聰明人都能看得出來。還有這其中的時間差，消耗戰車輪戰與集體混戰的差別……章主任，別再來試探我，我的耐心有限，如果你說這些是為了逼我表態，那我只能說你用錯了方法。」

章卓源表情一僵，又說不出話來了。

「還有，別說你不知道午門、千葉、蛇牙這三家的首領也都來了G省，如果現在打狼蛛，那滅不僅要想盡辦法在狼蛛的瘋狂反撲下保存實力，還得防備午門、千葉、蛇牙在背後放暗箭。這不是一對幾的問題，是滅會不會被拖死的問題。」

廉君嘴角扯平，態度再次變得惡劣，語氣不善地說道：「你以為四家平衡是那麼好達成的？你以為平衡之後，四家組織會安生發展？滅一步一步被你們逼到所有組織的對立面，你如今又這麼大張旗鼓地為滅拉仇恨，狼蛛這件事平息之後，其他幾家會怎麼做，你會猜不到？到那時候，我除了和他們死磕，還能有其他選擇嗎？既然遲早會這樣，我現在儘量保存實力，爭取緩衝時間，又哪裡有問題？章主任，未來的局勢那麼好懂，你連這個都需要我幫你分析嗎？你是真的不想動腦子，還是真的把我當成傻子！」

章卓源表情更僵了，沒想到廉君心裡什麼都明白，乾巴巴說道：「廉君，我不是這個意思，我只是擔心放掉狼蛛之後，滅以後一對四會更加困難。」

「困難？不，到那時候，事情才算是真正變得簡單。」廉君突然又淡了語氣，不想再過多糾纏

的樣子，說道：「主任，你不是想要我的態度嗎？那我現在就告訴你，我從來沒有奢望滅在一對四之後還能周全保下……祈禱那四家儘快結盟吧，到時候滅就不用再束手束腳，可以拿出全力和它們一起同歸於盡了。」

「同歸……」章卓源猛地瞪大眼，不敢置信地看著廉君。

時進也是心裡一震，朝著廉君看去。

廉君抬手撐住下巴，淡淡說道：「剩下那幾條大魚，也只有用全盛時期的滅自爆時燃起的大火，才能一次性全部燃燒乾淨，不留後患。到時候道上再沒有能和官方制衡的大組織，只剩下一些好拿捏的小嘍囉，你們隨便抬抬手就能解決掉。主任，這就是我的誠意和決心，我已經有了覺悟，但你似乎還在遲疑。」

章卓源內心大震，乾澀說道：「你……」

廉君突然側了頭，喚道：「時進。」

時進連忙應了一聲。

「我累了，推我回房休息。」

廉君低頭捂住額頭，一副不想再繼續交談的樣子。

時進上前扶住他的輪椅，推著他離開書房。

這場談話持續太久，廉君又錯過他的午睡時間。時進扶他在床上躺下，坐在床邊幫他拉好被子，眉頭緊鎖。

「嚇到了？」廉君握住他放在床邊的手，拿到手邊親了親。

時進誠實點頭，說道：「雖然早知道你準備讓滅和其他組織一起同歸於盡，但真聽到你用那種準備赴死的語氣說出來，我還是有點無法接受……你不會死的，對嗎？」

「當然，我剛剛那麼說只是為了逼一下章卓源。」廉君坐起身摸了摸他的頭髮，把他拉到懷裡

抱住，安撫地順著他的脊背，哄道，「我有了你，怎麼捨得去死。」

時進回抱住他，收緊手臂。

章卓源一直待在書房裡沒有走。他是真的被廉君那番話震住了——玉石俱焚，以前廉君雖然也表露過這種意向，但因為滅一直在穩步轉型，所以他從來沒把這些話當真過，只以為廉君和其他狡猾的暴力組織首領一樣，在說一些好聽的話來換得好處。

可在今天這場談話之後，他再也無法自欺欺人。廉君是認真的，他早已給滅和其他一線組織寫好結局，正靜靜等待著最終章的到來。

在這種決心面前，他的種種試探實在是太過卑劣和可笑。

呆愣很久後，他掏出手機打電話，一通接一通，有的談話時間很短，有的談話時間很長，有的吵了起來，有的讓他連聲應好。

等廉君一覺睡醒重新回到書房時，章卓源已經把手機說到沒電了。他像是換了個芯子一樣，一改之前的緊繃嚴肅，變得溫和親切起來，見廉君過來，主動迎上前關心，並鄭重道了歉。

「這次是我們擅作主張了，十分抱歉，連累了滅，對不起，這種事絕對不會再發生。另外，剛剛我已經和上面商量過了，以後所有針對各大暴力組織的決策，可能都要勞煩你了。」

章卓源說著，把姿態擺得很低。

廉君卻沒有軟化，仍略帶不信任和冷淡地看著他。

章卓源苦笑，說道：「我會用行動證明我道歉的誠意。」

說完禮貌告辭，朝時進等人一一點了點頭，轉身走了。

咔噠，書房門關閉。

時進立刻低頭看向廉君，問道：「所以這次的談話……算是成了？」

「大成功！」卦二卸掉嚴肅的面具，撲過去勾住他的肩膀，笑得見牙不見眼，「章卓源完全被君少牽著鼻子走，一場談話下來，狼蛛保下了，利益拿到了，以後的話語權也爭取到了，一石三鳥，漂亮！」

廉君警告地看了一眼卦二，示意卦二鬆開時進，然後握住時進的手，臉上也露出一絲笑意，「成了，可以聯繫魯姨進行下一步計劃了。」

最後的混戰，也終於要正式拉開序幕了。

【第八章】

劇組勾起的黑暗回憶

官方致歉的誠意很快就送了過來。

時進不敢置信地放下手機，扭頭朝著坐在書桌後的廉君看去，問道：「你做什麼了？官方怎麼突然給瑞行發了好幾個扶持項目，還放鬆好多限制，給瑞行大開後門……」

「已經發下來了？」廉君聞言放下文件，取出手機給時緯崇打了通電話過去。

時進見狀跑到書桌前，勾著頭聽他和時緯崇的談話。

廉君伸手彈他額頭一下，乾脆把通話改成外放，對著手機說道：「計劃可以開始了，我這邊會派卦八和卦十去接洽，動作大點也沒關係，有官方的扶持項目做遮掩，我們要的是速度。」

「沒問題，我這邊的人員也都安排好了。」時緯崇的聲音從手機裡傳出來，語氣客氣，十分公事公辦。

時進聞言眉頭一皺，問道：「人員安排？你什麼時候安排的？我不是說過你在那邊必須好好休息，不能長時間工作嗎？」說完又抬眼看向廉君，用眼神無聲質問。

——你什麼時候和時緯崇私下接觸的，為什麼不告訴我？

廉君秒懂他的眼神，解釋道：「不是不告訴你，是安排這些的時候你還在軍訓，我沒法告訴你這件事，後來是忘了說。」

原來是這樣，時進勉強接受這個解釋。

時緯崇似乎是沒想到時進居然也在聽電話，愣了一會才又開口說話，語氣溫和，直接無視廉君，問道：「小進，你在那邊怎麼樣？聽說你軍訓拿了第一，恭喜。」

這肯定是聽向傲庭說的……時進眉毛抽了抽，回道：「謝謝，我在這邊挺好的，倒是你，別去了醫院還天天只顧著工作，休息很重要。」說完瞄一眼廉君，間接教訓他的意味十分明顯。

廉君嘴角一勾，伸手捏了捏他的臉。

被時進這麼反覆關心囑咐，時緯崇的聲音徹底暖下來，「放心，我有分寸，這邊醫生都看著的。對了，你生日快到了，今年生日你準備怎麼過，要辦生日宴嗎？老二他們想幫你慶祝一下。」

生日宴？時進愣了一下，這才意識到自己的生日又快要到了，看一眼正靜靜看著自己的廉君，回道：「生日宴就不必了吧……我生日的時候不一定在B市。替我謝謝大家的好意，等忙完了，我再請大家一起吃頓飯，到時候大哥也來，大家好好聚聚。」

果然是這樣。時緯崇有些失落，不過他又很快振作起來，應道：「那好，你先忙你的，現在天氣慢慢開始變涼了，你注意保暖。」

「嗯，大哥也是。」時進接話，然後沉默下來，不知道該怎麼繼續話題。

自徐潔那件事後，時家五兄弟對他的關心就慢慢變了，變得真心和體貼，還帶著點小心翼翼的味道。人心都是肉長的，面對虛假的關心，他能冷漠以對，甚至嘲諷出聲，但面對這種純粹的善意，他卻沒法再像以前那樣冷酷拒絕。

而且……腦中突然閃過軍訓時向傲庭背著他離開操場的畫面，他蜷了蜷手指，有點走神——逃避和無視不是辦法，只有正面溝通，才能真正解除心結。

要給大家一個徹底和解的機會嗎？或許深入瞭解一下每個哥哥真正的想法，就能找到最合適的相處距離了……

可是碎掉的感情，真的還能再修復嗎？他好像也沒權利去用原主的身分做些什麼……

「在想什麼？」

臉突然被捧住，面前湊過來一張熟悉的臉。

時進回神，沒有回答問題，而是本能地低頭朝著放在桌上的手機看去。

「你一直沒說話，我就先幫你把電話掛掉了。」廉君解釋，又把他低下去的腦袋捧上來，看著他的眼睛說道：「想做就去做，別讓自己的人生留下遺憾，我永遠站在你身後。」

時進聽他這麼說，心裡突然就踏實起來，覺得剛剛糾結猶豫的自己都有點不像自己了，手指握

緊，說道：「那今年的新年，我們還是在會所過吧。」順便把時家五兄弟喊來。

廉君想也不想就點頭應道：「好。」

「不對，你冬天得去月牙灣過冬，天氣太冷了你受不了。現在是你調養身體的重要時刻，不能馬虎。」時進皺眉，又立刻推翻自己的話，想了想說道：「那過年還是去海島，然後離開前咱們在會所待一陣，挑個他們都有空的日子，約他們一起來吃頓團圓飯，這樣也不會耽誤他們各自和家人團聚的時間，完美！」

這裡的他們是指誰，兩個人都心裡清楚。

廉君微笑，還是應道：「好，都依你。」

時進於是也笑了起來，側頭親了他一下，然後直起身，美滋滋說道：「那我去通知他們一聲，讓他們把年前的時間空出一天來。」說完轉身拿起手機。

廉君看著他重新振作精神的樣子，掃一眼桌上的手機和不停有新文件發進來的平板，垂眼斂了眼中思緒。

——如果多拖延一陣的話，今年的新年，應該還是能順利度過的吧？可不能掃了時進的興。

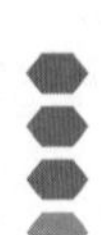

官方和滅突然一起停下針對狼蛛的騷擾，之後沒多久，一封來自官方，並且言辭強硬的通知信發到各大組織首領的公開郵箱裡。在信中，官方詳細說明此次他們對狼蛛動手的原因，並強調以後決不允許再發生類似的事情，否則後果自負。

魯珊自然也收到這封信，她雖然收攏組織力量躲了起來，但和官方的對談管道卻沒有關閉。

「章卓源這個混蛋，前一腳才打完我，後一腳居然就打著『赦免』和『補償』我的旗號，要求我配合他安撫G省的經濟，什麼倒楣事都丟給我了，他把我當傻子玩呢！」魯珊在電話那頭機關槍似的抱怨，明顯是被官方這次的做法給氣到了。

時進聽得有點尷尬，因為現在官方向狼蛛提出的所有不要臉要求，全是廉君授意的。

廉君就比時進臉皮厚多了，聞言表情不變，十分自然地轉移話題，問道：「之前被官方關掉的企業，現在解除限制了沒有？」

「全開了，港口那邊的限制也全解除了，貨也放行了。說到這個我就來氣，章卓源親自給我打了電話，先道歉後訴苦，訴苦之後就賣人情，賣完人情又態度強硬地給我敲了一棒子，最後才許了這麼點好處，想要平息這件事。你是沒聽見，他話說得一套一套的，傻一點的沒準還真被他給忽悠住了。」魯珊臉色漆黑，十分想不通，「他以前也沒這麼難搞啊，中邪了嗎？我都差點被他給繞進去了。」

時進默默用平板遮住自己的臉，怕魯珊看到自己的表情——不用懷疑，章卓源對魯珊說的那套話，也是廉君傳授的。

廉君依然不動如山，無視魯珊的所有抱怨，只聽自己想聽的重點，說道：「不錯，妳先和章卓源耗著，別讓這件事太快塵埃落定，給蛇牙看清局勢和反應的機會。」

「我懂我懂，章卓源那邊我會負責拖著的。前一陣你燒我倉庫那會，蛇牙可是趁機給我搗了不少亂，還摸到離島上去了，幸虧你提醒我，讓我提前把東西都藏起來，不然我還真可能被他給坑慘了。敢打我的主意，看我這次不坑死他！」魯珊說著說著又生起氣來。

廉君提醒道：「別大意，蛇牙還是有些本事的。」

「你這傢伙……」魯珊被他當晚輩一樣囑咐著，臉上帶上一點無奈，「我才是你的長輩，你老是這麼老氣橫秋的，小心時進嫌棄你。反正謝謝你的主意，藉著官方的這次騷擾，我extends了一大批周邊兄弟出去，肩上的擔子總算輕了一點。」

「不客氣。」廉君聞言臉上終於有點別的表情，歉意道：「讓妳損失這麼多貨，抱歉。」

魯珊擺擺手表示沒什麼，「跟人比起來，貨算什麼……行了，我去忙了，掛了。」說完直接掛斷通話。

官方要放過狼蛛，甚至補償狼蛛的信號一放出來，道上的局勢瞬間又變了。

午門和千葉的首領在第一時間撤離G省，甚至沒有和蛇牙打個招呼。

「章卓源那個軟蛋！」蛇牙副首領席凡忍不住咒罵出聲，看向坐在對面閉目沉思的高瘦男子，著急說道：「大哥，怎麼辦？狼蛛這次也不知道走的什麼運，居然又活過來，現在午門和千葉全都離開了，咱們的結盟計劃……」

「冷靜一點。」高瘦男子，也就是蛇牙的首領袁鵬睜開眼睛，冷冷看他一眼，「照樣可以結盟，把狼蛛加上就是了，目光別太短淺，我們真正的目標是滅，吃狼蛛只是臨時起意。」

席凡臉帶擔憂，「大哥，你說得都有道理，可是……可是下面最新擴張的幾個分部還沒來得及配上相應的設施，彈藥庫存也不夠了，九鷹和鬼蜮散滅後我們攬下的生意太多，有些貨也還沒來得及準備……資金缺口太大，我們需要狼蛛的資源。」

袁鵬聞言皺眉，心情有點不愉快。貨和錢，這是現在阻礙蛇牙發展最重要的兩件事，若非如此，他早就把蛇牙發展得和滅比肩了。

他壓住不快，思索了一會，問道：「狼蛛和章卓源是不是還沒談妥和解的事？」

席凡點了點頭，回道：「是，魯珊這次被那麼滑稽的理由咬了一口，心裡氣不順也正常，她現在還在和章卓源掰扯，連已經解除限制的生意都沒管。」

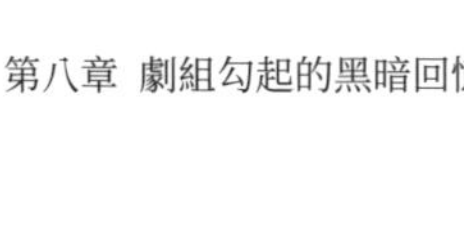

「我記得她有一大批貨被扣在港口？」袁鵬繼續詢問。

席凡繼續點頭，然後想到什麼，動作突然頓下，眼睛一亮，「大哥你是想……」

「我可以允許狼蛛做盟友。」袁鵬打斷他的話，眼中冷光閃爍，「但在此之前，它必須再弱一點才行，結盟的時候，我必須占據絕對的主導地位。」

秋高氣爽的午後，時進給廉君的腿上蓋上薄毯，推著他出別墅。

「在屋子裡悶了大半個月，感覺身上都要長霉了，今天咱們可得好好放鬆一下。」時進小小伸了個懶腰，嗅著島上清爽舒緩的微風，愜意地瞇了瞇眼。

廉君滑動輪椅側頭看他，握住他的手，說道：「這個島上以旅遊和海鮮盛行，有很多海鮮相關的特色小吃店，要去嘗嘗嗎？」

「那必須去嘗一下！」時進捧場點頭，開心地推著輪椅，朝最近的小吃店走去。

卦二和卦六跟在兩人身後，一個拿著一個小本子埋頭邊算邊碎碎念，一個百無聊賴地叼著一根菸，觀察四周的情況。終於，在又拐過一個街角之後，卦二被卦六念得受不了了，手一伸抽走他的小本本，問道：「你念叨什麼呢，跟入魔了似的。」

卦六忙把本子搶回來，小心地摸了摸，說道：「別弄皺了，我在給君少的婚禮列物品準備清單呢，你少給我搗亂。」

「君少的婚禮？」卦二的聲音一下子拔高，吸引四周來往的「遊客」和「住戶」的注意。

「瞎嚷嚷什麼！你再這樣我換卦一來了，你給我回去守房子去！」卦六拍他後腦杓一下，示意四周的「遊客」和「住戶」專心走路，然後小心看了下走在前方的時進和廉君，見他們沒有受到影

響，鬆了口氣，壓低聲音說道：「君少都向時少求婚了，我準備這個不是很正常嗎，你也給我認真點，多幫我收集點資訊，比如時少喜歡什麼類型的婚禮。」

卦二嘴裡叼著玩的菸都要被嚇掉了，皺著表情說道：「你這也太誇張了，君少說了，要等時進到了年齡之後再考慮結婚的事情，這還有三四年呢，你現在就開始準備這些，就不怕四年後審美風潮又換了，你現在準備的東西全部過時了嗎？」

卦六被他提醒，這才意識到還有這個問題存在，看著手裡已經寫得密密麻麻的本子，表情變來變去，最後回歸堅定，說道：「那我少列幾個時興的元素，多搞幾個備用方案，反正早做準備準沒錯，我閒著也是閒著，找點事做心裡踏實。」

卦二心裡一噎，想起自己和卦一等人的忙碌，幽幽說道：「幹後勤真好啊……」

卦六面無表情地看他一眼，問道：「那我和你換換？」

「不了、不了，您年紀大了，不適合站在一線，苦活我們年輕人來就好。」卦二連忙擺手，可不想去後方忙那些瑣碎麻煩的事情。

卦六沒好氣地拐他一下，視線掃到前方正在某家小吃店門口買小吃的廉君和時進，表情暖下來，慈父般看了幾秒，突然又蹦了起來，手忙腳亂地掏手機給龍叔打電話，著急說道：「糟了，忘了問問君少忌口的事了，就算是咱們自己人做的小吃也不能讓君少隨便吃的。」

「冷靜冷靜，時進都注意著呢。」卦二按住他的肩膀，示意一下正從口袋裡掏出一張單子翻看的時進，把他手裡的手機又塞回他口袋裡，說道：「在照顧君少這件事上，咱們這些人可都沒有時進仔細。」

卦六朝著時進看去，見他不僅掏出一張單子看了看，還跟店鋪老闆詳細詢問小吃用的食材，心裡慢慢踏實下來，捏緊手裡的小本本，說道：「看來我只能用一場盛大的婚禮來回報時少了！」

卦二一言難盡地收回按著他的手，說道：「你這話可千萬別讓君少聽到了，小心君少誤會你要橇他牆角。」

卦六直接無視了他的話。

時進完全不知道已經有人操心上了他的婚禮，正開心地把忌口單子收起來，走回廉君身邊接過他手裡的小吃，拿起一串塞到廉君手上，「可以吃，不過這個太油了，你只許吃一串。」

「好。」廉君十分聽話，反過來囑咐道：「你也別吃太多，後面還有很多家小吃店，小心一會吃不下。」

時進自信說道：「放心，我胃口好著呢，可以吃超級多！」

兩人邊轉邊吃，時進越觀察四周就越感嘆，說道：「這裡的風景真不錯，空氣也好，我記得卦六說過這附近至少三個街區內住的都是分部的人吧，真厲害，居然可以讓分部成員和當地居民融合到這個程度，這些人脫離滅之後也可以獨立生活得很好吧。」真的很難想像剛剛沿路的那些居民和店鋪老闆，居然全是隨時可以操起武器戰鬥的暴力組織成員。

「三個街區的範圍好像很大……有普通居民住到這來嗎？」他好奇詢問。

廉君搖頭，說道：「沒有，不過有部分組織成員的家屬和遺孤也住在這裡，這個小島環境和位置都不錯，安全度也很高，比較適合他們生活。」

時進看著四周往來著的和普通人沒什麼區別的分部成員們，忍不住彎腰親了廉君一下，說道：「寶貝真厲害！」可以把一個暴力組織經營成這樣。

四周來往著的「遊客」和沿路商鋪的老闆員工們見到這一幕齊齊停下動作，表情傻傻的。

廉君連忙抬手按住時進的腦袋暫時不讓他抬頭，警告地掃一眼四周這些演技太爛的屬下，等他們全都收回視線，才側頭親了時進額頭一口，鬆開他說道：「我不厲害，如果不是我，這裡的有些人根本不會失去親人。」

「這也是沒辦法的事。」時進輕嘆口氣，直起身繼續推著他朝前走去，「在你這個位置，能做

到這樣已經很好了。」

廉君沒有說話，握了握他的手。

三個街區的範圍確實很大，時進和廉君足足逛了一下午才逛完。街區外也很熱鬧，好像是有電影劇組來這裡取景，吸引一大批遊客過來，不過時進卻沒去湊熱鬧，十分懂事地逛完自家地盤後立刻推著廉君回到別墅，收攏心思一邊學習一邊陪廉君工作，再沒說過要出去玩的話。

又兩天時間過去，魯珊那邊終於有消息傳過來——蛇牙有動作了，似乎是想劫狼蛛準備從港口撤出的那批貨。

「妳那批貨雖然值錢，但對於蛇牙現在的資金缺口來說，完全不夠看。」廉君冷靜分析，囑咐道：「注意離島那邊，蛇牙可能會動那裡，我派了卦三和卦五過去，必要的時候妳可以讓他們幫忙。章卓源那邊不用再耗了，應下他的條件，配合他穩住G省經濟。聯繫午門和千葉的首領，主動和他們談結盟的事，拉近和他們的關係。」

魯珊應了一聲，匆匆掛掉電話忙碌去了。

終於安排完正事，廉君放下手機揉了揉眉心，本能地掃一眼時進平時窩著做作業的地方，結果卻沒看到人，愣了一下，皺眉滑動輪椅出了書桌。

書房沒人、客廳沒人、廚房沒人、臥室沒人、外面的花園也沒人，所有人都不知道時進去了哪裡，廉君眉頭越皺越緊，突然想到什麼，滑動輪椅再次朝著臥室行去。

穿過臥室，進入陽臺，然後順著陽臺走上長橋。

長橋盡頭處，時進孤零零一個人站在橋沿上，朝著沙灘和大海相接的地方眺望，身影看起來很孤單。

廉君看得心裡一緊，滑動輪椅的手陡然停下，又立刻加快速度，靠近後走下輪椅，從後面抱住時進的腰，收緊手臂，問道：「是想去海上玩嗎？我陪你。」

時進回神，側頭看他一眼，笑著問道：「你怎麼出來了，和魯姨聊完了？」

廉君聞言越發愧疚，想起來島上這麼久，兩人卻只在時進的要求下去外面轉過一次，還沒轉出分部的範圍，不禁心疼起來，「抱歉，我一直在忙工作，都沒好好陪你。」

「什麼陪不陪……你是不是又亂想了？」時進一眼看穿他的想法，好笑地示意了一下之前張望的方向，「我來這裡是來看熱鬧的，卦六說有個劇組順著沙灘摸到這邊來了，說是想借我們這片私人沙灘用一下，拍一場打戲和落海的戲，卦六直接拒絕了，但那劇組卻一直請求，現在還在外面等著呢。」

劇組拍戲？廉君順著他示意的方向看過去，果然在稍遠的地方看到幾個人正站在私人沙灘警戒護欄外，正在和守在護欄外的警衛說著什麼。

劇組在外面一等就是一整天，態度意外的執著。

時進坐在長橋邊沿，手裡拿著卦二買回來的小吃，邊吃邊問道：「這個島也不算小吧，又主營旅遊，風景好的沙灘肯定不止咱們這一塊，這個劇組幹麼非要跟咱們借場地？」

卦二靠在一邊的裝飾橋柱上，手裡拿著個望遠鏡調來調去，回道：「聽卦六說，好像是因為其他地方來往的遊客太多了，會妨礙拍攝。而且他們那場落海的戲，必須在『孤立無援』的海上環境拍攝，但這個島是旅遊區，來往的船隻太多，就只有咱們這片海灘因為方位的原因，基本沒什麼船過來，比較清淨。」

原來是這樣。時進點頭表示明白，又塞了一顆章魚丸子到嘴裡，見他一直在折騰望遠鏡，疑惑問道：「你弄這個幹什麼？」

「看熱鬧啊。」卦二回答，走到他身邊蹲下，把望遠鏡往他面前一遞，「君少說你對那個劇組有點興趣，給你，那個劇組的成員好像都住在船上，船就停在護欄外的海面上，咱們從這往那裡看，說不定能看到劇組成員出來活動。」

時進無語地推開望遠鏡，說道：「這不叫看熱鬧，叫偷窺，而且我不是對劇組感興趣，是對拍戲的過程有點好奇。」

「這不是一樣的嗎。」卦二收回望遠鏡，正準備自己架起來看看熱鬧，就見卦六突然從別墅側邊的走廊拐上陽臺，徑直朝著這邊來了，步伐有點急。

「這是怎麼了？」他放下望遠鏡，朝著卦六迎了上去。

卦六卻直接無視他，走到時進面前，表情有點點古怪地說道：「時少，剛剛那個劇組又派別的人來商量借場地的事，君少把人放進來了，讓我來喚你。」

「喚我？」時進疑惑。

卦六點頭，乾巴巴回道：「劇組這次派來的人是容洲中。」

時進迷茫兩秒，然後震驚地掏了掏耳朵，問道：「誰？你說誰？」

時進匆匆回到別墅，進入客廳後一眼看到某位坐在沙發上的熟悉身影，抬手按住額頭——這個世界會不會太小了……

容洲中今天穿著一件很襯身材的淺灰色休閒襯衫，頭髮染成棕色，做了點自然捲，鼻梁上架著副金框眼鏡，整個人看上去溫柔又儒雅，與平時的形象差距很大。

但時進確定自己絕對沒有認錯人，現在坐在客廳沙發上的人確實是容洲中沒錯。

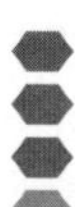

容洲中有點煩躁，他這次來給一位相熟的老導演友情客串電影，演一個中途就掛掉的老師。因為是客串，所以他沒準備在這部戲上耗太久，結果計劃趕不上變化，臨到最後一場戲了，他這邊卻有個工作人員不小心洩露了他的行程，引來一大批粉絲和記者狗仔過來，害得劇組沒法在原

定的場地安靜進行拍攝，不得不重新借場地。

劇組多拖一天就多損失一天的錢，因為是他這邊有錯在先，所以在知道劇組借場地借得不順利之後，他立刻主動請纓找上來。

他來之前已經打聽過了，只知道這棟別墅的主人是做生意的，想著劇組借不下來的場地，用時緯崇或者費御景的名號或許可以……也顧不上用大哥二哥的名頭丟不丟人了，反正今天這場地他一定要借、不對，要租下來！不能再因為他個人的原因讓劇組承擔損失。

要好好說話，態度放軟一點，不是借，是租，花大價錢租，劇組不是來占便宜的……愚蠢的工作人員，居然出這種低級的紕漏，把他的行程……不不不，不能想這個，要冷靜、要冷靜……

他默默深呼吸，壓下被工作人員摧殘和被粉絲、狗仔圍追堵截，不得不來求人的煩躁，端起茶几上的茶喝了一口，額頭青筋隱隱鼓脹——說是這麼說，但這棟別墅的主人家會不會太失禮了一點！不讓人進來就算了，把人放進來了卻不招待，讓他一個客人孤零零坐在客廳裡，這是幹什麼，下馬威嗎？回去就把那個犯錯的工作人員給開除！

噠噠噠，隱隱傳來拖鞋踩上木地板的聲音。

容洲中耳朵一豎，連忙收斂所有情緒，戴上平常面對媒體的面具，朝著聲音傳來的方向看過去，客氣說道：「冒昧打擾，我是……小進？」

溫和不到一句話，拔高的聲音瞬間破功，熟悉的暴躁出現。

果然是容洲中。

時進嘆了口氣，邁步走過去坐到容洲中對面，無語說道：「你是小進，那我是誰？二哥，要借沙灘的是你的劇組？」

容洲中表情滑稽地看著他，視線掃過他身上的家居服和手裡拎著的小吃，足足消化了十幾秒鐘，才不敢置信地開口說道：「你怎麼在這裡？難道這棟別墅和那片海灘是你的？你住在這裡？」

「不是，這些都是滅的產業。」時進回答，把手裡拎著的小吃放到桌上，又問了一遍：「要借沙灘的是你的劇組？」

容洲中點頭，注意力全在他身上，皺眉問道：「你離開學校後就一直待在這裡？和廉君一起嗎？他人呢？你……」

「等等！」時進被問題砸了一臉，抬手打斷他的話，起身說道：「你先冷靜一下，坐一會，我去幫你問問借場地的事，廉君應該已經和卦一開完會了。」

容洲中眼睜睜看著他離開，各種震驚驚訝不敢置信之後，突然反應過來一件事——沙灘是滅的產業，也就是說，他現在是在向廉君借場地……

向廉君借場地。

向拐帶了時進的廉君借場地。

他的臉唰一下黑透，只覺得有一股無名火正從腳底板直燒向天靈蓋，掏出手機給經紀人龍石打電話，咬牙切齒說道：「把之前洩露我行程的工作人員開除了！立刻！馬上！我這輩子都不想再看到他的臉！」說完直接掛斷電話，拿起桌上的茶仰頭一口氣全喝了。

好想直接走人，但是不行，劇組那邊耗不起，場地不借不行。而且……他的視線落在茶几上的小吃袋子上，用力握緊了茶杯——時進在這裡，這場地他就算把大哥、二哥的面子全賣完了，也必須借下來！

幾分鐘後，廉君在時進的陪伴下走出書房，身後還跟著容洲中曾經見過的卦一。

容洲中立刻坐直身，眼中滿是鬥志，心裡已經做好戰鬥準備，決定一會無論廉君擺出什麼態度，開出多高的條件，他都要風輕雲淡地應下來，不給老時家丟面子。但是還不等他擺出時進哥哥的架式，廉君就先開了口。

「場地可以借給你，但劇組進來前必須先做一下安全檢查，並且進來後不許靠近長椅和別墅，只允許在沙灘上活動。」廉君開口，意外地好說話。

容洲中：「……沒問題。」好像一拳打在棉花上，難受又憋屈。

廉君點頭，一副事情已經談妥的樣子，示意卦一把自己推回書房。

「等等，給我一個匯款帳號，我會按日把租場地的費用結算給你。」容洲中連忙喊住他。

廉君動作一停，側頭重新看向他，本想說看在時進的面子上一切免費，但見他眼帶戰意，一副不付錢不開心的態度，默了默，轉而看向時進。

時進後退一步表示自己不插手這件事，場地是滅的，這個交易是滅和劇組之間的事，不是他和容洲中之間的事，他可以看在兄弟關係的面子上幫容洲中牽線，但卻不能為此選擇讓廉君吃虧。收不收錢都看廉君自己的意思，他不會干涉。

廉君見他這樣，心裡一暖，看向容洲中改口說道：「租場地的費用你給時進就好，我還有事，失陪。」

時進連忙按住他的輪椅，皺眉說道：「怎麼又給我了，我不要。」

「我的就是你的。」廉君安撫地捏了捏他的手，還親了他手背一下。

時進被塞了一臉甜言蜜語，稀裡糊塗地就放廉君回書房，回神後有點不好意思地低咳一聲，坐回容洲中對面，說道：「那就這樣吧，事情搞定，你快去忙吧，我聽卦六說你的劇組已經在這耽擱好幾天了。」

容洲中把兩人的互動看在眼裡，心裡將牙齒都快咬碎了，邊在心裡大罵廉君不要臉，邊惡狠狠問道：「租場地的費用是多少？」

時進回道：「這個我也不知……」

容洲中一臉嚴肅，嚴肅到死板：「親兄弟也要明算帳，多少錢，我轉給你。」不給錢他不就輸給廉君了嗎！反正廉君別想讓他欠這個人情，他要欠也是欠時進的！

他的心思幾乎就寫在臉上，時進一眼看穿，沉默幾秒，說道：「就……按照市場價給吧。」

容洲中立刻朝他伸手，「收款帳號。」

時進回頭看一眼已經再次關上的書房門，想起剛剛進書房時廉君和卦一的忙碌程度，息了再次進去打擾兩人的心思，拿出手機，找到容洲中的手機號碼，把自己的私人帳號傳簡訊給他。

容洲中拿到帳號就走了，背影莫名帶著一股氣勢，讓人十分看不懂。

卦二不知道從哪裡冒了出來，一臉高深莫測，「我覺得你這個三哥絕對會按照市價的兩倍匯款給你。」

時進無言以對，容洲中的心思實在太好猜，臉上幾乎就寫著「爺不差錢，看爺怎麼用錢找回場子」這句話，他想裝瞎都不行。

容洲中離開後，卦六那邊通知安保人員開放沙灘那邊的護欄，並派了一撥人去劇組接洽，做簡單的安全檢查。

檢查完畢後，卦六派船去把劇組用來拍戲兼給演員及工作人員住宿的小型遊輪，引進正對著沙灘的海域。之後劇組進場，開始往沙灘上搬各種設備，搭臨時的工作棚。

沙灘上瞬間熱鬧起來，卦六怕有不懂事的人往別墅這邊闖，還謹慎地派人守在長橋外面，把別墅牢牢圍了起來。

天擦黑的時候，沙灘上漸漸安靜下來。時進算著時間給容洲中打電話，邀請他來別墅吃飯。

容洲中假裝淡定地接受邀請，然後反手就拉住路過的助理，問道：「去弟……去別人家裡做客吃飯需要注意什麼？」

深知他本性的助理一臉震驚，「居然會有人請你去家裡做客，是誰又被假象蒙蔽了雙眼？」

容洲中臉一黑，聲音殺氣騰騰：「我最近心情不好，你懂嗎？」

助理虎軀一震，連忙回道：「記得帶禮物，要表現得禮貌一些，千萬千萬不要亂發脾氣和暴露本性，會被討厭的！絕對會的！」

——什麼叫暴露本性就會被討厭，找死嗎！

容洲中生氣地把他丟出房間，唰一下關上門。

一個小時後，容洲中十分準時地敲響別墅的大門，手裡拎著一個鼓鼓的袋子。

「這些是什麼？」時進接過購物袋詢問。

「吃的，我的生活助理怕我在這邊吃不慣，給我買了一大堆食物，我一個人吃不完。」容洲中回答，藉著低頭換鞋的動作遮掩住表情。

時進掃一眼袋子裡標著各種陌生文字的小零食，皺眉說道：「怎麼全是零食？你這個助理太沒經驗了，怕你吃不慣這邊的東西，那應該給你準備一些主食才對，零食又不能當飯吃。」

容洲中動作一僵，回道：「嗯……是新來的助理，還需要再教教。」

「那要不你拍戲這幾天就到我這裡吃飯吧，反正很近。」時進隨口邀請，轉身把零食袋放到桌上，沒看到容洲中聞言差點被玄關門檻絆倒的狼狽模樣。

自然普通的迎接之後，時進引著容洲中到餐廳，廉君已經坐好了，見到容洲中過來，主動跟他打了個招呼。

容洲中一秒切換到戰鬥模式，矜持地點點頭回了個招呼，然後用自己此生最優雅的動作，坐到

時進示意的座位上。

時進：「……」

晚餐很豐盛，但餐桌氣氛卻十分詭異。確切來說，是容洲中變得十分詭異。他就像是變了一個人，舉手投足間全是優雅，話裡話外全是風趣，一點不見往日的暴躁，整個人帥得彷彿在發光，就像是……就像是不想輸給廉君，想把他比下去一樣。

時進覺得胃好疼。

這個三哥是個什麼德行，他早就通過原主的記憶和之前的幾次接觸弄了一清二楚。平日裡嘴毒脾氣暴躁還小氣記仇的人，突然變得有禮克制大方穩重，這反差大得簡直詭異，再加上容洲中今天反常地弄了一身溫柔儒雅型的造型……好難受，這人真的不是被奪舍了嗎？感覺像在看恐怖片。

一頓飯堪稱煎熬地吃完，時進負責送容洲中離開。

容洲中就住在劇組的船上，時進直接引著他從客廳的外陽臺走上陽臺，邊帶著他登上長橋，邊說道：「你下次直接從長橋上過來就好了，不用再從沙灘那邊繞去大門，我已經讓卦六和保全人員打了招呼，他們不會攔你。」

容洲中矜持地嗯了一聲，還禮貌地道謝，特別穩重靠譜。

時進受不了了，唰一下停步轉身看他，一臉嚴肅。

容洲中反應不及差點撞到他身上，後退一步站穩，問道：「怎麼了？」

「這句話也是我想問的。」時進的眼睛探照燈似的上下掃他一遍，突然伸手摘掉他戴著的平光眼鏡，逼近打量了一下他的模樣。

容洲中本能地往後仰，問道：「你在幹什麼？」

「挑釁你。」時進回答，擺了擺手裡的眼鏡，「來打一架吧，你打贏了，我就把這個還給你。放心，這次我會注意不打你的臉。」

容洲中額頭青筋一鼓，戴了一晚上的面具出現一條裂縫，「我不想和你打。」

「但是我想。」時進話落直接一個直拳打過去，容洲中瞳孔一縮，連忙側身躲開。

時進一擊不成，立刻又是第二擊追上。

容洲中不想和時進打架，他現在想親近和彌補這個弟弟，不想再像以前那樣，做一些會讓對方討厭的事情。但時進一直不依不饒地要打他，還故意用那種挑釁的眼神撩撥他，甚至說他是花瓶，這他就不能忍了。

「你別惹我。」他壓著脾氣警告，面具即將破裂。

時進執著攻擊，再次說道：「花瓶。」

「都說了別惹我了！」他終於忍不住伸手，想要捏住時進的拳頭阻止他的進攻，面具徹底碎裂，煩躁說道：「時進，我不想打你！」

時進躲開他的手，直接一拳揍到他的腹部，沉沉說道：「你這次又是演什麼戲？是不是想忽悠住我，繼續從我這拿利益？畢竟現在瑞行又回到我手上。」

這話說得太過誅心，容洲中眼睛睜大，真心被人踐踏質疑的疼痛和身體上的疼痛一起泛起，嘴唇抿緊，眼神唰一下沉下來，咬牙說道：「時進，把這句話收回去。」

「為什麼要收？」時進扭住他的手，把他面朝下壓在地上，居高臨下地看著他，「容洲中，剛剛的親切禮貌面具戴得不錯嘛，難怪你能當影帝，長達十多年的演技磨練，你不當影帝簡直是天理不容。說起來我一直沒有機會問你，我這個被你徹底利用的演技磨練工具，你用得還順手嗎？」

容洲中的掙扎猛地停下，掙扎中頭髮散下，劉海遮住眉眼，夜晚清冷的月光和橋上朦朧的光線下，只能看清他唇線拉平的下半張臉。

「時進，這是你的真心話嗎？」他開口詢問，語氣罕見地認真低沉。

時進伸手把他的頭髮扒開，對上他來不及掩飾情緒的眼睛，問道：「怕嗎？」

容洲中狼狽地側頭閉目，壓下心裡的那絲受傷，咬牙說道：「哼，怕什麼！有本事你在這裡把我殺了！」

「我當初的心情，和你現在完全一樣。」時進鬆開他，「容洲中，你還記得曾對我說過多少難聽的話嗎？別再演什麼懂禮貼心的好哥哥了，太假了。」

容洲中身體一僵，再次閉上眼睛，心裡被某種酸澀憋悶的心情堵住，低聲說道：「你這……」

「如果你是真心想修復關係，那就別再拿面具對著我，那是我不願意回憶的陰影。」時進一身逼人氣勢盡數收斂，盤腿坐在他身邊。

容洲中沉默，扭著頭不看他，良久之後才說道：「我今天沒有演……我那是在給你掙面子，時進，你這個什麼都不懂的混蛋！」

「你憑什麼罵我，你又是什麼好東西。」時進皺眉，伸腿輕輕踢了他一下。

容洲中反手就抓住他的腳腕，側頭看向他，「我確實不是什麼好東西，你有氣就繼續打吧，我活該我受著，別打臉就行，我明天還要拍戲。」

時進毫不猶豫地又踢了他一下，踢完還流氓地把腳踩上去，像滾什麼好玩的皮球一樣，使力來回晃他，邊晃邊罵：「容洲中你真是壞透了。」

容洲中什麼時候被人這麼「折磨」過，額頭青筋直冒，但確實是自己理虧在先，於是閉目忍了，由著他出氣。

「心眼比針尖還小，我九歲說的話你居然也能記仇。」

這是事實，容洲中在一切真相大白之前，確實記恨過時進曾經對著時行瑞說的「兄弟都是僕人」的理論，回答的那句「我知道了」。他無言以對，繼續憋屈挨罵。

「還很幼稚，居然送黃瓜抱枕報復我，你是哪裡來的小學生嗎？」時進繼續罵。

容洲中扭頭反駁：「你夠了啊，誰是小學生。」

「債主說話，欠債人插什麼嘴，安靜！」時進踩了踩他的屁股，一點都不留情，「你不僅幼稚，還敏感，脾氣壞，自尊心太強，說話太不過腦子……你真是太差勁了！」

容洲中承受著身體和心靈上的雙重「侮辱」，簡直快要憋屈死了，咬牙說道：「小兔崽子你別蹬鼻子上臉……」

時進收回腳，把他揪起來，直視著他的眼睛問道：「我蹬了又怎麼樣？你要殺了我嗎？槍給你，你來。」說著把槍掏出來塞到他手裡。

艸！容洲中氣得想罵人。

這套路上次不是已經來過一次嗎？居然又來第二次！

他直接把槍丟開，反手抓住時進的衣領，惡狠狠地瞪著他，想說什麼，觸及到時進沒什麼感情的眼神，心裡一顫，又把話全部嚥下，煩躁地鬆開時進，轉身又趴回橋面上，吼道：「你要打快打、要罵快罵，別露出那副半死不活的樣子！混蛋時行瑞，你這是養了個什麼麻煩精出來！」

時進一巴掌拍到他的後腦杓上，反駁道：「你才是麻煩精！」

「我艸你……」容洲中扭頭就要回罵，看到時進的臉又憋屈地把話嚥回去，氣得用力砸了幾下橋面，然後自暴自棄地閉目癱在橋面上，一副自己已經掛掉的樣子。

世界突然安靜下來，時進沒再打容洲中，也沒再罵他。

估計是在醞釀吧？容洲中壓著脾氣想著，繃緊身體等待接下來的「酷刑」。

一分鐘、兩分鐘……十分鐘過去了，「酷刑」沒有降臨，身邊反而越來越安靜，彷彿只有他一個人一樣。

時進不會就這麼把他丟在這裡走了吧？容洲中皺了皺眉，忍不住睜開眼，扭頭朝著時進之前坐著的地方看去。

咔嚓。一部手機就懸在離他很近的地方，攝像頭開著。

時進按下拍照鍵，收回幾乎要懟到容洲中臉上的手機，滿意地欣賞一下照片效果，一反之前的惡聲惡氣，朝著容洲中春光燦爛地一笑，另一隻手從褲兜裡掏出一包水果乾，「嘿嘿。」

嘿嘿？容洲中一臉懵逼。

「三哥剛剛的鹹魚躺演得簡直完美。」時進埋頭拆零食，「體貼」地取出一片水果乾塞到容洲中嘴裡，滿足說道：「這個飯後娛樂不錯，三哥辛苦了、三哥晚安、三哥好夢，拜拜。」說完起身，拍拍屁股轉身走了。

容洲中咬著水果乾，傻兮兮地看著時進走遠，回想一下時進這一晚的各種操作，後知後覺地意識到自己似乎是被對方給耍了，氣得一個鯉魚打挺從橋面上蹦起來，朝著時進大步追去：「小兔崽子！你居然敢耍我，別跑！給我把照片刪了！快刪了！」

終於恢復正常了。時進美滋滋地吃了塊水果乾，扭頭朝著追過來的容洲中擺了擺手，跨步進入臥室，反手拉窗落鎖一氣呵成，然後當著容洲中的面拉上窗簾。

艸！容洲中一臉扭曲，氣得差點當場去世，足足在陽臺上暴走了十多分鐘才不甘心地離開。

房內，廉君放下文件，看向邊吃水果乾，邊透過窗簾縫隙偷看容洲中的時進，好笑地問道：「好玩嗎？」

時進美滋滋點頭，回道：「好玩。」

幾個哥哥裡，就屬容洲中最好玩了。

撲通。容洲中穿著一身破破爛爛的衣服落入海中，躲開追兵的追殺。

「可惡！居然讓他跑了！」追兵甲收起槍，忿忿出聲。

追兵乙扭頭看自家老大，問道：「要下去撈他嗎？」

老大皺眉掃一眼平靜下來的海面，回道：「這片海域水流很急，他又受了傷，遲早是個死字，我們先撤，追殺其他人要緊！」說完一揮手，帶著一眾手下走了。

沙灘上留下一長串亂七八糟的腳印和星星點點的血跡，海浪溫柔湧動著，一點點沖刷掉這些罪惡的痕跡。也不知道過去多久，本來平靜的海面突然發出一聲嘩啦異響，一顆腦袋從水裡冒出來。是容洲中，他的眼鏡不見蹤影，頭髮濕漉漉地黏在臉上，臉色蒼白，嘴唇發紫。像是已經精疲力竭，仰頭大口大口地喘著氣，眼皮掀起又落下，用力划動四肢想要保持平衡，結果一波大浪沖來，又把他打回海裡。

有掙扎的動靜從水面下傳來，良久，海面徹底平靜，再不見有人冒頭。

「卡！」導演大喊一聲結束拍攝，邊大喊著完美，邊命令守在海邊的人把容洲中拉出來。時進第一時間準備好熱飲，在容洲中從海裡出來後立刻上前把熱飲遞過去，速度比容洲中的助理還快。

容洲中此時很是狼狽，渾身上下都已濕透，衣服緊貼著身體，布料髒髒的，為了突出角色死時的痛苦，臉上還特地化了個「死亡」妝，臉色慘兮兮的，一副馬上要躺進棺材的模樣。他皺著眉，隨便用毯子裹了裹自己，抬頭見時進穿著一身家居服往這邊跑，先是一愣，然後眉頭一皺，撥開身前的工作人員迎了上去，問道：「你怎麼在這裡？」

「我作業寫完了，過來看看熱鬧，導演也答應讓我看了。」時進回答，把喝的塞他手裡。

容洲中聞言朝著導演看去，見對方正用一種「就靠你出賣色相了，請務必穩住咱們的場地」的暗示眼神看著這邊，眉毛一抽，壓下把導演這個老不正經的傢伙丟入海裡的衝動，側身替時進擋了擋劇組其他演員看過來的視線，示意時進跟上自己。

時進還不知道自己已經被劇組傳成「被容洲中的美色迷惑住的沙灘主人」，十分自然地跟上容

洲中，說道：「現在雖然只是初秋，氣溫不算太低，但人在水裡泡太久還是很容易著涼的，你要多注意。」

這話說得十分貼心，和昨晚的惡劣行徑完全不同。容洲中側頭看他一眼，緊了緊手裡端著已經變溫的飲料，仰脖子一口喝乾，然後走到自己停在沙灘邊緣的保姆車，拉開車門示意時進上去。

時進對片場的一切都心懷好奇，十分聽話地上車。容洲中後一步跟上，關上車門，擋住劇組其他人若有似無看過來的視線。

保姆車裡面很寬敞，座椅寬大得足夠放下來當床，裡面散放著很多東西，時進眼尖地發現自己送給容洲中的蜈蚣抱枕也在，就放在後車廂用座椅拼出來的一個臨時床鋪上。

容洲中也注意到這個，連忙一個毛毯飛投把抱枕擋住，故意弄出點動靜引回時進的注意，問道：「你過來的時候是怎麼跟導演說的？」剛剛導演那眼神可實在是太意味深長了。

時進收回視線，回道：「我說我是沙灘主人，想看看你演戲的樣子。你不換衣服嗎？穿著濕衣服很難受吧？」

自我介紹居然是沙灘主人，而不是容洲中的弟弟。

容洲中心裡有點點不愉快，皺眉回道：「不換，剛剛的落海鏡頭只拍了遠景，我一會還得去補幾個近景和特寫……其實你可以跟導演說你是我的弟弟，他會對你更關照一些。」

時進連忙擺手，「別，我不需要關照，就這麼看看熱鬧挺好，太關照了我反而不自在。」

——也就是說，當沙灘主人比當我容洲中的弟弟更舒坦是嗎？

容洲中臉一黑，看著時進乖乖坐在對面不動聲色氣人的模樣，到底沒忍住，問道：「你昨天說的那些，不單單只是在耍我對嗎？你討厭我？」

時進沒想到他會直接這麼問，看他一眼，誠實地點頭又搖頭，回道：「我昨天確實不單單只是在耍你，但我也不算是很討厭你，認真說起來的話，比起討厭你，我現在更想真正的瞭解你。」

真正的瞭解？容洲中用毛巾把濕答答落下的劉海撩上去，認真看著時進。

「細算起來，過去我和你單獨相處的機會其實並不多，你在我眼中是很矛盾的，我想瞭解真正的你。」時進回答，十分坦誠，「等真正瞭解了，我才能確定到底是要討厭你，還是別的什麼。」

「別的什麼？」容洲中迅速抓住重點。

時進沒回答，伸手拉開車門，說道：「工作加油，等你過來吃午飯。」說完蹦下車，朝著別墅的方向走去。

容洲中阻攔不及，看著他走遠的背影，抬手抓了一下自己濕漉漉的頭髮，半天憋出一句：「故弄玄虛的小兔崽子！」

容洲中沒有來吃午飯，劇組之前耽誤了太久，現在在趕進度，他的戲一拍就是一整天，中間根本沒有大段的空餘時間讓他去吃飯。

時進吃完午飯後用望遠鏡看了看片場的情況，見容洲中在一片攝影機的包圍下再次下水，忍不住在心裡感嘆：「他可真是敬業。」

小死說道：「是啊，都好幾個小時了，人類在水裡泡這麼久，會生病吧。」

「導演太精益求精了。」時進放下望遠鏡，乾脆讓小死給自己刷上千里眼的buff，靠在橋柱上看著容洲中在拍攝間隙，坐在救生船上認真聽導演講戲的模樣，往嘴裡塞了一顆堅果。

這樣的容洲中是他從來沒有見過的，成熟、認真、努力、沉穩……那些他以為容洲中絕對不會擁有的東西，此時居然全在容洲中身上一一顯現了。

「基因真是個強大的東西。」他再次感嘆，莫名有點想嘆氣。看得越多，他越明白，時家孩子

的成功，並不只是靠簡單的資源堆積和扶持就能得到，哪怕是看上去完全在靠臉吃飯的容洲中，其實也已經比這世上的大部分人要更優秀和努力了。

商人、律師、演員、軍人、醫生……細想起來，時家的孩子裡，居然只有被時行瑞親自養育長大的原主是毫無建樹，且一點才能都沒有展現出來。其他幾個兄弟在原主那麼大的時候，都已經在各自的人生畫布上塗下濃墨重彩的一筆，為未來的輝煌奠定基礎。

「是諷刺嗎？」他喃喃自語，有些走神。

小死又沉默下來，沒有接他的話。自從時進的進度條降到80之後，它便時常沉默，長的時候甚至可以好幾天都不說一句話，就像是從來沒有存在過一樣。

獨自一個人的時候，意識很容易就會陷入一片名為「記憶」的深海裡，裡面有原主的記憶，也有他的，以前的他總是能很清晰地分辨出哪些記憶是自己的、哪些記憶是原主的，但最近，這些記憶逐漸開始混沌起來。

他看著容洲中認真的面容，有一個格外黯淡的畫面碎片突然從腦海深處冒出來。

那應該是在原主過十歲生日的時候，那一天，按照慣例，分散生活在各地的哥哥們會齊聚在M國那棟豪華的大房子裡，帶來許多禮物給原主慶生。

原主那天很開心，因為他最最好看、最最耀眼的三哥，終於拿到人生中的第一個影帝。他為三哥準備好慶祝禮物，單獨為他點了一個慶祝蛋糕，然後和他並排著一起吹滅了蠟燭。

一切都很完美，直到半夜他被三哥從床上叫醒，一起偷偷用電腦看了三哥得獎的那部電影。

那是一部主題很灰暗的電影，主人公是一對兄弟，一對本該相依為命，最後卻互相殘殺的兄弟。原主是沒有看過這部電影的，因為題材太過陰暗，時行瑞不讓他看。

電影開始，弟弟的母親突然失蹤，弟弟想去尋找，父親不允許。然後一個自稱是他哥哥的人出現，邀請他一起去尋找母親。弟弟被引誘，背著父親偷偷溜出家門。

尋母之旅開始了，旅途中弟弟屢次遇險，哥哥屢次相救，兩個本來從小分散在兩地生活、互相並沒有多少感情的人，慢慢關係緊密起來。

原主看得很認真，心情隨著電影起伏，在見到兄弟倆終於互相交心，決定無論找不找得到失蹤的母親，以後都要相依為命一起活下去時，終於開心地露出一個笑容。

「哥哥是這世上最好的人。」他這樣說著，扭頭朝著抱著他的三哥看去，結果卻看進一雙帶著惡意的眼裡。

「看下去。」年輕的三哥說著，桃花眼裡一片冷光，手堪稱粗魯地按上原主的腦袋，把他的臉扭向電腦螢幕。

原主有點怕了，但為了三哥，他還是收攏心思，繼續看起電影。

電影已經放了大半，溫暖的承諾之後，劇情突然急轉直下。母親已經去世，「兇手」追到眼前，陰謀層層揭開，本來明快充滿希望的生活，像是一面被小刀割破的人皮鼓，柔軟漂亮的表象下是鮮血淋漓的真相。

沒有什麼兄弟情深，一切都只是假象。這不是一場尋母之途，而是一場復仇之旅。

在踏上尋母之路的那一刻，弟弟的父親和父親的部族，便已經被哥哥用弟弟做餌，一步步引入深淵，兄弟倆沿途殺掉的「追兵」，其實全是來救弟弟的人，而在一切揭開的現在，弟弟的部族已經只剩下弟弟一人。

母親也是被哥哥殺的，屍體就埋在弟弟的房間下面。

事情的起源是一個模糊的詛咒，哥哥因為這個詛咒被部族折磨，被父母拋棄，漫長的流浪生活裡，他的心理漸漸扭曲。對家的仇恨和渴望是如此強烈，他忍不住偷偷摸回家鄉，然後見到幸福地和父母一起生活的弟弟，理智徹底崩塌。

——同樣是父母的孩子，憑什麼我是詛咒，他卻是天賜的禮物，是被精心呵護長大的存在！不

公平！這不公平！

哥哥吶喊著，然後復仇開始了。

電影的最後，知道全部真相的弟弟恨極怒極，也心痛至極，要抱著哥哥同歸於盡。本來有能力推開他的哥哥卻放下凶器，反手抱住弟弟，一臉滿足地隨著弟弟墜落深淵。

那個扭曲的、想和家人重新團圓的願望，終於要實現了。

「真幸福啊！」這是哥哥留下的最後一句話。

電影結束，年僅十歲的原主被這壓抑的劇情和劇中容洲中的表現震住，久久無法回神。

「導演說我把哥哥這個角色演活了，小進，你知道我為什麼能演得這麼好嗎？」

頭髮被溫柔撫摸，耳邊是三哥好聽的聲音，原主卻不敢回頭，他怕一回頭，有些東西就徹底碎掉了。

「因為我就是這個哥哥，你明白嗎，小進？」

記憶的最後，是這句溫柔的低語。才十歲的孩子根本無法熬夜，原主在恐懼中不知不覺睡了過去，然後在三哥溫暖的懷抱中醒來，十分自然地把昨晚的記憶當做一場可怕的噩夢，深埋心底。

三哥怎麼會是電影裡的哥哥呢，三哥這麼好看，睡著的時候就像是天使，懷抱也這麼溫暖，昨晚的三哥肯定是入戲太深了，才會說那樣的話。

原主這麼自我說服著，潛意識裡，卻把這段記憶黯淡了色彩，不願意再觸及。

「容洲中這是在報復原主九歲時對時行瑞應下的話吧。」時進回神，看著已經再次下水的容洲中，瞇了瞇眼，「怎麼能小氣記仇成這樣，欺負一個才十歲的孩子。」

——去死吧，幼稚又殘忍的傢伙。

他起身，拎起本來是為容洲中準備的午飯，轉身回到別墅。

【第九章】

糾纏不清的兄弟關係

把午飯餵了守門的保鏢，時進摸進書房，趴在沙發上盯著廉君看。

廉君看他一眼，加快速度處理完手上的工作，滑動輪椅靠過去，摸了摸他的頭髮，問道：「怎麼了？」

「該睡午覺了。」時進回答，要求道：「我要和你一起睡。」

時進平時是很少睡午覺的，他精力好，早上又總是睡懶覺，下午根本就睡不著。

廉君看著他有點沒精神的表情，傾身吻了一下他的眼睛，應道：「好。」

兩人回到臥室，時進把落地窗關上，窗簾拉緊，然後掀開被窩，八爪章魚般地把廉君鎖在懷裡。廉君反手抱住他，拍了拍他的背，輕聲說道：「睡吧。」

時進於是閉上眼，感受著廉君身上傳來讓人安心的體溫，真的沉沉睡去。

與時進睡前預料的不同，這一覺他並沒有做夢，而且只睡了半小時就醒了。廉君還睡著，他每天起得太早，午睡一般要睡一個小時左右。

時進動了動身體，發現自己和廉君的姿勢，不知何時變成他背對著廉君，被廉君抱在懷裡。胸膛靠著後背，體溫交換，放大聽力的話，甚至能聽到廉君的心跳聲。時進突然覺得安心，這世上能一直這麼抱著他，永遠不會嚇唬他，也不會背叛他的人，應該只剩下廉君了。

為了利益靠近你的人，當利益消失時，肯定會離開；為了補償而靠近你的人，當補償足夠了，肯定也會離開；因為愧疚去靠近你的人，當愧疚平息了，說不定也會離開……只有單純是為你這個人而停留的人，才會無論你境遇如何，都會留在你身邊。

當初能以一窮二白的姿態遇到廉君，大概是他這輩子最大的幸運。

腦中突然冒出這樣一個想法。他小心翻身，看著廉君熟睡的臉，慢慢傾身吻上他的眉心，停留幾秒後退開，抿唇笑了笑，小心起身，放輕腳步離開房間。

室內安靜下來，廉君睜開眼，抬手摸了摸額頭，嘴角一勾，又閉上了眼睛。

當時進帶著一碗皮蛋瘦肉粥找到容洲中時，容洲中正頂著一頭半乾的頭髮，拿著捲成筒狀的劇本，砰砰敲著椅子扶手，訓斥一個坐在他身邊的年輕人。

片場的拍攝已經全部停下，除了正在和工作人員商量事情的導演，其他工作人員和演員都在偷偷看著容洲中，表情蒼白僵硬，彷彿看到什麼末日景象。

「你到底是怎麼回事？只是一場躲在暗處看著老師死亡卻顧忌著敵人不敢上去救的戲而已，就這麼難以理解嗎！代入感，代入感懂不懂！你就想像一下被敵人逼入海裡的是你媽，你躲在這看著，明明敵人走了卻還不敢上前去救，你會是什麼心情！這種代替想像都做不到，你當什麼演員！我捉幾隻雞過來，把雞媽媽綁在這裡，讓牠看著牠的孩子被人丟進海裡，牠表現出的不甘焦急悔恨憤怒都會比你真切！」

靠近後容洲中的聲音變得清晰，時進被容洲中的比喻和語氣中飽含的氣勢震住，停下腳步。

被容洲中責罵的是個年輕人，看著才二十剛出頭的樣子，外貌是那種俊朗型的，神情卻有點靦腆瑟縮，被容洲中罵得頭都不敢抬，看上去可憐極了。

「師兄，你別生氣，我會努力的……」年輕人低聲說著，似乎連頭髮尖都在顫抖。

容洲中見他這樣更氣了，又砸了幾下椅子，眉眼下壓，唇線拉平，沉聲說道：「別喊我師兄，我簡直不敢想像你和我是同一位老師帶出來的！你只是努力根本沒用，你得多領悟一下！這麼好的劇本讓你當了男主角，公司砸了那麼多錢，給你準備這麼厚的班底，我還來給你客串撐場子，你就這樣表現？你是想氣死我吧！剛剛王導跟你把戲都講得那麼仔細了，你就一點都沒悟到嗎！」

片場更加安靜了，這次連導演都看了過來。

年輕人聞言低下頭，手握了握拳，說道：「要不、要不師兄你換……」

「三哥！」時進連忙出聲插入話題，快步靠近把皮蛋瘦肉粥懟到容洲中臉上，「給，趁熱吃！我剛剛煮好的，加了很多肉，你看看喜不喜歡。」

容洲中被瘦肉粥懟了一臉，沒聽清年輕人的話，見時進過來，深呼吸壓下脾氣，把甩到臉上的粥扒拉開，儘量緩和表情說道：「抱歉，午飯沒去吃，我這邊有點忙。」

「沒事，我理解。」時進回答，伸手把年輕人拽起來，自己一屁股霸占了他的位置，傾身靠近容洲中，邊使眼色讓那個年輕人去導演那邊，邊快速把粥碗拆開，取出裡面的勺子塞到容洲中手裡，說道：「吃吧吃吧，趁熱吃，暖暖胃。」

皮蛋瘦肉粥的香味飄散出來，容洲中拍戲間隙就只用一點麵包墊了墊肚子，聞到這股香味，立刻覺得餓了。

他看一眼不敢離開的年輕人，皺眉擺擺手示意他滾蛋，然後用勺子攪了攪碗裡的粥，嘀咕道：「你幫他幹什麼，那傢伙什麼都好，就是太沒志氣了，做什麼都得人逼一下，不罵罵他，讓他吃點苦頭，他都不知道往前走。」

時進看著他沒說話。

容洲中有點不自在，皺著眉說道：「看什麼？覺得我剛剛太凶，嚇到了？」

時進搖頭，「你剛剛還挺帥的，有種行業大佬的霸氣感。」

「咳咳咳。」容洲中被口水嗆住，埋頭舀了一大勺粥塞到嘴裡，擰著脖子不看他，含糊說道：「我什麼時候不帥了，現在的娛樂圈，我這張臉就是流量，是……」

「你不燙嗎？這粥才剛出鍋沒多久。」時進貼心提醒。

容洲中表情一僵，痛覺被喚醒，張嘴吸了幾口氣，吸到一半大概是覺得這樣做太丟形象，又忙伸手捂住嘴，慌忙扭頭去找水喝，容洲中的臉和耳朵一點點發紅，也不知道是燙的還是因為別的什麼引起的。

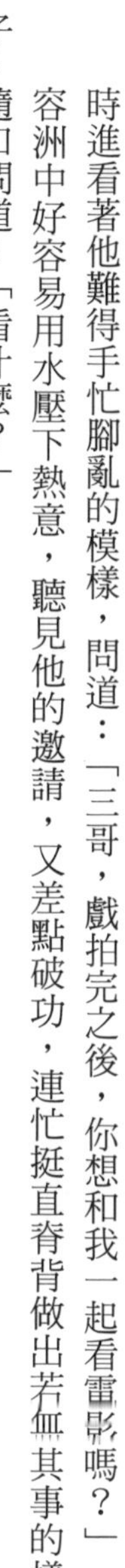

時進看著他難得手忙腳亂的模樣，問道：「三哥，戲拍完之後，你想和我一起看電影嗎？」

容洲中好容易用水壓下熱意，聽見他的邀請，又差點破功，連忙挺直脊背做出若無其事的樣子，隨口問道：「看什麼？」

「你的成名作《家》。」

砰。容洲中手裡的水瓶落地，他側頭看向時進，臉上所有外漏的表情一點點收斂，眼裡溫暖的情緒慢慢變涼。

「要看嗎？」時進詢問。

「……看。」容洲中收回視線，舀起一勺粥放到嘴裡，細細品嘗，然後慢慢嚥了下去，「我陪你看，再一次。」

◆◆◆◆

魯珊和章卓源掰扯幾天後，終於表露出妥協的態度，答應和解，開始幫官方一起收拾G省被攪得亂七八糟的經濟。但她像是還沒徹底消氣，雖然答應和解，也確實幫了官方的忙，但卻直接關掉之前被封過的一大批周邊企業，還把扣在港口的貨全部打包，準備運去離島堆著，不準備繼續賣了，有點破罐子破摔的意思。

章卓源看得心驚膽戰，生怕狼蛛是心裡還不服氣，醞釀著要報復官方，連忙聯繫廉君，想讓他拿主意。廉君用「狼蛛應該是打算整合力量，切除受損分支，儘量保留實力，好順利和午門、千葉結盟」的推論，安撫了章卓源，然後暗示他最近多注意一下蛇牙。

「蛇牙？」章卓源聞言疑惑，問道：「蛇牙又怎麼了？它不是已經撤出G省了嗎？」

「它確實撤出了G省，但轉頭就去了離島，我的分部成員在離島近海上看到蛇牙的船隻出

沒。」廉君解釋，示意卦一把提前準備好的資料發到官方郵箱，然後繼續說道：「收一下信，我讓下面的人跟蹤了蛇牙船隻幾天，發現他們經常在狼蛛的貨物運輸線上徘徊。」

章卓源也不笨，一聽貨物運輸線就意識到什麼，邊開電腦查看廉君發來的郵件，邊皺眉說道：「蛇牙這是想劫狼蛛的貨？是把我之前發的公文當耳邊風了嗎？」

「你發的只是禁止組織間進行惡意競爭，蛇牙就算現在劫狼蛛的貨，也只是動了狼蛛的財物，不是首領性命，所以不算是犯忌諱。」

章卓源被廉君這句話點醒了一些，憋屈地嚥下想罵蛇牙的話，快速看了看郵件內容，見照片上只是幾艘普通船隻的身影，又有點懷疑，「這真是蛇牙的船？你們怎麼認出來的？」

「我們自然有我們的方法。」廉君可不是什麼知無不言言無不盡的人，直接把他的問題含糊過去，然後說道：「如果蛇牙真的要搶貨物，那這條運輸線上肯定會起衝突，你聯繫狼蛛那邊問一問它們的貨物出港時間，適時清理一下航線，免得其他無辜的貨船被殃及池魚，G省現在的經濟可扛不住再一次的動盪。」

章卓源聞言愣住了，問道：「你讓我注意蛇牙，只是因為這個？」不是要阻止這件事嗎？

「不然呢？」廉君反問，淡淡說道：「只是一批貨而已，有沒有被劫走都不影響狼蛛現在的實力。暴力組織之間起衝突是常事，在不影響四家平衡的情況下，它們愛怎麼折騰就怎麼折騰，我沒那麼多精力去管。」

章卓源聽得牙疼不已，為難說道：「可直接在近海上起衝突，我們這邊的立場……」

「這個你就得去問問準備動手的蛇牙了，在明知道官方立場為難的情況下還決定劫狼蛛的貨，甚至選擇在運輸線上動手，蛇牙到底有沒有把官方放在眼裡。不過我倒是能理解蛇牙這次為什麼動手，它擴張太快，資金跟不上，再不補充一下資金，估計就要從內部崩盤了。」廉君的語氣像是在說今天天氣很不錯，十分平淡冷靜。

章卓源很確定廉君現在依然對官方有點氣，不敢觸他霉頭，儘量用建議商量的語氣說道：「那這樣的話，難道不是直接讓它崩盤比較好嗎？或許我們可以幫狼蛛阻止一下蛇牙這次的劫貨……」

「可以阻止，但沒必要。」廉君解釋道：「蛇牙如果繼續這麼順利擴張下去，那為了不讓它實力膨脹太快，適當打壓一下也是可以的，但直接讓它崩盤卻太過費力不討好。蛇牙那麼大的組織，要找到吸取資金的方式不算太難，我們這次可以阻止，下次呢？一直盯著它不現實，現在是關鍵時刻，我們最好不要太過分散注意力。」

章卓源沉吟，問道：「那就這麼放任它？」

「只要它不試圖狠咬另外三家組織，打破現在的實力平衡，放任它也沒什麼。四家最後肯定是要結盟的，現在它們衝突起得越多，結盟之後互相之間的信任度就越低，情況對我們也就越有利。狼蛛、午門、千葉的首領都是謹慎精明的人，他們的同盟裡，需要有一個像蛇牙首領袁鵬那樣的獨斷者。敵人太過團結可不是好事，蛇牙這顆老鼠屎十分必要。」

廉君解釋完，然後總結道：「總之，蛇牙這個組織需要多注意一些，別讓它發展得太順利，但也不需要太過在意，只要它不碰另外三家，隨便它去折騰吧。」

章卓源聽得醍醐灌頂，對廉君是佩服不已，連忙滿口應下：「還是你有遠見，那這次蛇牙劫狼蛛貨物的事我就不管了，我會讓人清理出航線的。」

「嗯，辛苦了。」廉君說完後掛斷電話，看向開著視頻通話的平板，朝著對面的魯珊說道：「就是這樣，如果蛇牙只是劫貨，沒摸去離島，妳就狠狠反咬它一口，拿著這個把柄想辦法拖延它和午門、千葉結盟的時機。如果蛇牙動了妳在離島的利益，那就直接捅給官方知道，他們會幫妳出頭，卦三和卦五也會趁機幫妳報仇。」

魯珊還是第一次看到廉君和章卓源商談的樣子，對廉君三言兩語忽悠住章卓源，硬牛生引著章卓源把話題從「狼蛛是不是又在偷偷弄什麼么蛾子，要不要防備」，扭到了「蛇牙這組織是顆老鼠屎，必須好好盯著，還不能讓它損傷另外三家」上，只覺得頭皮都在發麻，這傢伙就是個怪物，自己不是他的敵人真是太好了。

「沒、沒問題，那我的貨可以出港了？」她的聲音莫名有些乾澀。

「出吧，拖了這麼久，蛇牙那邊應該已經等不及了。記得把蛇牙的動向透露給午門和千葉知道，它們的首領會知道怎麼做的。」

魯珊連忙應下，先一步掛斷電話，一邊擦額頭上的冷汗，一邊想著廉君那好看的皮囊底下，不會是藏著什麼外星生物之類的東西吧？

書房裡，時進見廉君聊完了，拿著手裡批好的幾份文件湊到廉君面前，稍顯緊張地說道：「我弄好了，你看看。」

廉君冷淡的表情迅速化開，接過來翻了一遍，嘴角慢慢翹起，誇道：「不錯，馮先生教的東西你都很扎實地記住了。」

時進大大鬆了口氣，開心問道：「那我是不是可以幫你分擔部分工作了？」

廉君轉移話題問道：「晚飯想吃什麼？」

時進的表情唰一下垮了，問道：「還不行嗎？」

「學習需要循序漸進，慢慢來。」廉君安撫，側頭透過窗戶看一眼外面的沙灘，問道：「今天你三哥會來吃飯嗎？」

時進聞言也看了一眼窗外的沙灘，臉上笑意淡了點，回道：「應該不會，昨天男主角有些卡戲，劇組進度又拖了一點，他得在那裡幫忙。」

「不開心？」廉君詢問。

時進收回視線，看廉君一眼，坐到他對面趴到書桌上，搖頭說道：「不是不開心，就是覺得做什麼都打不起精神。」

廉君手指點了點桌面，直接滑出書桌，停在他身側，伸手圈住他的腰，湊過去親他。

時進眨眨眼，閉上眼溫順地讓他親。

呼吸交纏，氣息交換。這是一個帶著撫慰的吻，一吻畢，廉君笑著揉了揉時進紅潤的唇瓣，說道：「果然沒精神，如果是在平時，我這樣吻你，你早就撲過來了。」

時進反駁：「也不是每次都……唔。」

廉君又吻了上去，手安撫地順著他的脊背，然後一點點下移，撩開衣襬，輕輕摸了進去。

嘴唇被放開，呼吸恢復自由。溫柔的碎吻從臉頰挪到耳朵，然後耳垂被輕輕咬了一口。時進再怎麼沒精神，此時也被撩撥起一點火，伸手抱住廉君，去摸他的腰帶。

叩叩叩。書房門突然被敲響。

廉君和時進的動作齊齊一頓，兩人對視，一個眼帶遺憾，一個還沒反應過來。

「等晚上。」廉君又吻了一下時進的嘴唇，幫他理好撩起來的衣襬和蹭亂的頭髮，又順手打理好自己，然後喚了一聲進來。

卦六早在敲門之後沒立刻聽到應答聲時，就大概明白裡面是什麼情況，正後悔猶豫著要不要先離開的時候，廉君的聲音傳了出來，十分的冷靜平淡。

難道是他誤會了？卦六有點點尷尬，斂了心思推門進去，見時進正坐在書桌邊埋頭翻文件，廉君坐在他身邊，兩人一副剛剛在上課的樣子，立刻在心裡唾棄了一下思想不純潔的自己，穩住聲音彙報道：「容先生來了。」

容洲中來了？時進側頭朝著門口看去。

「去吧，應該是來吃晚飯的。」廉君抽走他手裡的文件，安撫說道：「我處理完工作就去找你……別亂想，我一直在。」

時進看著他溫柔可靠的樣子，忍不住伸臂抱了他一下。

容洲中今天穿了一件簡潔的黑色T恤，沒戴眼鏡，頭髮雖然因為拍戲的需要，依然是棕色帶捲的，但卻抓得有點亂，整個人的氣質終於朝著本性靠攏了一點。

「戲拍完了？」時進主動招呼，坐到他對面。

容洲中見他過來，稍微坐正一點，「沒有，晚上還有一場夜戲，拍完我的戲就殺青了。」

時進瞬間明白他的來意，問道：「今晚嗎？」

「如果你想的話。」容洲中回答，始終看著他，眼神罕見地沉靜，表情也是難得地平靜正經。

時進無法形容自己此時的感覺，有點茫然、有點想逃，也有點想直接暴起，再把容洲中揍一頓，不讓他露出這麼不符合他性格的表情。

「那就今晚吧，這裡二樓有間影音室，片子我已經準備好了，隨時可以開始看。要吃宵夜嗎？我讓廚房阿姨準備一點。」

容洲中回道：「那就蛋糕吧。」

蛋糕。記憶有了短暫的對接，兩人都知道這場電影代表著什麼。

他們對視著，卻都無法從對方眼裡看出真切的情緒，大家像是突然戴上一副名為客氣的面具，明知道前方是互相傷害的鮮血淋漓，此時也要先穩住最後的和平假象。

容洲中突然避開時進的視線，起身離開，步子邁得有點大，速度有點快。

時進沒有挽留他，聽著他離開的腳步聲，直到聲音漸漸消失，才側頭看向陽臺的方向，找到容洲中行走在長橋上逐漸遠去的背影，靜靜目送他離開。

吃完晚飯後，時進坐在長橋邊沿，遙望著劇組的方向，用千里眼buff看他們拍戲。

昨天男主角在卡了一下午戲之後，終於找到感覺。

今天劇組將轉戰船上，拍男主角成長之後，被敵人從船上追到海裡，落海時想起老師當初在海裡死亡的事情，在瀕死之際突破心魔的情節。

這個情節很重要，是主角心理轉變的關鍵，容洲中要以心魔和男主角幻覺的身分再次出場，和男主角在一望無際的海面上對談。為了讓這場對談更加具有衝擊性，導演要求容洲中必須全程保持渾身上下濕透的狀態，半身泡在水裡，以一種彷彿站在水中的「水鬼」姿態，和漂浮在海面上的男主角說話。

而在拍這場註定很煎熬的戲之前，容洲中還需要和男主角趁著衣服頭髮還沒濕，趕在傍晚落日前，把男主角擺脫心魔後，容洲中扮演的老師脫離「水鬼」模樣，恢復平時溫柔面貌漸漸消失的場景拍好。

這場戲是在沙灘上拍的，銜接主角擺脫心魔後醒來，發現自己被海浪沖到沙灘上獲救的情節。時進看著容洲中沐浴在傍晚暖色的光線下，溫柔地和哭得狼狽的男主角擺手告別，轉身慢慢走入光線盡頭的畫面，突然想起當年那場生日宴上，原主和容洲中一起吹熄蠟燭的畫面。

當時時行瑞就站在桌子另一邊，親自拿著攝像機記錄原主過生日的畫面。原主硬拉著容洲中一起，以慶祝容洲中拿到影帝的理由，給容洲中另外叫了蛋糕，和他一起吹蠟燭。

兩個蛋糕，兩個人，各自吹滅自己的蠟燭，站在一起接受家人的祝福，那場景看上去就像是他們在同時過生日一樣。他們的父親就站在桌子對面慈愛地笑著，身影和這世上千千萬萬個愛孩子的普通父親有了短暫重疊。

原主吹滅蠟燭後笑了，側頭朝著他最最耀眼的三哥看去。他本以為三哥也會開心的，可他卻看到，在蠟燭熄滅後升起的煙霧遮擋下，三哥的眼簾半垂著，漂亮的桃花眼裡全是悲哀的神色，灰灰的，像是一點光都沒有了。那只是很短的一個瞬間，當煙霧散去，三哥很開心地笑了，側身抱過

來，對他說謝謝，生日快樂。

好像就是從那天開始，三哥慢慢變成現在的容洲中，他像是把自己最敏感、最柔軟的部分從身上剝離出去，活成現在這副「你讓我不快活，我就必須比你更不快活」的小氣記仇模樣。

「演員果然是最適合他的職業。」時進說著，看著遠處準備登船去拍最後一場殺青戲的容洲中，聲音幾不可聞：「他能夠當演員，真是太好了。」

如果沒有演員這個盾牌，沒有那些可以肆意投放情緒的電影世界，容洲中大概會變成第二個黎九崢吧，不，也許會是第二個時緯崇也說不定，反正絕對不會是現在的容洲中。

越是翻閱那些記憶，他越明白，傷害從來都是相互的。有意的傷害是傷害，無意的傷害也是傷害。他們都是受害者，也都是施害者，誰都不對。

船隻起航的聲音傳來，時進回神，這才發現劇組已經全員登船完畢，起航要去拍男主角落海破心魔的戲。

他本能地朝著船隻的甲板看去，想找那道熟悉的身影，結果不用尋找，那個人就十分顯眼地站在甲板上一眼能看到的位置，正舉著一副望遠鏡直勾勾看著這邊。

偷看被逮個正著，時進心裡一驚，連忙低頭收回視線，然後反應過來自己現在是在用千里眼的buff看著那邊，看上去就像是單純在欣賞風景，其實根本不用躲開視線，大意了。

他有點僵硬，想抬頭又不敢，乾脆抬手揉揉眼睛，裝出一副看風景看累的樣子，起身朝著別墅走去。

時進足足在屋內窩了半個小時，估摸著劇組那邊已經開拍了，才又走出別墅，在陽臺上找個視

野不錯的位置，繼續偷看大業——雖然他也不知道為什麼突然如此執著偷看容洲中拍戲。

天已經徹底黑了，時進讓小死給自己加刷了一下夜視buff，然後拿出容洲中之前送來的零食，邊吃邊看了起來。

容洲中已經下海，正趴在一塊救生板上給男主角講戲，模樣十分認真。

工作人員在兩人四周忙碌地布置著，導演正在檢查給容洲中使用的安全設備。

大概十多分鐘後，準備工作終於完成，主演面朝上浮在水面上，擺出一副毫無求生欲的麻木樣子。容洲中被工具半吊著泡在水中，慢慢調整著身體姿態。

雖然有工作人員穿著潛水衣藏在水下幫他穩住身體平衡，但要在這種情況下擺出若無其事穩穩站在水裡的樣子，還是很有難度的。

好在今晚天氣很給力，月亮很圓，灑下來的光線冷清自然，很符合劇情的意境，也沒起風，海面十分平靜，沒給拍攝拖後腿。

終於，又是十幾分鐘後，戲正式開拍了。

時進坐得太遠，只能看到畫面，不能聽到聲音，而且因為位置的原因，只能看到容洲中的側臉。但這也夠了，他現在要的也僅僅只是看到容洲中而已，看不看得清不重要。

戲裡的「心魔」對著男主角時而安撫鼓勵，時而冷聲質問，時而想救學生出水，時而想把學生一起拉入地獄。

戲外的時進看著彷彿變了個人一樣的容洲中，姿勢慢慢從坐變成了靠，從靠變成癱，最後乾脆把藤桌挪過來，趴在上面。

不知道多久之後，時進吃零食吃飽了，但容洲中的戲居然還沒拍完。

短暫的休息時間裡，容洲中坐在休息用的救生船上，披著一條毛毯，對著男主角皺眉訓斥，男主角則坐在另一條船上，挫敗地低頭聽著。

——拍攝似乎不大順利啊。

時進這樣想著，看著容洲中蹙著眉壓著怒氣說話的模樣，慢慢閉上眼睛——有沒有人告訴過容洲中，他認真生氣的樣子其實很可怕，比時緯崇和費御景都更可怕，是真的很凶。

廉君拉開落地窗，滑動輪椅來到時進身邊，把毛毯蓋到他身上。

卦六擔憂地站在他後面，問道：「君少，要把時少抱進去嗎？」

「不用。」廉君回答，仔細幫時進掖好毯子，摸了摸時進哪怕是睡著也顯得心事重重的臉，說道：「這是他和容洲中的事，他說要等容洲中拍完戲一起看電影，那就讓他等吧。」

「可是這樣會生病的吧。」卦六還是很擔心，甚至有點想嘆氣。

大家都看得出來時進這段時間的反常，但卻不知道該怎麼安慰。

一切的改變都是從容洲中過來後開始的，時進的不對勁肯定和容洲中有關，但顧忌著時家那複雜的家庭環境，大家又不好貿然詢問。

「時少最近像是變了個人似的，總是發呆，在長橋上一坐就是一整天……」卦六說著，看到廉君望著時進的視線，又默默閉了嘴。

大家都能看出來的東西，君少那麼在意時進，又怎麼可能看不出來。

「……我去讓人搬兩座屏風來，擋擋風。」他改口，說完便轉身去辦事了。

廉君目送他離開，然後收回視線看向時進，摸著時進的臉，傾身虛虛抱著他，把臉靠到他的臉旁邊，輕輕蹭了蹭。

「快點打起精神。」他低語，語帶嘆息：「別忘了我一直都在。」

容洲中結束拍攝時已經是凌晨一點半，他匆匆換下濕透的衣服，告別聚過來想要慶祝他殺青的劇組工作人員，快步朝著別墅走去。

稍微知道一點內情的助理見狀急忙跟上去，邊向他遞毛巾邊說道：「阿中，這麼晚了，時先生應該已經睡了，明天再去吧，你在水裡泡了那麼久，最好儘快洗個熱水澡去去身上的寒氣，頭髮也要擦擦，夜裡起風了，你會著涼的。」

「他還在等我。」容洲中婉拒他的毛巾，頭都沒有回一下，「我沒事，你幫我和王導說一聲，今天太晚了，慶祝就不必了，回頭等大家都有空了我再請大家吃飯。」說完越過守在長橋外的保全人員，三兩步走上長橋。

助理還想跟，卻被攔下，只能眼睜睜看著容洲中走遠，忍不住頭疼地抓了抓頭髮。

「這到底是怎麼了……」這麼久了，他還是第一次看到容洲中露出這種過於正經和沉重的表情，總覺得有點擔心。

「不會出什麼事吧。」他念叨著，在原地轉圈等了一會，沒等到容洲中出來，認命地轉身朝著劇組的方向走去。

走到長橋過半的位置時，容洲中看到時進。對方歪著頭趴在陽臺靠裡處的一張藤桌上，像是睡著了。

——居然還在等，傻嗎？

他皺眉這樣想著，緊繃了一整晚的心卻突然踏實下來，冒出很多類似於「啊，我也是有人等的」、「不愧是時進」、「時家最傻的孩子估計就是這一個了」……等等想法。

不知不覺停下腳步，站在遠處盯著時進的身影看了一會，突然邁步跑上陽臺後又本能地放輕腳

步，慢慢走到時進面前，看他睡著的臉。

一個大男人趴在滿是零食包裝袋的桌上睡著的畫面，實在稱不上養眼，但容洲中卻看得很認真。時進睡著的時候……看上去要比清醒的時候無害。他不會再露出各種讓人或牙癢或心酸的表情，也不會再說出那些讓人想打他，卻又想疼他的話，更不會用那種被回憶拖拽住的眼神看過來，擾得人良心不安。

「果然是個麻煩精。」容洲中低語，掃一眼桌上的零食袋子，見全是自己之前送給時進的，側頭抬手揉了把額頭，用力閉了下眼，突然一屁股坐到地上。

時進還是小孩子嗎？一下子吃這麼多，也不怕撐死。

他放下手，再次朝著時進看去。

坐下之後，更加清楚地看到時進半埋在胳膊裡的臉。那是一張和他完全沒有相似之處的臉，也是一張他曾經理所當然地覺得應該是反派角色才會擁有的臉。但可笑的是，真相揭開後，扮演反派的卻好像是他。

弟弟。他腦中閃過向傲庭那張讓人殘念的嚴肅臉，和黎九崢那張欠扁的死人臉，臉一黑，最後還是把視線落在睡著後顯得越發乖巧的時進身上。

弟弟啊。他扯了扯嘴角，突然伸手，捏住時進露在胳膊外的臉頰，慢慢往外拉。

時進唰一下睜開眼，眼神迷茫兩秒後迅速清醒，想也不想就是一個擒拿手抓住容洲中送到眼前的手腕，用力捏住，反向一擰。

「嗷！」容洲中疼得嚎出來。

時進被這聲大喊嚇得瞪大了眼，這才真正清醒過來，坐直身扭頭觀察一下四周，睡前的記憶漸漸回籠，低頭看向坐在地上正一臉扭曲試圖抽回手的容洲中，無語兩秒，放開手說道：「你是傻嗎，居然夜襲警察。如果我力道再用大一點，你手腕就廢了。」

「什麼警察，區區一個大一新生……」容洲中邊揉著手腕邊皺著臉反駁。

警察是重點嗎？重點難道不是夜襲？時進用關愛智障的眼神憐愛地看容洲中兩秒，然後彎腰拉住他的手腕，俐落地幫他來回掰了一下，鬆開手起身，先看了眼滑落在椅子上的毛毯，又看了眼陽臺側邊用來擋風的屏風，眼神暖了暖，最後才看向劇組的方向，小小地伸個懶腰。

「看來你的戲已經拍完了，幾點了？」他邊伸懶腰邊低頭看容洲中。

容洲中擺了擺自己已經不再疼痛的手腕，看他一眼，發現視角不對，連忙斂了表情，裝作若無其事狀站起身，凹出一個模特兒站姿，試圖挽回一點形象，「快凌晨兩點了，其實你可以不用一直等我的，我……」

「你說什麼？凌晨兩點！」時進用一聲驚呼打斷他的話，想也不想就轉身跑到主臥室的落地窗前，伸手小心拉開落地窗，探頭進去偷看。

廉君背對著落地窗躺在床上，好像已經睡熟了。

時進大大鬆了口氣，對廉君沒有硬撐著陪他熬夜的行為十分欣慰，剛準備退出房間讓廉君好好休息，一顆腦袋就從後面伸了過來。

「你在外面趴著的時候，他居然能安心地在房間裡睡覺？他怎麼……」

時進表情一變，反手就是一巴掌按到容洲中湊過來的臉上，轉身把他推出去，小心關上落地窗，警告道：「你說話小聲點，別把他吵醒了。」

容洲中臉色漆黑，「這麼不關心你的男朋友，甩了算了，我給你介紹個更好的。」

「你是不是想挨揍？」時進舉起拳頭，殺氣騰騰，「廉君就是最好的，比他好看的沒他溫柔，比他溫柔的沒他好看，比他溫柔和好看的沒他聰明，比他溫柔、好看、聰明的沒他那麼喜歡我。還介紹個更好的，我把你介紹給閻王你信不信。」

容洲中見他亮拳頭就覺得身上疼，咬牙切齒說道：「我看你就是被他下蠱了，不識好人心的小兔崽子……」

「嗯？」時進威脅地轉了轉拳頭。

容洲中憋屈閉嘴，被他的「叛逆」氣到了，沒好氣說道：「不是要看電影？你今晚還看不看了？不看我回去睡覺了！」

這話一出，兩人都愣住了——對了，電影。

容洲中看一眼時進，見他的表情瞬間疏離冷淡下來，煩躁地抓抓頭髮，側頭看著陽臺邊的屏風不說話了。

時進也慢慢放下拳頭，說道：「看吧，早看早解脫。」

容洲中用餘光看著他，嘴唇動了動，想問他要解脫什麼，話到嘴邊卻又嚥下去，只跟著說道：「行，那就看吧。」

兩人繞到客廳，從客廳的陽臺門進別墅。

時進安排容洲中在沙發上坐下，給他取了毛巾和吹風機，並倒了杯熱飲放到他面前，「你先吹乾頭髮，再喝點熱的暖暖身體，我去廚房拿蛋糕。」

聽到蛋糕兩個字，容洲中手指僵了僵，點頭應了一聲。

時進離開後，容洲中看著面前的熱飲和茶几上已經插好電的吹風機，拿起毛巾蓋住自己的臉，長吁了口氣。

這可真是漫長的一晚啊……

頭髮乾了，熱飲空了，容洲中癱在沙發上望著廚房的方向，望得睏意都快生起來了，都沒看到

時進的身影從廚房那邊拐出來。

難道是睡死在廚房了？他皺眉，懷著「今天是不是可以不用看電影了」這種有點僥倖的想法，起身朝著廚房走去。

可惜幸運女神今天並沒有眷顧他，在拐過屋角之後，透過廚房半開的門，他可以清晰看到，時進正戴著一條圍裙站在廚房的小桌前，低頭專心給一個八吋大小的蛋糕抹奶油，動作看上去有模有樣的。

這畫面太過溫暖和家居，容洲中本能地拿出手機，記錄下這一刻。

時進聽到聲音抬起頭，見是容洲中過來了，稍微加快手上的動作，說道：「抱歉，我好像耽擱太久了，已經快好了，拜託你再稍微等一下。」

容洲中回神，收起手機推開門靠過去，湊過去看他手裡那個略顯粗糙的蛋糕，「你做的？」

「嗯。」時進點頭，收起奶油，拿起裝水果的盤子，開始往塗好的奶油上鋪水果。

容洲中看著他略顯著急的動作，問道：「為什麼要親手做？」

時進把切好的草莓小心地在蛋糕邊沿鋪了一圈，頭也不抬地回道：「你下午才來說要今晚看電影，我琢磨著在外面訂蛋糕估計會趕不上，就乾脆自己做了。我手藝一般，你別嫌棄。」

容洲中回道：「我怎麼會嫌棄……做蛋糕麻煩嗎？」

「不算太麻煩，蛋糕胚是之前就烤好備著的，現在只用做些夾心和面上的裝飾就好了。其實也是我的問題，我不小心睡著了，不然這個早就做好了，你來了就可以直接吃。」時進回答，放下裝水果的盤子，又拿起裝著杏仁碎的小碗和篩杏仁用的大篩子，笑著說道：「多虧廚房阿姨幫我把需要的材料都提前弄好了，不然這個一時半會還做不好。」

杏仁碎透過篩子均勻地鋪到蛋糕表面上，時進滿意地放下裝杏仁碎的碗，又拿起巧克力醬，在杏仁碎上畫了個有點醜的笑臉，然後拿出幾個巧克力裝飾小心地插到鋪好的杏仁碎上面，最後略作

調整，蛋糕就算是徹底做好了。

好醜。這是容洲中看到成品後的第一個想法。

但應該味道不錯。這是他聞著蛋糕的甜香味後產生的第二個想法。

蛋糕重要的還是味道吧，外表什麼的無所謂，所以這個蛋糕應該也算是很好看的了，畢竟用料這麼「扎實」。

這是他看到時進充滿滿足感和成就感的表情後，心裡冒出的第三個想法。

「去二樓吧。」時進摘下圍裙，看向容洲中。

容洲中和他對視，點點頭，然後趁著他轉身掛圍裙的時候，拿出手機對著蛋糕拍了一張。

二樓的影音室很寬敞，裡面總共有八個觀影座位。

時進和容洲中分別挑了左側第一排靠右的座位和右側第一排靠左的座位，中間隔著一條走道，寬窄剛好可以放進一張小桌子。時進架好桌子，把蛋糕和從冰箱裡拿出來的飲料放上去。

容洲中看著他忙碌，大腦放空著，像在想著什麼，又像是什麼都沒有想。

一切準備就緒，時進在容洲中陡然犀利起來的眼神裡，乾脆俐落地把蛋糕切好，然後取出一塊放上小碟子塞到容洲中手裡，自己也拿了一塊，直接關了影音室的燈，打開機器。

容洲中看著手裡露出雙層夾心的「扎實」蛋糕，表情十分滑稽地僵著。

就、就切了嗎？就這麼簡單地切了？好不容易做好的蛋糕，就這麼切了？這麼不珍惜的嗎！

嗷嗚。不僅切了，時進還直接吃了一大口。

容洲中餘光看到這一幕，莫名覺得心好痛，不忍再看小桌上的蛋糕屍體，把視線投向螢幕。

播放機器運轉著，螢幕亮起又暗下，然後畫面出現。

螢幕出現以現在的眼光來看有些懷舊風的電影畫面，年輕版的容洲中穿著一身奇怪的民族服飾，站在山坡的最高處，冷眼看著坡下正在舉行著慶典的部落，慢慢閉上眼睛，向後倒在草地上。

螢幕陡然暗下，電影名字出現，氣氛莫名就壓抑了起來。

「其實這部電影票房很慘。」容洲中忍不住開口打破安靜，叉了一口蛋糕舉到面前看了看，慢慢塞進嘴裡，「這種風格的片子就是這樣，口碑好，票房卻不行，只適合用來拿獎。」

時進又吃了一口蛋糕，沒有接他的話。

不想說話嗎？容洲中垂眼，突然有點後悔來看這場電影。

螢幕重新亮起，被養得又傻又甜的弟弟出場。

「這個演員現在怎麼樣了？」時進突然詢問。

容洲中愣了一下，側頭看向他，回道：「好像是吸毒被抓了，我只和他合作過一次，不瞭解他後來的事。」

「所以在現實世界裡，也是你這個『哥哥』贏了。」時進點評，視線一直放在電影畫面上，像是只是隨口這麼說了一句。

容洲中拿著叉子的手卻是一緊，看向電影中正開心地在慶典上玩耍的弟弟，心裡莫名生起一股煩躁，一點不留情地說道：「我贏他不是應該的？我長得比他好看，背景比他硬，演技比他好，智商比他高，眼光比他長遠，甚至還比他更努力，這種找不到出路就用毒品麻痹自己的廢物，活該輸一輩子！」

時進被他這番不要臉的自誇噎住，側頭看他。

容洲中惡狠狠地看他一眼，凶巴巴說道：「看什麼看，我說的難道不是事實？」

確實是事實，但是……

「你臉皮真厚。」時進評價。

容洲中見他終於肯說話，心裡一鬆，冷哼一聲，又叉了一大塊蛋糕塞進嘴裡，邊用力咀嚼邊說道：「我大概能明白你讓我看這部電影是什麼意思，你說我小氣，你自己又大方到哪裡去了，不就

是在你十歲那年嚇唬了你一下嗎，你至於記這麼多年？」

「至於記這麼多年？」時進不敢置信，看著他理所當然的樣子，反唇相譏：「你這個欺負小孩子的混蛋有什麼資格說我小氣，那只是嚇唬嗎？童年陰影這玩意你懂不懂！」

「怎麼著，你小我就活該讓著你？我青年陰影行不行！」容洲中坐直身，機關槍似的說道：「我好不容易拿個獎，票房慘成狗屎就算了，還非得擠出時間去給你過生日！我忙得一大就只睡三個小時，還得去給你過生日，我就活該嗎？你還非得噁心我，拉我和你一起吹蠟燭，你知不知道對著時行瑞那張慈父臉我心裡有多噁心，我很累的好嗎，我當時只想睡覺！」

時進覺得他簡直是不可理喻，一股無名火起來，說道：「噁心？我好心給你慶祝是噁心？你既然那麼睏，那你去睡覺啊！不想來就不來，我拿刀逼著你來了？你說你要睡覺，那你後半夜摸我房間裡來幹什麼，你去睡啊！睡死了才好呢！」

「如果不是時行瑞卡著我媽的公司資金，你以為我樂意去給你過什麼見鬼的生日！說到睡覺我就更來氣了，時行瑞那個老畜生，安排給我的客房暖氣居然是壞的！我凍得根本睡不著，你知道我有多煩躁嗎！你知道我有多睏嗎！大哥他們也是一群畜生，我敲門半天不應，還各個都把門反鎖了，最後沒辦法我才去你的房間，誰讓你房間最寬敞，床最舒服，暖氣也最足！」

容洲中說著說著想起當時的情景，簡直氣得頭髮都要豎起來，磨著牙說道：「結果我去了你的房間，你居然翻著肚皮睡得像頭豬一樣，我都快凍死了，你卻睡得像頭豬一樣！」

時進：「……」簡直要被這現實得一點美感都沒有的理由噎死了，「這就是你半夜把我喊起來，讓我陪你看電影的原因？」。

「不然呢？」容洲中反問，抓著蛋糕叉的手狠狠收緊，一副要把誰大卸八塊的樣子，「你折騰了我那麼久，憑什麼我睡不好，你卻睡得像頭豬！」

時進憋著一口氣看著他，終於忍無可忍，起身把手裡的蛋糕蓋到他臉上。

啪嘰。奶油和水果糊了容洲中一臉。

容洲中懵住，眼睛瞪得大大的，不敢置信地看著時進，表情扭來扭來，最後突然一狠，直接徒手抓起自己沒吃完的蛋糕，朝著時進逼去。

時進大驚，起身躲遠。

「你過來。」容洲中語氣威脅，和時進隔著兩排座椅對峙。

時進腦充血之後稍微冷靜了一點，掃一眼他頂著一臉奶油的滑稽樣子，有點心虛又有點想笑，躲在椅子後面說道：「我不過去，你想害我。」

「哈！」容洲中氣笑了，煩躁說道：「是，我要害你！我做夢都想把你臉上那副蠢笑著的表情撕碎，想把刀塞給你，想和你好好打一架，想對你說最惡毒的話，告訴你最殘忍的真相，讓你別再用那副蠢兮兮的樣子對著我！誰稀罕你親手做蛋糕了，誰稀罕你送的禮物了，誰又在意你是不是難過了！你恨我啊，你倒是恨啊！誰要把你當弟弟了，我們這種立場，單純的互相憎恨對彼此來說不是最合適最輕鬆的嗎？你既然這麼怕我害你，那你又為什麼要靠過來，你到底想改變什麼！時行瑞怎麼會養出你這麼一個和我們一點都不像的兒子！你是被寵大的小少爺，你為什麼不任性一點，你身上到底有沒有流著時行瑞那骯髒薄情的血液！」

時進被他這突然冒出來的一長串話驚住了，怔怔看著他幾秒，忍不住問道：「你不稀罕，那你為什麼不推開、為什麼不拒絕？」

容洲中一愣，突然爆發的情緒迅速回落，啞然幾秒，回道：「當然是為了穩住時行瑞，得罪他，我和母親就都完了……」

「那你還在這吼什麼，選擇是你們自己做下的，關我什麼事？」時進慢慢皺眉，冷冷反問：「你們用虛假的關心哄住我，引誘我靠近你們，在我這裡堆積了足足十多年的好感，現在卻又來指責我沒有早點看穿真相、指責我沒有恨你們，你們把我當什麼，可以隨意清空感情的機器人嗎？你

們倒是輕鬆了，先是自顧自地討厭我、利用我，現在又自顧自地來補償我、討好我，你們有問過我想不想要嗎？你問我為什麼要靠過去、問我想改變什麼？前十幾年明明是你們為了利用我而靠近我，後來我靠近你們，難道不是為了活命嗎？我得查清楚真相、我得把幕後黑手找出來、我得活下去，我只是做了和你們當初一樣的事情而已，我只是為了活下去才靠近你們而已，你究竟在不忿些什麼？如果人生可以重來，你以為我想做你們幾個人的弟弟？」

轟。像是一柄巨錘朝著腦袋迎頭砸下，容洲中陡然抬起頭，看著時進站在另一邊冷冷看著這邊，彷彿再也不準備靠近的樣子，心裡一緊，理智還沒反應過來，身體已經先一步跑過去，死死抓住時進的手腕。

「不可以。」他說著，眼裡帶著一絲自己都沒有意識到的執拗，「你是大家的弟弟，哪裡也不許去。」

大家的弟弟？真是莫名其妙。

時進覺得有點煩了，活到這麼大，他很少會在心裡產生煩躁或者厭煩之類的情緒，但現在他是真的覺得有點煩了。倒不是在煩容洲中，而是在煩這彷彿永遠也糾纏不清的兄弟關係。

「到底還有完沒完了……喂，小死，我可以把這個頂著奶油的傢伙打死嗎？我能打死他嗎？」

小死沒有回話，彷彿沒有存在過般地沉默著。

時進受不了了，反手按住容洲中的胳膊，粗魯地把他推得靠在椅子上，隨手拽了個什麼抹掉他臉上的奶油，逼視著他的臉，不耐說道：「容洲中，你不是對我有很多不滿嗎？你不是很討厭我嗎？說出來，都說出來，我要你全都說出來！」

容洲中被他這一系列操作弄傻了，有點懵地看著他罕見的不耐煩躁模樣，嘴唇動了動，小聲喚道：「小進……」

「別那麼喊我！『你這個死胖子』、『你這個什麼都不知道的蠢貨』、『你可真是可恨又可憐』、『你要死了嗎，你終於要死了』、『時家為什麼要多出你這麼一個小孩』，這些才是你想說的吧，你其實是這麼看我的吧，說出來！你全部都說出來，我要你一字一句全部都說出來！」

時進惡狠狠說著，聲音漸漸揚高，那些他放任自己沉溺於那些莫須有的情緒，卻始終無法像上次那樣代入自身的記憶，突然全部洶湧著撲了過來。

四周不再是影音室，而是M國那華麗的空屋、慘白可怕的醫院、讓人動彈不得的病床。他坐在空蕩蕩的房子裡、坐在醫院無人的花園裡、躺在毫無溫度的病床上，身邊的人來來去去，卻沒有一個人聽他說話，沒有一個人朝他伸手。他是毀了容的怪物，是絕望等死的可憐胖子。

然後他喜歡的三哥來了，帶著勝利者的姿態，用著居高臨下的憐憫嘲諷眼神，說著那些剜心刮骨的惡劣言語。

「時進，我其實很討厭你，大家都討厭你。你其實不是時家的孩子吧，你看看你，胖得真難看，死胖子。」

「居然想聯合徐天華和大哥作對，你是傻了嗎？啊，不對，我不該這麼問的，你本來就是傻的，你這個什麼都不知道的蠢貨。」

「想知道真相嗎？我可以都告訴你……這就哭了？你可真是可恨又可憐。」

「大家怎麼會真的把你當弟弟，別天真了，你和我們是不一樣的……時家為什麼要多出你這麼一個小孩。」

「要死了嗎，你終於要死了。下輩子記得不要投生在時家，沒人想要你這麼一個弟弟。」

記憶凶猛撲來，絕望、委屈，憤怒、難過……等等情緒一起沖了出來，那些或因為震驚、或因為難過、或因為身體原因而沒有對這些話語進行反擊的不甘心情，更是咆哮欲出，嘶吼著要撕裂一切。時進用力閉了下眼睛，突然反手從腰後摸出一把匕首來，彈出刀刃比在容洲中好看的臉旁邊。

容洲中瞳孔一縮，說道：「時進，你想幹什麼！」

「我會殺了你的。」時進看著他，把匕首挪到他的唇邊，視線落在上面，隱隱有種失去理智的癲狂，「我太難受了……只是因為重來了一次，只是因為我改變了一切……然後你們都忘了，就只有我還記得，就只剩下我！你們憑什麼現在來擺出好哥哥的樣子，我經歷過的那些是幾句關心、幾句對不起就能補償回來的東西嗎？你們連發生過什麼都不知道，你們連自己曾經有多殘忍都忘了，那種補償又怎麼夠！那些對不起的分量又是多麼的敷衍！憑什麼你們都不記得了，想起來，快想起來啊！你們為什麼不想起來！」

「小進……」容洲中愣愣看著他，伸手朝他的臉摸去，「別哭，你別哭……」

「別動！」時進突然狠了表情，用力把他壓死在靠背上，冷冷說道：「記不起來沒關係，我會讓你知道你做了些什麼的，跟著我說，你這個死胖子。」

肩膀磕在椅背上有些疼，容洲中看著時進明顯不對勁的樣子，皺眉說道：「小進，你……」

「快說！」時進用匕首割斷容洲中的一縷頭髮，沉沉說道：「不說的話，下一次割的就是你的臉了。」

是認真的，時進的話是認真的，他真的會動手。

容洲中的嘴張了張，卻發不出聲音。

不可以說，直覺告訴他，那些話不能說，說了一切就都完了。

時進死死盯著他的嘴唇，眼裡帶著一種期待的狂熱，然而他卻沒有聽到容洲中發出聲音。

「你為什麼不說！」煩躁的情緒越發濃重，他眉眼一利，抬起匕首。

容洲中閉上眼，等待疼痛降臨。

噗。一聲悶響，疼痛沒有到來。

容洲中愣住，試探著睜開眼，發現時進手裡的匕首直直貼著他的臉插入座椅靠背，沒有傷到他分毫。

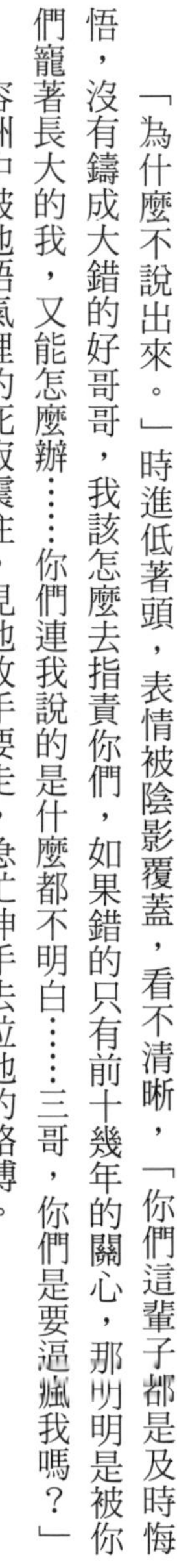

「為什麼不說出來。」時進低著頭，表情被陰影覆蓋，看不清晰，「你們這輩子都是及時悔悟，沒有鑄成大錯的好哥哥，我該怎麼去指責你們，如果錯的只有前十幾年的關心，那明明是被你們寵著長大的我，又能怎麼辦……你們連我說的是什麼都不明白……三哥，你們是要逼瘋我嗎？」

時進很容易就掙脫他的手，轉身準備離開。

容洲中被他語氣裡的死寂震住，見他收手要走，急忙伸手去拉他的胳膊。

——不能讓他走，走了就什麼都沒了。

「小進！」容洲中起身去追。

時進直接把匕首投過去，逼停了他的腳步，然後伸手摸上門把。

——要完了，真的要完了。

「你這個死胖子！」

聲音掙脫理智從喉嚨裡發出，容洲中吼完才意識到自己說了什麼，表情一變，彷彿是自己對著時進投了一把匕首一樣，連指尖都開始顫抖。

「不，不是的，小進，對不起……」

「再說一次。」時進卻立刻停步看了過來，眼裡重新亮起光芒，轉回來靠近他，抓住他的胳膊，「再說一次，語氣再不屑一點，再冷淡一點，你可以的，你可以的，再說一次。」

有一個瞬間，容洲中居然看到時進笑了，那是一種即將解脫的笑。

他不明白，覺得自己像在做一場噩夢，像被人脫光丟到大庭廣眾之下，像……像終於要徹底看清自己心底最深處的卑劣骯髒。

不想說，但怎麼可以不說，他的弟弟快要瘋了。

——對不起。

「你這個死胖子。」容洲中收斂了所有情緒，擺出高高在上的樣子，用不屑且惡意的語氣說出

這句話。

是的，他就是這樣的，最開始的時候，他就是這麼看待時進這個弟弟的。他是個心裡藏著毒針的怪物，做夢都想把那個乾淨單純的弟弟也拉入深淵。

「你這個什麼都不知道的蠢貨。」

當演員訓練出的速記臺詞能力真是該死的好用。他看著時進漸漸亮起的眼睛和生動起來的表情，保持著臉上的面具，話語不停。

「你可真是可恨又可憐。」

如果沒有時進的努力，他絕對會說出這些讓人心尖滴血的話吧。

「你要死了嗎，你終於要死了。」

他就是這樣一個糟糕的人，在過去的某個瞬間居然想過時進如果能死掉就好了。

「時家為什麼要多出你這麼一個小孩。」

一句又一句，他彷彿看到自己正一刀一刀地切割著時進的心臟，看著他痛不欲生、看著他鮮血淋漓、看著他從希望跌入絕望，從光明走向黑暗。

這些他曾經想過，卻從沒說過，後來便壓在心底假裝它們不曾占據過思想的傷人言語，原來不是不說對方就永遠不會知道，自己就可以假裝無辜了。有些東西，原來只是想想，都會給對方造成傷害。時進其實什麼都明白，不明白的是他自己。

「對不起，小進，對不起。」他靠在牆上，疲憊地閉上眼睛。

就是這個語氣，就是這個表情。

【第十章】

終於和過去和解

時進屏住呼吸看著容洲中，看著他不停開合的嘴唇，聽著他哪怕是口出惡言，也依然好聽的聲音，記憶和現實慢慢重疊，記憶裡無法回擊的不甘和憤怒慢慢膨脹。

終於，那張嘴停下了，所有來自敵人的傷害都結束了……他，可以反擊了。

呼。原來哪怕重來一次，他也是有機會為那些這輩子不曾發生過的傷害反擊的。

屏住的呼吸陡然鬆下，他抬眼看著容洲中，突然毫無徵兆地舉起拳頭，朝著他的嘴角重重砸去，「去死吧！你這個混蛋！」

容洲中被打得悶哼一聲，側倒在地上，然後乾脆就這麼坐在地上，抬眼朝著時進看去。

時進根本沒有看他，聲音高高的揚著，挪動腳步神經質地在原地來回轉圈，時不時用手指一下他的臉，快速說道：「哭？對，我不該哭的，面對你那些惡意，哭有什麼用，對付你這種惡劣的傢伙，直接罵就是了！死胖子？我胖怎麼了，人身攻擊是最下作的人才會做的事！你的粉絲知道你其實這麼壞嗎？你在說這些的時候，不覺得自己太過分嗎！」

記憶和情緒如潮水般覆蓋過來，四周的場景又變了，是豪宅、是醫院、是讓人心悸的每一次的開門聲。

「是，我是胖，我是蠢，但那不是你們或有意或無意地把我變成這樣的嗎？我如果真聰明起來了，你們又該來怪我聰明了吧。承認吧，你們就是嫉妒我、恐懼我、想靠近又害怕靠近我，我當然和你們不一樣，我是人，你們是魔鬼，我們怎麼可能會一樣！哈，最可笑的是你居然覺得我可憐？我活了十幾年，哪怕是假象也好，但我也是在愛的環境下長大的，而你們呢，一個個把自己沉溺在利益和仇恨裡，幾十年的人生裡一點點溫暖的記憶都沒有，真正可憐的是你們！」

容洲中收緊手掌，側頭避開他的視線。

「你們是不是要氣死了？看到我沒有如你們的願變成一個只知道仇恨的怪物，變成和你們一樣的冷血傢伙，你們是不是很失望？你們是不是做夢都在想讓我報復你們，然後你們好說出『看吶，

那個被時行瑞小心護著的單純傢伙，終於也變得和我們一樣了，他再也不是特殊的那個了』這種話，我幾乎能聽到你們心底裡那興奮到戰慄的聲音！」

「我不是。」容洲中忍不住反駁。

「不是？」時進像聽到什麼天方夜譚一樣，轉回身看他，彎腰拽住他的衣領，看著他的眼睛說道：「如果不是，你為什麼那麼迫不及待地翻臉、迫不及待地對我展露惡意？在心裡單方面憎恨了一個人十幾年，突然看到可以讓對方回應這份憎恨的可能，以你這直線型的白癡思維，哪裡還顧得上那麼多？黃瓜抱枕，嗯？你連爸爸的死都等不及，只是知道他快死了，就急吼吼地把宣戰的東西送到我面前，你的心思幾乎就寫在臉上！」

心裡最不願意被人窺探的小心思被當事人戳破，容洲中惱羞成怒，反駁道：「我沒有，你才是白癡！」

「不，我是『蠢貨』，你才是白癡，咱倆半斤八兩，你可沒有什麼高高在上的資本！」時進又把他摔到地上，站直身居高臨下地看著他，冷冷說道：「我不會死的，我會比你們所有人都活得久，你這輩子都不會再有機會說出那句『你終於要死了』，能說出這句話的只有我。還有，容我糾正你一個錯誤的觀念，時家不是多了我這一個孩子，而是如果不是為了要我這個孩子，你和其他幾個人，根本就不會出生！對我感恩戴德吧，如果不是我晚投胎了那麼幾年，你們全都要被射到牆上了，娘娘腔！」

娘娘……這句話簡直是暴擊，容洲中不敢置信地看著他，從地上爬起來，一副氣到不知道該說什麼的表情，頻繁側頭深呼吸，似乎是想壓下怒氣。

「花瓶。」

時進卻還沒有停，一句接一句，每個字都吐得很重，像是要把心裡壓了兩輩子的戾氣全部隨著話語一起吐出來。

「嘴毒的人死後是要被拔掉舌頭的。」

「你才是可恨又可憐！」

「等你要死了，我會去你床邊放鞭炮慶祝的。」

「我才不是多餘的孩子，你們才是！」

容洲中微張著嘴看著他，像是不敢相信這些話居然是從他嘴裡說出來的。心裡明明該是生氣的，胸腔裡也確實壓著怒氣，但卻奇怪地發不出火來。

時進突然又靠近他。

容洲中回神，稍微後退一步，用強硬掩飾自己心被扎成篩子的難過，皺眉說道：「你還想罵什麼？如果你想打架的話，這次我不會再忍著不還手的。」

時進突然抬手拍了拍他心臟的位置，朝著他惡劣一笑，「被我這樣罵，這裡很難受吧？」

容洲中表情緊繃，只有這一點，他不願意承認。

「你活該。」時進輕聲補充，惡意滿滿。

「你……」容洲中真的被氣到了，抬手想去抓他的手腕。

時進卻又躲開了，後退一步說道：「你之前說的對不起，我不接受，有些傷害不是道歉就可以抹掉的。」

容洲中一僵，怒氣瞬間消散，看著他逐漸恢復理智的認真眼神，漸漸意識到了什麼，扯了扯嘴角說道：「這樣嗎……」所以是不準備再接受他這個可惡的哥哥了嗎？

「但我們扯平了。」時進說著，看著容洲中此時狼狽的樣子，記憶中他高高在上吐露惡言的模樣漸漸消散，繼續說道：「你罵了我，我也罵了你。你傷害了我，我也傷害了你，咱們誰都不欠誰的了。我很累，你們不值得讓我這麼累。」

容洲中沉沉下墜的心陡然停下，抬眼看著他，心中冒出一點微弱的希望，幾乎是語無倫次地說道：「你、這麼說……你的意思是……」

「還有，我不會道歉的，你永遠別想從我這聽到一句對不起。」時進走到門邊，手摸上門把手，聲音突然低了下來，說道：「晚安，三哥。」

咔噠。門開啟又合上。

容洲中愣愣看著門，然後眼睛一點一點瞪大，良久，突然埋頭蹲在地上，想罵點什麼，眼睛一眨，卻一點都不帥地流出幾滴鱷魚的眼淚。

「混小子……」他用力揉了一把臉，又氣又笑，「你可比我記仇多了，什麼不會道歉，我今天白被你打罵了嗎，很痛的好不好……」

他癱在地上，抬頭看向電影螢幕，見電影裡的哥哥正在無所顧忌地朝著已經知道真相的弟弟宣洩惡意，心頭一顫，嫌棄地嘖了一聲，挪到小桌邊拿起遙控器，把電影快轉到結尾處。

懸崖邊上，弟弟抱上哥哥，想和他一起墜落懸崖。哥哥丟掉武器，反手抱住弟弟，滿足地閉上眼睛。兩人一起後仰倒下，墜落深淵。

他認真看著，突然側頭低嗤一聲無聊，關掉螢幕，看向桌上那個缺了兩塊的蛋糕，伸手拿起切蛋糕的塑膠刀，大大地挖了一塊，塞到自己嘴裡。

到這一刻，他終於明白時進究竟想要改變什麼。那個比所有人都要更柔軟、更善良，卻又比所有人都更堅強的孩子，努力到現在，折磨得自己都快瘋了，想改變的，也不過是未來可能出現的、所有人都懷抱著仇恨互相傷害，然後同歸於盡的結局。

仇恨和救贖，時家六個孩子，看似強大的五個哥哥全部選了最簡單的仇恨，只有那個被傷得最深的孩子，選了最最艱難的救贖。

「太傻了。」他像是被蛋糕噎到了，聲音慢慢沙啞哽咽，「果然是個蠢貨。」

他低著頭，抬手按住了眼睛。

黎明前的天空是最黑暗的，時進腦中冒出這句話，走下別墅二樓，看一眼別墅外彷彿沒有盡頭的黑夜，突然加快腳步，悶頭朝著一樓主臥室的方向奔去。

房門開啟，裡面的燈居然是亮的，他先是一愣，然後心跳迅速加快，快步跨入門內。

一雙手臂突然伸出，穩穩把他抱到懷裡。

時進腳步一停，側頭朝著抱著自己的人看去。

「先洗個澡暖一暖。」廉君像是早知道他會這麼衝回來一樣，什麼都沒問，抱住他後只溫柔地吻了吻他的眉心，然後牽住他的手，引著他朝著身後開著門的浴室走去。

浴室裡水霧蒸騰，洗澡水早已放好，睡衣和各種洗漱用品也全都準備好了。

時進有些愣，被動地被廉君拉到花灑下。

「沖一下再泡澡。」廉君幫他把衣服全部脫掉，然後打開花灑，也不在意自己身上的睡衣會不會被沾濕，站在他旁邊仔細地幫他沖洗身體。

皮膚被溫水打濕，然後沾著沐浴露的手貼到身上，以讓人舒適的力道溫柔游移。身體一點一點暖和起來，時進手指一顫，看著廉君認真的樣子，忍不住伸臂抱住他。

廉君十分自然地回抱他，安撫地順著他的脊背。

心突然踏實下來，時進收緊手臂，把臉埋在他的肩膀上，低聲說道：「對不起，讓你擔心了。」廉君安撫地親了親他，無聲安慰。

「以後不會了。」時進用額頭蹭了蹭他的肩膀，然後稍微退開身，抬眼看著他，朝他擠出一個笑容，「你才是最重要的，你是我最寶貝的寶貝。」

「又亂用詞。」廉君也笑，伸手扯了扯他的臉，問道：「熬夜可是壞習慣，罰你去卦二那裡受

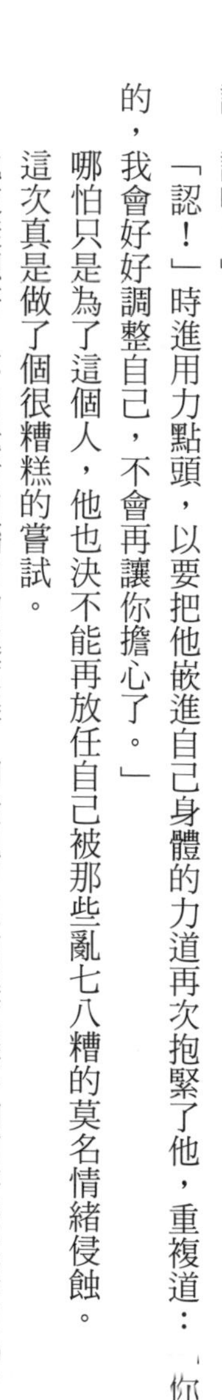

訓，認嗎？」

「認！」時進用力點頭，以要把他嵌進自己身體的力道再次抱緊了他，重複道：「你是最重要的，我會好好調整自己，不會再讓你擔心了。」

哪怕只是為了這個人，他也決不能再放任自己被那些亂七八糟的莫名情緒侵蝕。

這次真是做了個很糟糕的嘗試。

他這樣想著，不自覺看向腦內的進度條，卻發現自己的進度條不知何時居然降到60了。

降了……他微愣，然後抿緊了唇。果然……是這樣嗎？

他收緊手掌，歪頭緊貼著廉君的身體，感受著他身上的溫度，心裡某個之前只能算是模糊的猜測，慢慢變得清晰。

「小死。」他在心裡低喚，也不管對方這次會不會應答，語氣肯定地說道：「這最後一點致死因素，是來自於我自己，不，確切來說，是來自原主，對嗎？多麼簡單的一個道理，能殺死一個人的，除了外在的危險和敵人，還有內心深處的自己。」

這次小死終於不再沉默，低聲堅定說道：「進進，你會活下去的，然後一輩子很幸福的。」

「我當然會活下去。」時進把身體重量全部壓在廉君身上，抱著他的力道大得像是要把他折斷，「有廉君在，誰也別想打垮我。」包括我自己。

一覺睡醒之後，時進被卦二抓到船上。狼蛛的貨物會在凌晨出港，卦二要去看熱……喔不，要去追蹤情況，時進因為熬夜的原因，慘遭廉君處罰，所以也被派去當苦力。

兩人打扮成運貨的工人，坐在偽裝成貨船的偵查船上，停在狼蛛的貨物運輸線附近，邊閒聊邊等著狼蛛那邊的消息。

「今天的任務比較簡單，分兩種情況：一，如果蛇牙對狼蛛的貨船動手，那咱們就跟在後面看看熱鬧，順手救救狼蛛的人，幫狼蛛捶捶蛇牙；二，如果蛇牙不對狼蛛的貨船動手，那咱們就到處

轉轉，找找附近有沒有蛇牙的船隻埋伏，想辦法捶蛇牙一頓，明白？」

時進一臉嚴肅地點頭，回道：「明白，反正就是捶蛇牙就對了。」

卦二煞有其事地點點頭，摸著自己不存在的鬍子，說道：「嗯，孺子可教也，來，獎勵你一顆糖。」說著拿出一顆暈船藥遞過去。

時進把藥接過，無語地捏了捏，「你不覺得現在才給藥有點晚嗎？一般暈船藥、暈車藥都需要提前吃吧？」

「嘖，那麼較真幹什麼，你又不暈船。」卦二假作嫌棄，挪著小馬紮坐到他身邊，手一抬搭住他的肩膀，「老實交代，你這幾天到底怎麼了？跟中邪了似的，我差點忍不住去請道士回來了。」

時進神祕兮兮地問道：「想知道？」

卦二點頭點頭又點頭。

「其實我就是中邪了。」時進認真回答，無比誠實，「是這樣的，我腦內還有另一個人的記憶，那個人深深恨著容洲中，我被他的記憶影響，很是傷春悲秋了幾天，唉，我心裡也苦啊。」

卦二一臉被餵了屎的表情，嫌棄地鬆開他，「你別不是精神分裂了吧。」

時進很認真地思索了一下這個可能，回道：「其實也不是沒這可能……」

卦二從兜裡掏出一根棒棒糖拆開塞到他嘴裡，連呸三聲後說道：「打住打住，小孩子家家的別亂說話，你再這樣，小心我把你送去龍叔那做電療。」

「是真的有可能啊。」時進咬著棒棒糖含糊說著，望向夜色下看似平靜美麗的海面，想到什麼，連忙在心裡問小死：「小死，剛剛卦二提醒了我，你說我會不會真的是精神分裂了？然後所謂的原主就是我，他之前被折磨得太慘，忍受不了了，就製造出我這個心臟強大的副人格。你和進度條其實都是我幻想出來的，我是個精神病患者，並自以為自己是個重生的正常人。」

小死被他這猜測弄得有點崩潰，肯定說道：「不，進進，你很健康，非常健康！精神分裂不會讓你突然從嬌生慣養的小少爺，變成身手俐落的警察，我也確確實實是真實存在的，不是幻覺。」

「你說得也有點道理，我會的東西可比原主多多了。而且原主很討厭吃黃瓜，但我對黃瓜卻不算討厭，雖然也不喜歡就是了。」時進若有所思，然後點頭說道：「嗯，這情況確實不是精神分裂能解釋的，我再想想其他的可能。」

小死鬆了口氣，又安靜了下來。

「我說，你最近能沉默就沉默，還時不時裝不在，心裡打的不會是想讓我儘快習慣沒有你的生活，以後好無痛離開我的主意吧？」時進冷不丁詢問。

小死大驚，直接嚇出了一聲鴨叫。

「這反應，你這混蛋果然是想跑路。」時進咔嚓一聲把棒棒糖咬碎，在心裡陰森森說道：「坦白從寬抗拒從嚴，敢不說實話，我這就掉頭回去找你家寶貝告你的狀！」

「我、我沒有！我不是！我是無辜的！」小死扯著嗓子反駁，心虛的味道不用特意分辨就能感受出來。

時進從兜裡掏出手機，開始翻廉君的電話號碼。

小死嚇到窒息，憋了半天，終於在他把手放到撥號鍵上時，帶著哭腔高喊了一句：「我、我也捨不得你啊！我還沒看到你和寶貝生猴子呢，我怎麼捨得走嗚嗚嗚……」

時進：「……」

「每次都是小黑屋嗚嗚嗚……」

時進額頭青筋鼓啊鼓：「原來你只是捨不得這個，那你還是走吧，再見！永別了！」

「別！進進我嗚嗚嗚……哇啊啊……」小死開始久違的暴哭，哭著哭著還開始打嗝。

時進板著臉聽著，眼神慢慢溫柔起來，抬手撐住下巴，閉目享受著海風和它的哭嚎，等它哭聲漸漸弱下來了，才又繼續說道：「你這傢伙果然還是吵吵鬧鬧的時候更可愛，讓我猜一下，你是進

度條消完就會離開，對麼？」

小死抽抽噎噎地不說話。

「看來又是個不能回答的問題，沒關係，你不想走，誰也沒辦法讓你走，大不了我就帶著這僅剩60的進度條過一輩子！」時進安撫，語氣中滿滿的老大風範。

「要、嗝，要消的。」小死邊打嗝邊說話，態度卻是難得的堅持，「必須消的，嗝，你也好，寶貝也好，進度條一日不消，你們就一日可能會重新被拉回黑暗，我不要這樣的結果，你們都是我的寶貝。」

時進一愣，沒想到進度條還有這麼一個含義，看著腦內廉君那雖然緩慢但一直在穩步下降的進度條，說道：「那只消廉君的怎麼樣？我這點進度條，不消應該也沒事。而且你以前不是也跟我說過，不用著急消進度條也沒關係。」

「那不一樣……進進，誰也不能保證沒事，你忘了你這幾天的反常了嗎？」小死反問。

時進皺眉，回道：「這我當然沒有忘記，但那其實是我故意……」

「不是的，進進。」小死打斷他的話，認真說道：「情緒和記憶的共鳴不是故意放任就能出現的，進度條最後一部分已經解鎖，只要你心裡還藏著灰暗的情緒，外界的刺激源也還在，你就註定無法逃開那些隨時可能氾濫的情緒。那可是致死因素，它們真的可能逼死你的。」

時進聞言心裡一抖，想起之前在影音室時自己那彷彿靈魂都被原主記憶占據的失控爆發，居然無法反駁小死這句話。

當初在軍營裡時，他的進度條突然下降，後來他冥思苦想了一番，只模糊確定那20點的進度條下降，絕對和向傲庭與原主的記憶有關。

為了驗證這一點，這次在遇到容洲中，並且發現腦內屬於原主的記憶再次開始蠢蠢欲動後，他幾乎是毫不猶豫地就選擇放任自己被那些記憶帶來的情緒淹沒，想要再進入一次和原主記憶共鳴的情況，實驗一下進度條的下降是不是真的和原主對幾個哥哥的心結有關。

實驗的結果可以說是很不錯，他驗證了自己的猜想，也降了一部分進度條，但實驗的過程卻實在是讓人難受，當時情緒的爆發程度和記憶對理智的影響情況全都大大超出他的預估，他確實沒有把握，當下次再次出現這種情況時，他還能從那些滿是負能量的記憶裡全身而退。

不得不承認，那些記憶和情緒確實可以逼死人。

其實他對自己會和原主的記憶產生共鳴的原因，也進行過一番推測。他曾想過這種共鳴的出現，會不會是因為他攜帶原主的記憶太久、對原主的記憶瞭解得太過細緻造成的？也有想過這具身體裡是不是還留有原主的執念？甚至想過原主的靈魂是不是還沉睡在這個身體的哪個角落裡，想趁機奪回掌控權？但現在，小死卻說，情緒和記憶的共鳴不是故意放任就能出現的。

這句話他是不是可以理解為，不是任何塞到他腦內的記憶，他隨便放任一下，就能隨隨便便產生共鳴。因為是「特殊」的記憶，所以他才能共鳴，才會那麼感同身受。

很多時候，時進希望自己真的是個蠢貨，因為蠢貨不會想太多，但現實顯然不會隨著他的意志轉移。

他突然又想起在軍營時，進度條突然下降的那個場景。

當時他正和向傲庭一起為隊伍搬水，兩人並排往前走著，頭頂是燦爛的陽光，四周是朝氣蓬勃的學生們，那時的他突然產生一種人生終於走上正軌的感嘆，只覺得每個毛孔裡流出來的汗水都帶著希望的味道，呼出的每一口氣都是新生的象徵。

一個嶄新的未來就在他腳下、在他觸手可及的地方，然後突然，進度條降了，也是在當晚，他以原主的視角夢到那些記憶，並逐漸被記憶裡的情緒影響。仔細分析一下這裡面的邏輯，其實是進度條降了，那些記憶才出現的，而不是記憶出現了，進度條才降。

剛剛小死說最後一部分進度條已經解鎖……解鎖，多麼奇怪的用詞。這個詞給人的感覺，就像

是進度條這最後一部分曾被什麼東西鎖著，然後突然在某一天，進度條判定這個枷鎖已經達到解除條件，於是這個鎖消失了，裡面被鎖著的東西釋放了出來。

再聯想一下當時進度條下降的場景和他當時的心理活動，他大概可以得出結論：解鎖條件是他的某種心靈感悟，解鎖後進度條釋放是原主那些能影響到他的情緒，和他產生共鳴的記憶。

總結一下，就是進度條發現他這個宿主已經徹底走上和原主不同的道路，判定他的內心已經強大到足夠去面對某些最最沉重的東西，於是終於為他推開最殘酷的一扇門，逼他去面對最後的、來自心靈深處的危機。

這是一場真正的自救。

「也就是說，我目前所有的危機，都來自原主的記憶，但原主的記憶，卻是你當初塞給我的。」他在心裡說著，認真問道：「小死，你塞給我的這些原主記憶，還能再收回去嗎？」

小死已經從他長久的沉默裡，意識到時進可能猜到了什麼，囁嚅回道：「不可以……收不回去，我做不到。」

「為什麼做不到？」

又是沉默。時進已經學會從小死忽然的沉默裡去收集自己想要的資訊，平靜問道：「小死，我究竟是誰？」

小死仍然沉默著，時進卻能感受到它的慌亂和無措。

「一樣的臉、一樣的痣、一樣的名字，無法收回的記憶，共鳴到失控的情緒，進度條還逼著我帶著原主的情緒和記憶去救贖自己……」時進一樣樣數著，結論幾乎就在嘴邊，但張了嘴，卻說出另一句話：「難不成原主是平行世界的另一個我？」

「進進……」小死終於開口，聲音低低的、弱弱的，帶著擔憂和害怕：「你別想了好不好，你就是進進，只是進進。」

「你又在瞎想些什麼，別怕，我現在很冷靜。」時進收攏思緒，再次看向平靜的海面，「我的父親名叫時磊，母親名叫嵐曉，他們年紀很大了才收養我，只有我一個孩子，我畢業於警校，當了好多年的警察，是他們的驕傲。他們無病無痛地過完一生，我穿著警服為他們送終，他們是很好很好的人，一輩子活到頭，最大的遺憾是我沒能在他們死前脫單。」

那是他短暫又美好的上輩子，足夠支撐他熬過所有困難。而且，他現在身邊還有廉君，所以無論真相如何，這輩子他都會好好過下去，陽光、沒有仇恨、幸福地過下去。

「算了，現在追究這些根本沒意義，總之我會想辦法找到擺脫情緒共鳴的方法，玩遊戲什麼的還是第三視角比較好，第一視角容易暈！」他噗一聲吐出棒棒糖的棍子，結束這場腦內交談，坐直身重新朝卦二看去。

卦二正背對著他拿著手機講電話，語氣十分驚恐：「是真的！時進很不對勁，表情一會變個樣，像在跟什麼人說話一樣，但他身邊明明就只有我一個，龍叔，他會不會真的精神分裂了，還是妄想症？我現在打斷他，他會不會走火入魔？」

時進：「……」

◆◆◆◆

凌晨兩點，狼蛛的三艘大貨船從港口出發，朝著外島前進。

在航行大約半個小時後，十幾艘比較輕便的漁船突然快速朝著貨船靠近，迅速將它們包圍。

狼蛛發來了敵襲信號，卦二立刻帶著人行動起來。

十多分鐘後，卦二帶著滅這邊總共四艘小型船靠近信號發射地點，停在蛇牙大部隊後方，暗搓搓地放暗箭。

戰場中心，蛇牙和狼蛛混戰著，槍聲炮火聲不停響起。

時進待在卦二身邊，仗著自己有buff傍身，拿著一把狙擊槍對著敵人打得不亦樂乎。

卦二見他一槍連著一槍，一點都不帶猶豫和瞄準的，蛋疼地說道：「你不會是在瞎打吧，這可是在船上，你瞄準居然只用了幾秒鐘，你這樣真的不會打中友軍嗎，你到底會不會玩狙？」

時進一僵，乾巴巴回道：「我的槍法，你放心。」

「我放心個屁！」卦二差點被他這略顯心虛的語氣氣死，伸手拍了他腦袋一下，「你給我收斂點，真傷到友軍我可護不住你，魯珊護短的勁可不比君少弱！」

時進面上乖乖挨打不反駁，手裡卻又是一顆子彈射了出去，打中一個準備偷偷往狼蛛貨船上丟燃燒彈的蛇牙成員。

卦二戴著望遠鏡看了下他攻擊的方向，見是蛇牙的船隻，稍微鬆了口氣，看一眼他認真的樣子，猶豫了一下，還是選擇信任他，沒有逼他把槍放下。

混戰半個多小時後，蛇牙見久攻不下，試圖撤退，狼蛛卻不顧一切地拖住它們，一副不咬死它們不甘休的架式。

卦二見狀乾脆俐落地命令滅的人收手，帶著人朝著戰場遠處撤退。

「不繼續捶蛇牙了？」時進意猶未盡地詢問。

卦二搖頭，「狼蛛的後援快到了，蛇牙那十幾艘船別想跑掉，接下來就看離島那邊了。」

時進瞭然地點頭，依依不捨地放下槍。

就像廉君提前預料的那樣，蛇牙劫狼蛛的貨只是一個幌子，目的是為了儘量多拖住和引來狼蛛的戰力，轉移狼蛛的注意力，好在離島那邊打一個出其不意。

凌晨時分，在卦二撤退不久、狼蛛的大批援軍趕往海上之後，狼蛛在離島那邊的幾個據點和倉庫果然遭到蛇牙的突襲。好在魯珊早有準備，在卦三和卦五的外援下，完美抗住蛇牙的這波猛攻，還十分幸運地把親自過來指揮戰鬥的蛇牙副首領席凡給抓了。

這可把魯珊給高興壞了，不等天亮，就在戰鬥剛結束時，她就一通電話捅到章卓源那裡，把自家倉庫和據點被蛇牙攻擊的慘狀，及席凡試圖殺掉自己，卻慘被反抓的情況告訴章卓源，要求章卓源就「蛇牙派副首領前來，試圖傷狼蛛首領性命的惡意競爭行為」給個說法。

章卓源沒想到蛇牙居然膽大包天成這樣，不僅動了狼蛛的貨，還妄想動狼蛛的命脈和魯珊的性命，面對魯珊拿著他前一段時間才剛下發的「不允許各大組織之間惡意競爭」的公文，要求他必須給狼蛛一個說法，差點一口氣沒上來直接暈過去，忍不住在心裡大罵了蛇牙一萬遍！

蠢！蠢死了！不僅蠢還廢！你說你蛇牙貪貨就算了，怎麼還不知死活地瞧上狼蛛的命脈，而且瞧完之後還一點覺悟都沒有，把事情做成現在這一面倒的樣子！

副首領被抓，這簡直是他今年聽到最好笑的笑話！現在無論蛇牙派席凡過去的真正意圖是不是想殺魯珊，現在人到了魯珊手上，那最後事情肯定會被魯珊咬死成席凡是為了殺她才過去的！

他前腳才為了滅動了狼蛛，現在如果姑息蛇牙，那狼蛛還不得翻了天去。可如果動蛇牙，以蛇牙現在不僅搶貨失敗，還在狼蛛手裡損失慘重的情況，再被官方打壓一下，它不會直接崩盤吧？那四家平衡怎麼辦？往結盟裡塞老鼠屎的計劃怎麼辦？那不是全完了？

章卓源實在是沒個章法了，煎熬地拿著手機盯著時間，硬生生忍到廉君大概已經起床吃完早餐的時間，才給他撥了求助電話。

電話另一邊，廉君正小心地守著明明睏得隨時要睡過去，但仍堅持著要陪他吃早餐的時進，根本沒心思陪章卓源長篇大論地閒扯。

他耐著性子聽完章卓源的彙報，簡單說道：「聯繫蛇牙的首領，以不確定席凡這次是否真的是想要傷魯珊性命為由，讓他們兩家當面對談，你旁觀調和就是了。我還有事，先掛了，晚點再談。」說完直接掛斷電話，伸手扶住時進差點栽進湯碗裡的腦袋。

章卓源聽得愣愣的，略作思索後，恍然大悟地站起身，興奮說道：「對啊，這事本來就不是靠魯珊單方面的說辭就可以定調的！還是廉君聰明，這招矛盾轉移用得漂亮！」

「阿嚏！」時進一個噴嚏把自己驚醒，發現額頭上貼著熟悉的手掌，本能地蹭了一下，然後努力睜著眼睛保持清醒，扭頭看廉君，「我做了個夢，夢到有人誇你聰明。」

廉君滑動輪椅靠過去，伸手擋住他瞪大的眼睛，哄道：「去睡吧，早餐已經吃完了。」

「吃完了嗎？」時進疑惑，總覺得自己好像才剛坐到餐桌邊，抬手拉下廉君的手，試圖側頭確認一下餐桌情況。

廉君忙捧住他的腦袋，「我有文件忘在房間裡了，你去幫我拿來？我的早餐還沒吃完。」

時進皺眉眨眼，強迫自己清醒，站起身說道：「行，我去幫你拿，你好好吃早餐。」

廉君等他走遠幾步後傾身從輪椅上站起身，放輕腳步跟在他身後。

兩人一前一後進入房間，幾分鐘後，廉君一個人走出房間，嘴唇比進去時紅潤許多。

容洲中剛巧通過客廳外的陽臺進入客廳，和走出來的廉君迎面碰上。

兩人齊齊停步，然後默默對視。容洲中的眼睛一點一點睜大，看看廉君的臉，又看看廉君站得筆直的腿，嘴巴微張，手裡拎著的零食掉在地上。

時進一覺睡到午後，醒來時發現廉君睡在他身邊，應該是在午休。他睜著眼睛傻了好一會才清醒過來，先看一眼拉得嚴嚴實實的窗簾，再看一眼床頭櫃上的小鬧鐘，最後翻身面對著廉君，看了一會廉君的睡顏，滿足地伸手抱住他。

再沒有比昏昏沉沉一覺睡醒，發現喜歡的人就在身邊更讓人覺得開心的事情了。

「醒了？」頭頂傳來熟悉的聲音，緊接著身體被回抱住，額頭被輕輕蹭了蹭，「餓不餓？起來吃點東西吧。」

時進仰頭，對上廉君睜開的眼睛，問道：「我吵醒你了？」

廉君伸手摸了下他睡得亂翹的頭髮，回道：「沒有，我早就睡醒了，剛剛只是在躲懶。」

「你居然會躲懶？」時進挑眉，輕輕撞了一下他的額頭，看著他剛睡醒時的慵懶樣子，忍不住把身體稍微下滑，吻上他的鎖骨，然後一點點往下。

廉君反射性地抓緊他的頭髮，喚他的名字：「時進。」

時進聽到他的聲音停下動作，仰頭看他一眼，吻了一下他心臟的位置，乖乖地重新躺回去抱緊他，沒再亂來。

廉君的衣服已經全被蹭亂了，他感受到時進動作裡的喜歡和依戀，心裡一軟，憐愛地摸了摸他的脊背，翻身壓到他身上。

等時進起床洗漱後，去餐廳吃了頓時間尷尬的午餐，廉君陪著他，跟他說了下容洲中早上過來找過他的事情。

「你說他看到了你站著的樣子？」時進一口飯沒嚥下去，差點噎死自己，見廉君肯定地點頭，急忙起身回房間，把自己的手機翻出來。

手機不知道什麼時候已經沒電自動關機了，他插上電源把手機開機，然後收到一大堆來自時家五兄弟的簡訊和未接電話，震動加鈴聲一起來，差點把他的手震麻。

「我就知道會這樣。」時進頭疼地按了按太陽穴，挨個打開簡訊翻了翻，見果然全是問廉君情況的，不由得再次深深恨起了時家幾位哥哥的「互通有無」和大嘴巴。

廉君滑動輪椅跟上來，問道：「我給你造成麻煩了？」

「沒有，是這幾個哥哥太煩人了。」時進皺眉念叨，見廉君靠過來，傾身想親他一下，想起自

己剛剛在吃飯，嘴上全是油，轉而抱住他歪頭蹭了蹭他的側臉，「別擔心，我會讓他們別亂往外說你的身體情況的。」

廉君很喜歡他這些代表親昵的小動作，一點不嫌棄地側頭親了親他的臉，「我不擔心，繼續吃飯吧。」

晚飯過後，時進編輯了一條囑咐時家哥哥們不要把廉君的情況往外說的簡訊，選擇了群發。一分鐘後，他的手機開始瘋狂震動，簡訊一條接一條的出現。

感覺像是有三千隻鴨子在攻擊他的手機，時進面無表情地想著。

又過了五分鐘，收到簡訊的容洲中直接殺上門。

兄弟倆一坐一站在沙發邊對峙，誰也沒有先開口說話。在吵了那麼嚴重的一架後，他們心裡多少都有點尷尬。

「要把他丟出去嗎？」卦二不知道從哪裡冒出來，眼神危險地盯著容洲中——就是這個傢伙，一出現就把時進弄得精神分裂，必須儘快消除危險源。

容洲中被他看得後背一涼，不甘示弱地側頭和他對視。

卦二見狀眼神一冷，上前一步。

戰況一觸即發，時進急忙伸手插入兩人中間，先安撫地拍了拍卦二，「去忙你的，我這邊沒事。」說完看向容洲中，示意了一下陽臺，「談談？」

容洲中收回視線看向他，點點頭，率先朝著陽臺走去。

卦二見狀卸掉了氣勢，看向時進問道：「真的沒問題？不想見的人就不用勉強見，大家會護著你的。」

時進心裡一暖，說道：「沒問題，別擔心，我只是去和他聊聊。」

卦二看一眼已經拐出別墅的容洲中，還是有點不放心，囑咐道：「有事就喊我。」

時進朝他比了個「ＯＫ」的手勢。

兄弟倆在陽臺角落處的藤桌邊落座，時進讓廚房那邊送了兩杯熱奶茶過來，開門見山說道：「廉君的腿並不是徹底殘廢了，他在經過治療後是可以恢復到普通人的程度，這個消息是祕密，不適合對外公開，我希望你們能幫我保密。」

容洲中冷靜了一天，已經消化掉這些資訊，斟酌了一下語言，儘量讓自己語氣溫和一些：「你不用特意囑咐，大家都不是多嘴的人……他的腿已經治好了？」

時進搖頭，「沒有，現在只是在做治療前的身體調養。」

「那需要幫忙嗎？」容洲中詢問。

時進意外地看著他。

容洲中有點不自在，低頭看著手裡的奶茶，「你魂都被他勾走了，鐵了心要和他在一起，大家除了妥協，和儘量讓你以後的生活好過點，也沒什麼其他的選擇和能為你做的了。」

時進仔細打量一下他的表情，喝了一口奶茶，帶笑說道：「沒想到你還有這麼坦白和體貼的時候，看來打一架還是有效的。」

這好像是第一次，兩人的兄弟關係變質以後，時進在他面前如此真心和沒有防備地露出笑容。容洲中有些發愣，看著時進明顯比前幾天要明亮開朗許多的神情，提著的心一點點放下，嘴角微微翹起，故意冷哼了一聲，藉著喝奶茶的動作掩飾自己的情緒，說道：「明明是你對我的誤解太深，一見到我就要打要罵的，不講理的小兔崽子。」

「你活該。」時進一點不讓，心裡的尷尬也少了點，轉移話題問道：「劇組的戲快拍完了吧，你什麼時候離開這裡？」

「你嫌我煩了？」容洲中皺眉。

時進笑而不語。

容洲中討了個沒趣，不滿反問：「那你呢，你要在這裡待到什麼時候？」

得待到狼蛛和蛇牙這次的對談有個明確的結果，G省的事徹底塵埃落定了才能離開。時進在心裡回答，面上卻含糊說道：「不確定，得等廉君的正事處理完了才能走。」

容洲中聽到這回答有點心塞，但識趣地沒說什麼，攪了攪奶茶，看了眼時進放鬆隨意的樣子，突然仰脖把奶茶一口喝完，站起身，「我離開前可以每天過來吃飯嗎？劇組的便當太難吃了。」

時進仰頭看他，看著他背著光的高大身影和微皺著眉的模糊表情，突然覺得他有點陌生，又莫名覺得他有點親切，笑了笑，說道：「可以，這本來就是我之前主動提起的事。」

容洲中滿意了，邁步要走，腿抬出去又突然收回來，回身出其不意地拍了時進腦門一下，然後轉身大步離開，速度飛快，像是怕被報復一樣。

時進愣住，摸了摸自己並沒有被拍疼的額頭，看著容洲中遠去的背影，嗤笑出聲：「幼稚。」笑完轉了轉奶茶杯子，滿意地伸了個懶腰。

經過剛剛的實驗，他十分確定，他已經不會再被原主那些有關容洲中的記憶和情緒影響了，就好像是他已經對容洲中「脫敏」了一樣。

唉，真好啊。他滿足感嘆。

別墅內，廉君把這一幕看在眼裡，終於放了心，滑動輪椅回到書房。

在章卓源的賣力牽線下，狼蛛和蛇牙正式開始對談，對談的情況果然如廉君所預料的那樣，糟得不能再糟。

魯珊不願意放了席凡，堅決要蛇牙付出代價。蛇牙損失慘重，不能再被官方針對，堅決不承認惡意競爭的事，兩家首領互不退讓，弄得章卓源每天都處在崩潰的邊緣。

「得想個辦法讓他們其中一方態度軟化才行，這樣繼續吵下去，永遠都談不出個結果。」章卓源在電話中的語氣又急又氣，「上面已經怪我在G省停留太久了，而且狼蛛現在一門心思地要和蛇牙吵架，連生意上的事都變得不上心，答應我的事那是能拖就拖，我這邊壓力實在太大了。」

廉君依然穩如泰山，說道：「別急。」

「這不能不急啊。」章卓源見他還是這麼一句話，只覺得頭都要愁禿掉了，「都過去一個星期了，他們吵得越來越厲害，每次對談我都必須得在旁邊看著，不然他們絕對會直接鬧起來！我手裡還有其他的事情，不能一直這麼耗在他們身上。廉君，你不是要讓他們四家結盟嗎？現在這情況，蛇牙和狼蛛都成仇人了，怎麼可能會結盟？」

「成不了仇，魯珊和袁鵬都不是只知道吵架的莽漢，他們這是在打心理戰，最多再過一個星期，他們就會談出結果，你堅持一下。」廉君安撫了一句，餘光見時進突然從埋頭做作業的姿勢變成癱在沙發上，猜他是作業做完了，嘴角一勾，對著電話長話短說：「你穩住，繼續看戲就行，這次對談絕對會順利落幕，之後四家的結盟就要正式開始了，準備打硬仗吧。」說完掛斷電話，滑動輪椅朝著時進靠近。

時進聽到聲音側頭，見他過來，起身就是一個飛撲，撲在沙發邊沿，握住他剛好接過來的手。

「聊完了？」他順勢往前湊了湊，按住廉君的腿。

廉君點頭，看了眼他的作業。

時進又爬回之前的位置，把作業拿起來，遞回給他。

廉君接過，仔細翻了翻，滿意地點點頭，說道：「可以試著讓你批閱比較簡單的文件了……去吃飯？」

時進喜笑顏開，麻溜地爬起身，湊過去親了他一口，美滋滋說道：「走走走，去吃飯，今天我

讓廚房做了海鮮湯！」

餐桌上，時進和廉君你儂我儂地吃著，容洲中坐在一邊，食不下嚥。

在決定來蹭飯的時候，容洲中心裡打主意要利用吃飯這種讓人放鬆的事情，和時進慢慢緩和關係，但他愚蠢地忽視了一件事——時進身邊還有廉君。

——這吃的完全不叫飯，叫鬱悶。有了愛人就忘了哥哥的小兔崽子。

容洲中在心裡嘀咕，面上卻不敢表現出來，因為他明白，自己這個犯過錯的哥哥，在時進心裡的地位，可比那個「病弱」的暴力組織頭頭低多了。

——好不甘心。

給廉君舀完湯的時進突然扭頭看向容洲中，問道：「怎麼不吃，不合胃口嗎？還有這道魚，你怎麼完全不碰？我記得你挺喜歡吃這種魚的，難道是我記錯了？」

容洲中一愣，看向擺在自己面前的松鼠桂魚，心裡的鬱悶彆彆扭扭地散了一點，邊伸筷子挾過去，邊說道：「沒有，我就是下午零食吃多了，這會不大餓。」

時進秒變嫌棄臉，「你是小學生嗎？居然吃零食吃得吃不下飯，垃圾食品你最好少吃，我覺得你最近都胖了。」

咚。容洲中手裡的筷子插進魚的眼睛裡，側頭看時進，皮笑肉不笑地說道：「那你肯定是看錯了，我每天都有量體重，絕對沒有胖。」

「也許是你的體重計壞了呢？」時進皺眉，一本正經地氣人：「人到了中年很容易發福的，你這種靠臉吃飯的人，必須特別注意這些，你也不想我以後叫你死胖子吧？」

人到中年……靠臉吃飯……死胖子……

被連插三刀，容洲中一口老血湧到喉頭，又硬生生嚥下去，看著時進單蠢的關心臉，憋屈說道：「你永遠都不會有喊我死胖子的機會。」

「嗯，不會的，絕對不會的，我相信你。」時進一副昧著良心「善良」安慰他的模樣。

容洲中用力閉眼，默默深呼吸，決定不再自找罪受，洩憤似地吃了一大碗飯，還把那條魚也吃得乾乾淨淨。

然後推椅子起身，捂著受傷的心臟和過於飽脹的胃部離開，暗暗決定再也不來這裡吃飯。

時進嘿嘿嘿偷笑。

廉君伸手敲他一下，無奈說道：「為什麼總氣他？」

「誰讓他上次打我腦袋。」時進為自己的惡趣味找個藉口，美滋滋地喝了口海鮮湯，愜意說道：「這日子過的，舒服！」

廉君又揉了一下他的腦袋，嘴角微勾。

第二天，容洲中邊唾棄自己的不堅定，邊準時出現在別墅的餐桌邊。時進見到他後十分自然地伸手拍了他一下，使喚道：「去，把餐具拿出來擺上，還有湯也端出來。」

容洲中愣了愣，看他一眼，乖乖站起身，去廚房找到餐具，有些生疏地一份份擺好，然後轉回廚房，戴上廚房阿姨遞過來的隔熱手套，把湯端起來。

要走出廚房的時候，他聽到時進在和廚房阿姨聊做菜心得，腳步一停，偷偷聽了一會，然後走出去來到餐桌邊，視線落在某兩道早已端出來的菜上面，表情暖化下來。

原來小進還會做菜……真厲害。

午飯後沒多久，劇組的導演找到時進，表示戲已經拍完了，大家要去下一個拍攝地點，感謝時進借他們場地，請他有空一定要賞臉一起吃頓飯。

時進愣住，望一眼沙灘上已經開始收拾器材、整理場地的劇組人員，問道：「那容洲中呢？也要走嗎？」

導演也不知道腦補了什麼，聞言略微同情地看著他，「他不跟劇組一起，但應該也要離開這裡

了，我看到他在收拾行李……那個，時先生，追星也要適度，他會在這裡留這麼久，只是因為不小心把嘴角磕破了，怕出去晃被狗仔拍到，不是因為別的，你、你不要多想……看開一點，一輩子還長著呢。」

這都是些什麼亂七八糟的。

時進有點對不上這位導演的腦電波，客氣地和他寒暄幾句後，禮貌地把他送走了。

劇組在當天晚上離開沙灘，這一晚容洲中沒有過來吃晚飯，時進想起導演的話，自動把他歸類為「已離開人口」，告訴廚房明天不用再多準備容洲中的飯。

結果沒想到第二天，他居然又在午飯時看到容洲中。

時進下意識地反應：「你不是走了嗎？難道你決定賴在我這裡了？」

容洲中沒好氣地瞪他一眼，丟給他一個袋子，說道：「說得那麼難聽，給你，生日禮物，我有個新工作得出國一趟，你生日的時候估計回不來，拜拜。」說完起身走到門口，拎起放在玄關處的一個行李箱，直接開門走了。

時進被他的速戰速決弄愣了，見大門要自動關上，連忙邁步追出去，喊住容洲中問道：「你不吃飯嗎？吃完飯再走吧。」

容洲中聽到聲音回頭，朝他示意了一下不遠處街道上停著的一輛車和守在車外的助理，「來不及了，我得去G省趕飛機。」說完再次道別，轉身快步走到車邊，拉開車門坐進去。

時進目送他離開，然後低頭看向懷裡的袋子，從裡面取出一個盒子打開，見裡面躺著一塊一看就很貴的手錶，皺眉嘀咕：「這傢伙，怎麼永遠改不了砸錢的毛病。」

話音剛落，兜裡的手機突然震動起來，他掏出來一看，見是一條轉帳資訊，轉帳人是容洲中，備註寫著「租場地費用」，轉帳數額有好多個零，遠遠超過了市場價，無語幾秒，突然笑了。

真是個白癡，只知道砸錢，過去是，現在也是。

劇組離開後的第五天，狼蛛和蛇牙的對談終於有了進展。

狼蛛先一步鬆口，表示惡意競爭的事可以修改定義，但蛇牙必須給出誠意。蛇牙在考慮一番後接受了這個說法，兩家乾脆俐落地撇開官方，自己私下談判去了。

章卓源既鬆了口氣，又鬱悶得不行。他在這當了十多天的中間人受氣包，最後只落了個用完就丟的下場，簡直是沒被狼蛛和蛇牙當人看。

不過事情到此，G省的亂局算是徹底解決了，廉君和時進也終於可以打道回府。

「要不咱們直接去月牙灣吧，現在B市的溫度已經降下來了，你會冷的。」時進邊收拾行李邊擔憂說著。

廉君殘忍拒絕：「不行，海島要等你參加完期末考試之後才能去，你回去B市後記得好好複習，考試不允許掛科。」

時進如遭雷擊，這才想起自己還背著學生的身分，立刻生無可戀地癱在床上。

兩天後，眾人乘坐的專機落地B市機場。

時進一出飛機就被B市的冷風颳得打了個噴嚏，深刻體會了一把北方和南方的氣溫差異，後退一步把敞開的外套拉上，然後轉身細心地給廉君腿上加了一條毯子。

「很冷？」廉君詢問。

「還好，我就是一時沒習慣。」時進回答，心裡卻是另一個想法。只是離開了一個多月而已，B市的天氣居然就從炎熱變成了寒風凜冽，冷空氣什麼的真是太可怕了。

回會所安頓好之後，時進在廉君的安排下和軍部的某位負責人聯繫，從對方那裡獲得一份自己的檔案資料。

在這份檔案裡，他作為有過出任務經驗的警校新生，在新生軍訓結束後接到上面的指派，前往G省的某個小島參與了一場干涉黑道火拚的長期任務。

時進看完這份檔案，對廉君的周密程度有了一個新的認識。

「記得好好背熟，如果學校有人問起，別說漏了嘴。」廉君囑咐。

時進乖乖應下，見廉君蹙著眉一副情緒不好的樣子，猜他是捨不得自己去學校，湊過去抱住他，「我每個週末都會回來的，還會每天給你打電話，你別擔心。」

廉君捧住他的臉親了親，沒有說話。

「這次還是你送我去學校吧。」時進開口請求。

廉君想也不想就應下了：「好，現在不是新生報到的時候，我可以送你到學校門口，不過不能送你進去。」

「到門口就夠了，那你順路再去做個檢查怎麼樣？距離上次檢查已經過去好幾個月了，我想知道你現在的身體情況。」時進繼續要求，小心詢問。

廉君摸摸他的臉，垂眼吻上他的嘴唇，低聲應道：「好。」

周日下午，廉君在午休結束後，出發送時進去學校。

「下週五我來接你。」廉君握著時進的手，轉了轉他手指上戴著的戒指，眉頭一直皺著，「身體檢查的結果我會發簡訊告訴你，你別太擔心。到了學校要好好吃飯，絕對不許熬夜。」

時進把他的手反握住，笑道：「後面一句明明是我要囑咐你的，警校每天都會按時熄燈查寢，我根本無法熬夜，倒是你，沒有我盯著，你肯定又要挑食晚睡了。」

「不會的。」廉君保證。

時進故意眼露懷疑。廉君被他這模樣逗笑了，心情總算好了點，捏著他的手不說話。

時進於是也不說話了，懶懶地靠在他身上，時不時蹭他一下，無聲安慰他。

一個多小時的車程並不算遠，兩人好像只是安靜地靠了一會，車就停到警校門口。

廉君透過車窗仔細看了下警校大門，眼裡帶上一絲遺憾，「可惜不能親自送你進去，我也想看看你住的寢室是什麼樣子。」

時進想起自己那個沒有獨立衛生間的六人寢室，和樓層盡頭處那毫無遮擋的公共大澡堂，心裡默默滴汗，乾巴巴說道：「總有機會的，大學要讀四年呢……」聽說他們這屆升大三之後就可以搬去帶衛生間的四人寢室了，那時候再讓廉君看寢室應該會好一點。

廉君聞言表情卻淡了下去，「是啊，要讀四年，太久了。」

時進：「……」完了，怎麼好像捅了馬蜂窩的樣子。

「期末考試絕對不允許掛科。」廉君突然側頭看他，語氣沉沉：「掛科就要補考，就要花更多時間耗在學校裡，我絕對不允許！」

時進坐直身子，大聲回道：「沒問題君少，我會努力的！」

廉君嚴肅的表情繃不下去，又被他逗笑了，伸手輕輕捏了捏他的臉，想說什麼，嘴張了張又閉上，最後淺淺嘆口氣，傾身吻住他。

時進閉上眼睛回吻，伸手安撫地抱住他。

一吻畢，廉君揉了揉時進的唇瓣，「去吧，再拖你就來不及整理寢室和去輔導員那打報告了，晚飯記得好好吃，有空就給我打電話。」

時進點頭，拎起自己的背包，依依不捨地又親了他臉頰一下，然後推開車門下車，站到車邊，示意駕駛座的卦一開車。

卦一沒有動，回頭看向廉君。

廉君降下車窗看時進。

「不可能的，我不會讓你看到我離開的背影。」時進一本正經地說著情話。

廉君還沒出口的詢問就這麼被堵回來，眼神暖了暖，又囑咐了一句好好吃飯，然後壓下不捨，朝卦一擺了擺手，慢慢把車窗升起來。

汽車駛離，時進直到汽車拐過街角看不到影子了才收回視線，把背包往身上一背，準備過馬路進校門，結果他剛望向斑馬線那邊，就對上羅東豪和劉勇直勾勾看著這邊的視線。

他表情一僵，然後努力裝作若無其事的樣子抬起手，朝著兩人揮了揮，親切招呼道：「好巧，你們也這時候返校啊。」

氣氛凍結，劉勇看著時進，突然大喊一聲，指著他不敢置信地吼道：「出現了！膽大包天連翹一個多月課的時進出現了！」

四周聽到這聲大吼的返校學生們，齊齊扭頭朝著聲音傳來處看去，然後又順著劉勇手指的方向，把視線落在時進身上。

時進眉毛一抽，立刻確定自己將近兩個月請假的時間裡，關於他的謠言肯定又出現了新的版本，並且在學校裡廣為流傳，不然四周的學生不會在聽到自己的名字後，出現這種讓人毛骨悚然的反應。

羅東豪見狀回過神，伸手把劉勇指著時進的手打下來，拽著劉勇走到時進面前，幫他擋了擋其他人的視線，皺眉說道：「你跑哪裡去了？軍訓結束後就沒了人影，大家還以為你退學了。」

「這個……說來話長，反正我離開是有原因的，學校也知道和允許的。」時進先安了兩人的心，然後率先邁步，「先進校吧，這裡不是說話的地方。」

羅東豪和劉勇也意識到地點不對，連忙收斂情緒，隨著他一起朝學校走去。

【第十一章】

收到手軟的生日禮物

時進先回了趟寢室整理東西，巧的是他的室友居然一個都不在，他也不在意，從櫃子裡把自己的被褥拿出來，手一抬就要往床上鋪。

羅東豪連忙按住他的胳膊，皺眉說道：「你是傻嗎，都快入冬了，你把夏天的薄被子往上鋪什麼，先到生活輔導員那裡領秋冬的被褥和制服去。」

時進這才反應過來，拍一下自己的腦門，「是我蠢了，我乾脆先去見見輔導員吧，也不知道輔導員這個時間在不在辦公室。」說著把被子就那麼丟在床上，又拎起自己的背包。

劉勇憋不住了，湊過去好奇問道：「你找輔導員幹什麼？寫翹課檢討嗎？快坦白交代，你翹課這麼久都幹麼去了？」

「什麼翹課不翹課的，我是去做任務了，現在任務做完，上面給我更新檔案，我得找輔導員交個報告。」時進笑著回答，把聽到「任務」二字後面露震驚的兩人拽出寢室，鎖好寢室門，邊拉著他們往外走邊說道：「我見完輔導員後再跟你們詳細解釋，你們先去食堂茶吧坐坐吧，我見完輔導員就去找你們。」

羅東豪和劉勇兩個人一起掙扎居然拽不過他，只能無奈地接受他的安排。

見輔導員的過程很順利，時進用做任務的藉口掛學籍的事只有高層的一些人知道，輔導員不明真相，真的以為時進是去做任務了，看完時進的報告，不僅十分驕傲地誇了他一通，還特地安撫他幾句，表示他掉下的課程會讓班委發書單給他，幫他補課。

時進被誇得心虛不已，謙虛了幾句，並感謝輔導員的補課安排。

見完輔導員後時進直接去了食堂茶吧，找到羅東豪和劉勇，簡單說明自己這一個多月的去向，似真似假地說了一點任務見聞，然後帶著兩人去生活輔導員那裡領了秋冬季的生活用品。

回寢室的路上劉勇一直很興奮，他在內陸長大，聽說時進這次出任務不僅用了狙擊槍，還出海坐船，簡直要羨慕嫉妒死了。

「如果我也能像你這樣出任務就好了，我還沒見過海呢。」

他感嘆著，十分想再詳細地問問任務的情況，但想起時進之前提過的保密條款，又默默把好奇心壓下來，想起另一件讓自己比較好奇的事，轉而問道：「對了時進，今天送你到學校的人是誰？雖然我只看到一點側臉，但那五官、那頭髮的光澤、那白皙的膚色、那紅潤的嘴唇、那冷淡又溫柔的矛盾氣……啊！羅東豪你打我幹什麼！」

羅東豪恨不得捂住他的嘴，皺著眉朝他示意了一下走在前面的時進。

劉勇一頭霧水地朝著時進看去。

時進正幽幽看著他，涼颼颼說道：「今天送我到學校來的是我的男朋友，你這麼誇他，是對他有什麼想法？」

有殺氣！劉勇虎軀一震，唰一下後退一步，瘋狂搖頭，「沒、沒想法，我就是誇誇，想感嘆一下你家基因真好來著，原來那是你男朋友，真、真不錯。」

時進立刻笑得陽光燦爛起來，說道：「他確實很不錯，有機會我介紹你們認識，他超好的。」

劉勇小雞啄米式點頭，默默往羅東豪身邊湊了湊。

羅東豪嫌棄地看他一眼，見寢室樓快到了，遲疑一下，還是走到時進身邊，稍微壓低一點聲音提醒道：「時進，你連續缺課一個多月，外面傳什麼的都有，你如果聽到難聽的話，可千萬要冷靜，別衝動之下打架鬧事，會挨處分的，反正一起軍訓過的同班同學都知道你不是傳聞裡那樣的人，沒事的。」

時進聽他這麼說，心裡一動，望一眼寢室樓的方向，點點頭表示明白。

回到寢室後，時進立刻明白羅東豪突然那樣囑咐他的原因。

這次回到寢室，他的室友居然全都在，而且似乎之前是一起出去打球了，全都穿著同一種顏色的球衣。見到時進回來，他們瞬間停止交談，然後用一種奇怪的眼神掃了一下時進返校後還沒來得及換下的便服，之後氣氛微妙的各做各事去了，沒有和時進打招呼。

羅東豪和劉勇見狀皺眉，時進也收回準備和室友們打招呼的手。

劉勇上前一步準備說點什麼，時進轉身安撫地按住他的肩膀，用眼神示意一下羅東豪，放下被子等物，和羅東豪一起把劉勇拉出去。

「可惡，那是什麼態度，瞧不起誰呢！」劉勇出寢室後忍不住憤憤出聲，看向時進說道：「還有你，拉著我幹什麼……你說你怎麼這麼倒楣，怎麼偏偏就你一個人落了單，室友裡一個同班的都沒有，這樣住著多難受。」

今年警校的新生全是打散住宿的，沒有像以往那樣按照班級分寢室，時進十分不巧地落了單，整間寢室就只有他一個人是一班的，剩下的全是二班和三班的。

「沒事，他們估計是被謠言影響了，我和他們說開了就好。」時進安撫，分別拍拍他和羅東豪的肩膀，「都回自己寢室吧，我晚飯的時候去找你們，你們可別提前吃了。」

劉勇還想說什麼，卻被羅東豪按住。

「那我們先走了，有事喊我們。」羅東豪招呼。

時進點頭，目送他們離開，扭回頭看一眼寢室門，嘆口氣。果然，只開學那天勉強混了個臉熟的室友關係，扛不住謠言的摧殘。

他推開門進寢室，掃一眼有意無意打量過來的室友們，懶得和他們解釋，轉身整理好自己的床鋪，擺好各種洗漱用品，然後把手機和錢包一揣，又出了寢室，隨便在學校裡找個安靜的角落，給廉君打電話——比起浪費時間和態度容易動搖的室友們解釋情況，他更願意把時間消耗在關心廉君這件事上。

電話幾乎是一秒就被接聽，時進聽到熟悉的聲音，立刻中氣十足地吼了一聲：「寶貝你做完檢查了嗎？」

廉君一秒笑出聲，心情放鬆下來，訓道：「又胡鬧。」

時進聽到他的笑聲，也滿足地笑了起來。

兩人煲起電話粥，廉君那邊偶爾要放下手機配合龍叔做檢查，時進就安靜聽著，努力分辨著廉君和龍叔的交談，想分析出廉君現在的身體情況。

時間不知不覺過去，終於到了要掛電話的時候，時進壓下想嘆氣的衝動，保持著高昂開心的語調和廉君道再見。

廉君低低應了一聲，突然說道：「別多想，放心，學校那邊我有幫你安排。」

時進聽得疑惑，正想仔細問問，就聽到那邊傳來龍叔催促廉君放下手機的咆哮聲，嚇得心臟一抖，不敢再繼續拖著廉君，再次道別後掛了電話。

晚飯過後，時進隨著羅東豪和劉勇前往大階梯教室，參加每週日晚上的返校點名。他是第一次來，所以邊走邊記著過來的路線，沒注意到四周路過學生們的打量和議論。

不過他沒注意，羅東豪和劉勇都注意到了，兩人本來還算開心的情緒，很快變得糟糕起來。

「看什麼看，煩死了，一群聽風就是雨的傢伙。」劉勇皺眉嘀咕。

羅東豪面無表情說道：「估計我們明天就要變成巴結時進這個有後臺的囂張二代的走狗了。」

時進回神，皺眉問道：「有後臺的囂張二代，這都是些什麼東西？」

「你的新『傳奇』啊，學校裡已經傳遍向教官是你親哥哥這件事了，你又連續一個多月沒來上課，大家都開始猜你是哪個貪官的孩子，來這是為了拿學歷，以後好升官發財。」劉勇邊說邊撇嘴，很瞧不上這些話的樣子。

時進無語，「我爸就是個普通的商人，已經去世了，現在管著我家生意的是我大哥，我四哥、呃，就是咱們教官，我家就他一個人參軍，他的成就都是自己掙來的，可不是什麼二代。」

劉勇聽得一愣，略顯抱歉地看他一眼，「對不住，我不知道你爸爸已經……」

時進擺手表示沒事。

「外面那些人傳得太過分了。」羅東豪突然開口，臉上出現明顯的厭惡，「一個個都那麼閒，他們就是嫉妒，如果有哪個老師能站出來幫你解釋一下就好了，我和班上同學幫你說的那些解釋根本就沒人聽。」

時進有點感動，安撫地按住他的肩膀，笑著說道：「說不定輔導員今晚就幫我解釋了，樂觀一點，別氣了，為這個生氣不值得。」

羅東豪甩開他的手，皺眉說道：「輔導員怎麼可能幫你解釋，你這傢伙真是……大家為你急死了，你自己卻跟沒事人一樣。」

時進繼續把手搭過去，說道：「夢想還是要有的，萬一實現了呢？好了好了，別氣了。」

半個小時後，羅東豪看著站在講臺上大聲誇獎時進這次任務完成得很優秀，鼓勵大家多多向時進學習的輔導員，眉毛抽了抽，面無表情地朝著時進看去。

時進低頭，想起廉君掛電話前說過的那句「學校那邊我有幫你安排」，心裡又爽又痛。爽的是不用想也知道，輔導員這番誇獎絕對是廉君託人授意的，這舉動真的超貼心！痛的則是大家看過來的視線太過灼熱複雜，他已經快被扎穿了。

臺上的輔導員還在激動發言，因為無法詳細說明任務內容，所以他著重誇起時進的實戰水準，拿著時進的學生檔案，把上面的任務評價內容投影到大螢幕上，高聲說道：「看到沒有！危機意識強、心理素質過硬、槍術水準和近身搏鬥水準全在標準以上、有成熟的大局觀和優秀的戰鬥素養，記住這四點，這就是你們未來四年裡需要達到的目標！好好回憶一下時進是怎麼拿到的軍訓第一，多向他學一學！別以為期末考還離你們很遠，都打起精神來，第一個學期就敢掛科的，都別給我過寒假了，全去軍營加訓！」說完用力拍了下桌子。

整個大教室鴉雀無聲，大家被輔導員的氣勢震住，連忙收回視線，不敢再繼續盯著時進看。時進也是虎軀一震，默默決定要好好學習天天向上，堅決不能掛科！

點名結束後，羅東豪和劉勇第一個撲向時進，質問他為什麼輔導員會幫他說話。時進用「不知道」含糊過去，火速逃回寢室，結果到了寢室還不消停，他又慘被室友們圍住。

五對一，時進掃一眼圍過來的室友們，肌肉微微緊繃。

「那個，對不起，下午那樣對你。」其中一個室友不好意思地開口，滿臉不自在和歉意。

另外幾個人也陸續向時進道歉，說下午不是故意無視他。

時進一愣，肌肉放鬆下來，擺了擺手表示沒什麼，笑著說了幾句都是誤會、大家以後好好相處之類的客套話，藉口洗澡，拿著睡衣和洗漱用品又出了寢室。

出寢室後他臉上的笑容立刻就消失了，情緒不佳地揉了揉臉。他也是有脾氣的人，返校到現在，他已經清晰明白，有些人是真朋友，而有些人則永遠都只能是室友了。

返校後的第一晚，時進睡得不好，總覺得床太窄，身邊太空。不過他很快就調整過來，只花了兩天就習慣學校的生活。

不知不覺一個星期的課程結束，時進突然返校造成的謠言騷動，和輔導員解釋造成的議論熱潮終於漸漸散去。

週五下午放學後，時進再次婉拒劉勇和羅東豪週末一起玩的邀請，也不換制服，也不回寢室放課本，直接把書往特地帶來上課的背包裡一塞，頭也不回地朝著校門口跑去。

劉勇氣得不行，硬是拉著羅東豪追去校門口，然後眼睜睜看著時進上了一輛低調的黑色商務車，消失在視線裡。

「剛剛車門打開，裡面露出來一個穿著奇怪長袍的好看男人……那是時進的男朋友？」劉勇有點傻傻的。

羅東豪也有點傻，但他很快掩飾下來，說道：「你上次不是見過他男朋友的樣子了？」

「當時我只看到一個一閃而過的側面，這次我可是看到正面和上半身了……那真的是人類嗎？怎麼會那麼好看……」劉勇伸手掐了掐自己，發現很疼之後，忍不住嫉妒地嚎了起來：「雖然我喜歡女孩子，但是、但是時進這傢伙真是欠揍啊，怎麼什麼好事都讓他碰上了！不知道他男朋友家裡還有沒有姊妹什麼的……」

羅東豪抬手就拍了他一下，「清醒一點，就時進男朋友那模樣和氣質，他家裡有姊妹也肯定瞧不上你，死心吧。」

時進一上車就抱住廉君，親他一口後坐直身，問道：「等多久了，會不會耽誤你的工作？」

廉君沒有回答，認真打量一下他身上的制服後，突然傾身把他壓在車門上，低頭吻了下去。

時進愣住，忙看向汽車前座，見擋板已經升起來，心裡一鬆，立刻回抱住廉君的腰，美滋滋地回吻。

兩人親了好一會才鬆開，廉君起身幫時進整理一下亂掉的衣服，說道：「果然很好看，這件外套很襯你。」

時進調整好呼吸，看一眼廉君放在自己制服鈕釦上的手，雙眼一瞇，勾住他的脖子，把他拉下來，再次吻了上去。

時進生日前幾天，魯珊終於傳來消息——四家的結盟正式落定，為了表現誠意，魯珊把扣留許

久的席凡還給蛇牙，午門和千葉十分欣賞魯珊的大氣，透露出想讓她做聯盟領頭人的意思，蛇牙識趣的沒有提出反對意見。

「這個領頭人妳不能做。」廉君接到消息後皺了眉，「午門和千葉這是在試探妳，這次妳主動聯繫他們結盟，還給咬了妳一口的蛇牙結盟的機會，已經表現得太過突出，接下來妳必須沉澱下來，讓午門和千葉做主導，引他們暴露自己的想法和打算，把它們從安全的後方拉出來。」

魯珊激動的心情稍有回落，想了想他這番話，後知後覺地發現自接觸以來，午門和千葉確實從來沒有表露過任何意圖和想法，全是在順著她的話說，心裡一驚，後怕說道：「孟青和齊雲果然狡猾，是我得意忘形了，差點被他們架到明處，當了他們的過路石。」

廉君安撫道：「沒有，妳只是太累了，這段時間辛苦妳了。」

魯珊這段時間確實很累，自官方盯上狼蛛以來，她就沒踏實的睡過一個好覺，每天都在忙碌，一會要安排狼蛛的各種事，一會要提防蛇牙、午門和千葉，一會要和官方打交道，還要收拾G省的爛攤子。

現在好不容易大危機都過去了，又得打起精神和另外三家的首領搞心理戰，始終沒法休息。

「這還是有你幫我，如果是我一個人，我早就焦頭爛額了。」魯珊在電話那邊疲憊地說著，突然語氣一轉：「不過你那幾個屬下是真的很好用，卦三和卦五就不用說了，踏實又能幹，話也少，省心省事。卦一和卦二雖然性格有點缺陷，一個太悶、一個太吵，但能力是真的優秀。還有卦九，資訊收集方面實在太厲害了，小君啊，你看我這麼累，不如你再把他們借……」

廉君殘忍拒絕：「不行，午門和千葉現在絕對在派人偷偷盯著妳，為免他們看出端倪，從現在開始，妳必須和我的人保持絕對遠的距離。」

魯珊小算盤還沒撥完就被廢了，崩潰地咒罵一聲，遷怒說道：「該死的孟青和齊雲，一個個心眼那麼多，簡直就像是沾上了就甩不掉的狗屎，我以前怎麼沒發現他們這麼難搞！」

「能安全活到現在的組織首領都不會是好打發的角色。」廉君安撫，然後說道：「既然結盟已成，那妳接下來就可以休息一陣了。妳之前表現得太過突出，接下來最好消極一點，擺出結盟只是為了爭取時間和環境讓狼蛛緩過這一陣子的打壓，讓孟青和齊雲不那麼猜忌妳。」

魯珊冷靜下來，認真聽他說話。

「妳可以退，孟青和齊雲卻不敢再繼續逼妳，在妳態度『消極』的時候，袁鵬肯定會心思活動，主動和孟青、齊雲接觸，到時候孟青和齊雲自然而然就會把注意力從妳身上挪開。在狼蛛和蛇牙之間，孟青和齊雲更偏向於狼蛛是毋庸置疑的，等他們把袁鵬收拾服帖了，絕對會回頭對妳示好，到時候順水推舟，主動權和選擇權就又回到妳手上。」

他這麼一分析，魯珊腦中的思路立刻清晰起來，人也精神了許多，「行，那我就這麼辦，最近發生太多事情，我確實需要時間好好處理一下內部事務。」

廉君應了一聲，準備掛斷電話。

「對了，你家那小對象的生日是不是快到了？」魯珊突然轉口詢問。

廉君掛電話的手一停，看一眼窩在沙發上認真看文件的時進，低應了一聲。

魯珊鬆了口氣：「幸虧我沒記錯，算是給你的謝禮吧，我給他寄了份生日禮物，你們記得收。」說完掛斷電話。

廉君在心裡念叨了一遍生日禮物這幾個字，放下手機，又看一眼時進，滑動輪椅靠過去。

時進毫無所覺，正埋著頭專心地批著文件。自從得到廉君的認可後，他每週末放假回來，都會儘量幫廉君把一些比較瑣碎基礎的工作處理掉。

最開始兩週他偶爾還會出錯，反而累得廉君要花更多的時間幫他檢查糾正，到了這兩週，他已經漸漸得心應手，很少再出現錯誤了。

而越處理文件，他越意識到一件事——廉君需要一個助理幫他「減負」，可是……時進把手裡的文件批完，拿起下一份帶著瑞行標記的文件，嘆了口氣。

可是無論是滅的轉型，還是滅和瑞行的生意融合，這部分事務都不大適合讓太多的人知道。廉君不是沒有助理，他的助理就是卦一，但卦一還有很多其他的事要忙。

太辛苦了，難怪廉君那麼難養胖。

「在想什麼？」

後腦杓突然被摸了一下。

時進一愣，扭頭朝著廉君看去，掃一眼他的手上，見他沒拿手機，「你和魯姨聊完了？」

「嗯。休息一會吧，你有沒有什麼想去的地方，明天帶你出去玩？」

廉君把他手裡的文件抽走，抽完想起時進過去也經常對他做這個動作，突然覺得心疼起來，索性起身走到時進身邊坐下，把他抱到懷裡。

時進順勢靠到他身上，愜意地伸了個懶腰，「不出去，最近的冷空氣一波比一波猛，我才不要出去受凍。」

「我們可以去室內有暖氣的地方玩，比如夏天的時候去過的那家電影……」

時進抬手就捂住他的嘴，嚴肅說道：「人多的地方就更不能去了，現在外面那麼冷，感冒發燒的人肯定很多，你出去萬一被傳染了怎麼辦。龍叔說了，你現在可是到了身體調養的重要階段，只要安全無病無意外地撐過去，就可以正式用藥了，咱們必須仔細一點。」

正式用藥這件事，是上次廉君做完身體檢查後，龍叔足足研究了他的檢查結果一個星期才給出的結論，時進剛知道這消息的時候，高興得衝去學校操場上跑了好幾圈。

不止他，會所裡的大家也都很激動，卦二他們更是興奮得差點把會所給拆了。

那之後大家都變得格外注意廉君的生活起居，儘量不讓他累到或生病，每週除了接送時進上下學，是能避免廉君出門就避免他出門，十分小心。

廉君窩心又無奈，拉下他的手握住，「不用這麼緊張，我沒那麼脆弱。」

時進不贊同地看著他，正準備再說點什麼，手機突然響起來。他掏出手機，看見是劉勇打來的電話，順手就接了。

「時進，明天出來玩嗎？你今天又是一放學就跑了，我都沒來得及跟你說，羅東豪找到一個超棒的真人槍戰俱樂部，咱們出去放鬆一下吧！」

劉勇語氣很興奮，聲音有點高，廉君靠時進很近，稍微能聽清楚一點他的話。聽到對方的邀請，廉君先是皺眉，然後若有所思。

真人槍戰是時進喜歡的活動，如果時進要去的話，他或許可以讓卦一他們陪時進玩一天……

時進毫不猶豫地回絕道：「不了，我要陪我男朋友，你們去玩吧，等下次……」

「又是下次，你這重色輕友的傢伙，每次都下次下次，算了算了，週日學校見吧。」劉勇又嫉妒又羨慕，故意擺出生氣的樣子，說完就把電話掛了。

時進拒絕他這麼多次，其實也有些不好意思，抬手摸了摸鼻子，把手機塞回褲兜。

廉君沉默幾秒，緊了緊抱著他的手臂，「你出去玩吧，我這邊有卦九他們看著，沒事。你總這麼拒絕朋友，他們會疏遠你的。」

不到二十歲的年輕人，哪有假期天天關在家裡不出去玩的，雖然有點捨不得和在意，但他不希望時進為了他，犧牲自己的社交和生活。

「不會的，東豪和劉勇都不是那麼小氣的人。」

時進翻身抱住他的腰，放鬆身體壓在他身上，滿足地閉上眼睛，「看文件看得眼睛酸，我眯一會，然後咱們去洗澡睡覺，你也不許再忙工作了。」

廉君低頭看他，雖然知道他這是在轉移話題，但還是不忍心再繼續鬧他，換了個讓他舒服的姿勢抱著他，陪著他閉目小憩。

第二天，會所裡一大早就熱鬧起來，時進起床後迷茫地站在小客廳裡，看著拿著各種裝飾物品的卦二等人，問道：「你們在幹什麼？」

「給你準備生日宴。」卦二回答，皺眉扭著手裡的長條形氣球，解釋道：「你今年的生日不是正好卡在週三了麼，大家沒法去你學校幫你慶祝，就乾脆把生日宴提前了。」

「君少說大家前段時間過得太緊繃，趁著這機會熱鬧一下也不錯。」正在拆彩燈的卦九補充，見卦二連個氣球都搞不定，索性伸手幫他把氣球扎破了。

卦二被氣球炸了一臉，懵了一下，氣得起身就去掐卦九的脖子。卦九靈活躲開，反手就去插卦二的眼睛，兩人十分幼稚地鬧了起來。

卦三和卦五表情一言難盡地看著兩人，卦一則毫不留情地上前一人給了一下，然後看向時進說道：「他們有些興奮過頭了，不用管他們，龍叔改了君少今天的鍛煉專案，你快去吃早餐吧，大家一會在槍館集合。」

槍館？時進疑惑，槍館有適合體能鍛煉的項目嗎？

一個小時後，槍館的情景模擬對戰地圖裡，時進拿著槍守在廉君身前，緊張又興奮地警惕著外面——萬萬沒想到，他居然有和廉君並肩戰鬥的一天，對手還是卦一他們！

沒錯，龍叔這次居然大發慈悲地改了廉君的鍛煉內容，讓他來槍館裡玩耍。雖然時間只有短短的三個小時，但光是看到廉君站著拿著槍走在他身邊的畫面，他都要幸福得暈過去。

「君少，我會保護好你的！」時進堅定說著，戰意越濃，表情反而越冷靜。

廉君嘴角微勾，習慣了一下手裡的槍，問道：「想贏嗎？」

「想！」時進毫不猶豫點頭，這次輸了的人可是要負責洗碗的，他怎麼可以讓廉君去洗碗！

「那就別把我當需要保護的人。」廉君觀察了一下四周的環境，邁步走到一個視覺死角坐下，示意時進過來，「我是你的戰友，今天聽我指揮？」

時進看著廉君穿著黑色戰鬥服鎮定自若、勝券在握的帥氣模樣，心臟撲通撲通跳得飛快，彎腰靈活地穿過障礙物蹲到他身邊，用力點頭，「好，今天你是我的隊長，我是你的小兵。」

廉君眼神一動，抬手按住他的後腦杓，傾身吻住他。

觀戰室裡，卦二蛋疼地捂住臉，「君少是不是忘了情景模擬區裡到處都是攝像頭。」

卦三面無表情說道：「不，君少只是忘了我們的存在。」

卦二：「……」

準備時間結束，戰鬥開始，卦一和卦九作為敵方隊伍，在得到出發信號後，立刻邁步進入模擬地圖，默契地分工合作，卦九負責地圖分析，卦一負責勘察四周情況。

卦二見狀忍不住嫉妒出聲：「打什麼二對二，咱們玩四對四多好。」

卦三潑冷水，「咱們加上君少總共只有七個人，怎麼玩四對四。」

「那三對三也行啊。」卦二要求並不高，毫不猶豫賣隊友，「卦九一個敲電腦的，身手太廢，就讓他在外面觀戰吧。」

卦三幽幽看他一眼，「嗯，如果留下一個人在外面觀戰的話，倒確實可以試試三對三。」

戰場裡，卦九很快分析好地圖情況，和卦一一起朝著最適合藏人的幾個地點衝去。

另一邊，時進突然離開廉君身邊，朝著安全點外跑去。

「時進這是在幹麼？想獨自引開敵人保護君少嗎？」卦五詢問。

卦三仔細看著，說道：「也不是不可能，君少畢竟行動不便，身手也要弱一些，時進如果帶著君少一起，最後和卦一他們打起來的時候，手腳會放不開。」

卦二叼上一根菸，靠到檯子上說道：「你們是不是太小瞧君少了，當初咱們去集訓槍法的時候，可沒少輸在君少手裡。」

卦三和卦五聞言一愣，想起那個廉君還健康著的遙遠過去，神情一黯，轉而想起前段時間廉君的身體檢查結果，又慢慢緩了眼神——沒事，君少很快就會恢復健康，未來比過去更有希望。

戰鬥開始五分鐘後，時進和卦一在一個民房轉角處狹路相逢。時進立刻閃身進入民房躲避，卦一和卦九順勢包抄追上，一個堵前門，一個堵後門。

「完了，時進被關籠子了。」卦二皺眉。

「君少動了。」卦三突然開口，卦二聞言連忙朝著代表廉君的綠點和廉君所在角落的監控看去，果然發現廉君動了，速度還……還算有點快。

卦五有點擔心，「君少這麼小跑沒問題嗎？」

卦二壓下擔心說道：「沒問題吧？如果有問題，龍叔會即時打斷他們的。」說著示意了一下另一間觀戰室的方向。

地圖內的戰鬥還在繼續，時進開始在民房裡玩躲貓貓，一副在垂死掙扎的樣子。卦一和卦九十分謹慎，哪怕如此都沒有貿然接近時進，反覆嘗試著把他從遮蔽物裡逼出來。

終於，又是幾分鐘後，時進活動的範圍在卦一和卦九的逼迫下越來越小，不得不出門逃跑。

卦一抓準時機，探身就準備給露出身體的時進一槍，結果身後一道破風聲傳來，他頭上的帽子反而被人打中，感應器響起，直接淘汰。

卦一愣了一下，放下槍站直身，朝著身後拐角處走出來的廉君看去，摘下帽子問道：「君少你是怎麼突破卦九的防守躲到那裡的？」

滴滴。另一邊，卦九也在同一時間被突然殺了個回馬槍的時進淘汰了。

「多虧了時進。」廉君回答，語氣帶著驕傲：「他很好地擾亂了你們，你們注意力全在他身上，又被他引得太過注意細節，反而形成盲點，被我鑽了空子。」

卦一想起剛剛時進故意在小範圍內鑽來鑽去的磨人行為，立刻明白自己輸在哪裡，懊惱地抬手敲了敲額頭。

觀戰室，卦二等人全都愣住了。其實這場對戰，他們在卦一被一槍打中前，都覺得卦一和卦九是穩贏的，畢竟就算廉君後期趕過去救援時進，兩人也多半無法突破卦一和卦九的封鎖包圍。

結果沒想到，廉君居然在靠近民房附近後，沒有像他們以為的那樣先躲起來觀察情況，而是直接朝著民房衝去，並且像是早就知道卦九和卦一在哪裡一樣，依靠不大靈活的身體動作，抓準時機騙過卦九，潛伏到卦一斜後方，並在站定之後，毫不猶豫地對準卦一所在的位置，在卦一探頭出去的那按秒算的時機裡，一槍淘汰了對方，給時進爭取到喘息之機，讓時進有機會反殺掉從另一個方向追過來的卦九。

他們是上帝視角，所以看得很清楚，這場戰鬥廉君和時進之所以能贏，全靠時進當時那恰到好處的逃跑和廉君讓人意外的潛伏靠近，及兩人分秒不差的配合。而廉君之所以能騙過卦九潛到卦一身後……

卦三伸手把廉君靠近民房的過程倒退，用慢動作播放了一遍。

畫面中，廉君靠近民房，然後用並不快的速度斜切入了民房側邊。

當時卦九所站的位置，其實是可以看到廉君的，但他沒有在意。

是的，就是沒在意，因為廉君在靠近戰場之後，居然迅速調整狀態，模仿卦一的行為模式和腳步聲，讓卦九誤以為跑過去的人是卦一。

而真正的卦一當時就在廉君前面一點的位置朝著時進包圍而去，一向敏銳的他，居然也沒發現身後潛進來一個「敵人」。

熟悉的人之間合作，分辨敵友有時候靠的就是腳步聲、氣息和行為習慣，剛剛廉君偽裝成卦一騙過卦九潛入包圍圈的畫面，在他們這些和卦九經常合作的人看來，簡直稱得上是毛骨悚然。

「君少對我們太瞭解了。」

卦二說著，用力咬了下菸嘴，「我覺得卦九今晚要做噩夢了。」莫名其妙就把「敵人」送到戰友身後，這體驗可一點都不美妙。

不過好想和君少對打啊，他在心裡默默補充，忌憚地看一眼卦三和卦五，心裡打起小九九——卦一和卦九玩了一局了，下一局總該輪到他了吧？

一刻鐘後，卦二被獨自留在觀戰室，看著場地內三對三已經擺好陣型的雙方，氣得砸檯子，抱怨道：「什麼叫為了實力平衡，卦九必須留在戰場上，你們這群被狼蛛污染掉的人居然合在一起排擠我！」

場地內，時進美滋滋地幫廉君整理著護具，問道：「這次咱們怎麼打？」

廉君看著他興致勃勃的樣子，不著痕跡地摸了摸自己的腿，看一眼新加入的卦三，說道：「卦一卦五性子沉穩，卦九擅長資訊收集，他們都不是會隨意冒險的人，多半會選擇陣地戰，我們和他們反著來，打游擊。」

「我喜歡游擊！」時進聞言越發興奮了，接著問道：「我們還是先從分析敵人性格和行為模式開始嗎？」

廉君摸了摸他的臉，微笑著應了一聲。

卦三縮在角落，聽著廉君把卦一等人的弱點一一道來，在心裡深深明白了一件事——和十分瞭解他們，並且十分想哄戀人開心的君少為敵，是不會有好下場的。

這一年的生日，時進過得很開心，廉君靠在床頭看著他哪怕在睡夢中也忍不住面露微笑的樣子，輕輕摸了摸他的臉，彎腰親吻他的額頭。

等明年，他應該就可以盡情陪時進玩他想玩的任何東西了。

「生日快樂。」他低語，關掉了床頭的檯燈。

週日返校前，時進收到魯珊寄過來的生日禮物——一個足有半人高的大箱子。

大家一起把箱子拆開，然後在看到箱子裡彷彿垃圾一樣堆著的各色包裝盒後，齊齊沉默——不愧是魯珊，送禮依然如此的「不拘小節」。

「把東西清出來吧。」廉君吩咐。

眾人回神，卦二第一個朝箱子伸手，拿起最上面一個花花綠綠的大盒子，掂了掂說道：「G省和離島的特產，魯珊什麼時候這麼像個普通的中年阿姨了？居然送這個。」

卦九也拿起一個盒子，說道：「XX公司出品的旗艦版遊戲機，還有好幾臺，時進你跟魯前輩說過你喜歡打遊戲？」

遊戲只玩麻將的時進默默搖頭。

「這是讓時進和好朋友一起分享遊戲樂趣的意思？」卦二也湊過去看了下遊戲機，然後沒什麼興趣地收回視線，繼續清點箱子裡的東西，「平安鎖，訂製茶具，普通的現金紅包，普通的支票紅包，XX球星簽名球鞋，XX歌星的紀念版專輯，一大堆遊戲碟……她這是把時進這年紀的孩子可能喜歡的錢和東西全給準備一份寄過來了嗎，等等，這是什麼？」

他從箱子最下面拿出一個包裝得十分精美紮實的長方形木盒子，沒看到上面寫著商品名字，疑惑地摸了摸，得到時進的允許後，把盒子打開來。

一套用白玉做成的麻將牌露了出來。

眾人：「……」

「不愧是狼蛛首領準備的禮物，很有誠意。」卦二把盒子蓋上，轉手遞給時進，「給，可以留著做傳家寶了，如果我沒看錯的話，那牌上的花紋和字好像全都是找專人訂製的。」

時進：「……」這份禮物可真是太有誠意了。

他側頭看向廉君，無聲詢問。

廉君握住他的手，安撫道：「拿著吧，我會替你謝謝魯姨的。」

時進點頭，這才把盒子接下，單獨把盒子放到一邊。

時進帶著一大堆無處安放的禮物和一個小生日蛋糕回了學校，喊來劉勇和羅東豪，和他們一起吃了蛋糕，然後硬塞一堆自己用不上的禮物給他們。

他本以為這一年的生日收禮熱潮已經過去了，卻沒想到這才是真正噩夢的開始。從週一開始，他就反覆被校門口的警衛喊出去——收快遞。

最開始來的是向傲庭的禮物，他回到空軍，有很多交接手續要辦，沒空過來親自給時進慶祝，所以就把禮物給時進快遞過來。他送的禮物是好幾個已經絕版的槍枝模型，裡面還有一個時進隨身使用的那種迷你槍的等比例訂製模型，時進十分喜歡。

因為是槍枝模型，所以這份快遞在進校門前還被保全人員重新拆包檢查了，確定無害才讓時進拿走，在校門口引起一點騷動。

當時的時進雖然覺得被人圍觀有點煩，但心裡還是驚喜的，時家幾個哥哥裡，他對向傲庭的印象最好，能得到對方的生日祝福，他覺得很開心。

然後在當天下午，他被校門的警衛再次喊出去，面對著費御景從國外寄來的十多件快遞時，他就一點都開心不起來了。

快遞小哥嗓門很大，邊整理單子邊大聲說道：「我勸你去找個小推車來搬，這一堆東西可全是給你的快遞，你空手拿不完的，而且也拿不動，這裡面有個箱子裡裝的好像全是書，可重了，搬得累死人了。」

時進：「……」

經過一番慎重思考，時進看向正整單子整得歡快的快遞小哥，沉默了一會後問道：「我能拒收這些快遞嗎？」

快遞小哥手一僵，看他一眼，突然側頭按住了額頭，憂愁地嘆口氣。

時進：「……你怎麼了？」

「沒什麼。」快遞小哥搖頭，邊嘆氣邊說道：「這些快遞當然是可以拒收的，但因為這些是國際快遞，你懂的吧？一般拒收之後的快遞是要退回寄件者那裡的，你懂的吧？」

時進一頭霧水，「那就退回去吧，需要我付郵費嗎？」

「你先來看看這些快遞的寄出地吧。」快遞小哥朝著時進招手。

時進莫名其妙地湊過去，視線掃過快遞單上的郵寄資訊，表情慢慢壞掉了。

「發現了吧，這些快遞都不是從同一個地方寄過來的。這個寄件人也是厲害，居然算著每個地區和這邊的物流速度，硬是把這些快遞湊到同一天到了，如果你拒收的話，這些東西退回的地方，真的還會有人簽收這些東西嗎？這個給你寄快遞的人，似乎在……嗯，在滿世界的到處跑吧？」

時進沉默，想起在L國的事情處理完後，確實又開始滿世界亂飛的費御景，不由得也憂愁地嘆了口氣，朝著快遞小哥伸了手，說道：「辛苦了，單子給我吧，這些快遞我收了。」

劉勇和羅東豪被時進抓了壯丁，來校門口幫他運快遞。劉勇聽了時進的慘狀，還特地從體育用品倉庫那邊弄了個運體育器材的小推車過來。

三人吭哧吭哧地把快遞搬上小推車，然後頂著沿路路過學生們的好奇視線，穿過操場、食堂、教學樓，把快遞送到時進的寢室。

寢室裡時進的室友們都在，時進進門後把推車推到靠牆的位置，有點不好意思地跟他們招呼道：「抱歉，可能要占一會公共區域，這些東西我整理好就會送去託管室保管，不會放太久的。」

室友們紛紛表示沒什麼，視線在時進身後的小推車上掃來掃去，眼裡帶著好奇和一點點微妙的情緒。

時進生日快到了這件事他們都是知道的，週日那天他們回寢室的時候，還吃了時進特地留給他們的蛋糕。那蛋糕的味道很不錯，但更不錯的卻是時進堆在床上的那一堆禮物。只是粗略一掃，他們就在那堆禮物裡看到很多他們感興趣的東西，比如遊戲機、遊戲碟、限量專輯等等。

當時時進正在和劉勇、羅東豪「分贓」，根本沒有招呼他們一起的意思。倒不是他們想要那些東西，而是這麼被時進區別對待，他們心裡有點怪怪的。

然後是今天中午，時進簽收幾個超級酷炫的槍枝模型，聽說那是他的哥哥、也就是軍訓時帶一班軍訓的那個教官給他寄的生日禮物。

男孩子哪有不喜歡槍枝模型的，他們看得實在眼熱，但又不好意思上前去玩，最後只能眼睜睜看著劉勇和羅東豪在時進的邀請下，拿著那些模型玩來玩去。

現在，時進居然又收到快遞，而且還是一大堆。

大概也是哪裡寄過來的生日禮物吧……人和人果然是不一樣的，含著金湯匙出牛的少爺，和他們這些普通人的距離實在太遠了——他們心裡難免生出一點這樣的想法。

寢室裡的氣氛有點怪怪的，劉勇和羅東豪對視一眼，直接無視，主動請纓，表示要幫時進拆快遞。時進也想快點把這些東西整理好，於是留了他們一起幫忙。

十幾份快遞，三個人一人拆幾個，很快就全拆開了。最大的那個箱子裡裝的果然全是書，但與時進以為的艱澀高端書籍不同，裡面裝的居然全是繪本，各個國家各個地區、各種畫風的都有，唯一的共通點是它們每一本都很精美。

「哇，這些簡直就是藝術品。」劉勇小心地翻開一本足有兩張Ａ４紙那麼大的繪本，滿目驚嘆，「書皮上的文字全都看不懂，這是哪個國家的語言？不過只是看圖的話，內容好像也不難理解，這個……嗯，這個好像是在講一個小部落祭祀的故事。」

時進也有點意外，他摸著這些繪本，想起當初費御景送給原主的那些從各國各地隨手買下來的出名特產和特色物品，心情有些微妙。

還是不一樣的，現在的費御景送的禮物明顯更用心一些，以前的費御景可不會特地收集齊這麼多國家的繪本，算著時間打包一起送過來。

他突然詭異地明白費御景選擇送這些繪本的思路。

每個地區，最能展現當地文化的東西，肯定是祖輩傳承下來的書籍、音樂、歷史故事之類的藝術瑰寶，而繪本這種東西，沒太多文字，用圖講故事，哪怕是不懂當地文字的人也能大概看得懂內容，是十分好用的文化傳播工具。

是他想的這樣嗎？費御景是這麼細心的人嗎？

「這個大的一個箱子，就只裝了這麼小一個燈？」羅東豪突然出聲，從另一個塞滿防震棉的箱子裡，取出一個用棉花團和報紙裹得嚴嚴實實的琉璃小燈來。

劉勇聽到聲音看過去，然後在看到那個燈後驚喜地低呼一聲，說道：「這是繪本裡畫的燈！部落裡用來祭祀的燈，書裡說只要在燈下一覺睡足七天，燈神就會實現點燈人的一個願望。」

羅東豪：「啊？真的一樣？」

「一樣一樣，你來看，寶石做的燈珠、七種不同圖案的燈面、被命運之花纏繞的燈柱……這個好像是開關，你擰一下。」劉勇指了指琉璃燈底座上的一個花苞。

羅東豪朝著時進看去，問道：「可以嗎？」

時進看著他手裡精緻古老的琉璃燈，起身過去，伸手把花苞擰了一下。

咔一聲輕響，琉璃燈亮起，裡面寶石做的燈珠開始旋轉，光線透過七色不同的燈面，照出七幅曚曨的抽象畫。

有音樂從燈裡傳來，襯著溫柔轉動的光線和燈面上的畫面，像在訴說一段遙遠的故事。

「……太美了！這禮物真是太棒了，簡直像是把異國的傳奇故事送到你面前。時進，這是誰送你的禮物，創意真是太讚了！」劉勇激動得不行。

羅東豪則想到了別的，掃一眼其他已經開封的箱子，「這些箱子裡的東西，不會全是繪本裡畫到的東西吧？」

劉勇一愣，立刻蹲下身，開始翻其他箱子裡的東西。

一個小時後，一寢室的人全都傻傻地看著桌上一字擺開的各種充滿異域風情的物品，找不到言語可形容。

「居然真的全對上了，每個繪本後面居然還都附著音樂碟，故事變成了現實。」劉勇喃喃，看向時進，問道：「這些禮物到底是誰送你的？這個人真是……真是太浪漫了。」

浪漫，費御景那種利益至上的人，居然還會有被人誇浪漫的一天。

時進腦子有點空白，看著那些精美的繪本和與繪本對應的禮物，說道：「送禮物的人是我二哥，他……他因為職業的原因，總是滿世界跑，所以能買到一些比較有趣的東西。」

「這些東西應該不是想買就能買到的。」羅東豪稍微找回理智，客觀說道：「這種幾乎稱得上是藝術品的東西，不花點心思可弄不到。特別是那盞琉璃燈，上面可全是用真的寶石，造型也很古老，感覺像是收藏品。」

「可能是吧。」時進有點走神，腦子裡有些東西想氾濫出來，攪得他心不在焉，意識到這點後他心裡一驚，及時掐了自己一把讓大腦清醒過來，甩甩頭丟開那些想要趁機翻湧出來的記憶和情緒，看向劉勇和羅東豪，笑著說道：「我二哥淨送些不實用的東西給我，我還得為它們專門整理個櫃子出來，太麻煩了。」

劉勇受不了地撲過去勒他脖子，羨慕嫉妒恨地說道：「可別身在福中不知福，這麼棒的禮物，別人想要還要不了呢！話說你到底有幾個哥哥，這都出現好幾個了吧！」

時進連忙求饒，「沒多少，就只有五個……好了好了，我會懷著感恩的心好好欣賞這些禮物的，快幫我把它們收起來，我還得把它們運去託管室放著。」

劉勇聞言誇張地慘嚎一聲，邊念叨著藝術品不該丟去託管室，邊鬆開時進，上前小心翼翼地把桌上的東西全部裝回箱子裡。

◆◆◆◆

這一晚時進睡得有點不踏實，他做了個夢，夢裡的他在燈下睡足了七天，成功見到面目模糊的燈神，然後虔誠地許下願望。

「要永遠和哥哥、爸爸在一起。」

一道孩童的認真許願聲在腦海響起，時進唰一下睜開眼，對著天花板愣了一會才坐起身，摸出手機看了看時間，見已經差不多到了該起床去參加晨訓的時候，抹了把臉，掀被子下床。

中午的時候，時進又被門口的警衛大爺喊了出去。

「喏，快遞，你在上課，電話也打不通，我就幫你把快遞簽收了。」

門衛大爺十分熱心腸，時進心裡卻有點點崩潰。

又是好幾個箱子，寄件人是時緯崇。時進也是不懂了，精神病院那種半封閉的環境，時緯崇到底是怎麼準備禮物的，還是好幾箱！

劉勇不知道從哪裡冒了出來，手裡拽著小推車，朝著時進咧嘴一笑，「我就知道你到門口來是要拿快遞，看，我幫你把車推出來了。」

——謝謝你啊，你可真是個貼心的好朋友。

時進默默往推車裡搬快遞。

回到寢室後，劉勇搓了搓手掌，興致滿滿地說道：「好，接下來讓我們來看看，時進今天收到什麼樣的生日禮物！來，壽星大人，你來開第一箱！」說著把一把美工刀伸到時進面前。

時進眉毛抽了抽，接過刀把離自己最近的箱子拖過來，隨手拆開。

「這是……筆記本？」劉勇疑惑。

「明顯是筆記本。」半路過來幫忙的羅東豪肯定接話。

時進愣了一下，把最上面的一本軟皮筆記本拿起來，翻開來看了看。

劉勇試探著湊過去，見時進沒阻止，於是把視線落到只寫了一行字的扉頁上，念道：「贈幼弟，時緯崇……等等，時緯崇這名字我怎麼覺得有點耳熟？」

羅東豪也皺了眉，然後想到了什麼，眼睛一下子瞪大了，不敢置信地朝著時進看去，「你、你是瑞……」

時進已經知道事情要不妙了，見狀連忙蓋上筆記本，伸手按住羅東豪的肩膀，開口說道：「還有好幾個箱子呢，你們幫我全拆了吧。」

羅東豪收到暗示連忙閉嘴，掃一眼寢室裡正若有似無看著這邊的時進室友們，默默把湧到喉頭的話嚥了回去。

順便敲了還在冥思苦想念叨時緯崇這個名字的劉勇一下，用其他話題轉移他的注意力。

箱子很快拆完，時進清點了一下裡面的東西，發現時緯崇送過來的東西大致可以分為三類：知識、財富和人脈。

時緯崇大概是從廉君那知道時進在學習企業管理的事情，所以特地整理了一些比較實用的書籍教材和個人經驗總結的筆記送過來，並推薦幾個不錯的管理課程班給時進，每個課程班都附了詳細的介紹資料和講師資料，表示時進如果感興趣，可以隨時去聯繫這些講師，他已經全部打好招呼。

除此之外，時緯崇還送來之前他們兄弟五個為時進成立的基金的收益報告，並把其中的部分收

益，以生日紅包為由，隨著報告一起送過來。

最後，時進在裝著報告的箱子裡發現厚厚一疊資料，那是時緯崇所有得用屬下的資料。現在這些屬下正分散在瑞行的各個分部和部門裡為時緯崇做事，而現在，時緯崇把他們的資料送到他的手上。

時進想到什麼，又拿起了最開始的那本筆記本，翻到第一頁——管理公司，除了最基礎的東西之外，最需要學的，是如何管理人心。

劉勇正翻著一本一看就很艱澀的管理書籍，傻愣愣道：「天吶，這些書上居然全都記著筆記，重點畫得好清晰，太用心了……時進，你是畢業後準備去繼承家業嗎？全是企管類的書……」

時進的室友們也是傻傻的，看著桌上那堆東西，頭一次如此深刻的意識到，時進和他們是不一樣的，時進平時接觸到的和未來註定擁有的，都是他們可能奮鬥一生都無法得到的。那些謠言太過愚蠢，時進真正擁有的遠比那些充滿嫉妒意味的謠言裡說的多得多，而且時進本身還那麼優秀，還有無數人在把他往更優秀的路上培養……這根本不是一個可以嫉妒的對象。

時進嘩一下把筆記本蓋上，看著面前這些東西，手掌慢慢收緊。知識、財富、人脈，甚至是人生經驗，時緯崇正在一點一點的把手裡的資源和心血往他身上傾斜，這哪裡是生日禮物，這簡直是把人生都奉獻出來了！時緯崇在醫院休養了這麼久，就只學會和想通了這個嗎？

他突然覺得很生氣，氣時緯崇也氣自己。但他很快意識到這種情緒是不對的，皺眉長吁口氣，悶頭開始整理這些東西，準備把它們也全部塞去託管室。

劉勇和羅東豪從這份「高尖深」的生日禮物造成的衝擊裡回過神，見時進有要把這些東西塞去託管室的意思，連忙一人一邊按住他的肩膀。

「這些就別放去託管室了吧。」劉勇看著那些做滿筆記的書，說道：「這些東西分量太重了，隨身帶著比較好，你、你把它們整理出來鎖自己櫃子裡吧。」

羅東豪也點了點頭，勸道：「這裡面有些資料很重要，萬一遺失了或者弄壞了就不好了，你隨身鎖著吧。」

時進動作被迫停下，皺眉看了看箱子裡手寫的筆記，調整了一下情緒，鬆開手，「……那聽你們的吧。」

這一晚時進在忐忑中入睡，第二天晨起醒來後他很是愣了一會，然後大鬆了一口氣起床——沒有做夢，也沒有什麼亂七八糟的記憶泛起來，太好了。

晨訓的時候，時進發現周圍總有人時不時地往他這裡看，明顯在議論著什麼。他皺眉，壓下疑惑，等晨訓結束後找到劉勇和羅東豪，和他們一起去食堂。

「我怎麼發現大家都在看我，外面是不是又開始傳些亂七八糟的東西了，因為那些快遞？」時進盛粥的時候問劉勇。

劉勇冷哼一聲，說道：「都怪你那群室友，多嘴往外說了一大堆，現在二班和三班的人都知道你過生日收到一大堆貴重禮物的事了。唉，你別在意，他們這是發現你確實是個行走的金娃娃少爺，心裡難受彆扭著呢。」

「什麼叫金娃娃少爺，會不會說話。」時進拐他一下，知道果然是那些快遞鬧的，心裡又是瞭然，又是蛋疼。

「話說你是今天生日吧，今天會不會還有快遞過來？」羅東豪隨口詢問。

時進聞言表情一僵，在心裡算了算，發現除了提前送他生日禮物的容洲中之外，剩下的四兄弟裡，時緯崇、費御景、向傲庭都已經寄了禮物過來，現在就只剩黎九崢那邊沒有動靜了。

不過黎九崢應該不會送吧，畢竟那傢伙過去是真的拿起過凶器想要直接幹掉他，雖然後來對方放棄了，還態度大變地向他示好……

「應該沒了。」他沒什麼底氣的說著。

劉勇和羅東豪聞言齊齊看他一眼，然後瞬間明白——應該，那就是多半還會有。

在劉勇和羅東豪的看熱鬧視線中，上午下課後，時進的手機響了起來。

「快遞？」羅東豪詢問。

劉勇興致勃勃：「要去推小推車嗎？」

時進看著手機上閃爍著的來電人姓名，愣了愣，朝他們搖搖頭，「不是快遞，是我五哥。」

【第十二章】

一群笨拙的哥哥

時進小跑到校門口，一眼看到站在警衛室外的黎九崢，皺眉快步靠近，「你怎麼來了？」

黎九崢這次又是一副普通大學生的清爽打扮，穿著件深咖色大衣和黑色牛仔褲，斜背著一個黑色的包，半張臉埋在圍巾裡，看上去溫和又無害。他見到時進過來，先抬眼仔細看了看時進穿著制服的樣子，然後笑了起來，說道：「小進，生日快樂。」

時進被他笑得皺不起眉了，問道：「你什麼時候來B市的，吃午飯了嗎？」

黎九崢認真說道：「你們的校醫是我師父的親戚。」

「什麼？」時進疑惑。

「我問他了，他說你們班今天下午第一節沒課，午休的時間比較長……所以你可以辦一下暫時外出嗎？大哥他們讓我給你好好過下生日，要求我最起碼要帶你去吃頓大餐。」黎九崢詢問，因為天生長相沒有攻擊性，所以軟下語氣說話的時候，莫名有點撒嬌哀求的味道。

時進雞皮疙瘩都要起來了，問道：「大哥他們要求的？」

「嗯，他們都有事，不能回B市，所以就拜託我了。」黎九崢回答，見時進脖子光溜溜的，想到什麼，低頭從背包裡掏出一條圍巾，伸手幫時進仔細圍上，笑著說道：「給你，生日禮物。」

圍巾很柔軟，大概是在黎九崢的身邊放太久了，還稍微沾了一點他身上的氣息。

時進有點愣，抬手摸了摸，然後黑線地發現自己戴的這條圍巾，和黎九崢脖子上戴著的居然是同款。

「我不大會挑禮物，你不喜歡這個嗎？」黎九崢見他表情不對，有點忐忑地詢問。

「……沒有，這個挺好的。」時進回答，心裡是真的覺得這條圍巾挺好的。在被其他兄長的各種貴重沉重的禮物轟炸過後，這條圍巾真是普通正常得讓人感動。

「那要去吃飯嗎？」黎九崢詢問，示意了一下校門外。

時進考慮了一下，最後看在圍巾和黎九崢在外面等得耳朵都凍紅的份上，應下他這個邀請。不過他很小心，在應下這個邀約後，立刻在心裡讓小死時刻注意，一旦他有被黎九崢刺激起記憶或者情緒的跡象，就立刻放聲大哭，學鴨子叫也行。

小死：「……」

不僅如此，他還給廉君打了電話，說自己要外出和黎九崢吃飯的事。

全部安排好後，他拿著找輔導員要的外出批條，隨著黎九崢出了校門。

黎九崢把時進引到一輛低調的黑色汽車前，問時進：「喜歡嗎？」

時進很怕他又掏出一把鑰匙遞過來，連忙說道：「我沒有駕照，不會開車，所以對車不大瞭解，看不出車的好壞，談不上喜歡或者討厭。」

黎九崢側頭看他，從兜裡掏出一把鑰匙開了車鎖，自己先上了車，低聲說道：「嗯。」

時進：「……」他彷彿聽到了少男心破碎的聲音。

在車上，黎九崢說了一句讓時進覺得十分耳熟的話：「這是找我二師兄借的車。」

時進：「……嗯。」你二師兄知道他有這麼多車嗎？

一路無話，汽車安靜前行。

一刻鐘後，汽車停在大學城偏南的某個醫學院附屬的社區裡，時進疑惑，問道：「我們不是要去吃飯嗎？」

「嗯，去我家吃飯，我給你下長壽麵吃。」黎九崢回答，先一步下車，繞到車後，變魔術似的從後備箱裡提出兩袋食材。

時進後一步下車跟過來，見狀噎了一會，乾巴巴問道：「你還會做飯？」

「會一點。」黎九崢認真回答，認真到有點僵硬。

時進假裝不知道原主記憶裡的那個廚藝白癡就是黎九崢，上前拿走他手裡的一個購物袋。

「我自己可以……」黎九崢伸手想把袋子拿回來。

時進繞開他的手，「你雙手都拿著東西，一會怎麼開門？走吧，如果要自己做飯吃，午休的時間就顯得有點不夠用了，咱們得快一點。」

黎九崢收回手，看著時進說這些話時的自然溫和姿態，突然瞇眼笑了起來，貼到時進身側。

時進汗毛一豎，勉強壓下後退的衝動，問道：「怎麼了？」

「小進你真體貼。」黎九崢誇獎，歪頭在他肩膀上撞了一下。

然後不給時進推開自己的機會，黎九崢立刻腳步輕快地離開時進身邊，朝著前方的居民樓走去，招呼道：「快來，我們家在最高層，風景很好的。」

怎麼又變成我們家了？時進有點跟不上黎九崢的思路和情緒變化，動了動被撞的肩膀，邁步跟了上去。

這個醫院附屬社區規模不大，只有兩棟樓，大概住戶都去上班了，社區裡看起來有點冷清。黎九崢帶著時進一路往裡走，進電梯後直接按了最高層，然後光明正大地透過電梯門盯著時進看。

時進實在沒法裝瞎，問道：「怎麼了？」

黎九崢笑著回道：「就是覺得小進長得好好看。」

時進在心裡認輸，禮貌地商業互吹：「我覺得五哥更好看。」

「是嗎？」黎九崢摸了摸自己的臉，認真說道：「可我很不喜歡我的長相。」

時進想起黎九崢當初在他母親墓前說的那些話，看一眼黎九崢在說這些話時情緒明顯沉了下來的眼睛，微微皺眉，伸手敲了他腦袋一下，說道：「你不喜歡是你的事，我喜歡是我的事，你又沒法左右所有人的審美觀。」

黎九崢還從來沒被人這麼敲過，愣了幾秒後抬手堪稱傻氣地按住自己的腦袋，側頭瞪大眼看著時進。

「五哥，電梯到了。」時進指了指漸漸開啟的電梯門。

黎九崢回神，有點傻地邁步走出電梯，朝時進做了個請的手勢，魂遊天外般地說道：「請、請進，我們家是三六〇二室，別記錯了……」

時進順勢走出電梯，找到三六〇二的大門，先一步走過去，停在門口看著黎九崢。

黎九崢仍停在電梯邊看著他，表情還是愣愣的，一副無法消化此時畫面的模樣。

電梯門關閉發出一聲輕響，他被驚回了神，空洞直愣的眼神突然一點點恢復神采，未語先笑，快步走到時進身邊，邊掏鑰匙開門邊說道：「小、小進，我們回家了，我給你做長壽麵吃。」

時進看著他有些發抖的手和稍微泛紅的耳朵，在心裡低嘆口氣，伸手拿走他總也插不進鎖孔的鑰匙，幫他開了門。

大門開啟，暖氣順著門縫湧出來，並能看到門後裝修得十分溫馨舒適的玄關和客廳。

這次換時進愣住了。在原主的記憶裡，黎九崢是個十分不講究居住環境的人，住哪裡都隨意，並且十分偏愛冷色調，本能地排斥風格溫暖的東西。他位於蓉城的那間裝修壓抑，色調全是黑白灰，冰冷得如同棺材的院長辦公室，是原主生命最後最恐懼的噩夢之一。

但眼前的這棟房子，卻處處都透露著溫馨舒適的味道，從淺灰色的短毛地毯到柔軟寬大的布藝沙發，從卡通造型的門墊到原木色調的傢俱，從掛在牆上的向日葵抽象畫到米黃色的窗簾，真的是一點冷色調都找不到，全部都是暖暖的，就連傢俱的邊角都是打磨過的圓弧形，一點尖銳的東西都找不到。

這一點都不像是黎九崢會住的房子，時家就沒有人會把房子裝修成這樣。

不過時進倒是不討厭這樣的裝修風格，確切來說，他有點喜歡那個一看就很好躺的沙發。

在時進打量房子的時候，黎九崢也一直在打量他。

時進的表情太好懂了，臉上的驚訝意外和眼裡的些微喜歡一眼就能看透，黎九崢順著他的視線看向自己新換的沙發，緊繃的神經慢慢放鬆，抿唇露出一個笑容，先他一步進門，彎腰從鞋櫃裡取

出一雙毛絨拖鞋放到他面前，說道：「進來吧，外面冷。」

時進回神，發現自己剛剛盯著沙發的視線似乎太露骨了點，尷尬地低咳一聲，邁步進屋，反手把門帶上，然後把鑰匙遞給黎九崢。

「這把鑰匙給你。」黎九崢沒有接鑰匙，而是錯身拿走他手裡提著的購物袋，笑著說道：「我去給你弄點喝的，你先在客廳裡坐一會。」說完低頭隨便蹬掉鞋子，穿上另一雙和時進那雙一樣的毛絨拖鞋，提著東西拐去廚房。

時進目送他離開，看了眼手裡的鑰匙，皺眉很是猶豫了一會，還是把鑰匙揣進口袋。

總覺得這鑰匙不拿，他絕對又會聽到某種玻璃碎掉的聲音……

換好鞋子後，他邁步進入客廳，先略顯好奇地在裡面轉了轉，然後矜持地坐到沙發上，感受了一下沙發的柔軟度，滿意地摘掉圍巾脫掉外套，拿起茶几上像是之前誰沒有看完隨手扔在上面的雜誌，隨便翻了翻。

一大堆讓人看不懂的外文和人體構造圖解出現在眼前，時進翻書的手一僵，懷著某種學渣偶然闖進學霸世界的敬畏之心，默默把雜誌放回去。

還是玩下手機打發時間吧。

他低頭去摸口袋裡的手機。

「小進，你喝果汁還是喝牛奶？」黎九崢從廚房探頭，手裡拿著一件圍裙，似乎是準備穿上。

黎九崢，圍裙……時進腦中閃過黎九崢穿著白大褂拿著手術刀，悄無聲息地站在黑暗裡的樣子，心裡一抖，認命地放下手機站起身，說道：「果汁就好，我自己來吧。」

自己來就不用擔心果汁裡被人下藥什麼的了……不能怪他太緊張，實在是黎九崢這位可怕的醫生給原主留下的心理陰影太重，讓他潛意識的有點怕這位五哥。

黎九崢像是瞬間明白他這句話裡的深層含義，臉上的笑容一下子淺了下來，聲音也低了下去，

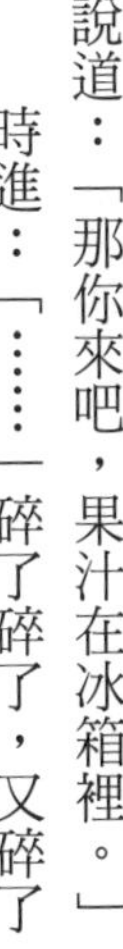

說道：「那你來吧，果汁在冰箱裡。」

時進：「……」碎了碎了，又碎了。

兄弟倆並排站在廚房裡，一個拿著杯子倒果汁，一個站在流理臺邊和一個麵團較勁。

時進餘光掃到黎九崢一板一眼揉麵團的動作，心中颳起了驚訝的風暴，問道：「你居然真的會做飯？」

黎九崢側頭看他一眼，嘴唇抿緊，繼續揉麵團。

這個反應……

「生氣了？」時進主動詢問。

「沒有，我不會生你的氣。」黎九崢回答。

——騙鬼呢，這明顯憋著氣的樣子。

現在的黎九崢和原主及他記憶裡的黎九崢很不一樣，表現出來的性情不是原主最後記憶裡的冰冷可怕，也不是原主最初記憶裡的愛看書話少不好接近，更不是他記憶裡的瘋狂痛苦和殺意滿滿，而是主動又愛笑，敏感又好懂，完完全全的普通人模樣。對著這樣的黎九崢，他莫名有些冷不下臉跟他說狠話。

時進吃人嘴短，趕快換個話題：「麵團是提前醒好的吧，你很早就起來準備中午這頓飯了？」

黎九崢揉麵的動作一僵，突然側頭在瓦斯爐架上一個小鍋子，一邊點火一邊說道：「我沒有很早起來。」

——看來確實是很早就起來了。

「這鍋裡是什麼？」時進無視他的彆扭繼續詢問。

黎九崢緊了緊拿鍋的手，回道：「雞湯，煮麵用的……這個湯是我自己熬的，不是買的。」

還知道用雞湯煮麵，時進真心誇讚道：「你真厲害。」連煮雞湯都會，確實很厲害，原主記憶裡的那個廚藝白癡可是連泡麵都不會煮。

黎九崢沒接話，但時進注意到他的脊背稍微挺直了一點，一副被誇之後很開心的樣子。

這人真的是一院之長，少年天才型的優秀醫生嗎？感覺比他還像個年輕稚嫩的學生。

時進有點微妙的分裂感，記憶中那個幽靈般冰冷可怕的五哥，和現在身邊這個好懂又笨拙的五哥，簡直像是兩個人。太不可思議了，一個人真的可以不一樣到這種地步嗎？

「中午吃火鍋。」黎九崢突然開口，又揉捏起麵團，聲音有點小：「時間太短，我只學會做長壽麵，所以午飯吃火鍋……下次，下次我會做真正的大餐給你吃。」

時進愣住，回頭仔細看了看放在桌上的購物袋，見裡面果然放的都是些吃火鍋的食材，心裡那絲微妙的分裂感突然散去一些——看來黎九崢還是那個黎九崢，讓他做飯真是難為他了。

不過這樣一個廚藝白癡，居然學會煮雞湯和揉麵團，明明長壽麵這種東西，隨便拿把掛麵用開水下鍋煮，意思意思就可以了，又何必做到這個地步。還有那句時間太短又是什麼意思，難道黎九崢最近一直在學著做長壽麵嗎？

理智告訴時進，他不該對黎九崢這個殺人未遂的兇手心軟，但是……他看一眼黎九崢穿著圍裙沐浴在暖色燈光下的樣子，在心裡嘆氣。

比起記憶裡那個疲憊又冰冷、瘋狂又痛苦的黎九崢，他果然更喜歡現在這個正在試著一點點接觸溫暖的笨拙傢伙。

「盤子放在哪個櫃子？」他把果汁喝完，捲起襯衫袖子。

黎九崢愣了下，指了指頭頂的碗櫃，「這裡，小進你要盤子做什麼？」

「當然是處理食材，這麼多東西，你一個人肯定弄不完，我午休時間可不長。」時進回答，伸手從櫃子裡取出碗碟，轉身走到桌邊，開始從購物袋裡往外拿東西。

黎九崢轉身看著他，愣了一會後伸手阻止，「不用了，你今天過生日，只負責吃就好了。」

時進擋開他的手，示意麵團，「五哥，我餓了，最多半個小時，我要看到你的麵條出鍋。」

黎九崢和他對視，眉眼間的情緒一點點沉澱下去，嘴唇抿緊，突然伸手抱住他，說道：「小進，對不起，我帶你出去吃吧，我們出去吃。」

「說什麼傻話呢。」時進推開他，低頭繼續整理食材，「這些不吃就浪費了，你麵條可以多做點，一會下到火鍋裡做主食。」

黎九崢看著被推開的手，想要再碰時進，猶豫了一下，又慢慢收回手，低聲應了一聲。

足足折騰了大半個小時，兩人才把吃的全部弄上桌。火鍋湯底是黎九崢從一個知名的火鍋連鎖店裡打包買回來的，有三種口味，時進見黎九崢這裡的鍋不少，乾脆全給煮上了。

食材擺了滿滿一桌子，看上去有種滿足感。

「可以開始吃了，你先坐，我給你端麵出來。」黎九崢摘掉圍裙，示意時進坐下。

時進應了一聲，隨便拉開一張椅子坐下，等黎九崢轉去廚房後，拿起一些不好熟的食材，開始往煮開湯底的鍋裡放。

咔嚓，突然一聲拍照聲響起。時進放食材的動作一頓，回頭朝廚房的方向看去。黎九崢被他看了個正著，急忙把手機塞回口袋，若無其事狀進了廚房。

時進滿臉無語，收回視線。什麼毛病，一個兩個的怎麼都喜歡偷拍。

長壽麵上桌，大大的湯碗裡，只躺著一筷子分量的麵條。麵條拉得有些不好，粗細不大均勻，時進看一眼黎九崢，拿起筷子，在對方緊張的注視下把筷子伸進麵碗，扒拉一下，找到麵條的頭，把它挾了起來。

「小心一點，別斷了，不吉利的。」黎九崢忍不住囑咐，身體前傾著，一副想幫他把麵條托住的模樣。

時進有點想笑，卻又笑不出來。

為什麼明明是這麼溫馨的場面，他卻覺得有點想哭。

這絕對是屬於原主的情緒，他另一手掐了一下自己，用疼痛喚回理智，低頭把麵條放進嘴裡，十分誇張地吸溜一口，把這根其實並不算長的麵條一口吃掉了。

咔嚓。他抬頭，正對上黎九崢的手機攝像頭，立刻毫不猶豫地朝著鏡頭翻了個白眼，「這麼點麵，一點都不夠吃。」

黎九崢看看手機螢幕，又看看他，燦爛地笑了起來，起身說道：「小進會長命百歲的。麵條還有，你等等，我去端出來。」

一碗放著雞蛋、肉絲和醬菜，分量十足的麵條被黎九崢端出來，取代長壽麵放到時進面前。

「吃吧，別吃太多，還有火鍋沒吃呢。」黎九崢囑咐。

時進一點不客氣地拿著筷子，埋頭吃麵吃得歡快，還不忘用勺子撈火鍋裡煮好的食材吃。

黎九崢微笑看著他，滿臉幸福的樣子。

真是好懂的一個人。時進邊吃邊想著，把麵條嚥下，抬手揉了揉鼻子。

不，真是個不好懂的人，這個人表現出那麼多面貌，到底哪一個才是他真正的樣子？

吃完飯，黎九崢把時進送回學校。車停在校門口，時進感謝加道別後開門準備下車，黎九崢卻突然開口：「對不起。」

時進頓住，回頭看他。

「還有生日快樂。」黎九崢迎上他的視線，一瞬間的空洞之後，臉上又露出今天最常出現的那種溫和親昵笑容，「小進，我今天很開心，謝謝你陪我吃飯。」

現在的黎九峥在時進面前經常笑，笑得溫和又無害、討喜又溫柔，但時進每次看到他的笑容，都有種不大真實的感覺。

真正的黎九峥，到底是什麼樣的人？時進腦中又冒出這個疑問，少年天才、優秀醫生、拿著刀的劊子手、做著麵條的笨拙哥哥……哪一個才是他真正的樣子？

「我還記得我們去年重逢的時候你身上穿的衣服，黑色的長大衣，鈕釦繫到最上面一顆，裡面是西裝和襯衫，沒有戴圍巾，看起來很成熟也很冷漠。你穿醫生白袍的樣子我也記得，很帥，也有點可怕。」時進開口，視線落在他現在穿著的暖色調大衣上，停了一會，轉而說道：「等我期末考試結束了，過來吃頓團圓飯吧，我會把其他人也喊上的。」

黎九峥手指一顫，伸手拉住他的手腕，像是在阻止他離開。

「記得早點來，我們自己做飯吃，像普通人家那樣。」時進掙開他的手，朝他笑了笑，說了句謝謝，推開門下車，頭也不回地朝著校門走去，心中某些一直壓抑著的情緒翻滾著，逼得他腳步越來越快。

不是這樣的、不是這樣的，什麼笨拙好哥哥、什麼溫暖又敏感的人，那是個殺人兇手，是每晚站在病床前想要收割生命的惡魔，回去質問他、傷害他，把經受過的所有痛苦千百倍的還給他，拉著他一起下地……

叭叭叭——一道熟悉的汽車喇叭聲突然在不遠處響起，時進陡然停步，側頭朝著聲音傳來處看去，居然看到一輛熟悉的黑色汽車停在街邊，怔愣幾秒，拔腿就朝著那輛車跑過去，靠近後用力拉開車門，朝著車內的人撲過去。

廉君伸臂抱住他，拉上車門，輕輕摸著他的頭髮，「一身的火鍋味，連頭髮都沾上了味道。」

被熟悉的氣息環繞，時進胸腔裡躁動的情緒唰一下就沉了下去，他收緊手臂，深吸一口廉君身上熟悉的氣味，緊繃的神經放鬆下來，問道：「你怎麼會來？」

「本來準備帶你出去吃飯的，你之前不是說想吃臘肉竹筒飯嗎？我昨天剛好訂到一家很好的私房菜館的包廂。」廉君回答，捏了捏他的臉，「結果你居然已經有約了。」

時進愣住，然後垮了表情，皺眉說道：「我之前跟你打電話的時候你怎麼不說。」比起火鍋，他當然會更想和廉君一起去吃竹筒飯。

「我以為你會想和你五哥聊聊，但剛剛看到你從他車裡出來的樣子，我就知道我做了個錯誤的決定。」廉君解釋，安撫地親了親他的眉心，「對不起，沒有下次了。他欺負你了嗎？」

「沒有。」時進充電完畢，坐直身，滿足地回親他一下，「我們下次再去吃那個臘肉竹筒……算了，咱們在會所裡自己做著吃吧，天氣預報說又一波冷空氣要來了，還可能會下雪，你還是別出門了。」

「自己做的肯定沒有專業廚師做的正宗。」廉君幫他理了理蹭亂的衣服，轉手從一邊提了個外賣盒出來，「所以我給你打包一份回來。」

外賣盒大約有兩個正常盒飯的大小，是紙製的，上面印著一個可愛的卡通飯團圖案和店鋪的名稱。時進眼睛一亮，把飯盒接過來打開，見裡面整齊擺放著好幾個用細繩繫得嚴嚴實實的竹筒，還有一股米飯和臘肉的香味飄出來，口水不自覺分泌。

「有點涼了，要熱過才能吃。」廉君囑咐，又從一邊拿了個長條形的黑色盒子出來，遞到他面前，「給，生日禮物，新的一歲也要平平安安、健健康康。」

「居然還有禮物？」時進意外，十分好哄地開心起來，接過盒子說道：「我還以為上週末的那一場槍戰遊戲和生日宴就是你為我準備的禮物。」

廉君又傾身抱住他，沒有說話。

時進拆禮物的手停下，側頭疑惑看他。

「要好好的，別亂想，有我在。」廉君溫聲開口，手輕輕順著他的脊背。

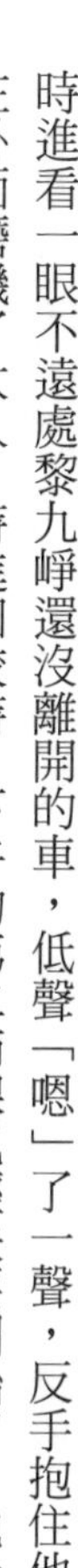

時進看一眼不遠處黎九崢還沒離開的車，低聲「嗯」了一聲，反手抱住他。

在外面磨嘰了太久，時進回校時，下午的第二節課已經快要開始了，他給劉勇打電話，讓他幫忙帶一下課本，然後提著外賣盒和禮物直接奔去教室。

進教室時上課鈴剛好響起，他快步走到羅東豪身邊坐下，接過劉勇遞過來的書翻開，等老師開始講課後，從口袋裡拿出廉君送他的禮物，輕輕打開——他回來得急，還沒來得及看廉君送的禮物是什麼。

盒子打開，一枝黑金色調的鋼筆露了出來。

他有點意外，沒想到廉君送的居然會是筆，把鋼筆取出來轉著看了看，很快在鋼筆筆帽的最頂端，看到一個鏤刻的金色花體小字——君。

這傢伙……他忍不住微笑，摸了摸那個字，打開筆帽，見裡面有墨水，便拿出本子，在紙上寫下了一個「君」字。

一股清淡的墨香散了開來，很像廉君書房裡偶爾會飄散的味道。

他頓時笑得更厲害了，心裡立刻明白廉君送他這枝筆的含義——哪怕是在上課也要時時握著「君」，感受「君」的氣息。真是個狡猾的男人。

羅東豪突然拐了他一下。

他回神，疑惑地朝著羅東豪看去。

羅東豪無語地朝他示意了一下臺上的老師，然後用手指了指嘴角，暗示他剛剛笑得太蠢了。

他收斂一下表情，瞄一眼講臺上正在寫板書的老師，低咳一聲把筆放回盒子裡，專心聽課。

下午的課結束後，時進喊上劉勇和羅東豪，提著外賣盒去食堂借用一下店家的微波爐，把外賣熱過之後和他們一起分食。

「唉，你男朋友真貼心，羨慕死你了。」劉勇邊吃邊感嘆。

時進心裡美滋滋，臉上笑咪咪，不要臉地應道：「嗯，他確實很貼心。」

劉勇被飯噎住，決定放過自己，不再理時進這個滿腦子都是男朋友的傻子，轉移話題說道：「期末體能測試馬上要開始了，但是天氣預報說要下雪，長跑怎麼辦，頂著雪跑嗎？咱們學校可沒有室內的跑道。」

這倒是個大問題。時進拿出手機看了看最近幾天的天氣預報，「可能會推遲吧？學校應該不會讓我們頂著雪考試。」

「但願吧。」羅東豪看一眼外面陰沉沉的天，有點擔心。

在學生們的擔心中，果然下起紛紛揚揚的大雪，很快就蓋住地面。學校不得不把長跑等室外考試項目的考試時間，和室內文化課考試的時間調換，希望文化課考試結束後，天氣能快點放晴。

考試時間調整，複習時間突然減少，學生們怨聲載道，苦不堪言。

時進看到學校通知後，為了不掛科，直接開啟地獄複習模式，天天拉著劉勇和羅東豪泡圖書館，畫重點複習課程，週末的時候還會遠端給兩人打視頻電話，和他們溝通複習心得。

被時進帶著，劉勇和羅東豪不自覺也緊繃起來，抱著書本啃得天昏地暗。

時間在複習中匆匆流過，大雪下了又停，停了又下，終於，在所有年級的文化課考試都結束的時候，太陽出來了。

劉勇感動得都要哭了，抱著宿舍樓門口醜不拉嘰的雪人痛哭流涕：「魔鬼啊，時進你就是魔鬼，我下次再也不要和你一起期末複習了，你從哪裡搞來的那些複習資料，太多、太可怕了。」

時進考完終於恢復正常，不好意思地把他從雪人身上拽下來，說道：「那是我的家庭教師根據

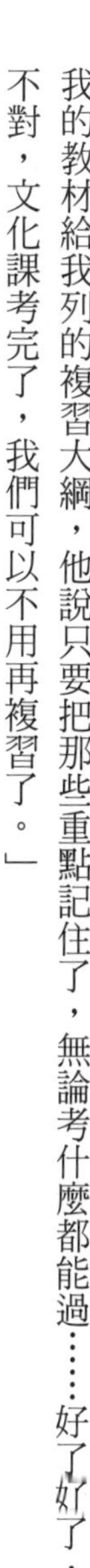

我的教材給我列的複習大綱，他說只要把那些重點記住了，無論考什麼都能過……好了好了，是我不對，文化課考完了，我們可以不用再複習了。」

劉勇其實也就是假嚎一下，宣洩一下考完試的喜悅，聞言立刻就恢復正常，說道：「你居然上大學了還有家庭教師，這點你可千萬別讓你寢室那群人知道，不然他們肯定又要往外說了。」

時進點頭，心裡也很是頭疼寢室裡的那群傢伙。他能感覺到那群人其實沒有什麼惡意，但那種微妙的無法和諧相處的感覺，和生活被窺探的感覺實在太糟心了。

如果能換室友就好了，不過就算要換，也得等大三搬寢室吧……

「體能考試要考兩天，咱們班的長跑被安排在後天，希望那天不要再下雪。」羅東豪還是有點擔憂天氣，說完側頭看向時進，問道：「寒假要出去玩嗎？」

劉勇聞言也來了勁，伸手拽住時進的衣領，故意凶巴巴說道：「別告訴我你寒假還要陪男友，重色輕友也要有個限度。」

時進仰頭望天，不好意思說道：「其實……放假之後，我可能會立刻離開B市去島上過冬……B市的冬天太冷了，你們懂的。」

劉勇與羅東豪：「……」

「啊！你這個該死的有錢人！」劉勇鬆開他的衣領，轉身從地上揪起一個雪團就朝著他砸去。

時進連忙躲開，拔腿就跑。

劉勇氣得大吼一聲，邁步就追。

羅東豪看著幼稚的兩人，滿臉無語。

體能測試的最後一天，天公不作美，一班的同學們跑步跑到一半，雪落下來了。

劉勇咬牙切齒：「羅東豪你這個烏鴉嘴！都怪你一直念叨，咱們剛出門時明明還出太陽！」

羅東豪反駁道：「天氣預報本來就說了今天可能會下雪。」

「但天氣預報說的是晚上！」

時進連忙插入兩人中間，安撫道：「好了好了，說話也要消耗體力的，快點跑完吧，萬一雪越下越大就不好了。」

劉勇和羅東豪聞言閉嘴，都默默加快了速度。

考試順利結束，寒假的第一天，放假後興奮了一晚上的時進，在早起興沖沖跑去堆雪人的路上突然平地摔倒，被廉君和卦一匆匆送進龍叔的醫療室。

「頂著雪跑步，跑一身汗後，居然不知道先去洗個澡換身衣服暖一暖，就穿著半濕不乾的衣服回來了，晚上還不知死活地吃冷飲，早上還把腦袋伸出窗外去看院子裡的雪，這麼折騰，你不生病誰生病！」龍叔沒好氣地測量時進的體溫，然後臉瞬間變黑，「三十九點六度，去，找個床躺著，吊點滴。」

時進乖乖找張床躺下，瞄一眼被龍叔的助手攔在門外、眉頭緊皺表情擔憂的廉君，朝他擠出一個笑容。

「傻笑什麼，君少你也是，昨天你不是去接他了嗎，怎麼讓他穿著汗濕的衣服回來？今天早上也是，他臉這麼紅你沒發現不對？」龍叔擋住時進的視線，邊調整點滴的支架邊數落廉君。

廉君放在輪椅扶手上的手不自覺緊握，「是我的問題，我沒注意，他一向身體好，我就馬虎了。之前我看他臉有些發紅，還以為他是因為要去堆雪人太興奮了。」

時進連忙幫他說話：「不是，明明是我……」

「你給我閉嘴。」龍叔掀開被子蓋住他，把他沒說完的話蓋回去，「生病了就老實點，卦一，帶人去君少房裡消毒。君少，從今天開始，在時進的病徹底痊癒前，你們必須分開住，平時也不許親密接觸，儘量減少同處一室的時間，免得傳染。」

廉君看著躺在病床上的時進，沉著臉沒說話。

「君少，我沒事的，高燒什麼的我睡一下午就退了，你等著我病好給你堆雪人玩。」時進勾著腦袋哄廉君，臉還是紅的，看上去又傻又可憐。

廉君滑動輪椅想要靠近，卻被龍叔的助理牢牢擋在門外，不甘放棄，逼著自己緩下表情，朝著時進安撫說道：「你好好休息，我就在外面守著你。」

時進想說不用，但見他表情不好看，又默默把話嚥回去，轉而說道：「咱們來搓麻將吧。」

廉君心裡有些怨恨自己的身體情況，面上卻不漏，應道：「好。」

病來如山倒，時進沒能等到廉君把平板拿過來，就直接歪頭昏睡過去，他睡夢中一直眉頭緊皺，明顯很難受。

廉君放下平板，在龍叔的瞪視下滑動輪椅進了醫療室。

「君少。」龍叔滿臉不贊同。

「我就看看他，不待太久。」廉君堅持不讓。

最後龍叔妥協，掏出一個口罩遞給他，說道：「別靠太近，你現在不能馬虎，萬一生病影響健康，之前的努力就全都白費了。」

廉君低應一聲表示明白，接過口罩戴上，滑動輪椅來到病床邊，伸手摸了摸時進燒過頭的臉。大概是覺得廉君的手指涼涼的很舒服，時進皺著的眉頭鬆開了一點，本能地往這邊靠了靠。

廉君心裡一軟，傾身湊近他，想親親他又忍住，另一隻手摸上他正在打點滴的手，輕輕撫摸，「對不起，沒把你照顧好……要快點好起來。」

「竹筒飯……」時進突然含糊出聲，還咂吧了一下嘴。

廉君一愣，看著時進，突然笑起來，又摸了摸他的臉，說道：「好，等你病好了，我們自己做竹筒飯吃。」

時進又開始做夢，夢裡的他正一臉麻木地躺在病床上，床邊站著身穿白袍的黎九崢。黎九崢沒有說話，他也沒有說話，兩人像是一躺一站的兩座雕像，明明活著，卻都已經沒有活人的氣息。

天漸漸暗了，沒有人開燈，夜色瀰漫，襯得黎九崢手裡那把鋒利的手術刀越發恐怖。

「你能撐過十九歲的生日嗎？」

黎九崢突然開口，聲音低低啞啞的，聽上去有種怪異的空洞感。

「那家人又來了，在我的病人床前爭論遺產的歸屬。」黎九崢把玩著手裡的手術刀，白皙修長的手指漂亮而危險，「他們都覺得我的病人要死了，但是很可惜，我把他救活了。他們很失望，我喜歡看他們失望。」

時進終於不再麻木，挪動視線看向床邊的黎九崢。

黎九崢也低頭看他，漂亮的臉上面無表情，嘴唇開合著，像是惡魔在吟唱：「我也會救活你，我不讓你死，你永遠也別想死。」

他這樣說著，眼裡卻是無邊的冰冷殺意，手往下，把手術刀逼過去。

「晚安，五哥。」時進迎著對方的殺意開口，聲音也是麻木的，慢慢閉上眼睛，冷漠地說道：「我們地獄裡見。」

病房回歸安靜，良久，腳步聲響起遠去，惡魔終於離開了。

時進鬆開緊握的雙手，身體不受控制地開始顫抖，睜開眼，看向病房門口——想離開這裡、想

離開這座墳墓，救……

嘀——監護儀器發出生命終止的悲鳴，彷彿要剝離靈魂的痛感傳遍全身。

「啊！」時進唰一下睜開眼，愣愣看著坐在病床邊正在削蘋果的黎九崢幾秒，腦子還沒反應過來，身體已經先一步動作，直接猛撲過去，一個擒拿手搶過黎九崢手裡的刀，反手握住，刀尖向下，目標黎九崢的脖頸，用力往下……

「小進！」向傲庭的聲音突然從身後傳來，緊接著手腕被一隻有力的手掌握住。

刀尖堪堪懸停在黎九崢的脖頸上方，時進身體僵住，雙眼瞪得大大地看著黎九崢，嘴巴微張急促地喘著氣，臉上是被逼到絕境的瘋狂。

黎九崢被他按在身下，愣愣看著他此時的模樣，嘴唇突然抿緊，伸手握住他拿著刀的手，朝著自己的脖頸繼續落去。

「你們在幹什麼！」向傲庭大驚，用力拉高時進的手，抱住他的身體離開黎九崢身邊，搶下他手裡的刀丟到一邊，看向黎九崢說道：「小進燒糊塗了，你也糊塗了嗎？冷靜點！」

說完把時進放到床上，用被子捂住他，摸摸他的臉，逼他看著自己，說道：「小進，看著我，沒事了，冷靜下來，你現在很安全，冷靜下來。」

時進的眼神一點點恢復清明，後知後覺地意識到自己又被原主的記憶和情緒影響了，抬手痛苦地按住額頭，說道：「我要見廉君，他在哪裡？我要見他。」

向傲庭急忙掏出手機打電話給廉君。

黎九崢看著時進現在虛弱又難受的模樣，用力握緊了手。

廉君很快趕了過來，把時進抱進懷裡。

龍叔又急又氣，但又沒辦法，退而求其次地讓廉君把口罩戴上。

時進又開始昏沉起來，躺在廉君懷裡沒一會就又睡了過去。廉君摸著他的頭髮，小心哄了許

久，等他徹底睡熟後才重新把他放回床上。

安撫好時進後，廉君來到醫療室外，摘掉臉上的口罩，看向等在外面的黎九崢和向傲庭，問道：「怎麼回事？你們剛來就把時進刺激成這樣，你們跟他說什麼了？」

向傲庭眉頭緊鎖，回道：「沒說什麼，小進好像是做了噩夢，醒了之後突然……」

「他怕我。」黎九崢突然開口，語氣平板，更像是在自言自語：「他怕我殺了他，他怎麼會不怕我呢？我曾經趁他受傷無法反抗的時候，硬是把他帶到蓉城，還差點在墓地裡殺了他。」

「九崢。」向傲庭沉聲喚他。

黎九崢側頭看他，眼神直勾勾地說道：「他都記得，我當天穿的衣服，我做過的所有事情……四哥，我是不是完了？」

「夠了。」廉君打斷他們的話，回頭看一眼醫療室的門，「我不管你們各自是抱著什麼心情來這裡，我只知道時進想和你們一起吃頓團圓飯，別破壞他的期待。卦一，帶他們去客房休息。」

站在他身後的卦一立刻上前一步，示意向傲庭和黎九崢隨自己離開。

向傲庭看一眼醫療室的門，又看一眼廉君，皺了皺眉，拉住不想離開的黎九崢，帶著他離開醫療室。

時進被拖進一場基調黑灰的夢裡，夢裡的他住在黎九崢的私人醫院裡，意識時而清醒時而混沌，鼻子聞到的全是藥物和消毒水的味道，耳朵聽到的只有醫療儀器的聲音，睜開眼睛，只能看到慘白單調的病房。

沒有人和他說話。喔，不對，有人的，只有一個人。

噠、噠……隱隱傳來皮鞋敲擊地面的聲音。

他顫抖著，睜開眼，驚懼地看著房門。

腳步聲消失，門把手被擰動，一個穿著白袍的身影出現在門後。

「護士說你的精神狀況很不穩定。」惡魔在靠近，帶著刺人心肺的機械言語：「這可不行，你需要好好休息，休息夠了才能恢復健康。時進，你現在還不能死。」

不、不可能的，車禍損傷了他的內臟，他快要死了，他的器官在一點點衰竭，神仙都救不回來，他一刻都不想再……

一把手術刀伸到他面前，寒芒閃現。

「痛苦嗎？」

他看著近在眼前的刀尖，額頭滲出冷汗。

「想解脫嗎？」

他嘴唇翕動，卻說不出話來。

「我幫你解脫好不好？」一張熟悉又陌生的臉湊過來，眼神是冷的、語氣也是冷的：「是不是很痛，我幫你解脫好不好？」

他閉上眼，不想看到這張臉上露出這樣的神情。

「我是你的哥哥呢，我自然是要幫你的。」

臉被冰冷不似活人的手指摸了摸，然後那手一點點挪動，停在脖頸的脈搏處。

「可你死了，我怎麼辦？」

手指和濃烈的消毒水味道一起離開，他重新睜開眼，看向已經站直身體的黎九崢，眼裡忍不住帶上恨意。

黎九崢也朝他看過來，接觸到他的眼神，突然笑了，彎腰拿起一瓶藥，拆開之後注入到他正在

注射的藥水裡。

「你是我唯一的弟弟，是上天送給我的禮物。」黎九崢說著，看著藥液一點點順著管子流入他的身體，臉上露出點滿足的神色，「睡吧，要乖乖的。」

冰冷的藥液流入身體，睏意漸漸襲來，他努力睜大眼睛想要看清黎九崢此時的表情，卻突然被對方伸手遮住眼睛。

「別用這雙眼睛這麼看著我。」惡魔的低語傳來，帶著一絲他不懂的情緒，「我會忍不住帶著你一起下地獄的，你是禮物啊小進，我不會放你走的。」

黑暗來襲。

有麻將的音效隱隱傳來，時進的意識陡然從夢境裡掙脫，慢慢睜開眼，側頭朝著麻將音效傳來的方向看去。

廉君正拿著平板靜靜看著他，見他看過來，伸手摸摸他的頭，說道：「燒已經退了，但你睡了很久，龍叔說你醒來之後最好下床活動一會，一直躺著對身體不好。」

時進閉上眼，歪頭在他掌心蹭了蹭。

「你的哥哥們已經全部到了，正在廚房裡給你做年夜飯，要去看看嗎？」廉君摸著他的額頭，溫聲詢問。

時進睜開眼，眯眼想了想夢裡的場景，點了點頭。

於是廉君從輪椅上站起身，上前扶起他，牽著他去洗手間，幫他洗漱了一下，然後繼續牽著他朝外走去。

「你的腿……」時進眼帶擔憂地看向他的腿。

廉君捏了捏他的手，「沒事，最近龍叔給我用了新的藥，不會疼的。」

時進點頭，反握住他的手，在心裡戳小死：「攻擊黎九崢之前，我夢到原主臨死時的畫面……

真可怕，死亡的感覺一點都不好。」

「進進……」小死語氣擔憂。

「我沒事。」時進安撫，一點一點從灰暗的夢境裡找回自己的理智，「這些事情總是要想辦法克服的，這次的團圓飯是個很好的機會……你多注意點我，必要的時候可以麻痺掉我的身體行動力，免得我真的做出什麼無法挽回的事情。」

原主在生命的最後，腦子裡可全都是要復仇和與兄長們同歸於盡的想法，如果真被這些情緒占據大腦，他估計就完了。

小死低應了一聲，沉默了一會，突然問道：「進進，我是不是做錯了？」

它這問題問得沒頭沒尾的，時進卻聽懂了它的意思。他看一眼走在身邊的廉君，說道：「沒有……謝謝你，讓我有機會遇到廉君。」

走到廚房的時候，時進的身體已經好多了，他沒有出聲，站在門邊看著裡面正在忙碌著的兄長們，慢慢調整著自己的思路和情緒。

「小進是不是不喜歡吃薑？」

時緯崇突然出聲詢問，時進順勢把視線落在他身上，細細打量了一下。

一段時間不見，時緯崇瘦了，總是緊皺壓抑的眉眼舒展開來，氣息溫和許多，側頭和費御景說話的時候，眼神暖暖的，看起來比以前有人氣多了。

「我不知道。」面對時緯崇的疑問，費御景誠實回答，還是那副冷淡的律師姿態，手裡卻滑稽地拿著一把菜。

時進又把視線挪到費御景身上，看著他無論何時都冷淡沒人氣的樣子，嘴角扯了扯，心裡奇怪地沒多少情緒波動——能有什麼波動呢？面對這個壞得坦蕩、追利益追得徹底的人，感覺起什麼心思都是浪費。

「老五你是不是又在騙我，小進真的喜歡吃洋蔥？」

容洲中的聲音突然響起，時進側頭看去，就見容洲中正站在一張小桌邊，一臉扭曲地切著洋蔥，桃花眼紅彤彤的，眼淚嘩啦啦流。

時進忍不住笑。

他是白癡嗎？切洋蔥不知道準備水或者把鼻子捂起來，哭得真醜。

「三哥，你先把眼淚擦擦。」向傲庭靠過去，皺眉遞了一張紙巾給容洲中。

容洲中接過來直接去抹眼睛，結果手指不小心擦了過去，立刻辣得嚎了一聲，邊找水龍頭洗手、洗眼睛邊狂罵黎九崢。

向傲庭看他像瞎子一樣到處摸，連忙伸手幫了他一把，無奈地喚他，讓他安靜一點。

時進看著他們兩個，臉上笑意加深，視線輕轉，然後正正對上黎九崢看著這邊的視線。

黎九崢正在殺魚，一手沾著血、一手握著刀。

瞬間，時進臉上的笑容凝固了。

噹啷一聲。黎九崢鬆手丟開了刀，低頭開始瘋狂在衣服上擦手上的血跡，邊擦邊抬頭看時進，一副著急卻說不出什麼的樣子，擦到一半看到自己身上徹底髒掉的橘色毛衣，身體一僵，慢慢停下動作。

這到底是一群什麼樣的笨蛋。

時進長吁口氣，重新調整好情緒，抬手用力敲了一下廚房的門，引來所有人的注意力，朝眾人笑了笑，招呼道：「哥哥們，下午好。」

地獄什麼的，誰愛下就下，反正他絕對不要下地獄。

【第十三章】

不一樣的月牙灣假期

弄掉。

容洲中被洋蔥弄得眼睛睜不開，想過去又沒辦法，忙用紙巾瘋狂擦臉，想快點把眼睛上的辣痛

隨著時進的一聲招呼，廚房裡的人全都望了過來，然後紛紛放下手裡的活，往時進身邊靠攏。

「什麼？小進來了？等一下，我擦把臉。」

「怎麼下床了？」

「小進，身體感覺好一點沒有？」

「小進。」

時進簡單回應了一下大家的招呼，然後越過時緯崇和費御景，走到容洲中身邊，手一抬按住他的後腦杓，拉下他在臉上亂抹的手，「你是想把眼睛廢掉嗎？」

「什……啊！小兔崽子你幹什麼！」

時進突然捧了一捧水糊到容洲中的臉上，把他嚇得喊了一聲。

「別動。」時進按住容洲中想要抬起來的腦袋，抽了張紙巾沾上水，小心揉了揉他的眼睛，然後鬆開他的腦袋，拿起肥皂仔細給他洗了洗手，最後抽了幾張紙巾塞給他，說道：「快擦擦臉，手上的洋蔥味不洗就去揉眼睛，說你是白癡都算是誇你了，好了，一邊去，今天別再動洋蔥了。」

容洲中在時進幫他揉眼睛的時候就已經老實下來，此時頂著一臉水和紙屑愣愣看著時進，突然伸手把時進熊抱在懷裡，用力揉他頭髮，磨牙說道：「小兔崽子你真不可愛！可惡的傢伙，居然敢動我好不容易做好造型的頭髮，你知道演員的頭髮有多重要嗎！」

時進沒想到他會突然襲擊，頭髮被揉成雞窩才反應過來，立刻反手制住他，也伸手去揉他頭髮，沒好氣說道：「恩將仇報的傢伙，我好心幫你，你居然還反過來怪我，辣死你算了，你這種人瞎了才好！」

容洲中哪裡是他的對手，費心做的造型沒一會就廢了，氣急敗壞地去拉他的手，「鬆手鬆手！

塌了塌了，造型塌了！」

時進直把他也揉成雞窩頭才放開他，解氣地收回手，說道：「活該！」

然後轉身，伸臂抱住站在一邊的向傲庭。

向傲庭愣住，其他人也都愣了。

「四哥，謝謝你的生日禮物，我很喜歡。」時進拍了拍向傲庭的後背，笑著道謝。

向傲庭回過神，反手回抱住他，也拍了拍他的背，「喜歡就好，燒退了沒有，會不會難受？」

「沒事，燒已經退了。」時進回答，後退一點鬆開他，又看向站在一邊的時緯崇。

時緯崇正安靜看著他，見他看過來，本能地避了避視線，然後又很快調整過來，朝他笑了笑，溫聲招呼：「小進，好久不見。」

何止是好久不見……心裡有些情緒要衝出來，時進掐了掌心一下，也上前抱抱時緯崇，然後在情緒氾濫之前迅速鬆開手，回他一個笑容，說道：「我對薑不算討厭，大哥不用太在意。」

時緯崇準備回抱他的手才剛剛抬起，就變得無處安放了。他眼神黯然了一瞬，又很快遮掩掉，轉而幫時進理了一下衣服，說道：「我知道了。」

時進又朝他笑了笑，然後轉向費御景。

費御景主動伸手，問道：「要抱嗎？我倒是不討厭這種兄弟喜重逢的戲碼。」

喜重逢個屁！時進丟給他一個嫌棄的眼神，然後伸臂抱住他，略停兩秒後推開，說道：「二哥，你剛剛洗菜的模樣真是邋遢了。」

費御景被嫌棄之後反而笑了起來，收回手說道：「我倒是覺得我洗菜的模樣比老三、老四他們好看多了。」

「喂！」容洲中發出抗議的聲音。

向傲庭也難得地為自己辯解了一下：「我洗菜的動作絕對比二哥熟練。」

時進笑看著他們交談，手指不動聲色地握了握，最後看向始終站在案板前，沒有往這邊靠近一步的黎九崢。

黎九崢正望著這邊，見時進看過來，他立刻低下頭，側身抬手扯了扯毛衣，像是想把上面的血跡擋住。

「小進。」向傲庭低聲喚時進。

「沒事。」時進朝他安撫地笑了笑，然後邁步走到黎九崢身邊，喚道：「五哥。」

黎九崢身體一僵，側頭看他。

時進朝他笑了笑，伸臂抱住他，輕輕拍了拍他的背，說道：「衣服髒了沒關係，再換件乾淨的就行了。手髒了也沒關係，洗洗就好了，你可以的……我也可以。」

所以沒什麼大不了的，擁抱也並不比刀刃相向難多少，他可以的。

「小進……」黎九崢的聲音有些抖，他想回抱住時進，抬起手，想起自己手上有血，又慢慢把手放下來，低頭垂眼，擋住發紅的眼眶，說道：「對不起……會把你的衣服弄髒的……」

「沒關係，我也去換件乾淨的就好了。」時進鬆開他，又朝他笑了笑，然後掃視一眼眾人，笑著說道：「你們先忙著，我去洗個澡換身衣服再過來，睡太久，我身上都餿了。」說完沒有理會眾人的反應，邁步走到廚房門口，重新牽住廉君的手。

廉君立刻反握住他，上前一步擋住他的身形，側頭朝時家兄弟們點了點頭，直接帶他離開了。

混亂糟糕的情緒直到熱水澆到身上，才稍微褪去一些。時進看向正在幫他洗澡的廉君，伸臂抱住他，親昵地蹭他。

廉君按了按他的後腰，問道：「暖過來了？」

「嗯，多虧了寶貝。」時進甜言蜜語，側頭吻他的脖頸。

廉君任由他親吻，繼續溫柔地撫摸他的頭髮和脊背。

這個澡足足洗了一個小時才洗完，時進神清氣爽地從浴室裡出來，翻出一件廉君的袍子穿在身上，滿意地聞了聞衣袍上屬於廉君的氣息，然後在腦內戳了戳小死，說道：「這世界是不是也有大悲咒？有的話給我在腦內迴圈播放吧，沒有大悲咒就放兒歌，越蠢越好，一直放，不要停。」

小死簡直要被這要求嚇死了，磕巴說道：「進、進進，你怎麼了？你別瘋啊，我怕……」

「有廉君在我怎麼可能會瘋，放吧，你也不想我今天吃飯吃出什麼心理問題來吧。」時進安撫，剛準備關上衣櫃，想到什麼，又重新把衣櫃拉開來，從裡面拿了件自己的墨藍色毛衣出來。

廉君一直陪在他身邊，見狀眼神一動，摸了摸他的頭髮。

時進回頭看他，笑著說道：「等團圓飯吃完，我給你講個故事吧。」

廉君摸摸他翹起的嘴角，傾身吻他，「好。」

時進回到廚房的時候，裡面已經正式開火開始炒菜了，向傲庭負責掌勺，時緯崇打下手，費御景、容洲中負責端菜收拾碗碟，黎九崢守著一鍋湯，正在盯著火候，身上的毛衣不見了，只穿著一件襯衫。

啪嗒。容洲中摔了第三個碟子，費御景忍耐地閉了閉眼，說道：「老三，你……」

「閉嘴！我這是不小心。」容洲中惱羞成怒地打斷他的話。

費御景側頭吐出一口濁氣，拉開他準備去撿碎片的手，說道：「真不敢相信你和我居然繼承的是同一個父親的基因，你……」

「我也不敢相信。」時進接話，邁步進入廚房，先看了一眼桌上炸好的點心和春捲，誇了句賣相還可以，然後邁步走到黎九崢背後，伸手拍了他一下。

黎九崢立刻轉過頭看他，眼睛張得有點大，視線慢慢落到他身上的袍子上。

「給。」時進把手裡的毛衣遞過去，說道：「會所裡的暖氣並沒有開得太強，只穿襯衫會冷，這是我的毛衣，你將就穿一下吧。」

黎九崢又把視線挪到了毛衣上，眼睛睜得更大了，好一會才伸手把毛衣接過來，緊緊握著，說道：「謝謝你……小進。」

「沒事。」時進腦中全是兒歌的旋律，只感覺自己就是那幼稚園的老師，正面對著一群不聽話犯了錯的小朋友，滿身都是慈愛的光輝，一點都不難受了。

嘩啦。容洲中那邊突然又傳來動靜，時進扭頭看過去，就見容洲中身上的薄針織外套上全是水漬，手裡拿著個水杯，假假說道：「哎呀，不小心把水倒在身上了，小進，我衣服濕了，你借件衣服給我穿吧。」

所有人：「……」

黎九崢的表情唰一下沉下，三兩下把時進給的墨藍色毛衣穿到自己身上，然後彎腰從角落裡拉出他那件不知道經歷了什麼，看上去皺巴巴彷彿一塊破布的橘色毛衣，快步走到容洲中身邊，把毛衣懟到他臉上，說道：「換上吧，我的衣服借你穿。」

容洲中先是一愣，然後立刻炸了，連忙擋住他的手，說道：「誰要穿你這件滿是魚腥味的垃圾，拿開！快拿開！」

「給我穿上，快穿。」黎九崢一點不讓，按住他的肩膀非要給他換上。

兩人一個退、一個進，不小心撞到正在炒菜的向傲庭，向傲庭放鹽的手被撞得一歪，嘩啦啦一大堆鹽進了鍋，炒的菜基本是廢了。

向傲庭額頭青筋一冒，忍無可忍地放下鍋鏟，轉身一手揪住一個，拖著他們快步走到廚房門口，手一甩，把他們丟出去。

「冷靜下來之前不許再進廚房！」

砰！向傲庭把廚房門關上，轉身掃一眼還留在廚房裡的人。

「早該這麼幹了。」費御景低頭繼續收拾碗碟。

時緯崇善良地給容洲中扯了塊遮羞布，緩頰道：「老三從來沒做過家務，著急的時候做不好也能理解。」

時進則看著向傲庭難得發脾氣的樣子，腦中剛好響起了童聲版「路見不平一聲吼」的調子，忍不住笑出了聲，捲起袖子說道：「做了幾個菜了？我也來幫忙吧，你們做的菜廉君可能吃不慣，他要忌口。」

眾兄弟：「……」啊，這突如其來的心塞感。

門外，容洲中和黎九崢並排站著，和廉君大眼瞪小眼。

「聊聊？」廉君側頭示意一下客廳的方向。

容洲中抖了抖衣服上的水珠，看一眼身邊被丟出來後很快老實下來的黎九崢，應道：「聊吧，但我得先換衣服。」

黎九崢突然活了過來，把手裡的「抹布」往容洲中身上套。

容洲中眉毛一豎，反手就去按他脖子，要揍他。

廉君：「……」

折騰了一下午，天暗下來的時候，由向傲庭掌勺、時緯崇幫忙、時進補充的一桌團圓飯終於上桌。總共二十道菜，有魚、有肉、有湯、有點心，看上去還挺像那麼回事。

大家在餐桌邊落坐，廉君和時進黏在一起，時緯崇和費御景坐在一起，向傲庭把容洲中和黎九崢按在身邊坐著，場面看上去倒也算是和諧。

「大家新的一年也要平平安安，健健康康的。」時進起身給時家幾位兄長和自己倒了一杯酒，

單獨給廉君倒了一杯熱豆漿，然後舉杯說道：「提前祝大家新年快樂，乾杯。」

時家兄弟們全都看著自己面前的酒杯，有些愣——像這樣被時進用大人的姿態招待，好像是第一次，很新奇的體驗。

時進微笑。

費御景第一個回神站了起來，端起酒，輕輕碰了一下時進舉著的杯子，「乾杯，新年快樂。」

容洲中第二個站起來，之後是向傲庭和時緯崇，最後，黎九崢也站了起來。

大家的杯子碰在一起，酒液蕩開，食物的香味飄蕩，倒真的有了些一家人在一起過年的團圓溫馨感。

時進收回酒杯，又單獨側身和廉君的杯子碰了一下，然後仰脖把酒一口喝乾，開心說道：「要年年有今日，歲歲有今朝！」

年年有今日，歲歲有今朝，多麼美好的一句話。

時家兄弟們看著他，陸續把酒喝下，心中百味雜陳——如果沒有時進的讓步，他們又哪裡能迎來這彷彿做夢一般的「今日」。

「真是個蠢貨。」容洲中突然嘀咕了一句，側頭用力揉了把眼睛。

時進被酒辣了一臉，沒注意到容洲中的嘀咕，緩過酒勁之後坐下，拿起筷子笑著招呼大家：「都開動吧，今天咱們來好好嘗嘗四哥的手藝。」

眾人聞言紛紛落坐拿起筷子，開始吃飯，一時間餐廳裡只能聽到碗筷相擊的聲音，氣氛變得有點點冷清和奇怪。

對於時家人來說，這頓團圓飯代表的意義都不是單純輕鬆的，大家都不自覺陷入自己的思緒裡。時進見狀想說點什麼活躍氣氛，卻被廉君握住手。

「不用勉強自己。」廉君湊近他耳邊低聲說了一句，然後看向時緯崇，主動提起話題說道：

「卦八給我遞了消息，說滅和瑞行的生意融合得不錯，他發了新的企劃給我，你那邊有收到嗎？」

時緯崇沒想到他會主動搭話，愣了一下才反應過來，壓下心裡被這頓團圓飯挑起的情緒，說道：「沒有，我這兩天沒看郵箱，等一下去收信。」

廉君點頭，又看向費御景說道：「費律師最近忙不忙？我這邊和瑞行的生意融合涉及到境外的部分生意，和新能源有關，我聽說你以前辦過一個有關於能源的案子，如果你不忙的話，我想請你過來幫忙。」

費御景立即應道：「好，可以，不過需要等到年後，年末這段時間我要做總結和年度整理，會比較忙。」

「那我們年後再聯繫。」廉君直接把事情敲定。

時緯崇有些意外，問道：「境外能源？是新企劃的內容嗎？」

廉君回道：「是，這部分比較重要，可能得勞煩兩位忙一陣子。費律師需要先看看企劃嗎？」

「需要，準備工作越早做越好。」費御景接話。

三人十分自然地就新能源的事情聊了起來，瞬間改變了餐桌上沒人說話的不自然氣氛，時進目瞪口呆，看著廉君好看的側臉，愣了一會後，心情突然飛揚起來。

——他家寶貝果然是最可靠、最體貼、最溫柔的！

他笑瞇了眼，反手握了握廉君的手。

時進起身把自己做的幾道菜全挪到廉君面前，美滋滋地給他挾菜。

容洲中看得牙疼不已，想起在島上時看著廉君和時進你儂我儂吃飯的情景，忍不住憤憤說道：「被美色糊了眼睛的小兔崽子！」

時進耳朵一動，一個眼刀飛過去，凶巴巴說道：「一點忙都沒幫上的傢伙沒權利說話，吃你的洋蔥去！」

「你！」容洲中生氣，卻沒話反駁，生氣地挾起一個時進炸的芝麻球，整顆塞進嘴裡，洩憤似的用力咀嚼。

時進發出勝利的冷哼聲，又美滋滋地看向容洲中旁邊的向傲庭，向他示意一下自己做的雞翅，說道：「四哥也嘗嘗我做的菜，我記得你喜歡吃雞翅。」

向傲庭應了聲好，順勢挾了一個雞翅，說道：「沒想到小進還記得我喜歡吃什麼。」

何止是你，原主可是把你們所有人喜歡吃的菜都記下了。

某些一家人聚在一起，掛著虛假的幸福笑容過年的場景浮現在腦海，時進緊了緊手掌，側頭看了看廉君的臉洗了洗眼睛和大腦，然後重新振作起來，看向始終安靜的黎九崢，把手邊的一疊用糯米做的點心放到他面前。

黎九崢抬眼看他。

「你好像是喜歡吃這個……不過糯米吃多了不消化，你嘗兩個就好。」時進囑咐。

黎九崢嘴唇動了動，臉上突然露出個下定了什麼決心的表情，說道：「小進，我想……」

唰。容洲中突然繞過向傲庭，一筷子戳上了黎九崢面前碟子裡的糯米點心。

黎九崢閉嘴，看一眼碟子裡被戳破的糯米點心，表情一繃，側頭陰森森地看容洲中一眼，反手拿起一邊的醋碟，手一伸全倒進容洲中的碗裡。

被兩人夾在中間的向傲庭額頭青筋直迸，抬起手分別按住兩人的肩膀，壓低聲音警告說道：「再鬧我把你們全部丟出去，好好吃飯！」

容洲中冷哼一聲，收回筷子，順便收回筷子上戳著的糯米點心，嗷嗚一口把點心塞進嘴裡，邊用力咀嚼邊十分挑釁地看著黎九崢。

黎九崢滿臉殺氣，突然拿起酒杯，說道：「比比？」

「來啊，誰怕誰。」容洲中一嘴食物含糊應戰。

向傲庭受不了了，索性不再管他們，拿起自己的餐具挪到時進旁邊坐著，任由他們折騰去了。

時進看得直樂，拐了向傲庭一下，說道：「你比三哥更像是個哥哥，他太幼稚了。」

向傲庭側頭看他，回道：「沒有。」

在座的沒有一個人像哥哥，大家都被最小的弟弟照顧著，哪裡算得上是哥哥。

餐桌上的氣氛慢慢熱鬧了起來，時緯崇和費御景與廉君聊著生意上的事，黎九崢和容洲中莫名其妙地拚起酒，向傲庭和時進各自誇著對方做的菜，有人笑有人鬧，所有人都是放鬆的模樣。

廉君在交談間隙吃了口時進挾過來的菜，側頭看一眼時進語氣興奮地拉著向傲庭聊食材的模樣，嘴角勾了勾，把視線挪回時緯崇和費御景身上，準備繼續之前的話題，但那兩人卻不知何時也停了話題，和他一樣也正看著時進。

幾秒後，時緯崇和費御景收回視線。

三人對視，然後心照不宣地繼續聊起之前的話題。

有些事不用說大家也都明白，今天大家之所以聚在這裡，只是為了讓一個人開心而已。

喝得半醉的容洲中也看到時進拉著向傲庭說話的樣子，嫉妒又嫌棄地「嘖」了一聲，看向又不自覺朝著時進看去的黎九崢，伸手敲了他腦袋一下，給他倒了杯酒，說道：「別總擺出一副要死人的樣子，今天可是團圓飯，你知道團圓飯的意思嗎？傻小子。」

黎九崢按住腦袋，想起時進曾經也這樣敲過他，垂眼說道：「不知道……三哥，我不知道該怎麼做，沒有人教過我。」

「不知道就好好學。」容洲中又砸了幾下他的腦袋洩憤，訓道：「你這榆木腦袋也不知道是像了誰，一點都不知道變通……好好學吧，趁著小進還願意給大家機會的時候，做哥哥的比弟弟還脆弱可不行，要知道你難受的時候，小進絕對比你更難受。」

黎九崢手掌收緊，突然拿起酒瓶，直接往嘴裡灌。

容洲中嚇得筷子都掉了，伸手去搶他手裡的酒瓶，氣道：「那可是白酒！我真是把道理說給豬聽了……放下！快把酒瓶放下！」

◆◆◆◆

一頓飯吃完，桌上總共七個人，除了廉君，居然全都醉倒了。

最先醉的是黎九崢，他一口氣灌了太多白酒，直接把自己折騰暈了。

第二個醉的是容洲中，他和黎九崢拚酒的時候也沒少喝，在黎九崢倒下沒多久後就趴在桌子上睡著了。

之後是時緯崇和費御景，他們邊吃邊聊，不知不覺也喝了不少。

剩下兩個看似在認真吃飯的時進和向傲庭，他們是聊食材聊得太開心，時進興致來了，非要拉著向傲庭品酒，兩人這個酒喝一口，那個酒喝一口，酒勁慢慢上頭，等廉君發現不對勁的時候，他們已經靠在椅子上迷糊了起來。

廉君把歪在椅子上亂七八糟說胡話的時進拉到懷裡靠著，輕輕摸了摸他的臉，喚了聲卦一。

卦一從餐廳外拐進來，靜候吩咐。

「把他們帶去客房，讓龍叔給他們看看，別讓他們喝出問題，記得給他們餵解酒藥。」廉君吩咐，然後自己摟著時進起身，帶著還沒徹底醉死過去的時進朝著房間走去。

卦一應了一聲是，拿出手機喊人過來幫忙。

時進隨著廉君往外走，在快走出餐廳時，他眼神短暫清明了一瞬，回頭看了眼桌邊亂七八糟倒著的時家兄弟們。

「他們是故意喝醉的。」他低語，也不知道是在說給誰聽，「這樣就算明天醒了，發現一切都是一場空，他們也可以騙自己說是做了一場夢……狡猾又膽小的傢伙們。」廉君也跟著看了眼時家兄弟們，心裡贊同時進的說法——這幾個人醉的時機太統一了，肯定是故意的。

「他們都是膽小鬼。」時進轉回頭，靠在了廉君身上，「我也是……但我還有你，廉君你別離開我，我會死的。」

廉君也收回視線，摟著他的手緊了緊，側頭親吻他的額頭，帶著他繼續往前走，說道：「不會的，我會一直陪著你。」

「真好。」時進把體重全掛在他身上，蹭了蹭他的肩膀，安靜了一會，突然說道：「廉君，我叫時進。」

廉君側頭看他。

「我父親叫時磊，母親叫嵐曉，他們住在一個名叫槐洋的鎮上，經營著一家小超市。我一出生就被他們收養了……我爸爸是個老好人，心軟敏感，我媽媽強勢一些，但其實是刀子嘴豆腐心……他們很好的，肯定會喜歡你的。」

廉君往前的腳步陡然停下，怔怔看著他。

「我其實有個特別土的小名，叫大壯，我媽起的，她說起土名小孩子才能長得好，直到上小學之前，我都以為我的名字是時大壯，後來我爸為了讓我習慣我的大名，居然把家裡的超市改了名字，改成了進進超市。他們很可愛對不對？這就是我的父母……和時行瑞完全不一樣。」

廉君手指一顫，側身把他緊緊抱在懷裡。

時進靠在他懷裡，親昵地蹭了蹭他，說道：「放心，我不是精神分裂或者得幻想症了，我說的都是真的，那些都是我經歷過的事情……相信我好不好，我真的沒有瘋。」

「……我相信你。」廉君艱澀說著，安撫地順了順他的脊背，「我知道你沒有瘋，你很好，我

知道。」

時進回抱住他，似醉似醒：「我就知道你會這麼說，你總是這麼好……其實你不相信也沒關係，我現在是醉漢，說出什麼都不稀奇，你聽過忘掉就好了……」

廉君更加收緊了手臂。

兩人靜靜抱了一會，然後繼續往房間的方向走去。

大概是酒意上了頭，時進的話開始零散不連貫起來。

「我其實和你一樣大……我真的是警察，不騙你，當了好多年了……仔細算算我是不是已經死過兩回了……本來記憶都模糊了，時緯崇、黎九崢，還有時行瑞，我全都不記得了，他們都是陌生人，是書裡用墨寫下的一個個名字，沒有任何意義……真奇怪，當年爸媽其實不想讓我當警察的，說太辛苦，但我為什麼還是執意考了警校……」

兩人終於到了房間，廉君把時進扶去浴室，剝掉他的衣服，把他安頓進浴缸靠好，拿著花灑給他洗滿身的酒味。

時進愣愣看著淋下來的水柱，眼神似乎又清明起來，說道：「我想起來了，是我在求救，不停地求救，痛苦也好、怨恨也好，來個人救救我、來個人拉我出去，這些東西太可怕了，我這種在蜜罐子裡長大的人，怎麼受得了……不對，那是我嗎？不，那應該不是我……我是那個時進，不是這個時進，不可以是這個時進……」

廉君握著花灑的手慢慢收緊，緊得骨節發白。

「可是為什麼沒有人來救我……不對，四哥救過我一次，他很厲害……那如果我也變成了他那樣，是不是就可以救自己了……我很努力對不對？為了救自己那麼拚命……」

廉君深吸口氣，伸手擦掉他眼角流出的眼淚，丟開花灑，傾身抱緊他。

時進靠在他身上，側著頭，看著浴室裡朦朧升起的水霧，眼神又混沌起來，低聲說道：「爸爸沒了、哥哥們也變了，其實我對錢不大在意，想要就都拿去好了，但人心怎麼能說變就變了呢？以前我對他們笑，他們也會對我笑，後來我對他們笑，他們只會冷眼看我、仇恨看我、諷刺看我、欲言又止地看著我、滿懷殺意地看著我……哭就更不可以了，會被討厭的……我明明還是我，但怎麼所有人都對我不一樣了。到底是哪裡錯了，是我做錯什麼了嗎？」

「沒有。」廉君終於開口，聲音低低的，壓抑而緊繃，「你做得很好，到目前為止，你都做得很好。」

「那我救到自己了嗎？」時進抬手抓住他的衣服。

「救了，不止你自己，你還救了我，你很厲害。」

時進又鬆開手，臉上露出一點解脫的笑意，「那就好……其實我也是個膽小鬼，不喝醉了，有些事我都不敢講……」

廉君摸著他的脊背，「你不是膽小鬼，你很勇敢，比任何人都勇敢。」

「是嗎……真好。」時進的眼睛已經閉上了，眼角一片被酒意熏出的微紅，嘴唇動了動，在徹底睡著前低喃出聲：「小死，別哭了，好吵……」

廉君撫他脊背的手停了停，之後又慢慢繼續，良久，輕聲說道：「晚安，時進。」

時進一覺睡到了第二天的中午，醒來後被廉君告知，時緯崇他們已經趕最早的一班飛機離開了。他愣了好一會，最後抬手揉揉宿醉後有點頭疼的腦袋，「我明白，年末了，大家都忙。」

「他們留了禮物給你，要看看嗎？」廉君詢問。

時進搖頭，又傻傻愣了一會才終於醒過神，看向廉君問道：「我們是不是該出發去月牙灣了？

你在屋子裡悶了這麼久，也需要去暖和的地方好好透透氣。」

廉君摸著他睡得亂七八糟的頭髮，問道：「你想什麼時候過去？卦六已經把那邊整理好了，我們隨時可以過去。」

時進難得給了個任性的回答：「今天，我想今天就走。」

團圓之後當然是各自分別，大家都走了，他也不要一個人留在原地。

「好。」廉君傾身親親他，說道：「我去安排。」

哪怕是廉君，在臨近中午才決定當天離開的情況下，也只勉強安排到晚上十一點的專機，勉強達成了時進想當天離開的願望。

「得去飛機上休息了。」廉君幫時進收拾著行李，一箱物品裡居然有半箱都是課本。

時進假裝沒看到，揉了揉有點心塞的胸口，說道：「那你今天的午覺必須睡久一點。」

「你陪我？」廉君放下課本看他。

時進和他對視，說道：「當然是我陪你。」

午覺起來後，廉君發現時進在收到一條簡訊後變得有點坐立不安，時不時扭頭看窗外。他滑動輪椅靠過去，問道：「想出去堆雪人嗎？下次再回來這時，雪應該已經化沒了。」

時進皺眉想了想，說道：「堆吧，咱們今年堆個小點的。」

兩人來到去年堆雪人時待過的那個休息室，時進把廉君和自己都裹得嚴嚴實實的，然後牽著廉君出去，走到雪最厚的一個角落，拉著廉君一起蹲下，讓他和自己一起捏雪球。

「你捏個小點的，我捏個大點的，然後湊在一起，就是一個雪人了。」時進說著自己的計劃。

廉君問道：「不想堆個帶花樣的？」

「等明年吧。」時進回答，朝他笑了笑，「今年咱們還是照傳統的來。」

廉君知道他是在意自己的身體情況，笑了笑，應道：「好。」

最後兩人在外面堆了個才時進小腿高的迷你雪人，總耗時連二十分鐘都沒有。時進很滿意，拉著廉君一起和雪人拍了照，然後帶著廉君回到屋子裡，急匆匆地帶著他去洗手洗臉暖身體。

廉君看著時進努力照顧自己的樣子，覺得有點心疼。

這個人才是最該被所有人仔細照顧著的，他不自覺伸手，把時進抱在懷裡。

時進疑惑，側頭看他，問道：「怎麼了？」

「想做就去做。」他說著，吻了吻時進被寒風凍得發紅的耳朵，鼓勵道：「不用顧慮我，我只想讓你開心。」

時進低頭抱緊他，想起容洲中和向傲庭先後發來的簡訊，說黎九崢早上離開時臉色糟糕神情不大對勁，沒有說話。

天慢慢暗下，出發的時間越來越近了。時進一直扭頭看著窗外，終於在時鐘走到七點整時，忍不住站起身，看向廉君說道：「我出去一趟，九點半以前肯定回來。」

「來不及的，十一點的飛機，我們最遲九點就要出發去機場。」廉君搖頭。

時進愣住，抬手拍了拍額頭，猶豫道：「我居然忘了年前的B市交通有多可怕……！沒什麼，那我們……」

「但如果我們現在就出發的話，我或許可以讓你半路拐去什麼地方，短暫停留一會。」廉君補充，滑動輪椅出來，握住他的手，問道：「要現在出發嗎？卦二他們已經把行李全部搬到車上了，車隊也整合好了。」

時進傻傻看著廉君，然後用力反握住他的手，詢問道：「出發吧，我想去一趟大學城……可以嗎？」

「當然可以。」廉君回答，拿起他的手親了親。

汽車在街道上疾馳，車外是漸漸熟悉的大學城景色，時進把手伸進口袋，握了握裡面的鑰匙——那是黎九崢公寓的鑰匙，他現在就在去那裡的路上。

而為什麼要去那裡……他拿出手機，按開簡訊頁面，跳過容洲中和向傲庭的簡訊，看向黎九崢今早最後發來的訊息：謝謝，我明白了，請繼續恨我，我會繼續疼愛你，你是上天賜給我的禮物，我會珍惜你，年後見。【愛心.jpg】

依然是亂七八糟的青春期憂鬱少男疼痛系簡訊畫風，但裡面有些熟悉到彷彿刻在靈魂裡的話，卻實在讓他無法做到像以往那樣無視。

禮物這種詞，真是……

「你五哥應該已經回蓉城了吧？」坐在副駕駛座的卦二突然開口，看著外面已經變得十分冷清的大學城，誇張地搓了搓胳膊，說道：「學生們都放假回家了，這裡變成一座空城，夜晚看著怪可怕的。」

「沒有回蓉城。」時進回過神，看向黎九崢住所的方向，「那個埋葬著他母親和外祖父母的地方，在過年這種日子，他是不會回去的。」

去年的這個時候，黎九崢也是待在B市，還在接到他的求救電話後立刻趕過去救他。

是的，救，無論後面黎九崢做了什麼，在當時的情況來看，黎九崢是救了他的。還有上輩子，黎九崢其實也是救了原主的，撇開那些亂七八糟的精神摧殘不談，起碼在身體上，黎九崢盡到做醫生的責任，不僅把原主從那場嚴重車禍裡搶救回來，還把原主帶到自己的醫院裡親自看護。

而那些精神摧殘……時進想起黎九崢去年在他母親墓前說的那些話，抿緊了唇。

他突然間有些理解黎九崢的部分想法和行動含義，那個人真的就像個小孩子一樣，純粹的善也純粹的惡，還根本不會表達自己的情緒和感情。

也許……只是也許，也許黎九崢上輩子站在原主床邊說的那些可怕話語，和拿著刀說要幫原主解脫的行為，出發點其實沒那麼惡意，甚至也許是帶著善意的。他病了，就像時緯崇一樣，不動聲色地被父母施加過來的壓力和情緒壓垮了。

醫者不自醫，可能根本沒有什麼真假面具，黎九崢表現出的所有分裂情緒，都只是一個病人表現出的病症而已。

痛苦的時候恨不得拉著所有人一起下地獄，回過神的時候，又想盡力抓住還沒溜走的溫暖……一樣的，都是一樣的。而且同樣的家庭環境，原主還有前十幾年的虛假幸福和父愛護航，而黎九崢什麼都沒有，母親也好、父親也好、兄長也好，所有人給他的，都只有殘忍的現實和一大堆無法消化的負面情緒。

什麼少年天才，那些被努力戴到頭上的光環，只是一個被逼到絕境的孩子，唯一能想出來的自救辦法而已。小孩子的想法有時候真的很簡單，他們總以為自己多懂一點了、成長得快一點了，目前的困境就能變得簡單起來，所有人的問題就能找到解決的辦法。

——可你死了，我怎麼辦？

腦中突然閃過黎九崢曾經說過的話，時進發散的思維陡然收攏，用力握緊口袋裡的鑰匙，大腦從來沒有哪一刻如現在這般清醒。

上輩子的黎九崢早就瘋了，失去父親與母親，和幾位兄長也只有利用的關係，唯一因為母親的洗腦而覺得比較特殊的弟弟，也即將要被死神奪走。所有給他痛苦、給他希望的人都死了，他該怎麼辦？他能怎麼辦？一個瘋了病了，一個人活在世上，從來沒有真正長大的人，會怎麼辦？

這是第一次，時進想到一件事——原主死去後，那個無數次對原主流露殺意，卻始終沒有真的動手，行動上還在努力想把原主從死神手裡搶回來的黎九崢，最後怎麼樣了？

汽車停下，時進回神，發現黎九崢住的社區已經到了。他望向黎九崢所住的樓層，心中冒出一股衝動。

——上輩子的黎九崢已經看不到希望了，那這輩子，哪怕只是為了那些名為救贖的行為也好，再試試吧。

他頭一次理智地扛下胸腔中滿溢著的所有情緒，用活了二十多年的時進的思維，消化掉那些十八歲瀕死的時進能理解和不能理解的一切。

——別讓感情操控了理智，你可以的。

他伸手拉開車門，下車朝著黎九崢所住的大樓走去，速度越來越快，最後乾脆小跑起來，悶頭按開電梯衝了進去。

「君少，真的沒關係嗎？」卦二看著時進的背影，皺眉詢問。

廉君靠在椅背上，摸了摸時進剛剛坐著的地方，回道：「沒關係，他知道自己在做什麼。」

電梯開啟，時進大步走到三六〇二的門口，調整一下呼吸後，拿出鑰匙開門。

屋內漆黑一片，沒有開暖氣，根本不像是有人在的樣子。他卻徑直邁步進去，來到沙發邊，果然在上面看到一個蜷縮著的身影，開口說道：「我最多只能在這停留十分鐘，不然會錯過離開這裡的飛機。」

沙發上的人沒有動，像是已經睡著了。

「說句實話，我很怕你，你想殺我這件事，我一直放不下也釋懷不了。」時進頓了頓，聲音緩了一點：「但你說得對，幾個兄弟裡面，你和我是最像的。」

也不知道是不是錯覺，沙發上的人影似乎蜷縮得更緊了。

「我要出國去廉君的島上過冬了，順便在那邊跨年。」時進說著側過身，放在口袋中的手指緊緊捏著，用力到發白，「如果你想一起的話，就快點收拾好自己下來，我只在樓下等五分鐘……五哥，我不想繼續恨你，那太累了，我也想解脫。」

他說完就轉了身，沒有去看沙發上的人是醒是睡，頭也不回地離開這間毫無人氣的公寓。

機會已經給了，這是他克服記憶帶來的排斥和恐懼，用盡最後一絲理智再次伸出的手，對方要不要抓住，他已經沒心力去管了。

五分鐘後，時進看著始終沒人出來的大樓門口，收回視線說道：「出發吧，別錯過了飛機。」

卦一立刻發動汽車，卦二卻突然咦了一聲，說道：「等等，有人跑出來了。」

時進抬眼看去，就見黎九崢只穿著一件襯衫衝出大樓，手裡亂七八糟地拿著手機、證件等物品，大冬天的，額頭居然全是汗。他焦急在門口掃了掃，看到這邊要離開的車，快步跑過來，攔在車頭，邊喘氣邊說道：「小進，我、我和你一起，我在找證件，我忘記把它放在哪裡了，別丟下我，我和你一起，讓我和你一起。」

時進隔著車玻璃和他對視，彷彿看到那個曾經盡全力在無聲求救的自己，閉了閉眼，伸手打開車門。

「進來吧，要趕不上飛機了。」

黎九崢眼裡爆發出巨大的驚喜，繞過來扶住車門上了車，緊緊貼著他坐下來，身體也不知道是因為冷還是什麼原因，正一陣一陣地發著抖。

時進取出一條毛毯裹住他，發現他居然沒有穿鞋就跑出來，此時襪子已經全被雪化後留下的水打濕，踩髒了車裡的墊子。

「抱歉，把車子弄髒了。」黎九崢見他看著自己的腳，表情變得有點窘迫。

「沒事。」時進又拿了條毛巾出來，示意他把襪子脫掉，擦乾淨腳上的水。

黎九崢連忙照做，動作有些急，像個害怕因為犯錯被家人丟下的小孩子。

時進看著他著急的神情和略顯蒼白的臉色，心裡突然有種回歸安穩的感覺——感覺只要稍微說句重話，這個人就能直接哭出來了，這樣的一個人，需要怕他嗎？

輪船停靠在月亮灣的港口，時進扭頭看向站在身後兩步遠的黎九崢，問道：「醫院的事情安排好了嗎？」

黎九崢點頭，朝他露出一個笑容，回道：「我的幾位師兄會輪班去醫院幫我看著，卦二先生也已經幫我辦好各種手續，我起碼可以在這邊待半年。」

「用不上半年，咱們最多在這裡待到四月末。」

時進說到這裡想起每年的道上會議，眉頭皺了皺。

黎九崢察覺到他的情緒，問道：「怎麼了？」

經過總共兩天的飛行加輪船之行，黎九崢已經慢慢收拾好情緒，又變回那個總是對著時進親切微笑的笨蛋哥哥，並且隨著相處的時間變多，變得越發黏著時進。

黏得緊了，有些事情就慢慢暴露了。

時進發現，黎九崢對自己的情緒改變捕捉得非常快和非常細，幾乎到了他只是抬手抓抓腦袋，黎九崢就能發現他是在為頭髮長得太長了而苦惱的地步。

時進最開始覺得有點毛骨悚然，甚至猜測黎九崢是不是會讀心術，想躲著他走，但他很快把這種受原主記憶影響而對黎九崢生起的防備與恐懼給壓下去，仔細觀察一番後，發現黎九崢只是在意他，加觀察仔細和細心而已，並且這種仔細在意只針對他一個人，對其他人，黎九崢就又戴上另一副面具，顯得客氣冷淡和游離於群體之外。

此時黎九崢又只靠他一個短暫微小的皺眉動作，就發現他微小的情緒變化，他在習慣和努力嘗

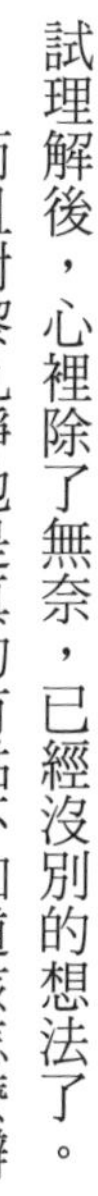

試理解後，心裡除了無奈，已經沒別的想法了。

而且對黎九崢他是真的有點不知道該怎麼辦，打不得、罵不得、重話說不得，想談心又不知道從哪裡開始，感覺哪裡都是雷點，隨便一戳就要爆掉了。

怎麼莫名有種老師面對青春期敏感學生，死也找不到教育切入點的蛋疼感。

「小進？」黎九崢一直等不到回應，疑惑地靠前一步。

時進被喚回神，側頭看黎九崢一眼，忽然想到什麼，眼睛亮了，問道：「五哥，你玩過水上摩托車嗎？」

黎九崢迷茫地看著他，遲疑地搖了搖頭，「沒有……小進你想玩嗎？我可以去瞭解一下……」

「我帶你玩！走了，先下船。」時進拍一下他的肩膀，然後轉身衝進輪船的休息室，見廉君已經和魯珊打完電話，連忙上前把他的輪椅扶住。

「發生什麼事了，這麼開心？」廉君見他臉上是最近難得的興致高昂，微笑詢問。

時進彎腰親他一下，說道：「我準備帶我五哥去彌補童年，你會吃醋嗎？」

廉君笑容淡去，十分誠實地點了點頭，「會。」那明明都是獨屬於他的福利。

「那我就是為這個開心的。」時進膽大包天地捏了捏廉君的臉，笑得像隻偷了腥的貓，故意說道：「你乖乖忙工作，我去山裡海裡給你找好玩的東西回來，不要吃醋，我最愛的還是你。」

廉君把他的手拉下來握住，側頭咬了一口他的手指，問道：「跟誰學壞了？」

時進傻笑不說話，又用力親他一口，然後推上他的輪椅，開心地朝著甲板跑去。

下船之後眾人稍微休整了一下，吃了頓午飯，然後時進把廉君送去午睡，自己則拉著卦九去一邊嘀嘀咕咕好久，順便把住在他和廉君隔壁的黎九崢也拉上了。

一個多小時後，廉君睡醒，起床後哪裡都沒看到時進，疑惑地喚來守在外面的卦一，問道：「時進呢？」

「帶著黎醫生去玩水上摩托車了。」卦一回答。

廉君聞言皺眉，透過窗戶看一眼海灣的方向，隱約看到海面上有動靜，說道：「讓人好好看著，時進回來了告訴我。」

卦一應了聲是。

廉君這才放心了，壓下心裡被愛人撇下的失落感，來到大書房，伸手擰開門。

摩托車聲和海浪聲從門後一起傳來，裡面還夾雜著時進的說話聲。

「不是這個按鈕！穩住方向……別怕，這個翻不了……對，就是這樣……五哥，咱們去遠一點的地方。」

廉君一愣，立刻看向了聲音傳來的方向——一臺架在書桌上的平板電腦。

守在書房內的卦九解釋道：「這是直播，是時進在滅下屬的一個內部平臺上開的，帳號和直播房間已經做了加密和防護，只有您能看到。」

廉君回神，滑動輪椅來到書桌後，看向平板螢幕。

螢幕上，晃動的鏡頭裡，黎九崢正稍顯生疏的調整著水上摩托車的速度，時不時朝著鏡頭的方向看過來，然後一隻胳膊在很近的地方伸進鏡頭，朝著黎九崢擺了起來。

「五哥你別總看我，看你的前面，注意控制方向。」

時進的聲音再次響起，也是從距離鏡頭很近的地方傳來的，很明顯，這個直播是以時進的角度播的，鏡頭估計別在時進的胸口，所以只能看到時進看到的畫面，看不到時進。

廉君臉上的期待淡了，面無表情——他一點都不想看黎九崢的背影。

「時進說這樣播的話，您會比較有代入感。」卦九見他似乎不大喜歡這種視角，細心解釋。

比起代入感，廉君當然更想看到時進的臉。他看著晃來晃去的直播畫面，手指點了點輪椅扶手，說道：「讓卦六找個人跟著他們，用無人機幫他們拍。」

卦九早料到會這樣，應了一聲，拿出手機給卦六打電話。

廉君聽著直播畫面裡時不時響起的時進的聲音，看著蔚藍剔透的海面，感覺那邊的熱鬧氣氛也透過螢幕傳遞過來，表情慢慢緩和，嘴角上翹——這傢伙，總有辦法哄人開心。

無人機很快到位，直播間裡的畫面一分為二，一半是時進的第一視角，負責收錄他的聲音，另一半則是無人機拍到的時進身影。

廉君又讓卦九調了調，把無人機拍到的畫面調到占據整個螢幕，時進的第一視角縮小一些，放到角落，好好看了看時進騎水上摩托車的英姿，這才滿意了，收攏思緒開始辦公。

工作的時候耳邊有「雜音」，這本該是件非常分散注意力的事，但廉君今天工作的效率卻出奇高，每處理完一份文件都會抬頭看看直播裡的時進在幹些什麼，姿態放鬆，肉眼可見的心情不錯。

卦九和卦一見狀對視一眼，臉上都帶了笑。

時進玩到一半的時候發現頭頂上多了一臺無人機，稍一轉動腦子就明白了這是怎麼回事，笑著抬手朝無人機用力揮了揮，然後加快水上摩托車的速度，歡呼著朝更遠處的海面衝去。

黎九崢聽到時進快活的叫喊聲，回頭朝他看去，有些怔忪——碧海藍天，家人在側，這大概是他這輩子見過的最美好的風景……感覺像假的一樣。

「五哥！發什麼愣，走了，咱們再騎一圈就回去了，摘果子去。」時進靠近他招呼了一句，語氣自然親切。

黎九崢回神，看著時進開心興奮的樣子，嘴角慢慢翹起，學著他的樣子，提高聲音應了一聲，跟在他身後。

這就是和家人一起遊玩的感覺嗎？太幸福了，感覺隨時會激動得暈過去……不過不能暈，不能讓小進掃興。

黎九崢只覺得自己墜入一場美夢裡，夢裡他每天都和唯一的弟弟在一起，今天玩玩水，明天爬爬山，晴天在沙灘上堆城堡，雨天趴在窗戶聽雨聲看室內電影，偶爾幫落下作業的弟弟補補習，眼睛看到的是陽光大海，耳朵聽到的是笑聲鳥鳴，快活得哪怕下一秒就要世界末日，也能笑著赴死。

這是一個溫暖過頭的冬天，他想沉在這溫暖的陽光裡，長睡不醒。

「發什麼愣，五哥，這棵樹上的果子不錯，你幫我拿下手機，我去摘幾顆下來。」

又一天的下午，時進帶著黎九崢在小島南側的森林裡摘野果，手裡拿著拍攝支架，時不時調整一下鏡頭位置，那熟練的架式，看上去就像是個專業的戶外主播。

他說完還不忘朝著鏡頭揮揮手，說道：「別擔心，我爬樹很厲害的，保證安全下來。」話音剛落，就見手機螢幕上，觀眾數始終為一的直播間聊天畫面上，出現一行小字：注意安全。

時進看到後立刻傻笑起來，美滋滋地把手機往黎九崢手裡一塞，搓了搓手，三兩下爬到樹上，嗖嗖朝著掛著野果的枝丫爬去。黎九崢緊張地拿著手機等在下面，跟著時進的身影圍著樹幹來回繞，一副隨時準備接住他的樣子。

「搆到了，我要摘了。」時進爬到合適的位置，低頭朝黎九崢和他手裡的手機招了招手。

黎九崢的臉色卻唰一下白了，手一鬆突然丟開手機，快速從地上撿起一塊石頭，用力朝著樹上的時進砸去。

小死也同時尖叫出聲：「進進，小心！」

時進表情一變，連忙側身縮手。

砰！石頭砸在時進之前停留位置的側邊，正中一條突然從枝丫上探頭的青色小蛇。

「嘶嘶嘶——」蛇被砸中，痛叫著掉到地上。

黎九崢被嚇到了，蛇明明已經被打掉了，他卻還不放心，立刻拿起一塊石頭靠過去，繃緊臉對著蛇的頭就是一頓猛砸，直把蛇砸得血肉模糊都沒鬆手，眼神沉沉的，裡面全是陰冷的殺意。

「不許傷害小進，別想帶走小進。」

這是他好不容易握住的東西，不能被任何人或者物破壞！絕對不行！

蛇早就死了，黎九崢的動作卻仍然不停，石頭上全是血，他手指和臉上衣服上也沾了血，看著有些可怖。

時進被黎九崢突然的爆發震住了，回神後狠狠皺眉，從樹上爬下來，快步靠近按住黎九崢的肩膀，把他扭得正對著自己。

兩人對視，黎九崢眼中的殺意來不及收斂，時進迎面對上，身體陡然一僵，有些記憶和情緒不受控制的冒頭，逼得他鬆手後退了一步。

黎九崢見狀陡然回神，看一眼自己的手，又看一眼自己沾了血的衣服，最後看一眼身後血肉模糊的蛇屍體，心裡一顫，手中石頭落地，慌張地想擦乾淨手上的血跡，想碰時進又怕把血蹭到他身上，著急說道：「不是……小進你別怕，牠不會再傷害你了，我也不會，你別……」

時進深吸口氣壓下氾濫的情緒，上前把他從地上拉起來，扯起自己的T恤給他擦了擦手上的血跡，說道：「五哥，謝謝你保護了我。」

保護？黎九崢一愣，怔怔看他。

「五哥剛剛砸蛇的那一下太帥氣了，又準又凌厲，今晚咱們吃蛇肉。」時進朝他笑了笑，親昵地拍了一下他的肩膀，然後找到掉在地上的手機。

他調整好鏡頭，先朝著鏡頭展示一下完好無損的自己，解釋了一下剛剛的情況，然後拿著手機湊到蛇屍體身邊，碎碎念：「剛剛這個傢伙想攻擊我，五哥幫我幹掉牠，廉君你喜歡吃蛇肉嗎？這

蛇雖然頭被砸爛了，但身子還在，應該夠炒盤菜了。」

書房裡，不明真相、急得準備親自找過去的廉君動作停下，聽著時進的碎碎念，看著鏡頭裡他的側臉，慢慢坐下去，嚥下後怕，皺眉打字：胡鬧！

時進看到這句難得帶著驚嘆號的話，稍顯心虛地摸了摸鼻子，說道：「你別生氣，我也沒想到樹上會有蛇……這不是還有五哥嘛，他是醫生，我很安全的，你別擔心。」

廉君聞言卻更生氣了，直接一通電話打過來。時進連忙接了，捧著手機小聲安撫他。

黎九崢站在時進身後，聽著他對著手機略帶撒嬌的嘀咕，緊繃的身體一點點放鬆，看一眼自己被擦掉大部分血跡的手，脫力般地蹲到地上。

他保護了時進嗎？真好……沒有嚇到他，真好。

最後時進真的把那條蛇的屍體帶回去，並見人就誇一誇黎九崢的豐功偉績，在知道廉君不能吃蛇肉之後，就在兩棟別墅的側邊找了塊空地，撿柴火弄了個小火堆，把蛇肉處理了，醃漬一下，用木籤串著烤上了。

「好香。」時進聞著蛇肉的香味，美得差點冒泡泡，「這個肯定好吃，今天多虧了五哥，我才有新鮮的野味吃。」

黎九崢再次被誇，面上沒什麼，心裡卻十分不好意思，說道：「小進喜歡就多吃點。」

「我們一人一半，五哥還沒吃過蛇肉吧？今天好好嚐嚐……要不咱們明天去捉野兔吧，兔肉也挺好吃的。」時進期待建議，還抬臂搭住他的肩膀，有意想讓他習慣和人肢體接觸。

黎九崢看著他靠近的臉，嘴角一點點翹起，點了點頭。

時進見他笑了，咂吧咂吧嘴，也笑了——生活就是這麼回事吧，快樂堆積得足夠了，痛苦也慢慢淡了，時間是最好的良藥。

【第十四章】

代表廉君出席官方會議

新年轉眼到來，那一天大家全都去山上海裡、森林裡弄食材，就連廉君也被時進推到船上出了海，幫忙釣魚。大家一起準備食材、一起做了飯，然後一起吃了飯，放了煙花，跨了年。

午夜的時候，時進把大家等跨年時一起包的餃子煮了，一人分了一碗，說道：「新的一年，新的開始，誰吃到餃子裡的硬幣，誰就是明年的幸運王，來，拚運氣的時候到了！」

卦二笑罵：「就你點子多，你肯定偷偷把包了硬幣的餃子塞你自己碗裡了。」

時進橫眉冷對，拿起一個水果堵住他的嘴。

黎九崢含笑看著時進，拿起筷子攪了攪碗裡白白胖胖的餃子，想起這是自己和時進一起包的，臉上笑容加大，挾起一個塞進嘴裡。

「唔！」他突然捂住嘴。

桌上所有人全都朝他看了過去，齊齊露出「不是吧」的表情。

黎九崢也看著眾人，眼睛瞪得有點大，慢慢鬆開手，從嘴裡吐出一枚硬幣。

「時進你作弊！這餃子你居然不留給君少！」卦二毫不留情地拆穿時進的小把戲。

廉君看著面前的碗，面無表情，一點都沒有動筷子的意思。

黎九崢則一愣，側頭朝著時進看去。

時進沒想到卦二居然卑鄙的挑撥離間，撲過去就是一頓爆捶，咬牙切齒地說道：「誰說包硬幣的餃子只有一個了，吃你的餃子去，就你話多！」

眾人哄笑，黎九崢看著手裡的硬幣，慢慢收攏手掌，把硬幣緊緊握住，抿唇笑了起來——他的弟弟，偷偷把未來一年的幸運偏心給了他，太可愛了。

他的笑容太過純粹，滿滿的孩子氣，雙眼微彎，裡面像是灑滿了名為幸福的星星。

時進餘光看到，心裡突然有種一直緊繃的東西陡然鬆懈下來的感覺，扭頭看向夜色下溫柔湧動的海面，長長吁了口氣。

在痛苦中長大的孩子，終於學會真正的笑了，不容易。

他鬆開卦二，走到廉君身邊，從背後抱住他，把臉埋在他的肩膀上。

「怎麼了？」廉君抬手按住他的胳膊，側頭看他。

「新年快樂。」時進低語，小聲解釋道：「包了硬幣的餃子有三個，你碗裡有兩個。」

廉君愣住，然後微笑，側頭親吻他的頭髮，「你果然學壞了……謝謝，新年快樂。」

◆◆◆◆

新年第五天，魯珊打了電話過來。

「我知道這時候打擾你們過年十分煞風景，但我實在是拖不下去了，午門和千葉的首領親自來找我，給出巨大的誠意，我再拖下去，他們估計就要起疑了。」

正窩在沙發上教黎九崢玩麻將的時進聞言一愣，皺眉朝著書桌後的廉君看去。

廉君早就料到會有這通電話，安撫地看一眼時進，對著手機說道：「很正常，今年的會議快要開始了，他們應該是想在會議開始前讓結盟穩定下來。」

「那他們的誠意，我接了？」魯珊詢問。

「接吧，和妳接洽的時候，孟青和齊雲哪一個是主導者？」

「午門的孟青。」

廉君瞭然，「果然是他，他為人有點自負，喜歡站主導位，相比他，千葉的齊雲就要狡猾得多，妳多注意一點齊雲，別和他走得太近。」

「我明白。」

談話短暫停下，兩人都明白，真正的戰鬥就要開始了。

「大概就是這次會議之後了，你做好準備。」魯珊再次開口，語帶嘆息。

這話說得不大明白，但廉君卻應道：「我早就做好準備，倒是妳，多注意一些自己，別把自己折進去。還有，謝謝妳幫我拖到現在。」

魯珊突然笑了，說道：「臭小子，怎麼跟你姨說這種話呢，我摸爬滾打這麼多年，哪裡這麼容易折進去。」她說完停了停，又補充道：「你可得好好的，咱們會議上見。」

「會議上見。」廉君說完掛斷電話，卻不想書房的門突然被從外面推開，入島之後就一直把自己關在實驗室的龍叔出現在門口。

「先別會議上見。」龍叔一字一頓說道：「最新的檢查報告出來了，君少，你可以用藥了。」

龍叔朝他看去，「我說，君少的身體到達用藥的標準了，另外，我這邊還有個壞消息。」

砰。時進手裡的平板落了地，嗶一下站起身，問道：「龍叔你說什麼？」

時進連忙問道：「什麼壞消息？」

龍叔拍了拍手裡的資料，「我曾經說過，君少體內的殘毒在用藥後絕對會重新活躍起來，很不湊巧，這毒比我預估得更頑強，現在還沒用藥呢，它們就有要活躍的跡象，我推測，發生這種改變，應該是君少身體機能逐步完善導致的。」

廉君滑動輪椅出來，握住時進的手，安撫他一下，看向龍叔問道：「你的意思是，我最好儘快用藥？」

龍叔點頭，「對，先發制人對人有用，對毒素也是。在有壓制力的情況下讓毒素垂死掙扎，和讓它活躍壯大之後再用藥壓制，肯定是前者更保險和傷害小一些。」

大家都聽懂了，但現在有個問題擺在面前。距離四月的道上會議已經沒剩多少時間，如果廉君現在用藥，那麼四月他很有可能正處在被毒素折磨到最痛苦的時候，絕對不適合在外露面。

但今年的會議廉君卻不能不去，四家結盟將成，滅在這時候不能對外表現出任何一點弱點。

「用藥之後，毒素徹底清除需要多久時間？」廉君繼續詢問。

龍叔看一眼表情已經變得十分難看的時進，回道：「快的話三個月，慢的話，半年到一年也有可能，這些都說不準的。你的治療可不僅僅是清毒，還有清毒後的身體修補和調養，這兩項是結合在一起的，快不了。」

最快也要三個月，現在距離四月份的會議，已經連兩個月都不到。

時進握緊了手。

廉君皺眉沉吟，轉而問道：「那用藥的時間能不能……」

時進用力捏了一下他的手，說道：「別拿你的身體開玩笑。」

廉君停下問話，見他表情實在難看，起身抱住他，安撫地摸摸他的頭髮，自己一時間也沒了主意。時進回抱住他，眉頭深鎖。

治療和衝突到底還是撞上了，現在該怎麼辦？

廉君安撫了時進一會，等他冷靜下來後才又看向龍叔，問道：「必須儘快用藥？」

龍叔毫不猶豫回道：「越快越好，我知道你心裡打什麼主意，不可能的，我不會再用藥把你體內的毒素暫時壓下去，那是在害你。君少，好的治療時機可不是大白菜，隨便養養就又有了，身體也不是橡皮，隨你折騰還能再重新塑形。」

話說到這份上，擺在廉君面前的似乎只剩下一條路了。

「那就儘快治療。」時進代替廉君做了決定，表情認真，語氣不容拒絕：「龍叔你去安排吧，如果廉君趕不上四月的會議，我替他去。」

此言一出，室內的人全都愣住了。

「時進！」廉君難得地對時進提高了聲音。

時進側頭看他，堅定說道：「你喊我也沒用，如果是你站在我這個立場，我相信你也會這麼

做。廉君，我是滅的副首領這件事，是你親自通過章卓源的嘴向其他組織確認過的，我的身分足夠代替你參加會議，你別想攔我。」

時進有很多優點，其中就包括說到做到和堅持。廉君看著時進認真的表情，各種勸阻的話在胸口滾動，卻一句都說不出來——他拗不過時進，他很清楚這件事情。

最後他只握緊時進的手，說道：「時進，我現在很後悔把你推到臺前，讓所有人知道你在我這裡的分量，今年的會議不比往常，滅肯定會被另外四家針對，你沒有經驗，我不可……」

「那你教我。」時進打斷他的話，反握住他的手，「你教我，而且你這麼聰明，肯定有辦法在後方保證我的安全，我相信你，再說還有魯姨在，沒事的。」

廉君閉嘴，皺著眉不說話。

時進也不說話，一點沒有要退讓的意思。

龍叔看著他們，心裡倒是覺得時進的建議很好。從私心來講，他覺得廉君應該多依賴時進一些，時進可不是什麼需要被保護的溫室花朵，相反，在某些事情上，時進表現得比這世上大部分人都要有擔當和可靠。

「是要儘量縮短廉先生的治療時間嗎？」

氣氛正僵持間，一直安靜坐在沙發上的黎九崢突然開了口。

眾人愣住，側頭朝他看去，龍叔注意到黎九崢後，卻是眼神一閃，上下打量起他。

黎九崢彎腰撿起時進掉下的平板放到茶几上，站起身說道：「我是醫生，雖然主攻的不是神經方面，但我師兄是，我或許可以幫到忙。」

「五哥……」時進愣愣喚他。

黎九崢朝他笑了笑，安撫道：「沒事的，我會幫你。」說完主動朝著龍叔靠近，問道：「廉先生的病例和身體檢查報告能給我看看嗎？」

龍叔沒有回答，而是看向廉君。

暴力組織首領的身體狀況，一般是只有組織首領的貼身醫生能詳細知道，外來的醫生再優秀，也別想窺探太多，黎九崢確實很優秀，但要不要讓對方幫忙，卻不是龍叔能決定的。

接收到龍叔的詢問視線，廉君皺眉，握了握時進的手，說道：「給他看。」

「多謝信任。」黎九崢回頭看向廉君，見站在廉君旁邊的時進還在愣愣看著自己，又轉過身邁步靠過去，伸手摸摸時進的頭，安撫道：「別怕，都會好起來的。」

「五哥。」時進看著他，突然不知道該說什麼才好。

黎九崢又摸了摸他的頭，動作有些生疏和笨拙，卻很小心。他見時進沒有躲開，臉上微笑加深，朝廉君點點頭，然後轉回到龍叔身邊，說道：「走吧，我要看詳細的病例，時間不等人。」

龍叔看一眼廉君和時進，見廉君沒阻止，便點點頭，帶著黎九崢離開了。

時進看著黎九崢離開，用力抓緊了廉君的手。

新年假期突然就結束了，黎九崢換上白袍，一頭扎進實驗室，時進也收了所有玩樂的心思，硬拉著廉君上會議準備課。

明明廉君還沒鬆口，但廉君馬上要開始治療的事情卻迅速傳開了，島上放鬆的氣氛一掃而空，一股無形的緊張氣氛瀰漫開來。

「每年會議的流程都是一樣的，你去年參加過一次，這方面我就不再過多說明。參加會議不難，難的是和官方的接洽，及和各組織首領的博弈，他們都是人精，你要注意別被他們套話，如果會議時起衝突，或者會議後被追蹤偷襲……」廉君壓下擔憂講解著，看著對面拿著紙筆認真做筆記的時進，突然停了話頭。

時進疑惑地抬頭看他。

「時進，我絕不會讓你代替我去開會。」廉君蓋上面前的資料，難得的不理智，「章卓源和魯

珊還好，他們雖然幫不上你，但起碼不會刁難你，但午門的孟青和千葉的齊雲卻都不是好打發的，蛇牙的袁鵬更是個控制不住脾氣的蠢貨，今年不比以往，滅這次過去就是被當靶子的，萬一他們突然發難，那你……」

「廉君。」時進探身握住他的手，認真說道：「廉君，你知道的，那些人不會蠢到在官方的眼皮子底下動我，而且他們結盟剛成，這次會議他們的主要目的應該只是試探我們，不會直接對我動手。你也別說什麼讓卦一代表你去參加會議的話，孟青他們不會認的，到時候他們絕對會就此發難，以滅的首領不參加會議的理由，要求官方把滅下牌。生意融合還沒結束，滅絕對不能被下牌，所以只能我去，我是你對外承認的副首領，除了你，他們只會承認我的身分。」

時進分析得很透徹，但廉君卻一點都不覺得高興，任誰親手把喜歡的人推到危險的第一線，都不會覺得高興。他用力握著時進的手，沉著臉不說話。

時進乾脆站起身，傾身捧住他的臉，逼他和自己對視，認真說道：「廉君，我想讓你健康地陪我一輩子，就算只是為了我，你能不能再多在意自己一點？」

廉君看著他，手指收緊又放鬆，放鬆又收緊，突然站起身，用力把他拉過來抱到懷裡。

時進安撫地回抱住他，無聲安慰。

良久，廉君緊繃的身體稍微放鬆，深吸口氣逼自己恢復理智，鬆開他摸摸他的臉，說道：「……我會和魯姨聯繫，讓她多在孟青那邊周旋一下，爭取平穩度過這次會議。」

終於鬆口了。

時進心裡一喜，乖乖點頭，應道：「好，其實這次會議真的不會有危險的，你不用太緊張，再說還有卦一他們呢，他們也會幫我的。」

廉君看著時進明顯鬆了口氣的樣子，摸了摸他的臉，忍不住再次把他抱到懷裡——太沒用了，他這具身體太沒用了，時進才不到二十歲，為什麼要代他去經歷這些事。

時進察覺到他抱著自己的力道越來越緊，又安撫地拍拍他，「別擔心，我會安全回來的。」

「……沒有下一次。」廉君低聲說著，手指緊到發白，「絕對不會再有下一次。」

一天後，龍叔敲定了用藥時間——一個星期後。

接下來的這一個星期裡，廉君需要忌口和定期注射輔助藥物，為正式用藥做準備。

黎九崢還悶在實驗室裡翻看廉君那多如牛毛的病例和各種資料，大家不指望他突然力挽狂瀾把廉君的治療時間縮短到一個月內，畢竟他不是主攻神經方面的醫生，所以還是做了時進代替廉君去開會的準備。

有了決定後，廉君的辦事效率立刻提高。他先把卦一等人喊來開會，讓他們提前準備今年參加會議的事情，然後緊急聯繫了章卓源，告訴他自己這次因身體的緣故，需要缺席會議。

章卓源直接嚇懵了，詳細詢問他的身體情況，在知道只是身體染了疾病，並不是重病快要死了之後，大大鬆了口氣，然後委婉詢問他需不需要醫療說明。

廉君表示不必，只鄭重請求章卓源在會議期間好好照顧代替他去開會的時進，務必保證時進的安全。

現在廉君在章卓源心裡就是祖宗，對於廉君的要求自然是滿口應下，再三保證會好好照顧時進。

搞定官方那邊，廉君又聯繫了魯珊，把自己馬上就要開始進行治療，時進會代替他出席會議的事情說明一下。

魯珊的反應和章卓源有些相似，也是懵了一下，然後立刻拔高聲音說道：「等等，你確定你是去治療，而不是出事了？混小子你別騙我，騙我的代價很嚴重的。」

「不騙妳，這次會議時進會代替我出席，妳多關照他一些。」廉君難得放軟了語氣，鄭重說道：「魯姨，時進對我很重要，他不能出事。」

魯珊安靜了一會，然後語氣也冷靜下來：「知道了、知道了，有我在，你別太擔心，放寬心好好治病……你這小子，這麼多年了，總算給我報了一次好消息，我這些年提心吊膽的，總怕你走在我前面……」她說到後面聲音有些沙啞，明顯在努力壓抑情緒。

廉君心裡一軟，低聲說道：「魯姨，這些年辛苦妳了。」

「說什麼辛苦不辛苦的，想要活著可不就得多辛苦一些麼。」魯珊很快調整好情緒，打包票說道：「你安心治病，時進有我看著，保證孟青他們不敢拿他怎麼樣。」

「謝謝魯姨，妳也要注意安全。」廉君鄭重道謝。

結束和魯珊的通話後，廉君放下手機，看向坐在沙發上，正在埋頭認真看各種資料的時進，站起身靠過去，伸手摸了摸時進的頭。

時進從文件裡回神，仰頭看他，笑著問道：「給我請好保鏢了？」

「嗯。」廉君彎腰抱住他，「我會儘快好起來……然後去接你。」

時進應了一聲，回抱住他的背，輕輕拍了一下他。

當天晚上，廉君注射了第一針輔助藥物，自此，治療正式開始，再不能隨便中斷。

這一晚廉君沒有睡好，雙腿久違的疼痛折磨了他一晚上，時進也陪著他耗了一晚上，第一次嘗到心力交瘁的感覺。

「這還只是輔助藥物，等正式用藥，他會痛成什麼樣……」時進喃喃自語，眼神都直了。

小死安慰道：「寶貝的進度條在注射藥物後，很明顯地下降了一次，這是好事……」

「我知道。」時進捂住臉，閉上眼睛，「他已經很久沒有痛得發抖了……我只是覺得自己太沒用了，一點忙都幫不上。」

小死也不知道該怎麼安慰，只重複說道：「都會好起來的，剛開始肯定是最難的，之後就好了，都會好起來的……」

時進也知道一切都會好起來，但是……他看向躺在床上，哪怕是睡著也始終眉頭緊皺的廉君，手掌收緊——好起來的過程實在太痛苦了，這樣的過程要熬三個月，甚至半年一年，太難了。他頭一次生出了想把龍世的屍體挖出來，狠狠鞭屍洩憤的惡毒想法。

這天中午，黎九崢終於從實驗室裡出來，他主動找到剛睡醒的廉君，和他長談了一次。

三天後，一架直升機落地小島的機場，送來一位年約四十，長相嚴肅的男人。

「這位是邵建平，我的大師兄，也是醫生，主攻神經方面，我在查看廉先生的病例和身體報告，及各治療階段的身體資料之後，發現廉先生的治療方案還有可以優化的地方。神經方面的問題我大師兄比我懂得更多，所以我請他來幫忙。」

黎九崢詳加介紹後，又看向邵建平，先指了指時進介紹道：「這位是我弟弟，時進。」然後指了指廉君，「這位是廉君，這次的病人，也是我弟弟的男朋友。他已經開始治療了，雙腿對輔助藥物有很嚴重的疼痛反應。」

邵建平一看就是那種很負責的醫生，聽黎九崢這麼說，連寒暄都沒顧得上，對廉君告了聲得罪，彎腰仔細查看了一下廉君的雙腿，皺眉問道：「疼痛是持續性的嗎？」

廉君搖頭，「是遞減的。」

邵建平皺著的眉頭鬆開一點，又問道：「請問哪位是你的主治醫生？我想詳細瞭解一下你的治療方案和現階段的身體狀況。」

廉君喚了聲龍叔，龍叔從後面走出來，和邵建平搭了下話。兩人去一邊溝通，時進目送他們走開，彎腰幫廉君把衣襬理好，在獲得廉君一個安慰的撫摸後，朝他笑了笑，直起身看向黎九崢，起身抱過去，說道：「五哥，謝謝你。」

居然請來邵建平這種地位的醫生，黎九崢為此肯定費了不少心思，欠了個大人情。

黎九崢被抱得愣了下，然後連忙回抱住他，稍顯笨拙地拍了拍他的背，說道：「不用謝……小進，廉先生的情況太複雜，我沒辦法立刻縮減他的治療時間，只能暫時先想辦法讓他治療的時候輕鬆一些……沒有幫到你，對不起。」

「沒有，你已經幫了很大的忙了。」時進想起廉君這幾天的夜不能眠，眼眶有些發熱，「五哥，真的謝謝你。」

能減輕痛苦已經很厲害了，他現在只希望廉君能睡個好覺。

黎九崢對他的情緒最是敏感，察覺到他聲音裡帶了鼻音，立刻慌了，又小心地拍了拍他，亂七八糟地哄他。

廉君看著這樣的時進，低頭摸了摸自己的腿，眼神黯淡——結果他還是讓時進擔心了。

邵建平來了之後，廉君終於又睡了安穩覺，比起龍叔，邵建平用藥要大膽得多，見過的神經方面的複雜病症也比龍叔多，更懂得如何緩解病人的痛苦。龍叔算是狠狠鬆了口氣，他這幾天也正在苦惱該怎麼緩解廉君的痛苦，黎九崢把邵建平請來真的是幫了大忙。

所有人都鬆了口氣，特別是時進，他開心得抱著廉君狠狠睡了一下午，把這幾天缺的睡眠全給補了回來！

如此又過了兩天，在廉君的作息慢慢回歸正軌時，又一架直升機落到小島的機場。

時進瞪大眼看著被卦一引著進入書房的費御景，嚇得手裡的筆記差點掉了，震驚問道：「二哥，你怎麼在這裡？」

「我和廉君有合作，來這裡當然是來工作的。」費御景回答，上前按了一下他的腦袋，然後看向廉君，問道：「今年的會議已經決定讓時進一個人去了？」

廉君點頭，「已經和官方那邊打好招呼了。」

費御景皺眉，低頭又看了眼表情傻傻的時進，說道：「那我陪他一起去。」

時進唰一下回神，皺眉說道：「不行！二哥，你是來忙兩邊生意融合的事情吧？會議的事情就不需要你……」

「大人說話，小孩子別插嘴。」費御景敲他額頭一下，看向廉君繼續說道：「我可以給你能源方面的人脈，那些都是有經驗的人，處理相關的事情效率很高，保證在會議開始前能幫你搞定能源的事。所以，在處理完正事的前提下，我想陪著這個蠢弟弟去會議上看看熱鬧，可以嗎？」

廉君看一眼還想阻止費御景的時進，說道：「如果時進答應帶你去，我沒意見。」

「他當然會答應。」費御景直接無視時進的抗議，繼續問道：「安排給我使用的書房在哪裡？帶我去。順便發一份所有和生意結合有關的資料給我，我需要儘快上軌道。」

廉君喚了一聲卦一，吩咐道：「帶費律師去隔壁的小書房，把整理好的資料帶去。」

卦一點頭，示意費御景跟上。

「小進，晚上一起吃飯。」費御景又拍了時進腦袋一下，然後轉身隨著卦一離開，稱得上是來去如風。

時進愣愣看著關上的書房門，摸摸自己被費御景反覆蹂躪的腦袋，後知後覺地反應過來，氣道：「混蛋！你會不會聽人說話，我是空氣嗎？竟然直接無視我，別想我帶你去開會！你做夢！」

隔壁，隱約聽到一點吼聲的費御景腳步一頓，之後若無其事地進入小書房，視線在書房裡掃一圈，發現書架上居然放著許多高中課本，眼神一動，問道：「這間書房以前是誰在使用？」

「時進，他高考前有段時間跟著組織裡的老師在這裡補課。」卦一回答。

——果然。

費御景進入書房，走到書架前，抽出一本高中課本，發現裡面夾著一張作文紙，拿出來看，發現居然是一篇得分為零的廢棄作文，而作文題目是《記一次家庭野炊》，忍不住笑了起來。

零分作文，時進到底是怎麼辦到的。

笑著笑著，他又淡了表情，視線掃過作文紙上時進和過去已經有了很大不同的字跡，慢慢把書本合上——這樣的作文題目，時家的孩子怎麼可能會拿到分。

「幼稚的作文題目。」他面無表情評價，把課本插回書架上，走到書桌後放下公事包，看向卦一，問道：「資料在哪裡？」

卦一上前拿出一個隨身碟放到桌上。

另一頭的大書房裡，時進瞪著眼，側頭看向廉君，無聲質問。

廉君和他對視，緩聲說道：「我並沒有要求他陪你一起去開會。」

時進見他這樣，心裡的氣嘩啦一下全散了，上前摸了摸他略顯憔悴的臉，不滿嘀咕：「你幹什麼這麼急著處理這些工作，還把費御景提前接過來，你現在最重要的是好好休息……」

「我這兩天休息得很好，你別擔心。」廉君安撫，握住他的手側頭親了親。

「怎麼可能不擔心，你這傢伙肯定是打著在身體還撐得住的時候，儘量多處理一些工作的主意……」時進見他又用親昵的動作敷衍自己，有點生氣地捏了一下他的手，但也不忍心再做什麼更過分的事，埋頭在他的文件堆裡翻了翻，找出幾份自己能處理的，坐下翻開文件，用行動幫他減輕負擔。

廉君見狀心裡發軟，伸手摸了摸他的頭。

晚飯的時候，費御景見到黎九崢，才知道黎九崢居然也在島上，而且已經待了不短時間。他看著努力保持若無其事表情的黎九崢，幽幽說道：「老五，瞞得好啊。」

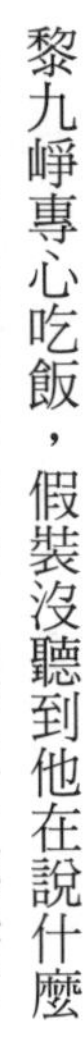

黎九崢專心吃飯，假裝沒聽到他在說什麼。

「跟大哥他們報下平安，他們一直聯繫不上你，都很擔心。」費御景也不為難他，轉而看向明顯在生悶氣的時進，明知故問：「生氣了？」

時進也專心吃飯，假裝自己聾了，反正廉君這幾天都在忌口和控制飲食，沒和他一起吃飯，這飯他想怎麼吃就怎麼吃。

費御景靠在椅子上，看著面前這兩個一點都不聽話的弟弟，簡直要氣笑了，說道：「都別給我裝傻，說話。」

「我不會帶你去會議的，你太煩了。」時進「聽話」地開口。

黎九崢聞言筷子頓了頓，瞄一眼費御景，像是怕費御景沒聽清楚似的，跟著「解說」了一遍：「二哥，小進嫌你煩。」

費御景這下是真的笑了——氣的，把筷子一頓，說道：「嫌煩也沒用，時進，想讓廉君安心治病療養，你最好帶我過去，不止我，你最好也帶老五去，龍醫生肯定要留下來照顧廉君，你去開會，身邊沒個可靠的醫生可不行。」

黎九崢聞言一愣，眨眨眼，立刻倒戈，認真說道：「小進，二哥說得對，你一個人去開會太危險了，還是把我和二哥都帶上吧。」

形勢急轉直下，盟友瞬間變成敵人的狗腿。時進一口飯沒嚥下去差點噎死自己，不敢置信地看一眼黎九崢，想罵他牆頭草又怕傷到他脆弱的少男心，最後憋屈地看向費御景，從齒縫裡吐出兩個字：「卑鄙。」

「多學著點。」費御景露出一個屬於生意人的微笑，憐愛地給他挾了塊魚肉，「多吃點，魚肉補腦。」

時進差點沒忍住把筷子插到他臉上去。

正式用藥的前一天，廉君在龍叔的安排下，住進實驗室樓下的病房裡，時進陪著廉君一起住過去。整理陪護床的時候，時進後知後覺地發現，從他認識廉君到現在，廉君已經好幾次睡在陪護床上照顧他的經歷，但他卻一次都沒有反過來照顧過廉君。

明明廉君才是身體更差的那個人……

「進進，這是好事啊，證明寶貝在遇到你之後，被你照顧得很好，再也沒有生過病！」小死連忙安慰，想儘量緩解時進心裡的緊張。

時進回神，把疊好的毯子放到陪護床上，回頭看看已經整理好的病床，搓搓臉讓自己振作起來，「要繼續保持！希望這是我第一次，也是最後一次見到廉君躺在病床上。」

這一晚時進沒有睡好，他一直睜著眼看著在藥物影響下睡得很熟的廉君，腦子裡木木的，亂七八糟地也不知道在想什麼。

時鐘一圈一圈地轉，天一點點變亮。

早上六點多，廉君睜開眼睛。時進本能地閉上眼，假裝自己正在熟睡。

窸窸窣窣的下床聲響起，時進感覺到有一道陰影落在自己身上，之後頭髮被摸了摸，拽在手裡堵住半張臉的毯子被往下拉了拉。

時進強迫自己不要動，靜靜躺著。

「睡得亂七八糟的。」廉君帶著無奈的低嘆聲響起，然後他頭髮又被摸了摸，之後熟悉的氣息離開，腳步聲響起，漸漸遠去。

咔噠，洗手間的門被關上。

時進睜開眼，愣愣看了一會洗手間的門和已經空掉的病床，抬手抓了抓自己的頭髮，扯起毯子蓋住自己的臉。

明明想以更成熟、更堅強的姿態陪著廉君治療，結果越到這時候，他反而越發膽小。

有什麼好怕的呢，龍叔他們把一切都準備好了，也強調這次治療極大的機率不會出現什麼很危險的情況，為了讓他安心，黎九崢還特地把治療過程中可能出現的症狀全部解釋給他聽了，讓他做好心理準備，但是……

「到底在怕什麼？」他砸了砸自己的腦袋，暗恨自己的不爭氣，最後實在躺不下去，乾脆下床躺到廉君的病床上。

病床上還留有廉君的體溫和氣息，他躺在上面，感覺像是被廉君抱在懷裡一樣。

要更穩重一點，總不能讓廉君反過來安撫他……他把腦袋也埋在廉君蓋過的毯子裡，聞著廉君的氣息，熬了一晚上的大腦慢慢混沌，不知不覺睡了過去。

咔噠，洗手間的門開了。

廉君走到病床邊，摸了摸時進露在毯子外的頭髮，輕輕把毯子扯下來，看著時進眼下的黑眼圈，傾身把他抱在懷裡。

時進是被一陣心悸驚醒的，他醒來後本能地環顧一圈病房，沒有看到廉君，想到什麼，連忙看向腦內屬於廉君的進度條，發現進度條的數值不知何時降到200，心裡一驚，下床朝外跑去。

走廊盡頭的無菌隔離病房門口站著一堆人，大家全都眉頭緊皺地透過觀察窗看著病房內。

時進見狀心裡咯噔一下，快速靠近拽住站在最外邊的卦二，著急問道：「怎麼樣了？已經用藥

了嗎？反應怎麼樣？」邊問邊朝著病房內轉過去，然後在看到裡面的情況後差點腿一軟跌在地上。

病房內，已經換上病號服的廉君躺在特製的病床上，頭歪著，明顯已經失去意識，龍叔和邵建平站在床邊，正一邊溝通著什麼，一邊給他注射藥物。

黎九崢也在病房內，他穿著無菌服，低著頭，正在調整各種醫療儀器。他很快發現站在人群最外面，臉色慘白眼神驚惶的時進，眉頭一皺，走到窗邊朝時進做了個「他沒事」的口型，然後抬手拉上窗簾，擋住眾人看向裡面的視線。

「別拉……」時進阻止不及，腦子徹底亂了。

卦二把他扯回來，「你冷靜一點，君少只是睡著了，藥物才剛剛注射進去，後續情況還需要密切觀察，你別自己嚇自己。」

時進慢慢從心悸中回神，也知道自己是關心則亂了，努力深呼吸調整情緒，心臟卻還是一陣一陣快速跳動，亂糟糟說道：「我知道、我知道……他的進度條降了，是好事，我不該急的……沒事，肯定沒事的……」

卦二聽他都開始說胡話了，皺了皺眉，和卦一對視一眼，乾脆揪住時進回到病房，把他送去洗手間，打濕一塊毛巾糊到他臉上。

冷水刺激大腦，時進傻傻愣了一會，自己抬手把毛巾取下來。

卦二問道：「冷靜了？」

時進點頭，突然低頭把腦袋扎到盥洗盆裡，擰開水龍頭。

冷水嘩啦啦地流下，澆了他一腦袋。

「蠢不蠢。」卦二嫌棄開口，手卻伸過去，自己也接了點冷水潑到自己的臉上。

大家都是一樣的，看到一直強大地護著所有人的廉君，就那麼閉著眼任人擺布地躺在床上，他們怎麼可能不慌。

時進終於深切瞭解到神經毒素是多麼麻煩的東西，它花樣繁多，造成的病症多如牛毛，人體在什麼階段會出現什麼症狀幾乎完全是隨機的，稍不注意，病人的身體就會留下無法彌補的巨大損傷，可怕至極。

用藥的第一天，廉君在昏睡中度過，當天晚上，藥物和毒素的博弈開始，時進在小死的尖叫聲中驚醒，驚恐地發現廉君本來降到200的進度條，突然升到800。

一晚上直升600，這是多麼可怕的漲幅，他幾乎是三步一跌地跑到隔離病房外，發現那裡已經兵荒馬亂，廉君臉色青紫地躺在病床上，恍惚間竟像是已經變成一具屍體。

「是溶血反應！準備搶救！」

病房門開合間從裡面模糊漏出這一句話，差點把時進嚇癱在地上，他突然想起養父母死亡的情景，只覺得身體開始一點一點變冷，耳朵像是失聰般，突然再也聽不到任何聲音。

「小進！」一雙大手突然從後面遮住他的眼睛，之後身體被翻轉，困在一個厚實的胸膛裡。

「別想、別看，他不會有事的。」費御景把時進按在自己的肩膀上，抬手捂住他的耳朵。

看不到畫面也聽不到聲音，身周只有屬於人類的暖暖烘體溫。時進想深呼吸逼自己冷靜下來，卻發現根本沒用，急得抬手揪住費御景的衣服，用腦袋小幅度地砸著他的肩膀，想用疼痛讓自己恢復理智。

「你犯什麼傻！」費御景擰了他耳朵一下，阻止他這種自殘又傷人的動作，皺眉訓道：「冷靜一點，這是正常情況，你沒看那些治療報告嗎？這些都是正常的！」

時進當然知道這些都是正常的、可能會出現的情況，但是……他深吸口氣，突然咬了自己手腕一口。

疼痛氾濫，他終於冷靜下來，推開費御景，轉身面無表情地看向病房，抬手按在觀察窗的玻璃上，透過來往醫生的人影，虛虛撫摸著廉君的臉。

「會沒事的。」他低語，語氣堅定，也不知道是在安慰自己，還是想把自己的想法透過玻璃傳達給誰知道，「會沒事的，加油。」

費御景看著他手腕上滲血的牙印，眉頭緊皺。

廉君的進度條在搶救結束後迅速降了下來，卡死在300沒動。

時進去洗手間待了很久，出來後十分冷靜地找龍叔問清楚廉君現在的情況，然後主動招呼聞訊趕來的眾人去休息，自己也乖乖回到病房。

大家看著他突然冷靜下來的樣子，眼露擔心。

之後眾人過了兩天的安穩日子，廉君中間清醒過，卻說不出話，只隔著玻璃和時進對視了一會，眼神溫柔帶著安撫。時進像是沒事人一樣朝著廉君微笑，傻子一樣貼著玻璃朝廉君揮手，用口型給他加油。

當天晚飯時間，廉君突然出現噁心嘔吐的症狀，他側躺在病床上對著床邊的垃圾袋，明明胃裡已經什麼都沒有，卻還是忍不住想要吐點什麼出來。

其實這些也是正常的，噁心嘔吐是龍叔提前說過的幾種可能出現的狀況之一，並且是比較輕微無害的那種。

但大家知道歸知道，等真正看到廉君這麼難受的樣子時，還是忍不住面露不忍和擔憂。

「沒事的，龍叔已經給他用藥了，這些症狀很快就會消失。」時進反過來安撫著大家，示意病房內的黎九崢把窗簾拉上，遮住廉君此時狼狽的樣子。

「都去休息吧，明天還要忙會議的準備工作，記得早睡。」

時進拍拍卦二的肩膀，示意大家散了。

「可是……」卦二還想說點什麼，卻被卦一按住。

「沒事的，這裡有龍叔在。」卦一打斷卦二的話，看向時進，問道：「時少還有什麼吩咐？」

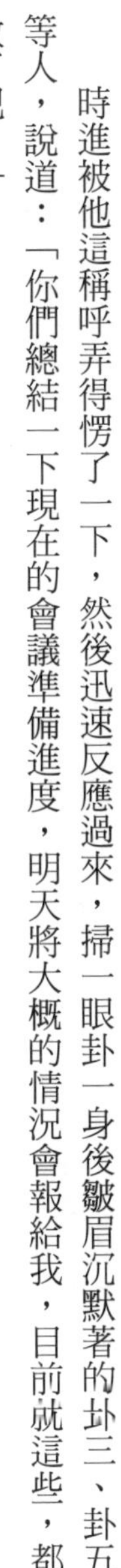

時進被他這稱呼弄得愣了一下，然後迅速反應過來，掃一眼卦一身後皺眉沉默著的卦三、卦五等人，說道：「你們總結一下現在的會議準備進度，明天將大概的情況會報給我，目前就這些，都散了吧。」

「是，時少。」卦一應答，然後拍了一下卦二。

卦二明白卦一的意思，也跟著喊了一聲時少，最後到底沒忍住，又囑咐道：「你也好好休息，別太擔心。」

時進微笑點頭，回了句：「我知道的。」

卦一等人帶著時進以副首領身分發出的第一道命令離開。

時進等他們離開後自顧自愣了一會，然後轉身坐到病房外的長椅上，抬手按住額頭。

房內，廉君靠在病床上，看一眼病房拉上的窗簾，皺眉閉上眼睛。

第二天，卦一送來會議準備進度的報告：出航用的船隻已經到位，各種物資正在陸續送達，人員也正在集齊，在四月前，所有的東西肯定能準備好。

時進仔細看完報告，然後給章卓源打了電話，問他今年會議的日期定下來了沒有。

這是時進第一次以滅的副首領身分和官方聯繫，章卓源有些不適應，並且私心裡有點輕視他。猶記得去年，時進還只是個給廉君推輪椅的小嘍囉，以章卓源的身分，甚至都不用正眼看他，但現在，時進卻趁著廉君養病的時機，搖身一變成為滅的代言人，所有人必須哄著他說話。

搞什麼，廉君無法親自接洽的話，讓卦一來處理不行嗎？明明只是個窩在沙發上埋頭做作業的剛成年小屁孩而已，根本配不上副首領這種職位，老老實實被保護就是了，要什麼副首領的威風。

章卓源心裡這樣想著，言談間難免有些敷衍和擺譜。

時進可沒心情和他玩什麼心理戰，見他這樣，直接把電話掛了。

卦一見狀眉頭一挑，嘴角勾了勾。

幾分鐘後，章卓源反撥了一通電話回來，開口就是長篇大論，時進再次掛斷電話，一點面子都不給他。

這麼來了兩次，章卓源再傻也明白時進不想他太過「指點江山」，心裡憋著一口氣想不理他，但想到廉君的囑咐，又再次撥電話過去。

「日期。」時進開門見山。

章卓源被噎了一臉，嚥下訓話的欲望，憋氣回道：「今年的新年結束得早，上面有意讓會議早一點舉行，具體的日期還沒定下，但已經敲定在四月初，你那邊做好三月末就出航的準備。」

「多謝告知。」時進客氣道謝，然後話語一轉，冷冷說道：「章主任，我可以不在意你今天的敷衍，但有件事想提醒你，萬一廉君真的出事，滅的下一任首領只會是我，你現在怠慢我，別怪我以後怠慢你。你也別想著看我年輕想讓我聽你的擺布，我修養可沒廉君那麼好。」

章卓源心裡一驚，一句「你把廉君怎麼樣了」差點衝口而出，僵硬說道：「時先生你太會開玩笑了，廉先生知道你……」

時進再次掛斷電話，鐵了心今天要給章卓源一個下馬威。這種在官場混的老油條最是煩人，如果不在第一次交鋒時就震住對方，以後就算合作，估計也得不到對方最大限度的幫助和坦誠。

「看人下菜碟的混蛋。」他皺眉嘀咕一句，見卦一正看著自己，表情一僵，又默默斂了情緒，一本正經說道：「做好三月末出航的準備，今年的會議會早一點開始。」

卦一忍住笑，應了一聲是。

搞定會議日期的事，時進默默反省一下自己的不夠穩重，又看向書桌上堆積如山的文件，振作精神，伸手取了一份。

——雖然廉君提前安排卦一等人分擔這些工作，但卦一他們還有別的事要忙，他作為唯一的「閒人」，也得做一些自己能做的事情才行。

半個小時後，他被某份明顯超出他知識範圍的決策卡住，想去問問廉君的意見，想起他現在的難受勁，又默默壓下衝動，猶豫一下，選擇給時緯崇打電話，等接通後不好意思說道，「大哥，我有點事想請教你，關於A市對外的生意結合，我……」

遠在地球另一邊的時緯崇愣愣拿著手機，足足過了十幾秒才反應過來是時進主動打電話給他，並向他請求幫助，回神後幾乎是失態地從椅子上站起身，邊往書房大步走去邊說道：「是對外貿易方面的嗎？這個我在給你的筆記裡有專門講解……你等等，我去找紙筆，你慢慢說，我今天都有空，你有問題儘管問。」

這一天的時間，時進就在批文件——請教時緯崇——批下一份文件——繼續請教時緯崇的忙碌中度過了。兩人完全沒發現，這是他們自徐潔出事，不，是自時行瑞去世後，第一次完全不帶負面情緒的長時間通話。

忙完一天的工作後，時進在費御景的陪伴下吃了晚餐，然後來到實驗樓，在黎九崢的幫助下換上無菌服，進入隔離病房探望廉君。

廉君清醒著，正靠在病床上看電視裡播的新聞。他其實比較想去處理工作，但龍叔不允許，甚至連書都不讓他碰。他見時進過來，關掉電視，朝時進伸了手，問道：「晚飯吃了嗎？」

時進點頭，沒有握他的手，直接靠過去抱住他。

廉君一愣，然後輕輕回抱住他，問道：「前兩天嚇到你了？」

時進搖頭，靜靜抱了他一會，直到確定自己心裡的想念擔憂等等情緒全部沉澱下來，才坐起身笑著回道：「不是，我就是想你了，對了，我今天聯繫章卓源了，問到會議日期，還幫你把文件處

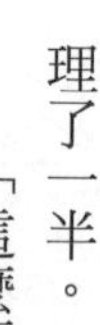

理了一半。」

「這麼厲害，章卓源有沒有為難你？文件呢，有沒有什麼不懂的地方？」廉君順著他的話題詢問，臉上在笑，眼裡卻不見多少開心。

「章卓源還算好對付，文件倒是有不懂的地方，我把不懂的地方都記下來了，你教教我吧。」時進掏出一個小本子和一枝筆，一副要請教老師的模樣。

廉君看著他努力裝作平時的模樣，垂眼握住他的手，輕輕捏了捏，應道：「好。」

兩人聊了一個多小時的工作，氣氛還算輕鬆。時進克制地在九點前收拾好東西，準備離開。

「我會爭取早點搬出這裡去陪你。」廉君在時進離開前忍不住喊住他，輕聲承諾。

時進離開的腳步停下，轉身又抱了抱他。

時間不知不覺流逝，二月過去，三月來臨。

廉君沒能像他承諾的那樣儘快搬出隔離病房，他身上出現的症狀越來越多，噁心反胃的情況越發嚴重，時常一天都吃不下一口飯，身體一天比一天虛弱。

時進每天都會去陪他，儘量幫他放鬆精神，想盡辦法地讓他進食。

在這過程中，時進慢慢變得穩重起來，給卦一等人發布命令時不再那麼隨意和不自然，文件批得越來越好，和時緯崇的聯絡也固定下來。

大家都看到了他的變化，心裡不免唏噓——遇到困難的時候，時進果然是成長最快的那個人，只可惜，他這種成長大概是廉君最不想看到的。

三月初，費御景飛了一趟島外，去忙能源的收尾工作。

三月中，廉君的生日到來，時進在廉君持續昏迷的情況下，給他戴上為他準備的生日禮物。

三月下旬，黎九崢脫下白袍，開始準備隨時進一起出航參加會議的事情。

出航當天，時進獨自去了一趟廉君的病房。

一個多月了，神經毒素能造成的症狀，廉君已經基本體會了一遍，他本來養得還算不錯的身體，變得比兩人最初相見時還要糟糕，身上瘦得像是皮包骨，臉上一點血色都沒有，昏迷的時間比清醒的時間長，並且完全無法挪動。

時進眼神有些黯然，心裡木木地疼。難怪龍叔強烈要求廉君把身體調養得足夠好了再開始治療，如果不是事先調養一下，廉君可能早就熬不過這彷彿永無止境的毒素折磨。

什麼時候才能好起來，真的要三個月、半年，甚至更久嗎……

「毒素最活躍的時期已經熬過去了。」龍叔不知何時出現在他身後，安撫說道：「你別看他這樣，其實這已經算是比較好的情況了，他變瘦是避免不了的，毒素造成的噁心嘔吐和食欲不振是長期性的，這些需要等毒素活躍期過去後再慢慢調養。還有腿部無法活動的問題，這個也不用擔心，沒了毒素影響，他復健速度會很快。」

「我知道。」時進回頭看龍叔，問道：「我能進去看看他嗎？就一會，我知道他現在身體虛弱，但是……」

「進去吧，做好消毒就行，他現在可不能再生病。」龍叔回答，拍了拍他的肩膀，「等你開完會回來，他或許已經可以下床了，所以別太擔心。」

時進看一眼腦內廉君那已經漲到500的進度條，低應了一聲。

換好衣服做好消毒後，時進進入病房，坐到病床邊。

廉君面朝上平躺著，胳膊上還插著點滴，臉上的氧氣罩倒是拆了，看上去總算沒那麼像重症患者了。時進看了會廉君的臉，低頭握住他放在床上的手，從口袋裡掏出一枚戒指，輕輕套到廉君的

無名指上。

戒指有些大了，時進摸著廉君的手指，抿緊了唇。

這枚戒指是他很早以前偷偷讓卦二找人準備的，造型和廉君送他的那枚求婚戒指一樣，不過上面鑲嵌的是藍色鑽石，看上去優雅又華貴，很符合廉君的氣質。

他本來準備等廉君生日的時候，把這枚戒指送給廉君讓他驚喜一下，結果沒想到廉君那天卻出現了意識混亂的症狀，用藥之後直接陷入昏迷。雖然他後來還是給廉君把這枚戒指戴上了，但總覺得缺了點什麼。

「你得快點胖起來才行。」他說著，聲音低低的：「這次可別再弄丟了。」

戒指的尺寸是按照廉君治病前的手指尺寸做的，現在戴有些大了，廉君生日的第二天，他過來看廉君的時候，發現他前一天給廉君戴的戒指，不知道什麼時候滾到地上。他見了之後，把戒指撿起來重新揣進口袋，想著要不要再去改一改。

但現在，他不想改了。

「你如果不能胖到可以戴上這枚戒指的程度，那咱們就玩完了。」他說著，又把戒指拿下來，摸出一根細細的紅線，小心地往上纏，「現在就先這樣將就一下。」

一圈又一圈，鑽石的光芒被紅線遮擋，直到徹底消失。

他小心把紅線纏緊，弄掉多餘的線頭，然後拿起廉君的手，認真把戒指重新給他戴上去。

「居然剛剛好。」他摸著廉君的手，與他十指交握，「快點好起來吧，你說過等我開完會要來接我的，可別說話不算話。」

【第十五章】

小進，我帶你去切洋蔥

船隻即將起航，卦六站在港口岸上，朝著眾人揮手，大聲吼道：「我會照顧好君少的，每天都會發消息給你們，別擔心！」

時進站在船頭，也朝他揮揮手，然後喚了一聲卦五。

卦五表示明白，朝著船長室示意一下。

船慢慢動了起來，勻速離開港口。時進遙遙望著綜合樓的方向，直到船隻徹底駛遠，視野裡再看不到小島的景象，才轉身收回視線。

卦一等人全部站在他身後，靜靜看著他。

時進收攏好情緒宣布：「去大會議室，準備開會。」

卦一等人齊齊應是，先一步轉身朝著會議室走去，去做會議準備。

費御景等他們離開後上前一步站到時進面前，攔住他的去路，皺眉看著他。

「怎麼了？」時進疑惑詢問。

「比起看到你冷靜穩重得像個真正的大人，我更希望你哭鼻子。」費御景說著，從口袋裡掏出一副眼鏡，抬手架到他的鼻梁上，「不想被人看清想法的時候，可以戴上這個遮掩一下，鏡片會反光，還能遮住部分眉眼，旁人沒那麼好打量你的神情。」

眼鏡是平光鏡，金邊細框，壓在鼻梁上有點重量，時進從來沒有戴過眼鏡，十分不適應。

「想扮豬吃老虎的時候，戴眼鏡也有奇效。」費御景說著，又掏了另一副眼鏡出來，塞到時進手裡。這是一副鏡框偏圓的眼鏡，框架是質樸的黑色，塑膠材質很輕，握在手裡幾乎沒有分量——這明顯是一副適合給學生佩戴的眼鏡。

「話少永遠比話多顯得強勢和不好惹，面無表情永遠比表情豐富顯得高深莫測和可靠，居高臨下地看人雖然有些不禮貌，但你這次去的場合也不需要多麼講禮貌。」

一句又一句，時進傻愣愣聽著，看著費御景一臉平淡地傳授坑人教程的模樣，默默後退一步。

費御景手一伸把他拽回來，「退什麼，好好學。」

「你好可怕。」時進誠實表達心中想法，氣人於無形，「眼鏡而已，你居然能折騰出這麼多東西來，跟你這種人打交道，感覺隨時都有可能掉入陷阱。」

費御景挑眉看他一眼，「你這撒嬌的方式還真是特別，想氣我然後和我吵一架，發洩一下情緒？別想了，我不是老三。你實在想宣洩的話，我的肩膀倒是可以借給你哭一哭。」

時進：「……」

「想撒嬌就直接來，不用這麼擰著，做哥哥的又不會笑話你。」費御景抬手擼了一把他的額髮，示意船內，「想不想哭？想哭的話我帶你去切洋蔥，別人問起，就說老五想吃洋蔥麵。」

一直安靜站在一邊的黎九崢立刻澄清：「二哥，我不喜歡洋蔥，你別利用我欺負小進。」

利用？欺負？費御景真的要被這兩個弟弟氣死了，只覺得他們一個擰巴、一個白癡，完全沒救了，乾脆拉住時進的胳膊，說道：「走了，別傻站在外面吹風。」

時進愣愣被他拉著走，過了好一會才反應過來，在心裡戳小死，眉頭緊皺，反省自身：「我剛剛故意氣費御景……是想撒嬌？」

小死回道：「肯定不是！進進你怎麼會對費御景撒嬌呢，他凶巴巴又硬邦邦的，你對我撒嬌啊，爸爸疼你……」

時進：「……謝謝，不了。」

他收攏思緒，看一眼走在前面顯得可靠又穩重的費御景，又看一眼走在身側的黎九崢，心裡有點彆扭，又有點發軟，亂七八糟的情緒冒來冒去，反而把心裡梗著的那股難受勁沖散一些。他側頭淺淺吁了口氣，稍微用點力氣收回手，說道：「我不去廚房，會議要開始了。」

費御景和黎九崢全都停步看他。

「……等開完會我再去廚房，今天大家吃頓好吃的改善一下心情。」他說著，摘下費御景給他

戴上的眼鏡塞進口袋，朝他們擺擺手，越過他們朝著會議室大步走去。

費御景和黎九崢目送他離開，黎九崢的表情慢慢消失，說道：「二哥，我可以喜歡吃洋蔥麵，如果小進需要的話。」

「他很需要。」費御景收回視線，捲起襯衫袖子，「走吧，去準備洋蔥。」

花半個小時和卦一等人開會，初步安排一下上船之後的瑣事，時進離開會議室，猶豫一下，還是去了廚房。

費御景和黎九崢已經在廚房裡，兩人一個在揉麵團，一個在看熱鬧，氣氛倒也還算和諧。見時進進來，費御景指了指案板邊足足有十幾顆的洋蔥，說道：「切吧。」

時進看他一眼，走到案板前，拿起刀和洋蔥，卻沒有動。

總感覺切了洋蔥就輸給費御景了。明明只是個利益至上什麼都不管的傢伙而已，幹什麼做出一副很懂的樣子，誰想接受這種彆扭的好……

「你是不是又跟自己擰上了，需要我先切一個給你示範嗎？」費御景不知何時走到他身側，拿起一顆洋蔥在手裡顛來顛去。

時進毫不猶豫地讓開身，把刀塞到他手裡，板著臉說道：「那你示範一下。」

費御景看他一眼，站到案板前，乾脆俐落地一刀把洋蔥切開，擺在一起切片，又唰唰唰切丁。洋蔥味擴散，費御景的眼眶很快發紅，有眼淚流出，偏他流淚也是一副冷淡的表情，和平時沒什麼兩樣，切完把刀一丟，洗了洗手，掏出手帕抹抹眼睛，又恢復正常，「示範完了，該你了。」

時進：「……」感覺自己完全輸了，怎麼有人哭也能哭得這麼淡定。

他深受打擊，正準備認命接刀，接受洋蔥的制裁，就見黎九崢突然丟下麵團跑過來，擠開費御景，搶過他的刀，拿起一顆洋蔥就悶頭切了起來，沒一會就淚如泉湧，甚至鼻涕都要流出來，要多狼狽就有多狼狽。

時進有些傻，伸手去拉他，「五哥，你幹什麼？」

「小進，你看，切洋蔥都是這樣的，沒什麼的。」黎九崢躲開他的手，邊吸鼻涕邊皺眉說話，看上去蠢死了。

時進看著他，心裡瞬間滾過了什麼酸軟的情緒，明明沒有切洋蔥，眼眶卻有些發熱。他側頭深吸口氣壓了壓情緒，上前拿走黎九崢手裡的刀，說道：「你們切得太醜了，完全是浪費食材，還是我來吧，你們吃不吃洋蔥圈？我等會炸一點。」說著拿起一顆洋蔥，直接下刀。

咔嚓，刀刃穿過洋蔥觸到案板，還不等他把洋蔥徹底分開，眼淚就不受控制地流出來。

一個多月了，廉君治療的時候他沒哭，廉君搶救的時候他沒哭，廉君難受得完全吃不下飯，身體一天比一天瘦的時候，他還是沒哭，後來廉君昏迷倒下，他想哭，但已經不能哭了。會議就要開始，他是滅的副首領，如果他也垮了，其他人該怎麼辦？如果他不能比任何人都冷靜地堅信廉君最後會好起來，其他人又怎麼能安下心做事。

他突然懂了廉君以前不願意治療，死撐著不在外表現出任何軟弱地方的原因，選擇做所有人主心骨的那個人，真的沒有立場變軟弱。

「太辣了，難怪當初三哥把自己弄得那麼狼狽……」他說著，視線已經完全模糊，看不清自己手裡切的是什麼。憋了一個多月的恐慌和害怕迅速氾濫，他想忍一忍，但這個口一開，又哪裡還能忍得住。躺在病床上的人是他喜歡的人，他怎麼可能真的冷靜堅強。

費御景看著他細微顫抖著的肩膀，伸手拿走他手裡的刀，把他的腦袋按在自己肩膀上，說道：「哭吧，好好發洩一下，你這麼憋著，是個人都看得出來廉君肯定出事了。」

時進抬手拽住他的衣服，毫不猶豫地把眼淚鼻涕蹭到他身上。

費御景側頭忍耐，假裝感覺不到肩膀上那黏糊糊的觸感。

「二哥，你卑鄙。」偏黎九崢還在不省心地控訴。

費御景看著黎九崢剛剛哭過的蠢臉，頭疼地捏了捏眉心。

以前怎麼沒發現呢，這些弟弟一個比一個蠢，真想就像以前那樣不管他們算了，但是……他抬手揉了揉時進的後腦杓，另一手認命地攬住他的背，輕輕拍了拍。

大哭了一場，又悶頭昏睡整晚，時進一覺醒來，只覺得身體變輕許多，整個人像是脫胎換骨般，腦子清醒了、神經放鬆了，看陽光都像是彩色的。

人果然需要定時往外傾倒一下情緒垃圾。

他長吁口氣坐起身，腦中閃過費御景和黎九崢的臉，甩甩頭，先看了看廉君的進度條，沒有漲，還停在500沒動，稍微放下心，打起精神起床，衝進浴室澆了自己一臉冷水。

睡意徹底消失，他看著鏡中眼睛稍微有些浮腫的自己，用力握拳——「睡美人」還在家裡等著，他必須安全回去，然後吻醒他家寶貝！

「進進加油！」小死突然出聲，氣勢高昂。

時進忍不住笑，胸口的那股難受勁終於散了，應道：「好，我們一起加油。」

這次的會議，誰也別想讓滅吃虧！

大家敏銳地發現時進的氣場變了，雖然他仍表現出這一個多月來所鍛煉的穩重又可靠的模樣，但眼睛炯炯有神，說話時也不再那麼壓抑緊繃，讓人覺得放鬆下來。

察覺到這點後，大家心照不宣地齊齊鬆了口氣。之前的時進可靠歸可靠，但明顯是在硬撐，大家都怕他什麼時候就突然扛不住崩潰了，現在見他調整過來，心裡的擔心終於放下一點。

「這段時間辛苦大家了。」早餐的時候，時進含蓄地感謝一下大家。

大家表示沒什麼，餐桌的氣氛難得的放鬆下來。

時進見狀，再次深切明白團隊領導人的情緒，對整體氛圍的影響有多大，自愧於自己的不成熟，識趣地不再繼續這個話題，等大家都吃完早餐後，才又說道：「按照現在的航行速度，我們應該後天下午就會到達會議地點，比其他大組織提前三天到場。我早起的時候想了想，覺得我之前提出的意見還不夠成熟，需要再改進一下。半個小時後會議室集合，我們再來商談一下細節。」說完看向卦一和卦二，「你們兩個跟我來一下。」

卦一和卦二應了聲是，跟著他起身離開。

時進把卦一和卦二引到書房，落坐後開門見山說道：「這次的會議，我不準備按照廉君之前建議的計劃執行。」

卦一和卦二齊齊愣住，對視一眼，由卦一問道：「時少有什麼想法？」

時進見他們沒有一上來就反對自己「違抗」廉君的命令，心裡鬆了口氣，認真回道：「廉君之前要所有人在這次會議上以我的安全為主，儘量減少和孟青等人的接觸和衝突，時時和官方人員緊靠，不要落單，會議結束撤退時也儘量和官方一起行動……我昨天的所有安排和意見都是以這個前提來準備的，但今早我想了想，覺得這樣做對滅十分不利。」

卦一和卦二再次對視，然後齊齊沉默。

時進見他們這反應，瞬間瞭然，苦笑地揉了揉額頭，「你們果然早就已經發現弊端了……如果我按照廉君的安排，雖然能暫時確保安全，但絕對會暴露了廉君的情況。大家都是聰明人，廉君突然缺席會議，我又表現得過分小心，大家只要稍微琢磨一下就能想出這其中的含義。總而言之，這次的會議我表現得越小心，會議結束後，四家聯盟對滅的攻擊就會越快和越猛烈，針對廉君的襲擊也絕對會層出不窮。」

卦二開口安撫：「起衝突是遲早的事，時少不用太過擔心，現在是特殊時期，大家自然要以你

的安全為主。」。

「我知道起衝突是遲早的事，但衝突發起的時間對局勢的影響很大。在廉君原來的計劃裡，這次會議結束之後，四家聯盟對滅的攻擊會有一個從試探到全力猛撲的漸進過程，再加上魯姨的周旋，滅在會議後，起碼還有三個月的準備時間去安排各種事情。這期間，廉君極可能會通過敵人的進攻速度，間接引導這次衝突的節奏，從而占據絕對的主導權。但如果我在這次會議上表現不好，讓四家覺得有機可趁，一上來就猛攻，那這個優勢就沒有了。」

時進很冷靜，視線來回在卦一和卦二臉上掃過，說道：「你們比我更明白，滅和廉君需要這三個月的時間，你們也需要。打有準備的仗，廉君可以最大限度保證你們的安全，而打無準備的仗，你們就隨時可能會損耗在狼狽的應對裡，我不想看到這樣的結果。」

卦一和卦二都沒想到他會想得這麼通透，再次沉默，最後還是由卦一開口：「時少，這些君少都做了打算……」

「他的打算就是用一個爛攤子來換我暫時的安全，然後在他稍微好轉後，熬著身體去收拾爛攤子，順便折騰你們。」時進打斷他的話，說道：「我還沒那麼自私，能硬著心腸看著你們只是為了我在這場會議上的安全，付出那麼多代價。而且你們是不是都忘了，這場會議，其實本來就是沒什麼危險性的，你們都太緊張了，不自覺就設想四家會趁機傷害我，但其實不一定會發生。」

卦一和卦二愣住。

「另外四家根本沒有動我的理由，他們結盟剛成，彼此之間都還沒有絕對的信任，我就算在會議上囂張一點又怎麼樣，他們難道就真的會趁機殺了我不成？我們參加這次會議的目的，不是保證我的安全，而是盡可能地擾亂他們，順便遮掩廉君的身體情況，讓他們忌憚，讓他們不敢在結盟還沒有徹底穩固的時候貿然對滅動手。」

卦一和卦二難得露出一種堪稱傻氣的表情，直勾勾看著時進。

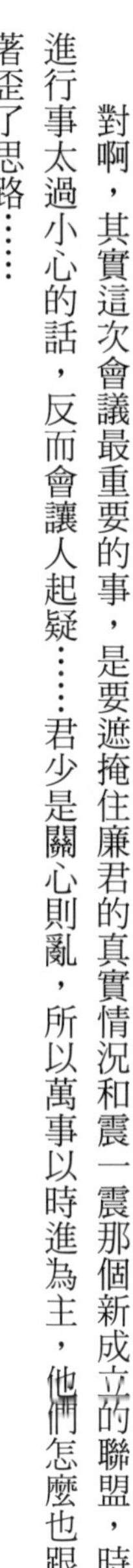

對啊，其實這次會議最重要的事，是要遮掩住廉君的真實情況和震一震那個新成立的聯盟，時進行事太過小心的話，反而會讓人起疑……君少是關心則亂，所以萬事以時進為主，他們怎麼也跟著歪了思路……

時進見他們不說話，忍不住笑了起來，說道：「其實也怪我，是我影響了你們，廉君昏迷之後，我想事情總是不自覺往最糟糕、最消極的方向想，你們被我影響，也變得縮手縮腳和態度消極。還怪我太弱小，讓你們總是擔心我會出事，不知不覺把做事重心都放到保護我身上。」

「不是……」卦二直覺反駁，想了想時進的話，忍不住抬手捂住臉，「天吶，大家都中邪了嗎？」太丟臉了，幸虧時進及時反應過來，不然……

「是我們自亂陣腳了。」卦一也反應過來，皺眉自責，不過他很快又整理好情緒，問道：「時少準備怎麼做？」

時進見他們明白了，滿意點頭，「你們大概不知道，我在學校裡有個十分響亮的外號——跑車少爺。」

跑車少爺？卦一和卦二疑惑，異口同聲問道：「什麼意思？」

兩天後，船隻到達會議的指定海域，成功和官方船隻接洽。時進穿著一身帥到爆炸的潮牌服裝登上官方的船，身後只跟著卦二、費御景和黎九崢三人。

章卓源看著時進這彷彿明星走秀般的潮流打扮，乾巴巴說道：「時先生很重視這次會議啊。」

「那必須的，我代表的可是廉君的面子。」時進轉了轉手上的鑽石戒指，在船上來回看看，問道：「劉振軍劉少將呢？今年不是他幫忙維持秩序嗎？」

「劉少將還沒過來，這次空軍也派了幾名好手過來，他會和對方一起抵達。」章卓源解釋，掃了掃時進身後，「卦一先生呢？時先生這次就帶這幾個人住在船上嗎？」沒有卦一他心裡虛啊。

時進無所謂地擺擺手，「卦一年紀大了，受不了高強度的工作，我讓他留在船上休息了，開個會而已，我帶著三個人就夠了。」說完示意章卓源快點帶他去房間，要求休息。

年紀大……章卓源面如菜色，實在看不下去時進的鬆散，委婉提醒道：「廉先生身體怎麼樣了？他那麼重視這次會議，肯定很掛心吧？」

「廉君身體恢復得不錯，他讓我會議結束後接章主任去島上喝一杯，要不等會議結束了主任乾脆和我一起走吧，我帶您去島上打蛇去。」時進熱情建議。

章卓源心死成灰，忍不住朝著現場唯一的滅的老人卦二看去。

卦二遞給他一個愛莫能助的眼神，說道：「君少很疼時少的。」

疼也不能由著他亂來啊！章卓源滿心絕望，完全沒想到廉君也有被愛情衝昏頭的一天。

上船之後，時進每天睡覺睡到自然醒，醒了填飽肚子就開始招呼卦二等人一起搓麻將，把官方的會議船硬生生弄成休閒麻將館，看得章卓源心塞不已。

他曾經試圖聯繫廉君，想讓廉君管一管時進，讓他表現得像個副首領的樣子，結果他電話打過去，居然直接轉接到時進那裡，時進還用陰森森的語氣說道：「章主任，想告我的狀，小心我剃光你的頭髮！」

章卓源一個激靈掛斷電話，再看時進，只覺得頭疼又害怕，有種這次會議會完蛋的可怕預感。

如此兩天過去，就在章卓源忍不住懷疑時進時是不是已經造反幹掉廉君，把控住滅的時候，卦二偷偷找上他，幫他聯繫了廉君。

「沒事的，時進有分寸，隨他去吧。」廉君在電話那邊如是說，語氣十分淡定。

章卓源忍不住控訴：「他上船之後天天打麻將，吃了就睡，睡飽就吃，叫他來談事情不來、請他來開會不開，這叫有分寸？其他組織的人就快來了，他再這麼下去，這次的會議……」

「這次會議應該就是道上的最後一次會議，讓他玩吧。四家聯盟已成，會議後大家就要開打，不用顧忌那麼多。」廉君打斷他的話，還不忘囑咐，「勞煩主任多注意一下時進，如果他和其他組織首領起衝突，您多護著他一點。」說完就以身體不適為由掛斷電話。

章卓源目瞪口呆，不敢置信，忍不住崩潰出聲：「因為要開打所以就不顧忌了？你真的是身體不好嗎？你不會是故意放時進過來玩的吧！」

卦二憐憫地看著他，拍他的肩膀，滄桑嘆道：「都說了，君少很疼時少的……唉，放心，反正也是最後一次會議，沒事的。」

——有事啊！你們給我認真一點啊！

章卓源簡直要瘋了，恨不得抓著滅的人搖一搖，看看他們腦子裡是不是都進了水！

◆◆◆◆

隔離病房裡，廉君放下手機，硬撐著的一口氣鬆掉，虛弱地靠在床上。

視頻通話對面的時進見狀立刻湊到鏡頭前，緊張問道：「怎麼了？是不是胃又不舒服了？」

廉君看向床邊架著的平板電腦，撐起精神朝時進笑了笑，安撫道：「沒事，不是胃不舒服，只是有點沒力氣……抱歉，你出航那天沒能去送你。」

「沒關係，你睡著了嘛，這幾天怎麼樣，有再貪睡嗎？」時進輕聲詢問，有意選比較日常的詞，想讓廉君輕鬆一點。

廉君聽了心裡卻酸酸脹脹地難過起來，擠出一個笑容，「對不起，我這次睡了太久。」

「沒有，你多休息才能好得快，多睡一會是正常的。」時進看著他沒什麼血色的臉，勉強不讓

自己垮下表情，「我才應該說對不起，讓你剛醒就忙這些，你會怪我自作主張嗎？我沒有按照你之前安排的做。」

「你做得對……咳咳，咳……」廉君突然咳嗽起來，咳著咳著又開始一陣一陣地乾嘔，大概是怕時進看了擔心，他還特地矮下身子，躲到鏡頭下面，不讓時進看到。

時進急了，問道：「怎麼了？是不是又不舒服了？」

「沒事……咳……你別擔心，喝點水……就好了。」

鏡頭裡沒有畫面，只有聲音，之後病房門開啟的聲音響起，腳步聲靠近，龍叔出現在畫面裡。他側頭看了眼視頻對面的時進，說了句：「別擔心，君少只是需要休息。」然後伸手掛了通話。

通話畫面消失，時進愣愣看著，腦子裡全是廉君壓抑的咳嗽和乾嘔聲，看一眼腦內廉君那突然漲到600的進度條，崩潰地揪住頭髮。

小死乾巴巴安慰：「沒事的，有龍叔在，寶貝會沒事的……」

「我知道。」時進深吸口氣坐起身，看著又開始慢慢回落的進度條，猜測是龍叔給廉君用了藥，抹把臉說道：「他只是剛醒還有點難受而已，我知道，我沒事。」

這樣說著，他卻起身，出門找到正窩在房間裡看書的費御景，「船裡空氣不好，我今天要去甲板上打麻將。」

費御景看著他一副憋著什麼情緒的樣子，隨手放下書，拿起外套站起身。

另一頭的病房裡，廉君在藥物的安撫下停下咳嗽和乾嘔，龍叔皺眉調整著他的點滴速度，「你現在太虛弱了，別強撐著陪時進聊天，身體會受不住。」

廉君眼神黯然，輕聲說道：「我只是想多聽聽他的聲音……龍叔，我這次昏迷了多久？」

龍叔掃一眼他的表情，沒有回他的話，而是彎腰從床頭櫃裡取出一個小盒子，從裡面拿出一枚被紅線纏著的戒指，遞到他面前。

「這是……什麼？」廉君愣住，怔怔看著這枚戒指，強撐著身體想要坐起身把戒指拿過來。

「別動。」龍叔按住他沒讓他起來，把戒指塞到他手上，回道：「這是時進送給你的生日禮物，護工給你擦身體的時候，怕水把戒指上的紅線擦濕了，就把它摘了下來。」

時進送的生日禮物……廉君把戒指舉到眼前，輕輕摸了摸，問道：「哪根手指？」

龍叔疑惑：「什麼？」

「時進為我戴的是哪根手指？」廉君詢問，眼神是自治療以來難得的明亮有神。

龍叔見他這樣，心裡有點難受，回道：「無名指，他給你戴的是無名指。這戒指和你送給時進的那枚造型一樣，上面鑲嵌藍色鑽石，紅線是時進自己纏的，因為戒指……」

「我現在戴著太大了。」廉君垂眼接話，自己慢慢把戒指戴到無名指上，直勾勾看了會，突然笑了，「居然剛剛好。」

話落，他腦中突然閃過幾段模糊的話語，好像曾有誰坐在他床邊，握住他的手說過一模一樣的話。他皺眉仔細回想這段似夢非夢的記憶，摸著戒指的手不自覺變成握拳，且越來越用力。

——「你如果不能胖到可以戴上這枚戒指的程度，那咱們就玩完了。」

——「居然剛剛好。」

——「快點好起來吧，你說過等我開完會要來接我的，可別說話不算話。」

那從來沒有聽過的、彷彿隨時哭出來的賭氣語氣……廉君抬手捂住眼睛，心裡悶悶地難受。

不是夢啊，原來不是夢……

龍叔皺眉，喚道：「君少。」

「龍叔。」廉君用戴著戒指的手按住眼睛，「毒素最活躍的時期已經過去了對吧？弄點食物，我想吃了。」

龍叔眉頭皺得更緊，說道：「可你明明剛剛還在……」

「我就是突然想吃了，哪怕只是流食，去弄點來吧。吃飽了才有力氣治病，不是嗎？」廉君打斷他的話，放下手看著他，眼神清明認真，不容拒絕。

那個不知道聽醫生話的廉君又回來了。

龍叔本來應該生氣的，但嘴張了張，卻只說了句：「好。」

食物很快送過來，只是一小碟熬得爛爛的白粥而已。廉君被伺候著靠在床上，先喝了一點溫水潤喉和暖胃，然後舀了一點白粥，朝著嘴裡送去。

肯定會忍不住反胃，然後想吐。

龍叔想著，站在病房外看著，見廉君果然捂住嘴開始乾嘔，沉沉嘆了口氣。

還是太勉強了，但是……他看著乾嘔之後硬逼著自己把粥嚥下去的廉君，表情緩和下來——照顧一個有強烈求生意志的病人，可比照顧一個因為戀人不在身邊而死氣沉沉的病人要好得多。

心情不好的時進在牌桌上大殺四方，狠狠贏了費御景一大筆錢，然後大手一揮給陪著打牌的卦二和黎九崢一人發了一個大紅包——用從費御景那裡贏來的錢。

最後回房抱著平板玩單機麻將玩到凌晨兩點，直到睏得不能再睏了，才閉目沉沉睡去。

讓人心安的一夜無夢，上午十點，時進頂著一頭雞窩頭起床，拐去浴室洗澡、洗頭、吹頭髮，然後換上一套訂製的條紋休閒西裝，戴上各種貴氣配飾，捂著餓扁的肚子出門朝餐廳走去。

他這幾天的行頭全是廉君找人專門給他做的，他一直沒機會穿，也不喜歡穿，後來在船上決定走少爺路線之後，他讓卦二打電話給卦六，請他把這些衣服收拾好，用直升機送過來。

結果沒想到卦六不僅送來衣服，還把全套的配飾也打包塞過來，給了他更多發揮的餘地。

可惜沒能穿給廉君看，他好不容易把這些配飾折騰明白……他摸著外套口袋上的裝飾扣，心情又不自覺低落起來。

「小進。」

進入餐廳後，一道不該在這裡響起的聲音突然從前方不遠處傳過來。

時進停步，傻傻朝著聲音傳來處看去，然後低頭捂著額頭轉身，喃喃自語：「看來我還沒睡醒，接著睡、接著睡……啊，好餓……」

餓得好真實，咕嚕嚕，肚子在抗議。

他腳步一停，看看自己的肚子，眨眨眼，慢慢扭頭，朝著之前「幻覺」出現的地方看去。

穿著一身帥氣的黑藍色空軍制服的向傲庭坐在靠窗的桌邊，面前擺著一杯水，正皺眉看著這邊，手撐著桌子，身體前傾，一副準備起身追過來的模樣。

時進的眼睛一點一點瞪大，然後轉身三兩步跑到向傲庭旁邊，伸手捏住他的臉，往外扯。

「小進，你幹什麼？」向傲庭皺眉詢問，抓住他的手拿下來，解救自己的臉。

熱的，活的，是真的！

時進滿臉不敢置信，問道：「四哥你怎麼在這裡？」

「我是受劉少將所託，帶隊過來幫忙維持會議秩序。」向傲庭回答，上下打量一下他的造型，眉頭皺得更緊了，問道：「你這身打扮是怎麼回事？」

在他的印象裡，時家會穿得這麼「張揚」的只有容洲中，時進平日的穿著比較隨興，怎麼舒服怎麼來，從不染髮燙髮，也不戴配飾，乾乾淨淨大大方方的，很討喜。

現在的時進卻穿著一身質感上乘的條紋西裝，西裝的顏色雖然低調，但剪裁得卻與普通的正式西裝不同，帶著點年輕人喜歡的嘻哈風格，很……明星風範。而且時進今天還特地把劉海抓到後面露出額頭，身上還戴上各種和衣服配套的配飾，看上去就更加「隆重」和容光煥發了，就像是個準

備去參加什麼時尚宴會的小少爺。

時進聞言扯了扯自己身上的西裝，說道：「啊，這個啊，因為今天其他組織的首領會過來，所以我特地換了套稍微低調點的衣服。」

稍微低調點……向傲庭看著他身上的各種配飾，開始懷疑自己是不是對低調這個詞的定義產生一點誤解。

「不過四哥你穿空軍制服果然比穿陸軍制服更帥氣！」時進又興奮起來，硬是拉著向傲庭起身，像隻小狗一樣圍著他轉了一圈，伸手摸了摸他的肩章，眼睛亮亮地問道：「四哥，你是開飛機過來的嗎？什麼時候來的？」

「昨天半夜到的，怕你睡了，就沒去找你。」向傲庭回答，見他這樣，臉上露出絲笑意，問道：「想去看看嗎？」

看什麼，飛機嗎？時進眼睛唰一下亮了，早餐都忘記吃了，興奮說道：「看看看！你能帶我飛一圈嗎？我還沒近距離看人開飛機！」

「可以，不過只能飛一圈。」

「四哥你太棒了！」時進歡呼著就想走。

向傲庭伸手拉住他，說道：「先吃點東西，空腹飛行你會難受的。」

時進火速衝去餐廳點餐的地方，隨便要了兩個包子和一瓶優酪乳，邊啃邊跑到向傲庭身邊，拉著他就往外走，滿臉迫不及待。

向傲庭拿他沒辦法，順從地被他拉走了。

咔嚓。坐在向傲庭對面，卻一直被時進無視的黎九崢一口喝光飲料，還從杯子裡撈了冰塊塞進嘴裡，一口咬碎。

「牙不錯。」坐在他旁邊，也被時進無視掉的費御景淡淡評價。

黎九崢皺眉，拿起叉子戳水果拼盤裡的葡萄。

卦二看著這兩個彷彿四周在颳寒風的哥哥，抽了抽嘴角，轉身追著時進離開的方向跑去。

官方的船隻很大，向傲庭開來的飛機就停在寬敞的後甲板上，那是一架比普通直升機大的武裝直升機，通體墨綠色，上面印著編號和部隊旗幟圖案。

「我還以為會是戰鬥機。」時進有點點失望。

向傲庭把直升機的機艙打開，說道：「戰鬥機不能隨便開出來，也不能載人，坐這個也是一樣的，過來，我幫你戴頭盔和設備。」

這怎麼可能一樣……時進遺憾嘆氣，不過想到可以近距離看向傲庭開飛機，又很快興奮起來，乖乖靠過去讓他戴裝備。

武裝直升機和普通的直升機不同，只有兩個位置，呈一前一後階梯型排列。向傲庭安排時進坐在後面的位置上，給他綁好安全帶，然後自己坐到前面，關上艙門，也把安全設備戴上，說道：「你別亂動，如果不舒服立刻跟我說，我飛回來降落。」

時進應了一聲是，激動得手都在抖——飛機啊，真的是飛機啊，向傲庭居然真的會開！

隨著向傲庭的熟練操作，飛機的儀錶盤亮起，螺旋槳旋轉的聲音隔著艙壁傳來，然後一陣輕微晃動後，浮空感升起，飛機離地，視野一點點升高。

飛起來了！真的飛起來了！時進激動得瞪大眼，先看看向傲庭戴著頭盔的後腦杓，又看看逐漸接近的天空和漸漸縮小的船隻，興奮得恨不得仰天長嘯三聲。

「坐穩，要加速了。」

向傲庭的聲音傳來，然後飛機逐漸拔高，朝著天空靠近，之後在到達一定高度後停下升空，開始繞著這片海域轉圈。時進透過監控螢幕往下看，就見龐大的官方船隻旁邊，滅的船隻正安靜停靠著，在更周邊一點的地方，還有大大小小十幾艘船正在緩慢調整著位置——那是今早到達的其他中小組織的船。

「這視角太棒了。」時進忍不住出聲讚嘆。

向傲庭嘴角勾了勾，說道：「我帶你去更遠的地方看看。」

飛機再次拔高，朝著更遠的地方飛去。時進看著廣闊的天空和一望無際的大海，只覺得心胸都開闊了起來，令人神清氣爽。

「有船過來了，是個大傢伙。」向傲庭突然開口。

時進從興奮中回過神，朝著前方看去，在千里眼buff的幫助下，果然看到一艘大船正朝著會議指定海域勻速靠近中。

「應該是大組織的船。」他說著，倒是不意外，「今天就是集合的最後一天了，大部分組織的船都會在今天到場。」

「去看看。」向傲庭朝那邊飛了一段，在能看清船隻的高度稍微停了停，然後朝著另一個方向飛去。

時進忍不住笑出了聲，在靠近之後，他用千里眼buff發現底下那艘船居然是狼蛛的，而魯珊就站在甲板上，正仰著頭直勾勾看著這邊，手裡拿著衛星電話，口型分明就是「臥槽」兩個字。

他忙放大聽力，就聽到魯珊的聲音斷斷續續傳來：「什麼鬼玩意……孟青，我這邊有武裝直升機在頭頂轉悠，你那邊有沒有，官方這是搞什麼呢？巡邏？監視？」

孟青？午門的首領？時進心裡一動，想再仔細聽一聽魯珊的談話，飛機與狼蛛船隻的距離卻已經拉遠，再分辨不清那些聲音了。

向傲庭聽到他的笑聲，問道：「怎麼了？」

時進回神，收攏思緒回道：「沒什麼，就是覺得從上面往下看，那些船都像是玩具一樣，怪好玩的。」

像玩具……真是個孩子氣的回答。向傲庭微笑，加快直升機的速度，朝著更前方飛去。

之後兩人又陸續看到其他正在朝著官方船隻靠近的船隻，每一個他們都靠近看了看，撩撥一下就跑，十分可惡。足足一個多小時後，向傲庭口中的一圈才終於飛完，兩人飛回官方船隻降落。

此時的甲板上不知何時又多了幾架武裝直升機，每一架旁邊都有個穿著空軍制服的人站著，劉振軍也出現在甲板上，正埋頭拿著一份資料翻著。

向傲庭先一步下了飛機，之後把時進放下來。

劉振軍立刻放下資料靠過來，問道：「向大校，試飛情況怎麼樣？」

「還不錯。」向傲庭回答，回頭看了眼自己的隊員們，點了下人數，確認人數正確後才又看向劉振軍，問道：「少將怎麼在這裡，有事嗎？」

當然有事，劉振軍把視線投放在時進身上，問道：「時先生，您怎麼會在向大校的飛機上？」

時進還沒說話，向傲庭先幫他解釋道：「是我邀請他的，試飛的時候太無聊，有個人說說話、解解悶也不錯。」

說話解悶？向傲庭帶來的隊員們聞言表情一動，齊齊扭頭朝著時進看去，眼神八卦且曖昧——隊長主動邀請……嘖嘖嘖……

時進被看得寒毛直豎，扭頭看他們一眼，餘光看到有艘明顯是大組織的船隻在往這邊停靠，心裡一動，故意抬手搭住向傲庭的肩膀，提高聲音說道：「四哥，我餓了，該吃午飯了。」

「時先生。」劉振軍眼前有點發黑，提醒地喚了時進一聲。他雖然聽章卓源提過，說滅今年派來的副首領是個背景複雜且完全不著調的剛成年小屁孩，心裡稍微做了點準備，但他沒想到這小屁

孩能屁成這樣。

也不看看這是什麼場合，周圍又有多少人看著，一個暴力組織的副首領，居然主動和空軍帶隊的將官勾肩搭背，這像什麼話。雖然聽說這位副首領和向大校是親戚……是親戚才更麻煩！暴力組織副首領和空軍將官是親戚……天吶，要瘋了，空軍那邊為什麼會讓向大校過來，頭好疼。

時進聽到劉振軍喊他，側頭看過去，熱情邀請：「劉少將，您也餓了嗎？那您也一起來吧，順便把章主任也喊上，大家好好搓一頓麻將。」

搓、搓一……劉振軍額頭青筋鼓啊鼓，差點沒忍住像訓不聽話的新兵一樣訓他，壓低聲音提醒道：「時先生，我記得你是很優秀的警校學生，或許你辦事的風格……可以更沉穩一些。」所以別再這麼不著調了！

時進卻立刻曲解了他的意思，收回手一個立正站好，朝著劉振軍行了一個標準的軍禮，高聲說道：「是，少將！學員謹記您的教誨！」

嘩啦啦，四周圍所有聽到這句話的人全都看了過來，看著時進那標準的軍禮，眼睛瞪得比銅鈴還大。

劉振軍覺得自己要心肌梗塞了，他伸手壓下時進的軍禮，從牙縫裡慢慢往外擠話：「時先生，在這裡你代表的是滅，請你暫時忘掉你警校學生的身分，謝謝配合。」

比暴力組織副首領和空軍將官是親戚這件事更恐怖的，是暴力組織副首領居然是正經八百的警校學生！這時進是真傻還是假傻？廉君送這樣的人過來參加會議又是要幹什麼！

「少將，您急什麼，滅和官方是盟友這件事，大家早就心知肚明，我可是聯繫官方和滅的重要紐帶，您大可以放鬆一點。」時進突然伸手以合作者的姿態輕輕拍了拍劉振軍的肩膀，手指隱晦地指了指斜後方已經停穩的大船，然後朝著向傲庭示意了一下，說道：「四哥，走了，吃飯，吃完我教你打麻將。」

向傲庭應了一聲，放下頭盔。

時進還順手招呼了一下向傲庭的隊員們，笑著說道：「你們也一起來吧，剛剛四哥在試飛的時候誇了你們，我對你們的戰鬥經驗很好奇。」

隊長居然會誇人？等等，四哥？

向傲庭的隊員們齊齊驚訝，看一眼今天明顯心情很不錯且氣息柔和許多的向傲庭，又看看時進，心裡算盤一撥，見向傲庭沒有反對的意思，便熱情應下時進的邀約，懷著八卦之心跟了上去。

後甲板上轉眼就只剩下劉振軍一個人，劉振軍皺眉看著時進帶著向傲庭離開的背影，回過頭看一眼斜後方屬於千葉的銀色船隻，回想起時進剛剛說話的姿態，若有所思——這個時進，好像並沒有章卓源說的那麼不著調，是故意的嗎？

他邁步朝著時進離開的方向走去，皺著的眉頭慢慢鬆開——也是，不著調的人，可拿不到警校的第一名和軍訓第一名。

章卓源要瘋了，今天是會議開始的前一天，按照往年的情況，作為官方最可靠的盟友，滅的首領在今天會選擇閉門不出，以免給一些過來打招呼的中小型組織的首領造成心理壓力。

但今年，滅的畫風完全變了。

「章主任，我來這邊的時候，看到餐廳裡有一群人在聚餐，裡面有滅的卦二和穿著空軍制服的軍人，這樣兩撥人湊在一起……請問船上是在舉辦什麼慶祝活動嗎？」某個老牌中型組織首領好奇詢問。

章卓源按下額頭鼓起的青筋，乾笑幾聲，勉強回道：「不是……他們只是巧合碰到了，一起吃

頓飯而已。」

「原來是這樣。」中型組織首領恍然大悟，然後越發疑惑地問道：「我聽滅的卦二在喊一個年輕人時少，態度很是恭謹，那個年輕人是滅的人嗎？對了，怎麼沒看到廉君先生，他的屬下和空軍的人『巧合』遇上，他怎麼沒出來看一看？」

章卓源看著面前這個看似憨厚，實則話裡全是打探意味的「老東西」，皮笑肉不笑地回道：「今年滅的首領廉君先生，因為一些私人原因，沒有來參加會議，轉而派了他的伴侶，也就是那位時少過來，那位時少性子稍微活潑了一點，很容易和人打成一片。」

中型組織首領大吃一驚，說道：「廉君先生沒有來這次的會議嗎？這不合規定吧……」

「合的，時進先生現在是滅的副首領，他的身分早在去年年末狼蛛出事前，就由廉君先生跟官方正式報備過，所以由他代表滅來參加會議是完全沒有問題的。」章卓源一句話堵死對方想要挑規則的話，臉上的假笑都快僵掉了。

「沒想到滅居然多了副首領，這可是件大事……」中型組織首領頂著一張憨厚的臉感嘆著，突然話語一轉，快速問道：「廉君先生這次為什麼沒來參加會議呢？身體不好了嗎？」

「是的，身體不好，他最近生了小病，需要靜養。」章卓源按照時進的囑咐誠實回答，然後受不了地拿起日程表看了看，微笑說道：「抱歉，我的助理說下一位首領已經到了……」

「喔，抱歉耽誤了您的時間，我這人就是話多，抱歉抱歉。」中型組織首領連忙不好意思道歉，告辭轉身離開。

章卓源的表情瞬間垮下來，頭疼地捏了捏額頭，做好十足的心理準備，才讓助理放下一位首領進來。

接下來進門的是一個准一線組織的首領，也是個老狐狸，他進來先和章卓源寒暄了一下，然後話鋒一轉，像是無意地提起：「對了，我剛剛路過餐廳，看到一個年輕人黏著空軍的將官喊四哥，冒昧問一下，我們這麼重要的會議，已經可以允許軍方人員帶家屬過來玩了嗎？」

章卓源差點捏斷手裡的筆，硬生生壓下吐血的衝動，回道：「並不是……那位年輕人是滅的副首領，他是正經的與會人員。」

「原來是滅的人，可他怎麼喊空軍的將官四哥……」

「也許只是口誤，或許是您聽錯了也說不定。」章卓源擺出假笑，心裡已經扎起時進的小人。

准一線組織首領見狀也假笑，說道：「大概吧……對了，廉君先生呢？他住哪一間房，我有些事想請教他。」

來了來，又來了。

章卓源繼續假笑，把剛剛跟上一位首領說過的話，又對著他說了一遍，並主動強調道：「時進先生的副首領身分是獲得過認可的，足以參加會議，沒有任何規則上的問題。」

准一線組織首領的視線在他身上轉一圈，假笑加深，「原來如此。」

把這位也送走後，章卓源整整喝了一壺茶才冷靜下來，然後讓助理請下一位首領進來。

「章主任，我看到休息室那邊，有個年輕人拉著維持秩序的將官打起麻將，請問他是……」

章卓源：「……」

自認脾氣不錯的章卓源，忍不住在心裡問候起時進。

「阿嚏！」時進扭頭打個噴嚏，皺眉說道：「我覺得有人在罵我。」

「很正常，做滅的首領免不了會被人背後咒罵。」卦二接話，邊排著麻將邊看了下休息室打開的門，壓低聲音說道：「附屬千葉的准一線組織虎嘯和附屬午門的中型組織玄門的首領都來過，他們應該已經打聽完消息了。」

時進排好自己的牌，「千葉和午門比我想像的沉不住氣，他們估計是被之前繞場飛行的武裝直升機和我搭住四哥的動靜唬住了。讓他們猜去吧，他們對我議論越多，對廉君的關注就會越少。」

「可是這樣直接暴露君少身體不適的情況，合適嗎？」卦二詢問。

「合適，那些個人精越是實話越不會信，他們這會估計都在猜廉君這次不參加會議，反而派我這麼個『少爺』過來，是不是在琢磨什麼陰謀呢。」時進回答，嘴角帶笑，略顯狡猾。

卦二點頭，語氣變得嘲諷：「你說得對，刀口舔血的人最不相信擺到面前的實話……我會讓那邊多注意風向的。」

那邊指的是魯珊，時進點頭，然後結束話題，側頭看向始終安靜站在身後的向傲庭，開心說道：「四哥，我來教你打麻將，你之前玩過這個嗎？」

向傲庭把他之前和卦二的對話全都聽在耳裡，心情很是複雜，此時看著他彷彿完全不知危險的單純快樂模樣，忍不住伸手摸了摸他的頭，說道：「別怕，我會保護你。」

時進一愣，然後笑著點了點頭，說道：「我知道，四哥可是最厲害的。」

啪！黎九崢賭氣地丟出一張牌。

「碰。」費御景毫不猶豫地吃掉他的牌。

卦二掃一眼這兩人，在心裡默默給他們點蠟。很明顯，在場的三位哥哥中，時進明顯比較偏心四哥，這場牌還沒開打，費御景和黎九崢就已經輸了。

軍人穿著制服在官方的會議船上打麻將顯然是不符合規定的，為了避免麻煩，向傲庭最後沒有上牌桌，只是坐在時進身後看他玩了一會牌。但僅僅只是這樣，他們這樣一群人聚在一起，釋放出的信息就足夠其他組織的首領討論猜疑了。

去章卓源那打聽消息的人走了一波又一波，路過休息室的人來了又去，去了又來，只一個下午的時間，滅今年只派了副首領來開會，且這位副首領和空軍將官關係親密的消息，就在所有暴力組織首領之間傳了開來。他們討論著這件事，猜測時進的背景、猜測廉君今年沒有參會的動機、猜測時進種種表現所代表的含義，腦洞無限發散。

這其中，魯珊作為綁架過時進的「仇家」，很自然地接到來自「盟友們」的詢問。

「時進這個人背景很複雜，廉君確實很重視他，不，不僅僅是重視，廉君可以說是愛他愛昏了頭。」魯珊評價著，語氣嘲諷中帶著憤恨，「敢那麼咬我，廉君該死！」

狼蛛和滅的舊仇，其他組織心裡都一清二楚，孟青聞言沉吟幾秒，問道：「妳說這個時進背景複雜，是什麼意思？」

「就是字面的意思，G省的事爆出之後，大家應該都查過這個時進的背景，但你們沒查出什麼重要的內容，對不對？」

孟青應道：「確實，他像是突然出現在國內的，使用的名字應該是真名，但資料反而比用代號的卦一他們還要模糊難追尋。」

「他有代號的，滅新的卦四就是他，去年的會議他也來了，就是給廉君推輪椅的那個傢伙，你們大概都沒怎麼注意他。」

孟青有些意外。他確實記得廉君去年帶了個臉嫩的新人來開會，但當時他完全沒發現這個新人有什麼特殊。一年不到，從新人到副首領，這個時進到底有什麼本事？

「還有，你查不出時進的背景不是廉君保護他保護得太好，而是他爸過去把他藏得太深。你不是一直好奇我為什麼突然動他嗎？因為我得到消息，廉君身邊的這個時進，就是國外瑞行前總裁時行瑞的幼子時進，他的身價可不比某些組織首領低。」

孟青狠狠皺眉，問道：「妳說什麼，瑞行？」

「就是瑞行，我當初抓他，就是想確認這個消息，結果反倒栽了一把。我之前就覺得奇怪，廉

君怎麼會突然把個臉嫩的新人貼身帶著，現在我明白了，伴侶？可笑至極，恐怕只是一枚棋子吧，瑞行那麼大的公司，多好用啊。」魯珊語氣嘲諷，話語間滿是對廉君的惡意猜測和貶低。

孟青思考一下她的話，從裡面篩選了一下資訊，好一會才問道：「這麼重要的消息，妳為什麼不早點說？」

魯珊誠實回道：「前一陣子是不信任，後來是沒想到，瑞行又如何，一間生意比較大的公司而已，對我們沒什麼威脅，我們要動的是廉君，太過關注這個小傢伙是本末倒置，再說現在瑞行的主事人也不是他，而是他的兄長時緯崇。」

「但廉君卻派他來參加會議。」孟青語氣慎重起來：「這個時進還和今年新來的空軍向大校走得很近，他們兩人的關係必須儘快查清楚。」

見他真的往套裡鑽，魯珊心裡開心，面上卻不滿，說道：「孟青，你不覺得我們現在更應該關注一下廉君為什麼沒來開會嗎？時進背景再複雜，也不過只是個有錢人家的小孩而已，他能在這裡占有一席之地，是因為廉君重視他，大家根本沒必要將過多的目光投注在他身上。」

孟青為人有點自負，見不得被人反駁，魯珊這麼一說，他反而堅定了要查時進的心思，說道：「這個時進很可能也是廉君的一步棋，廉君從來不做沒意義的事，而且如果時進真的是瑞行的小少爺，那明天的會議，我們就有文章可做了。」

魯珊聞言心裡一動，問道：「你什麼意思？」

孟青卻沒有接話，轉而說道：「我去聯繫一下齊雲，妳聯繫一下袁鵬，我們必須開個會。」說完就把電話掛了。

魯珊看著結束通話的手機，手指敲了敲手機背殼，冷笑了一聲：「自以為是的蠢貨！」

（未完待續）

【特別收錄】

作者獨家訪談第三彈，暢談五位哥哥的詳細人設

Q7：五位性格迥異的兄長其實一直擁有高人氣，看到兄弟們從誤會仇恨到彼此和解的過程非常精采，請問是怎麼為每位角色構思和時進互動的情節？

A7：我是先設定了時進的父親——時行瑞這個角色，和幾位兄長的母親的角色後，才開始設定這五位兄長。在明確了父親、母親的性格，以及成長背景後，幾位兄長的性格就自然而然地顯現出來。

時緯崇，他出生於時行瑞還沒徹底喪失理智和人性的時候，擁有一個重利並心機深沉的母親。

他從小父愛缺失，依賴母親。他的母親教他如何追逐利益和討好父親，給他灌輸錯誤的觀念，並用親情控制著他，卻沒有回應他相同的愛。

所以他是個商業天才、是優秀的繼承人、是可靠的集團掌舵者、是孝順的兒子。但他又是個極度缺愛和沒有安全感的人。

他渴望純粹的親情、渴望得到親情上的回應，這種渴望，讓他在時進撕開利益的遮掩後，反而很快把這個弟弟看進了眼裡。

費御景，他擁有一個理智冷情的母親。受母親的影響，他從來不對父愛抱有期待，並在母親的教導下，學會把一切看成交易——他負責演一個好兒子和好兄長，而時行瑞負責為他的表演支付酬金。

也因為這種「一切都是交易」的親情觀念，讓他習慣性地把所有一切用理智和利益去分析，包括他處理不來的感情問題。

但人不可能完全理智地去處理所有感情，所以他其實是迷茫的，只可惜這絲迷茫也被他潛意識地「理智化」了。直到時進帶著毫無保留的親情闖進他的世界，他才意識到「理智」並不是萬能的，開始主動改變。

容洲中，一個幸運又不幸的幼稚鬼。成長於娛樂圈，有一個清醒、會算計、知道自己要什麼、永遠不會為愛情迷惑、享樂主義至上的影后母親。

他是娛樂圈當之無愧的太子，所以自傲、耀眼、霸道、自我。但在父親面前，他卻只是一個可笑的私生子，於是他討厭父親，也抵觸幾個兄弟。

他有點清醒，但又不夠清醒，他表面學會了母親的灑脫，內心卻仍會因為時進被父親偏愛而心生嫉妒。

幾個兄弟裡，他是最鮮活的，愛恨也最分明。所以當時行瑞這個罪惡的源頭去世、心中憋著的討厭情緒得到機會宣洩，他反而能更理智的看待時進、看待他們之間的關係。

向傲庭，唯一一個健康成長的哥哥。他有一個三觀正常並且深愛他的好母親，尤其後來進入軍隊，讓他即使缺失父愛，也情感健全地長大了。

他不缺愛，不嫉妒，不偏激，在幾個哥哥中，他可以說是最幸運和幸福的。

黎九崢，一個敏感、多思、容易鑽牛角尖的天才。他的母親和其他人的母親不一樣，是一個倒楣被騙的單純大學生，並且為愛瘋狂，抑鬱而終。

在抑鬱並且瘋狂的母親的養育下，黎九崢形成了一套完全不同於正常人的情感邏輯。他很容易走極端，但也十分渴求感情。

只要給他一點點愛，他就能為此奮不顧身，粉身碎骨。

五位兄長的性格形成都是受母親的影響比較多，他們有各自的缺失和執念，而時進就像是一個靈活多變的拼圖，溫柔但強硬地闖進他們的精神世界，用愛把他們缺失的部分補全了。

兄弟之間的互動我沒有過多構思，他們有各自的經歷和性格，我只用在走劇情的時候，讓他們按照自己的性格去交流碰撞就行了。

Q8：請問攻受屬性，是開坑前就決定的，還是隨著故事進展才慢慢確立？

A8：人物的性格都是在開坑前就大致確定的，寫作過程中只會隨著劇情的發展慢慢完善、補充一些細節。

（未完待續）

i小說 012

生存進度條3

國家圖書館出版品預行編目（CIP）資料

生存進度條3 / 不會下棋著. -- 初版. -- 臺北市 :
愛呦文創, 2019.09
冊； 公分. --（i小說 ; 012）
ISBN 978-986-97913-4-2（第3冊：平裝）

857.7 108010323

愛呦文創

作 者 不會下棋
封面繪圖 凜舞REKU
責任編輯 高章敏
文字校對 劉綺文
行銷企劃 羅婷婷

發 行 人 高章敏
出 版 愛呦文創有限公司
地 址 10691台北市忠孝東路四段59號10-2樓
電 話 （886）2-25287229
郵電信箱 iyao.service@gmail.com
愛呦粉絲團 https://www.facebook.com/iyao.book

總 經 銷 聯合發行股份有限公司
電 話 （886）2-29178022
地 址 231新北市新店區寶橋路235巷6弄6號2樓

美術設計 廖婉禎
內頁排版 洸譜創意設計股份有限公司
印 刷 沐春行銷創意有限公司
初版一刷 2019年9月
初版二刷 2022年4月
定 價 380元
I S B N 978-986-97913-4-2